KB251805

FLYING
THE
GAME
ADVENTURE
KG8789 805977

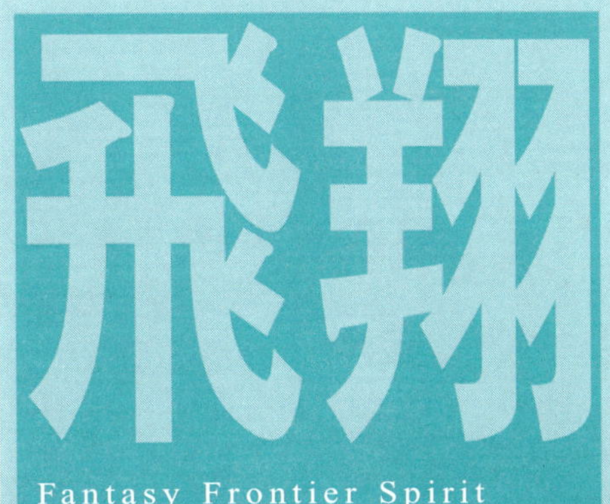
飛翔

Fantasy Frontier Spirit

비상

FLYING
KG8789 805977

비상 8

파령 게임 판타지 소설

초판 1쇄 찍은 날 § 2005년 4월 30일
초판 1쇄 펴낸 날 § 2005년 5월 10일

지은이 § 파령
펴낸이 § 서경석

편집장 § 문혜영
편집책임 § 최하나
편집 § 장상수 · 유경화 · 서지현

펴낸곳 § 도서출판 청어람
등록번호 § 제1081-1호
등록일자 § 1999. 5. 31
어람번호 § 제1-0596호

주소 § 경기도 부천시 원미구 심곡1동 350-1 남성B/D 3F (우) 420-011
전화 § 032-656-4452 팩스 § 032-656-4453
http://www.chungeoram.com
E-mail § eoram99@chollian.net

© 파령, 2004

ISBN 89-5831-521-0 04810
ISBN 89-5831-236-X (SET)

※ 파본은 본사나 구입하신 서점에서 교환하여 드립니다.
※ 저자와 협의하여 인지를 붙이지 않습니다.

파룡 게임 판타지 소설

THE GAME ADVENTURE

飛翔

Fantasy Frontier Spirit

비상

완결 vol. 8

비상(飛翔)

도서출판 청어람

Contents

◆ 비상(飛翔) 쉰일곱 번째 날개
알 수 없는 계략

◆ 비상(飛翔) 쉰일곱 번째 날개
알 수 없는 계략

비상(飛翔) 쉰일곱 번째 날개 알 수 없는 계략

비상 하남의 모든 사람들은 놀라운 사실에 경악했다.

제2차 천하제일 비무대회 이후 모습을 감춘 무황이 그의 부하로 보이는 이들과 함께 그 모습을 드러내었다는 소문이 돌기 시작한 것이다. 그리고 그것이 사실임을 담은 비조들이 곳곳으로 퍼져 날아갔다.

또한 더욱 놀라운 사실이 비조의 서찰 속에 담겨 있었다.

무신(武神)!

구신 중, 처음으로 모습을 드러낸 신(神)의 단계인 것이다. 그것도 구신 중 무력만으로는 최강일 것이라 생각되는 무(武)의 직업에서!

무황이 승급하여 무신이 되었다는 사실은 비상의 모든 이들을 경악케 했다. 또한 무신의 능력을 직접 보게 된 이들은 그의 전투 장면을 홀로그램으로 찍어둔 것을 비상 홈페이지를 비롯한 각각 영상 매체에 올려 많은 이들과 감동을 함께하고자 했다.

십 미터가 넘는 거대한 도강을 줄기줄기 뿜어내며 마물들을 격살하는 모습은 비상을 플레이하는 유저라면 누구나 경악하고, 또 동경할 만한 모습이 었다.

그중 가장 카운터가 높았던 홀로그램은 단연 폭탄을 뿌려대는 괴인과 강기를 뿜어내는 중년 중의 합공에도 유유히 거대한 파도와 같은 힘으로 그들을 눌러 버리는 홀로그램이었다. 더욱이 그 중과 괴인이 적의 편이라는 것을 알게 된 사람들은 더욱더 환호성을 질렀다.

길거리를 가다 보면 거의 모든 곳에 무황과 현월대의 홀로그램들이 사방에 전시되어 있었고, 이로써 비상은 더욱더 많은 사람들을 불러 모으게 되었다. 거대한 도강을 일으키고 하늘을 날아다니는 모습은 비상을 하지 않는 사람들이라도 어릴 적 꿈이라도 꿔봤을 그런 모습인 것이다.

무황… 아니, 무신의 출현으로 방어에 열중하던 사람들의 사기가 한껏 치솟아올랐다. 사예는 단순히 자신이 맡는 경계의 사기를 올리려 했을 뿐이나, 운 좋게도 비상 전역의 사기를 끝없이 치솟아올린 것이다.

또한 갑작스런 마물 대군들의 대대적인 습격에 반쯤 뚫렸던 경계들이 다시 제자리를 찾기 시작했다. 이 전투를 아주 긴 장기전으로 생각했기에 자신들의 무사들을 풀지 않았던 문파들이 대대적으로 모든 무사들을 풀어냈기 때문이다.

단숨에 무사들은 그 열 배가 넘는 인원으로 충당되었고, 각 경계를 방어하기도 훨씬 쉬워졌다. 하지만 그들은 단순히 방어를 할 뿐, 앞으로의 진격은 생각하지도 못했다. 그들로서는 지금의 이 성을 지킬 수 있는 힘과 다른 성을 빼앗을 수 있는 힘이 있을 뿐, 빼앗은 성을 지킬 수 있는 힘은 아직까지 없었기 때문이다.

좋은 소식이 연달아 전해졌지만 그와 함께 안 좋은 소식 또한 사람들의 귓가에 들려왔다.

섬서의 패퇴.

섬서성에는 구파일방에 속하는 화산파를 비롯한, 종남파, 감숙성에서 밀려온 공동파, 청해성에서 밀려온 곤륜파, 운남성에서 급히 북상한 점창파, 사천에서 올라온 아미파, 청성파, 사천당문 등과 절대마도의 지존인 마교가 진을 치고 있었기에 그 누구도 섬서성의 패퇴를 생각하지 못했다.

차라리 그들보다는 안휘성에서 패퇴한 남궁세가와 자신의 자리를 지키고 있는 황보세가, 그들을 돕기 위해 내려온 진주언가와 개방이 진을 치고 있는 산동이 더 먼저 뚫릴 것이라 예상했다. 섬서성에 비해 산동의 군세가 훨씬 약했기 때문이다.

하지만 패퇴의 시작은 전혀 엉뚱한 것으로 결정지어졌다. 이미 많은 거대 문파들이 모인 섬서와 산동은 결코 마물들 따위에 뚫릴 위치에 서 있지 않았다. 하지만 섬서를 찾아온 네 명의 괴인으로 하여금, 섬서의 경계는 너무나도 쉽게 돌파되어 버렸다.

이에 각 문파에서는 고수를 차출해 괴인들을 막게 하였으나, 괴인들의 행보를 막기에는 각 문파에서 차출한 고수들의 능력이 부족했다. 결국 고수 급의 지휘관을 잃은 각 경계는 마물들의 습격에 쉽사리 무너졌고 그렇게 섬서는 패퇴하기에 이른다.

각 문파들이 밀집해 있는 곳이 있었지만, 거의 모든 방향에서 공격해 오는 마물들과 이미 상당수 고수들을 잃은 문파들은 어찌할 수 없이 패퇴하게 된 것이다.

산동 역시 대군을 이룬 마물들과 함께 삼 인의 괴인이 경계를 무너뜨렸는데, 그때마다 어디서 나타난 것인지 정체를 알 수 없는 고수들이 나타나 괴인들을 막아냈다. 정체를 알 수 없는 고수들도 혼자서 괴인들을 상대하기엔 버거웠는지 그들은 항상 삼 인 일조로 다녔으며, 그들의 방어에 괴인들은 제 힘을 발휘하지 못하고 후퇴를 할 수밖에 없었다.

몇몇 사람들은 그 정체 불명의 고수들을 알아보기는 했으나, 그들이 쥬신 제황성이란 이름으로 활동하는 것을 아는 사람은 몇 되지 않았다.

어쨌든 이렇게 섬서성의 패퇴로 인해, 비상은 또 하나의 성을 빼앗기에 되어 하북, 북경, 천진을 감싸는 산서, 하남, 산동의 경계망을 구축하게 되었다.

비록 섬서성의 패퇴는 충격적인 소식이었지만 무신이라는 절대고수가 등장한 이상, 비상의 모든 이들에게는 이제부터가 시작이었다.

캬악―!

캬오―!

마물들의 요란스런 소리가 세상을 메우고 있었다. 괴기한 마물들의 울음소리는 사람들의 마음을 옥죄어오는 마력이 있고, 그것이 상위의 마물로 올라갈수록 더욱 심해져 초보가 상급의 마물을 만났다면 도망갈 생각조차 하지 못하고 마물의 손에 죽는 것이 예사였다.

하지만 그런 마력이 담긴 마물들의 소리가 그리 밝게 들리지만은 않았다. 아니, 애초에 마물들의 울음소리를 밝다고 표현하는 것 자체가 이상했지만, 누구나 지금 마물들의 울음소리를 들으면 그렇게 생각할 것이다.

푸하학!

케르륵!

죽립의 새하얀 가면을 쓴 이들, 현월대의 도신에 비해 마물들은 너무나도 허약하기 이를 데 없었다. 비록 그중에는 일 대 일 대결을 하면 현월대의 대원들을 이길 수 있는 마물도 있었으나, 이미 진을 발휘하여 힘찬 기세를 몰아가는 지금의 현월대에게는 그저 사냥감, 그 이상 그 이하도 아니었다.

특히 그 선두에 서서 달리며 푸른색의 도를 휘두르는 사예의 모습은 경이로움 그 자체였다.

그의 도가 번쩍일 때마다 마물들의 등급에 상관없이 차디찬 시체가 될 뿐이었고, 생사일보를 펼친 그의 신형은 스치는 마물들을 저도 모르게 베어버릴 정도였다.

길게 뻗어 올린 도강은 위협적인 혀를 날름거리며 주변의 마물들을 집어삼키기에 여념이 없었다.

"쩝, 이거 우리 할 일이 없잖아?"

"그러게…….."

무진과 여원은 입맛을 다시며 마물들을 학살하는 사예와 현월대를 바라보았다. 그들은 현재 마물들에 대비하여 지어둔 성채의 위에 올라가서 현월대를 내려다보는 중이었다.

예전 같았으면 그들은 이럴 새도 없이 온 동네방네 마물들을 해치우러 뛰어다니기 바빴겠지만, 사예와 현월대가 등장한 이후로는 안락한 생활이 계속되었다.

마물이 출동했다는 소식이 들리기도 전에 사예와 현월대가 먼저 출동했다. 그에 대해 사예는 투결의 확장으로 갑작스레 일어나는 기파를 느낄 수 있기에 가능한 것이라고 했지만, 아직 기파에 대해 익숙지도 않고 더욱이 투결이라는 스킬도 없는 그들이 그것을 이해하는 건 어려운 일이었다.

그렇다고 그들의 실력이 낮은 것은 아니었다. 외 3등급의 초일류무공을 익힌 절정고수가 바로 그들이었다. 게다가 마물들의 습격으로 수많은 전투를 치르면서 그들의 기본적인 실력은 이전과 비교할 수도 없을 정도로 껑충 뛰어올랐다. 의형지기를 다루는 것에는 절정무공을 익힌 이들에 비하여 떨어지지 않게 되었으며, 각자의 병기를 최대한으로 활용하여 수많은 적들에게 둘러싸였을 때도 침착히 대처할 수 있는 부동심도 길렀다.

하지만 45명, 사예를 포함한 총 46명의 대인원이 한꺼번에 쓸고 지나가는 자리에선 그들이 더 이상 필요가 없을 정도였다.

가끔가다 사예와 현월대가 출동한 후, 마물들의 동시 다발적 습격이 또 있긴 했지만 여원들이 그들을 맞아 제대로 싸워보기도 전에 다른 곳을 처치한 사예와 현월대들이 도착하는 것이 예사였다.

그 상태가 벌써 게임 시간으로 한 달이 지났다. 현실로는 보름밖에 지나지 않았지만, 게임 속에서의 한 달은 매우 긴 시간이었다. 그 때문에 여원과 무진은 이렇듯 심심하게 상황을 지켜보고만 있는 것이다. 지금의 심심함에 불평을 늘어놓으며…….

"쩝, 우리가 죽일 것도 좀 남겨놓아야 할 거 아냐. 이거야 원."

"야야, 얼마 전까지 저놈의 마물들은 꼴도 보기 싫다고 외쳐 대던 녀석이 누군데 지금 와서 그런 말을 하냐?"

"흠흠, 그땐 그때고! 지금은 지금이지."

무진의 가히 일 장은 될 두께의 현철을 깔아놓은 것 같은 얼굴에 여원은 한숨만 내쉴 뿐이었다.

'나 혼자 이놈을 감당하라니…….'

여원은 자신에게 무진을 맡겨놓고 유유히 사라진 다른 친구들이 원망스러워질 뿐이었다.

요 얼마간 비상의 급박한 상황에 비상의 세계에서 떠나지 못했다지만 친구들 모두가 자신의 일이 있었다.

미영이는 기자 일을 해야 했고, 지현이는 오랫동안 쉬었던 어학자로서의 논문을 준비해야 했다. 하얀이는 다시 한의사의 수업을 시작했으며, 민우는 프리랜서로 몇 가지 작업을 진행 중이었다. 지수는 아르바이트 삼아 하던 패션 잡지 모델의 일을 하러 나갔고, 서인이야 비상의 전속 모델이기에 한창 인기가 드높아진 비상의 홍보를 위해 오늘도 촬영에 들어갔다.

이 모든 것이 얼마 전이라면 꿈도 못 꿨을 평상시 생활의 모습이었다. 그러나 사예와 현월대가 등장하며 할 일이 사라지자 오랫동안 미뤄왔던 자신들의 일을 찾아 비상을 당분간 쉬기로 한 것이다.

아직 인공지능은 코빼기도 보이지 않은 상황에서 너무 속 편한 것 같지만, 비상이 아무리 중요해도 그들에게는 현실의 평상 생활이 더욱 중요했다. 요 얼마간 게임 때문에 그들의 일에 많은 지장을 줬으니 이 시간 동안 더욱 열심히 일을 해야 했다.

그렇게 되고 보니 남은 것은 여원… 즉, 상호와 무진… 즉, 병건이뿐이었다. 병건이는 아직 제 할 일을 찾지 못한 백수고, 상호야 워낙 게임폐인이다 보니 휴가를 내고 비상의 일에 전격 나서는 중이었다. 그래서 친구들은 혼자서는 무슨 사고를 칠지 모르는 병건이를 상호에게 맡기기에 이르렀고, 상호는 별수없이 병건이의 옆에 붙어 있게 된 것이다. 상호로서는 전혀 달갑지 않은 상황이었다.

쿠릉.

그런 여원의 마음을 아는지 붉은색의 곰, 푸우 역시 콧바람을 내뿜으며 티꺼운 눈을 부라리고 있었다. 푸우 역시 사예의 엄명으로 그들의 곁을 떠나지 못하게 되었기에 자신의 먹이를 비롯한 간식 거리가 지천에 널린 상황에서도 이렇게 콧바람을 내뿜고 있을 뿐이었다.

"에휴……."

쿠릉…….

웬일로 마음이 맞는 여원과 푸우였다.

그때, 무진이 도저히 참지 못하겠는지 안절부절못하며 앉아 있다 벌떡 몸을 일으켜 세웠다.

"안 되겠어! 이렇게 있다가는 심심해 죽을 것 같다. 도와주러 가자!"

"야, 말이 될 법한 소리를 해라. 지금 저기에 도와줄 게 어디 있냐? 또 도와주러 간다손 쳐도, 자칫 잘못하면 우리도 저 진에 휩쓸리게 된다고. 그렇게 되면 도움은커녕 방해만 될 뿐이야."

그렇다. 현월대가 이루고 있는 진은 매우 뛰어났지만, 너무 강맹한 것이 문제였다. 도기가 줄기차게 새어 나오는 진이 휩쓸고 지나간 자리는 오직 초토화가 될 뿐이었다. 마물들을 상대로 펼치는 진이었기에 문제가 될 것은 없었지만, 한 가지 단점은 같은 편 역시 진에 휩쓸릴 위험이 크다는 것이었다.

눈 먼 도끼라도 맞았다가는 단숨에 게임 오버 될 정도로 그들의 진은 강맹하고 또한 매서웠다. 그렇기에 여원과 무진은 이렇듯 지켜보고만 있을 뿐이었고.

무진을 말리던 여원의 눈에 뭔가 이상한 낌새가 느껴졌다.

"응?!"

"왜 그래?"

무진은 갑자기 이상한 반응을 보이는 여원의 모습에 의아한 표정을 지었다. 여원은 잠시 무진에게 신경을 끊고, 전장을 바라보았다. 아니, 정확히 말하자면 전장의 너머를 보고 있었다.

그러다가 무진에게 갑작스런 질문을 던졌다.

"지금까지 마물이 얼마 정도 왔지?"

"응? 한 삼백 마리 정도? 아직 칠백 마리는 더 와야 끝나겠군."

무진은 그렇게 대답하며 여원의 시선을 쫓았다.

처음 마물들의 동시 다발적인 대군을 이룬 습격은 오백 마리에서 시작했지만, 한 달이 지난 지금에 와서는 약 천 마리 정도로 그 수를 늘려갔다. 말로 설명할 수 없을 정도의 엄청난 대군에 이전의 방위군들이었다면 무참히 밀려났겠지만, 이미 전력을 다하고 있는 방위군들은 마물들을 큰 어려움 없이 막아낼 수 있었다.

그중 가장 수월히 막아내는 곳이 바로 광무제 무신 사예가 있는 바로 이 경계였다. 사예와 현월대의 힘 앞에 천 마리의 마물은 단순한 놀이거리였다.

사십육 대 천.

이십 배가 넘는 엄청난 차이가 그 사이에 존재했지만 능히 사예가 그중 반의 역할을 할 정도였고, 진을 이룬 현월대 역시 엄청난 대군을 상대로 큰 부상자도 없이 전투를 할 정도였다.

사예를 주축으로 한 현월대의 돌파력에 의해 천 마리의 마물은 너무나도 어이없이 무너지기 십상이었다.

그런데 갑자기 이 상황에서 그것은 왜 묻는 것일까? 그런 의문을 가지던 무진 역시 여원의 시선 끝을 쫓아가니 곧 그 이유를 깨달을 수 있었다.

"저건… 어떻게 된 거지?"

지금으로선 아무도 답할 수 없는 무진의 물음은 흘러가는 바람 속에 묻힐 뿐이었다.

"차압!"

부웅!

거대한 대검이 살을 찢는 풍압을 일으키며 무참히 마물들을 베어갔다. 아니, 이것은 베는 것이 아니라 짓뭉개는 거라 하는 게 정확할 정도였다.

검강도, 검기도 담겨 있지 않지만 대검 속에 담긴 힘은 대단한 것이어서 대형 마물조차 별 힘도 쓰지 못하고 일검에 나가떨어졌다.

"백 마리째다!"

대검을 휘두르며 열심히 마물 소탕에 힘쓰던 장염은 드디어 자신이 쓰러뜨린 마물의 수가 백에 달하자 크게 소리 지르며 대검을 붕붕 돌렸다. 그러자 주변에 산개하여 역시 열심히 마물을 쓰러뜨리던 다른 두 명의 쥬신인이 그를 돌아보았다.

"역시 마물 죽이는 거 하나는 정말 빠르다니까."

서백. 본의는 아니었지만 지금의 사예를 만들기에 어쩌면 가장 큰 공헌을 했다 해도 과언이 아닌 사내였다. 창조주의 파편에 의한 습격 이후 폐관 수련에 들었기에 오랫동안 모습을 드러내지 않았지만, 쥬신 삼총사의 행보가 시작된 후, 타의로 폐관을 깨고 나와야 했던 비운의 인물이었다.

과연 억지로 깨긴 했지만 폐관 수련의 효과가 있었는지 그의 검은 예전에 비해 훨씬 날카롭고 빨랐으며, 정확히 일검에 마물 한 마리씩은 죽일 정도의 정교함마저 가지고 있었다. 더욱 놀라운 것은 그가 초식을 거의 쓰지 않고 있다는 것이다.

"초식에 의지하게 되면 단순히 기술만이 앞설 뿐, 나 자신의 실력은 늘지 않아."

라는 게 그의 답이었다. 폐관 수련에 들어서 초식이 아닌, 온통 검도 수련만을 했는지 그의 움직임 하나하나에는 장중함이 담겨 있었다.

나머지 한 명은 짧은 턱수염을 기른 사내였는데, 그는 시뻘겋게 물든 손바닥을 떨쳐 내고 있었다. 그의 이름은 장소룡. 오랫동안 세상을 돌아다니다가 이번에 불려온 사내였다.

그의 절기는 붉은색 휘광이 어리는 장법이라 하여 홍휘쌍장(紅輝雙掌)이라는 이름을 가지고 있었다.

그의 일장마다 붉게 물든 손바닥 아래로 무수히 많은 마물들이 터져 나갔다. 하지만 그의 얼굴에는 귀찮은 기색만이 가득할 뿐이었다.

"역시 난 여행이 좋지, 이렇게 무식한 학살이 담긴 전투는 싫어."

말은 그렇게 하는 장소룡이었지만 그가 죽인 마물의 수가 결코 장염에 뒤처지지 않을 정도라는 사실을 알고 있는 서백은 그저 식은땀을 흘릴 뿐이었다. 대검과 장. 어디를 봐도 대검이 유리한 상황인데도 장소룡은 전혀 뒤처지지 않고 마물들을 학살하고 있는 것이다.

물론 서백 그도 그들에게 뒤처지지 않고는 있지만 저렇게 투정을 부리면서도 죽이기는 엄청 잘 죽이는 장소룡의 모습에 혀를 내두를 뿐이었다.

"그나저나 사예 녀석… 엄청 강해졌다더군."

스팟!

꾸개객!

서백은 돼지의 형상을 갖춘 마물의 목줄기를 간단히 베어버리며 중얼거리듯 입을 열었다. 하지만 그 옆에 있던 장소룡은 그 말을 들을 수 있었다.

펙!

크엑!

"사예?"

장소룡은 홍휘쌍장의 수를 담은 장을 이리저리 휘두르며 단숨에 서너 마리의 마물들을 걷어낸 후 슬쩍 서백이 있는 뒤를 돌아보며 물었다. 그러자 서백 역시 길게 검기를 뽑아 전방의 마물들을 단숨에 베어 넘기며 입을 열었다.

그들이 나누는 대화의 어조와 내용은 마치 차라도 한잔하면서 편히 나누는 것 같았지만 실제로는 마물들을 무참히 썰어버리며 얘기하는 것이라 상당한 불협화음을 내고 있었다.

하지만 어쩌랴, 그들의 앞에 상위급 마물이 나타나지 않는 이상 이런 마물들은 귀찮을 뿐인데. 상위급 마물은 전투에 돌입하기 전 이미 기습으로 다 죽여버린 터라, 그들은 인해 전술로 밀어붙이는 만만한 마물들을 끝낼 뿐이었다.

"무신 말이야. 그 무신의 캐릭터 이름이 사예거든."

"아! 그 천추십왕인가 하는 놈들을 두 명이나 상대하고도 무참히 깨버렸다는 그 무신? 어라? 근데 너 무신이란 사람 아냐?"

장소룡 역시 복귀한 뒤 인공지능에 대한 얘기를 들은 터라 그들의 선두에 선 천추십왕에 대해서도 알고 있었지만, 사예에 대해선 잘 알지 못했다.

"물론, 당연히 알지. 그동안 천진에 있었던 사람은 다 안다고. 쩝, 처음 만났을 때는 일검만 휘둘러도 저승행이었을 녀석인데 말이야. 지금은 인공지능에 맞서는 일인자라니……."

서백은 사예와의 첫 만남을 떠올리며 그렇게 입맛을 다셨다. 마물들의 피비린내가 가득한 곳에서 입맛을 다시다니……. 그런 서백의 모습에 장소룡은 서백의 대단한 비위에 경의를 표할 뿐이다.

그 와중에도 그들의 일검과 일장에 수많은 마물들이 장렬한 최후를 맞고 있었다. 이제 장염은 전투에 열중하여 그들과 떨어져 마물들의 진영 속 깊숙이 들어가 거대한 대검을 휘두를 정도였다.

그런 장염의 모습에 혀를 차며 장소룡은 입을 열었다.

"그나저나 인공지능이란 놈도 별것 아니군. 이딴 마물들로 어디까지 가능하다고 믿는 거야?"

"이 마물은 단지 비상을 쓸어버리기 위함은 아닐 거야. 그리고 여기에서 끝날 인공지능도 아니고. 게다가 형이 못 만나봐서 그래, 창조주의 파편이란 녀석들을……."

"호오, 그 녀석들이 그렇게 세냐? 창조주의 파편이든, 천추십왕이든 한번 만나봤으면 좋겠군."

서백과 장소룡은 그렇게 대화를 주고받으면서도 마물들에게 향하는 손의 힘을 빼지 않았다.

장소룡은 홍광이 깃든 일장을 뻗어내며 자신을 향해 달려드는 마물을 가볍게 쳐내었다. 본인은 가볍게 쳐낸 것이지만, 튕겨 나가는 마물은 이미 그 형체도 알아보기 힘들 정도였다.

그렇게 또 한 마리의 마물을 걷어낸 장소룡은 이상한 느낌이 들었다.

"서백아."

"응?"

"이상한 느낌 들지 않아?"

"이상한 느낌이라… 그러고 보니……."

서백 역시 장소룡의 말에 무언가 낌새를 눈치챈 듯했다.

"알아보자."

"그래!"

그들은 각자 검과 장에서 의형진기를 뽑아내기 시작했다. 긴 실처럼 뽑아져 나오는 서백의 검기는 마물들을 쥐도 새도 모르게 베어놓을 정도였고, 장소룡의 손바닥에 깃든 홍련(紅蓮)의 장기는 앞을 가로막는 마물들을 무참히 박살내 버렸다. 그리고 그들은 마침내 그 느낌의 정체를 알 수 있었다.

"어, 어떻게 된 거지?"

"마물들이……."

"차앗!"

푸확!

케렉!

장염의 대검이 한 번 대기를 가를 때마다 기어코 마물들의 비명 소리가 터져 나왔다. 장염의 대검에는 백광의 검기가 줄기를 이루며 뿜어져 나오고 있었고, 검기는 마물들을 짓뭉갤 뿐이었다.

긴 파공음을 날리며 천지를 가르고 쪼갤 듯, 움직여 대는 대검에 담긴 힘은 과연 무서운 것이었다.

"이봐! 좀 제대로 해보라고!"

이미 전투에 푹 빠져 버렸는지 장염은 마물들에게만 신경을 몰아넣을 뿐, 주변 상황은 제대로 보지 않고 있었다. 하지만 이미 사방이 마물로 둘러싸인 상황에서 주변 상황이라 봤자 온통 마물뿐이었으니…….

"태금돌검(太金突劍)!"

검기를 잔뜩 일으켜 세운 장염은 그 검기를 증폭시키며 태금돌검의 초식을 발휘하여 주변을 쓸어갔다. 잔뜩 곤두선 검기는 주변의 마물들을 무참히 베어버리며 지나갔다.

장염의 반경 일 장의 거리가 마물들의 반 동강 난 시체가 쓰러지자 텅 비었다. 가히 무시무시한 파괴력이라 할 만한 공격이었다. 하지만 장염은 그런 무위를 자아냈음에도 좀 전처럼 화통한 외침을 터뜨리지 못했다.

그는 물러선 마물들의 사이로 그 뒤의 모습을 볼 수 있었던 것이다.

"어째서……?"

장염은 알 수 없다는 표정을 지으며 마물들의 너머를 보았다.

그곳에는… 그냥 넓은 벌판이 광활한 대지 위에 자리잡고 있을 뿐이었다. 그것뿐, 다른 것은 보이지 않았다.

이때가 사예와 현월대가 출현한 지 비상의 시간으로 한 달이 흘러가는 때였다.

광무제 무신이 그의 수하들인 현월대를 이끌고 세상에 나타난 지 비상의 시간으로 한 달이 흘렀다. 그리고 미처 무신 강림의 충격이 비상 전역의 사람들에게서 떨쳐지기 전에, 그들은 또 다른 이상한 사건을 보아야 했다.

마물들의 후퇴!

경계를 넘으려 끊임없이 밀려오던 마물들이 그 모습을 감춘 것이었다. 사람들은 북벌 대습격 이후로 또다시 혼란에 휩싸였다. 분명 마물들이 물러간 것은 그들에게는 다행이었으나, 그럴 이유가 없다는 것에 불안함을 느끼는 것이었다.

개중에는 무신의 강림이 마물들을 물러나게 한 이유라고 외치는 사람도 있었으나 그 외의 많은 사람들은 고개를 저을 뿐이었다. 그 정도로 물러갈 마물 같았으면 애초에 북벌은 생각조차 하지 않았을 것이다. 아무리 무신이 대단하다 하더라도 그 생각에 동의하는 사람은 많지 않았다.

사람들의 의구심이 점점 더 짙어져 갈수록, 마물들이 물러갔기에 증가해야 할 사기는 떨어지기만 했다. 또한 긴장감도 한층 줄어들었다. 무신 강림으로 한껏 치솟았던 기세가 마물들의 퇴각으로 인해 한풀 꺾여 버린 것이다.

결국 각 대문파에서는 떨어지는 사기를 보다 못해 몇몇의 정찰대를 보내어 마물들의 상황을 파악하도록 했다. 그리고 그들에게서 전해져 온 보고는 이러했다.

산서, 하남, 산동을 감싸는 섬서, 호북, 안휘, 강서의 중턱까지 마물들이 내려가 진을 치고 있음.

이에 또다시 사람들은 의문에 휩싸일 수밖에 없었다.

어째서일까? 어째서 마물들을 이렇게 모아두기만 하고 풀지를 않는 것일까? 각 경계의 지척에 마물들을 배치해 두고 노도와 같이 밀어붙일 때가 엊그제 같은데 갑자기 이런 휴전 상태라니…….

수많은 억측과 예상들이 난무하였지만 결국 그들은 그 이유를 알 수 없었다. 마물들의 낌새가 여기서 포기할 것 같지는 않으니 각 무사들을 독려하여 또다시 일어날 수 있는 변수에 철저히 대응하도록 하자는 결과만 나왔을 뿐이다.

각 문파의 수장들은 결과에 따라 소속된 무사들을 독려하고 사기를 높이려 했지만 한 번 떨어지기 시작한 사기는 멈출 줄 몰랐고, 지켜오던 긴장감마저 오랫동안의 휴식으로 서서히 무너져만 갔다.

무사들의 증원으로 기본적인 전력은 상승했지만, 그와 반대로 전투에 돌입하게 되면 이전보다 초반의 약세를 치르게 될 상황인 것이다. 하지만 딱히 다른 방법이 없었기에 그들은 계속해서 무사들을 독려하는 헛된 일을 반복할 뿐이었다.

그렇게 또다시 비상의 시간으로 한 달이 흘렀다.

"분명 이건 우리 피를 말려 죽일 속셈이야!"

"그래, 상호 말이 맞아. 한창 달궈놓은 피를 이런 식으로 허무하게 식히고 있잖아. 그동안 동료들의 희생으로 쌓아 올린 독기조차 무너지고 있어. 이건 계획적이라고밖에 볼 수가 없어."

병건이의 분통에 찬 말을 상호가 받았다. 상황 판단에 능숙한 상호조차 조금씩 짜증을 내고 있는 상황이다. 하지만 난 그들을 말리지 않고 조용히 침묵할 뿐이다.

그날, 마물들의 습격이 멈춘 그날로부터 벌써 비상 시간으로 두 달이란 시간이 가까워지고 있다. 두 달 동안 난 비상을 지켰다. 물론 내 건강과 몇 가지 사생활에 필요한 시간은 밖에서 보냈다지만, 그 외의 대부분의 시간은 비상에서 보냈다. 그리고 나와 함께 시간을 보낸 이가 바로 이 둘이다.

생활로 돌아간 다른 친구들은 요즘따라 하루의 일부 몇 시간을 제외하고선 비상에 그 모습을 드러내지 않는다. 두 달 전만 해도 하루의 거의 모든 시간을 비상에 쏟으며 마물들을 물리치던 때와는 상반된 모습이다.

하지만 그 모습이 잘못된 것은 아니다. 비상이 위급할 때 그들은 도왔다. 자신들이 좋아하는 세계를 잃고 싶지 않다는 마음 하나만으로 그들은 도왔다. 하지만 그 세상이 잠시 안전에 돌입하니, 그동안 미뤄왔던 사생활에 다시 충실할 수밖에 없었다.

설사 그 안전이 태풍의 눈의 안전일지라도…….

뭐, 그래도 할 일이 별로 없는 병건이와 상호는 남아서 나와 함께 비상을 지키고 있다. 하지만 그 지킬 일이 발생하지 않은 채 비상 시간으로 두 달이란 시간이 흐르고 있다.

이런 상황인데 누군들 짜증나지 않을 것인가.

다른 친구들의 부재 속에 상호와 병건이의 실력은 일취월장되었다. 비상 시간으로 두 달, 현실 시간으로 한 달이란 시간은 결코 짧은 시간이 아니다. 아마 지금의 병건이가 민우와 붙는다면 상극이라는 무공의 열세를 꺾어버리고 병건이가 승리할 것이다. 상호 역시 강기를 이루는데 이전과 비교할 수 없는 숙련도를 쌓고 있다.

솔직히 한 달 만에 이 정도의 발전을 이루기란 결코 쉽지 않다. 그게 전부 마물들과 연속된 전투로 레벨은 올라갔지만, 레벨에 맞는 초식의 숙련도와 신체적인 활용력이 떨어졌기에 가능한 것이었다. 각종 병기와 피를 부르는 마물들이 난무하는 전장에서 새로운 초식의 수련을 할 수는 없잖은가. 결국 이미 몸에 익힌 몇 가지 초식만 사용하게 되었고, 그에 따른 다른 초식들의 수련이 부족한 현상이 발생한 것을 이번 기회에 메우게 된 것이다.

하지만 그뿐이다. 그런 기본적인 실력이 쌓인다지만 이들은 나와 다르다. 수련만으로 그들이 강해질 수 있는 한계는 정해져 있다. 또한 시간이 갈수록 시간당 강해지는 느낌이 현저히 줄어들게 되니, 의욕 상실은 필연적이라 할 수 있다. 나처럼 무조건 수련만 한다고 해서 그만큼 강해지는 게 아니라는 거다.

마물들이라는 좋은 실전 상대와 스트레스 해소제들이 사라지고 나니 그들은 불평을 터뜨릴 수밖에 없는 상황이다. 그리고 그것이 아니더라도 주변 분위기가 그들을 그렇게 만들고 있었다.

"좀 참으라고. 인공지능이 바라고 있는 게 바로 너희들이 지금 그러고 있는 현상이라니까."

"나도 알아, 안다고. 하지만 참으라고 해서 참아지는 거냐? 지금이야 조용하다지만 마물들이 언제 어떤 방식으로 쳐들어올지 모르는 상황이니 비상도 마음대로 나갈 수 없고 말이야."

"그래, 상호 말이 맞아. 이전이야 너와 현월대가 상당수의 마물들을 없앴기에 우리가 거의 할 일이 없었지만 너도 인정했잖아, 다시 공격이 시작되면 이전보다 훨씬 힘든 싸움이 될 거라고. 그런 상황에서 우리가 어떻게 마음 놓고 비상을 나갈 수가 있겠냐? 그렇다고 우리가 직접 쳐들어갈 수도 없는 상황이잖아."

하아, 이런 식이다.

힘의 약세. 무사들의 증원으로 분명 전력은 상승했지만, 계속해서 리젠되어 보충되는 마물들에 비할 바가 아니다. 지금 힘으로 이쪽에서 공격을 감행한다면 단숨에 비상 전역의 반은 찾아올 수 있겠지만, 그 후로 이 하남은 물론, 산동과 산서까지 포함하여 마물들에게 모두 내주고 하북으로 밀려날 수도 있다.

각 문파의 지도자들 또한 이런 상황을 알고 있기에 떨어지는 무사들의 사기에도 공격 명령을 내리지 못하고 있는 것이다.

이게 인공지능이 노린 책략이라면 정말 잘 먹혀들어 간 것이라 할 수 있다. 하지만 난 상호와 병건이에게 말한 것과는 달리, 인공지능이 노린 것은 이것이 아닐 것이라 생각한다. 확실히 효과가 크긴 하지만, 이후에 다시 마물이 쳐들어온다 해도 충분히 막아낼 수 있을 것이다.

그렇기에 난 불안하다. 아직 마물들 중 정말 상위급이라 할 수 있는 마물들은 등장도 하지 않았고, 또 뭔가 미약한 책략으로 예측을 흐리는 행동 때문에 더욱 불안하다.

난 생각을 거두고는 자리에서 일어나 상호와 병건이를 바라보았다.

"그럼 너희도 현월대랑 함께할래?"

"……."

"……."

내 한마디에 증폭되어 가던 짜증이 단숨에 그치며 침묵을 유지했다. 상호와 병건이는 현재 현월대의 상황을 알고 있기에 이런 반응을 보이는 것이다.

난 다가올 마물들과의 제2차전에 대비하여 현월대의 사기를 감소시키지 않기 위해 다른 문파들과는 조금 다른 방법을 쓰고 있다. 확실한 나에 대한 믿음과 현월대가 그리 많지 않은 소수의 인원이기에 가능한 방법이다.

바로, 무조건 굴리기.

인정사정 봐주지 않고 굴리고 있다. 이 굴린다는 표현은 한마디로 말해 지독하게 수련을 시키고 있다는 말이다. 최소한 하루 10시간은 접속을 하도록 했다. 그렇게 되면 비상의 시간으로는 20시간이라는 시간이 생기고, 그 20시간 중에서 15시간은 수련만 시키는 것이다.

예외는 없다. 각자의 사생활이 있겠지만 하루에 10시간, 안 된다면 일주일에 70시간은 반드시 접속하게 만들었다. 만약 이것을 지키지 않는다면 현월대에서 자른다는 엄명을 놓았다. 때문에 현월대원은 사기가 떨어질 틈이 없는 것이다. 그 시간에 조금이라도 더 쉬어두는 것이 훨씬 이득이기 때문에.

스파르타식 교육은 내 취향에 맞지는 않지만, 어쩔 수 없는 상황에 택한 방법이다. 그리고 그 방법은 아주 잘 먹히고 있었다.

난 조용해진 상호와 병건이의 모습을 한번 일별하고는 다시 자리에 앉았다. 사실 애들을 안정시키기 위해 꺼낸 방법이긴 하지만, 나도 안정이 안 되고 있는 것은 마찬가지였다.

인공지능에게 시간이란 그리 중요하지 않다. 언제까지든지 이렇게 사람들의 애를 태울 수도 있다는 말이다. 아마 이 상황이 지속된다면 뻔히 패할 것을 알면서도 조바심을 참지 못한 이쪽이 먼저 쳐들어가게 될 것이다. 그렇게 되면 결과는 뻔하지. 게임 오버라고나 할까?

이게 아니더라도 저번 파왕과 잔왕이 동시에 나타난 이후로 모습을 드러내지 않고 있는 천추십왕 때문에 또 불안하다.

"비왕……."

천추십왕을 떠올리자, 난 나도 모르게 비왕이란 단어를 중얼거리고 말았다. 그때, 파왕과 잔왕을 향해 초풍건룡권의 마지막 초식 풍혼유룡을 전개했었다.

풍혼유룡을 짧게 설명하자면 필살의 초식이라 할 수 있다. 공격을 시작하는 순간, 공격은 끝나며 상대방은 한 마리의 거대한 풍룡이 자신을 삼켜 버리는 듯한 환상을 보게 되는 초식. 단월참이 도를 이용한 극쾌의 초식이라면, 풍혼유룡은 전신을 극쾌로 만드는 초식이었다. 더욱이 시전자가 낼 수 있는 속도가 빠르면 빠를수록 그 위력이 증가한다.

난 당시 생사일보에 풍혼유룡을 조합하여 전개했고, 잔왕과 파왕은 그로 인해 필살을 이룰 수 있을 것 같았다.

그때, 비왕이 등장했다. 예전 나에게 죽음을 맞은 비왕이 아닌 신입 비왕이라 소개한 그는… 낯이 익은 자였다.

그는 다름 아닌…….

"유향운…….""

바로 그였다. 나와 한 차례 대결 후 친구가 된 녀석. 하지만 상사의 부름 때문에 헤어진 녀석. 그 유향운이 비왕이 되어 내 앞에 나타나 잔왕과 파왕을 가로채 갔다. 그때의 놀란 가슴을 생각하면…….

나도 참 바보다. 유향운은 상사의 지시로 혼란을 일으키고 있었다. 자신도 그렇게 말했다. 비록 늦긴 했지만 세력 다툼이 인공지능에 의한 것이라는 걸 깨달았음에도 난 유향운을 까맣게 잊고 있었다. 유향운의 상사란 아마도 천추십왕이었을 확률이 컸다. 그리고 유향운의 갑작스런 나타남에 놀란 나는 다 잡은 천추십왕의 두 명을 놓치고 말았다. 아니, 비왕이 된 유향운까지 치면 세 명이로군.

"도대체… 인공지능이라는 녀석은……."

난 혼자서 중얼거렸다. 인공지능… 도무지 진정한 정체를 알 수 없다. 그가 뿌린 창조주의 파편 또한 알 수 없다. 스스로가 나타나지 않는 이상 구별할 수가 없는 것이다. 그 결과 자신과 친분이 있는 이에게 칼을 들이대는 사태가 발생하기도 한다.

난 다시 불안함이 전신을 휩쓰는 것을 느꼈다. 어떠한 형태로 다시 공격해 올지 모르겠지만, 결코 쉽지 않은 싸움이 될 것만 같다. 이것은 나의 예상으로 끝나는 것이 아니라, 분명 미래가 되리라.

난 애써 불안함을 떨쳐 버리며 주먹을 꽉 쥐었다.

"그래도… 포기할 수는 없지. 비상은 반드시 지킨다."

상호와 병건이의 침묵 속에 나의 중얼거림만이 잔잔히 울려 퍼졌다.

◆ 비상(飛翔) 쉰여덟 번째 날개
습격

비상(飛翔) 쉰여덟 번째 날개 습격

쏴아아아아아!

소낙비가 대지를 뒤덮었다.

비릿한 혈향이 남아 있던 대지가 비에 씻겨 나갔다. 찌는 듯한 더위도 소낙비로 인해 조금은 가시는 듯했다. 찌는 듯한 더위가 계속되는 여름의 소낙비는 분명 더위를 잊게 만들어주는 매개체였지만, 그리 달가워하지 않는 이들이 수두룩한 하루였다.

"크윽!"

"잔머리 굴리지 말고, 힘차게 내리그으란 말이야!"

사예의 계획 때문에 내리쬐는 태양 아래에서도 도를 휘두르던 현월대는 소낙비가 내리는 이때에도 그 모습을 변치 아니 했다.

도신을 타고 흐르는 빗물이 현월대의 정신을 깨웠다. 물에 젖은 종이처럼 축 처진 옷을 부여잡으며 도를 휘두르는 것은 결코 쉬운 일이 아니다. 아무리 이제 낮과 밤이라는 시간 차를 극복할 정도의 수준에 올랐다지만, 이런 폭우가 쏟아지는 와중에는 체력이 급속도로 낙하하는 것을 막을 순 없다.

하지만 그들은 현월대의 부대주 백향을 따라 수련에 임할 수밖에 없었다.

"발을 빨리 움직여! 그러다가 눈먼 칼에 맞고 싶나? 나 하나쯤이란 생각은 버려라! 나 하나 때문에 진의 전체가 무너질 수도 있다는 생각을 머리 속 깊숙이 박아 넣으란 말이야!"

첨벙. 첨벙.

백향은 소낙비에 자꾸만 느려지는 현월대의 움직임에 큰 소리를 지르며 진을 이끌었다. 그러면서도 안타까움을 금치 못했다.

뜨거운 전장의 향취가 남아 있었더라면 이딴 비는 아무런 장애도 되지 못했을 것이다. 아무리 큰 폭우가 쏟아져도 마물들을 향해 결코 투기를 거둘 현월대가 아니었으며, 오히려 더 더욱 기세를 피워 올려 폭우를 밀어내 버릴 이들이 바로 현월대다.

하지만 마물들이 물러간 이후, 이들은 상대를 찾지 못했다. 떨어지는 사기를 막아보고자 지독한 수련을 하루도 끊이지 않고 계속해서 이어나갔지만 그것도 곧 한계에 달하고 말리라. 더 이상 수련은 단순한 시간 때우기가 될 뿐이었다.

기다란 도신의 차가운 예기가 떨어지는 빗방울조차 베어버릴 듯 번득였지만, 그 속에 담긴 투기는 이전과 비교도 되지 않을 정도로 약해져 있었다. 그것에 계속해서 안타까움을 느끼는 백향이었다.

'이대로 견뎌야 하는가? 하지만 사기가……'

아무리 현월대가 다른 문파에 비하여 소수 집단으로 이루어져 단결력이 강하고 웬만한 일에 흔들리지 않는다지만, 그들도 인간이었기에 쌓아둔 힘의 분출을 간절히 원하고 있을 것이었다.

대련은 안 된다. 지금 몸속에 간직하고 있는 투기가 한꺼번에 분출될 수도 있다. 그렇게 되면 그것은 더 이상 대련이 아닌, 서로를 죽이기 위한 칼부림이 될 뿐이었다. 언제고 터질 것만 같은 휴화산을 품에 안은 듯한 느낌에 백향의 걱정과 안타까움은 늘어만 갔다.

'하지만 견뎌야 한다. 대주께서 기다리라 하셨다. 가장 먼저 기강을 흩뜨리는 녀석은 내 손으로 벨 것이다.'

백향은 그런 다짐을 하며 차가운 손잡이를 쥔 손에 힘을 주었다.

짙은 어둠을 품은 구름 속으로 숨어버린 태양에 아직 낮임에도 불구하고 주변은 어두컴컴했다. 마치 그들의 불운한 미래를 암시해 주는 것만 같았다.

하지만, 다행히도 백향이 걱정했던 사태는 일어나지 않았다. 그때 인기척이 들리더니 사예가 숙소에서 걸어나오는 모습을 백향은 볼 수 있었다. 그 뒤를 잔뜩 뚱해져 있는 무진과 여원, 그리고 강우를 비롯한 영귀와 광휘가 따라나왔다.

"대주……."

백향은 사예의 모습에 인사를 하려 했지만, 곧 그의 낌새가 이상함을 눈치챘다. 사예의 시선은 한쪽을 향해 고정되어 있었다. 백향은 사예의 시선을 따랐지만 어두컴컴한 구름만이 보일 뿐이었다.

하지만 이유없이 사예가 그러고 있을 리 없었다. 그뿐만이 아니라 이미 초절정고수의 반열에 오른 여원과 광휘가 사예의 시선을 쫓고 있었기 때문이다. 그들에 비하여 아직 비교적 실력이 떨어지는 백향이었지만 무엇인가 불길한 예감이 드는 것을 느꼈다.

"온다."

밖으로 나온 사예가 처음으로 꺼낸 말이었다.

싸늘한 바람이 분다.

산동의 하단 경계의 중심.

하남과는 다르게 그곳은 싸늘한 바람만이 불 뿐, 아직 비는 쏟아지지 않고 있었다. 하지만 짙은 먹구름이 하늘을 덮는 것이 조만간 비가 내릴 것임을 예상할 수 있었다.

"뭔가 좋지 않은 기분이 드는군."

디다는 잔뜩 찌푸린 하늘을 보며 중얼거렸다. 그런 디다의 곁으로 천진랑이 다가왔다.

"아아, 가뜩이나 찜찜한 기분인데 비까지 오려나?"

천진랑은 찡그린 하늘과 유사한 표정을 짓고 있었다. 그런 천진랑의 모습에 디다는 실소를 터뜨렸다.

"하하, 자네의 얼굴에서도 비가 내릴 것만 같군."

"내 얼굴에서 비가 내리면 저 사람들 얼굴에선 아주 폭우가 쏟아지겠군."

천진랑은 자신들이 서 있는 성책의 아래에 한가로이 모여 있는 무사들을 가리켰다. 벌써 며칠째 저러고 있다. 이미 사기는 떨어질 대로 떨어져서 더 이상 떨어지기조차 힘든 상황이다. 잔뜩 전력만 부풀려 놓으면 뭘 하겠는가. 공허한 허공에다 대고 힘을 쏟아낼 수도 없는 일 아닌가.

결국 점점 의욕을 잃어가는 사람들의 얼굴에선 줄어드는 사기와 반비례하여 주름은 날로 늘어만 갔다. 천진랑이 말한 것이 바로 이 사람들의 표정에 관한 것이었다.

"그나저나 너도 모르겠어? 도대체 인공지능이 무슨 속셈일지?"

"하하, 난 현자이지 신이 아니라네. 게다가 인공지능과 사람의 생각은 판이하게 다르다네. 인식 자체가 다른데 그의 계략을 알아차리기에는 무리가 있지. 물론 몇 가지 예상이야 가능하지만……."

디다의 끝을 흐리는 말에 천진랑은 눈을 빛냈다.

"그 예상이 뭔데?"

"흐음, 일단 가장 평범하게 생각할 수 있는 것이 하나 있지. 바로 이미 모든 사람이 거의 알고 있는 사기에 대한 문제라네. 거칠게 밀고 들어오는 마물들에 맞서 전의를 불태울 때는 비록 많은 사람들이 다치고 죽었지만 그만큼 승리할 때의 사기는 하늘 끝까지 닿을 정도였지."

"하지만 승리는커녕, 겨룰 존재조차 없으니 사기는 계속해서 하락할 뿐이 다… 라는 거겠지?"

"그렇다네."

"그렇게 다 아는 거 말고 다른 걸 말해 봐."

천진랑은 디다에게서 나오는 답에서 특별한 걸 찾을 수 없자 시큰둥하게 다음 답을 요구했다. 그런 친우의 모습에 디다는 희미하게 미소를 지었다. 하지만 이내 표정을 굳혔다.

"물론 거기까지는 다 아는 것이겠지. 하지만 그것에서 파생된 문제가 있 어."

"응?"

"마물들의 대폭적인 공세로 인해 결국 이쪽은 모든 전력을 다 끌어올렸네. 그 어느 때보다 강력한 힘을 지닌 셈이지. 생각을 해보게. 같은 양의 철이 있 네. 그 철을 넓게 펼친 것과 꽉꽉 눌러 압축한 것. 어느 것이 더 강하겠나?"

"당연히 압축한 것이 강하겠지."

"그것이지. 넓게 분포되어 있는 유저들의 힘을 지금 이 경계의 한 점으로 모았다는 말일세. 아니, 유저뿐만이 아닌, 인공지능에게 넘어가지 않은 NPC 들의 힘까지 모았으니 사상 최강의 전력이라 할 수 있다네."

"흐음."

천진랑은 디다의 말에 고개를 끄덕였다. 확실히 수는 많았지만 넓게 분포 되어 있었기에 마물들의 습격에 제대로 된 대응조차 하지 못하던 이전과 비 교하여, 비록 많은 사람이 죽었지만 이렇게 하나로 뭉친 그들의 힘이 훨씬 강 했다. 아니, 오히려 정예만 남았기에 통제를 하는 것이 훨씬 수월했고 모두 죽은 동료의 모습에 독기마저 피어오르고 있으니, 이전과 비교도 할 수 없는 전력의 상승이었다.

"하지만 그것이 오히려 문제가 되었다네. 힘은 몇 배나 강해졌지만 문제는 그 힘을 쏟아낼 곳이 없다는 것일세."

"그건 사기의 저하와 비슷하지 않아?"

"아니, 그것에서 한층 발전된 것이지. 한껏 압축된 바람이 들어 있는 풍선에 바람을 빼지 않고 오히려 계속해서 넣으면 어떻게 되겠는가?"

"아마도… 터지겠지. 그렇군."

그제야 천진랑은 무엇인가 깨달았다는 듯 고개를 끄덕였다.

"결국 인공지능은 우리 쪽의 내분을 조성하고 있다는 말일세. 그것이 NPC와 유저가 되었든, 아니면 유저와 유저가 되었든 간에……."

"……."

디다의 마지막 말에 천진랑은 물끄러미 잔뜩 찌푸려져 있는 하늘을 바라보기만 했다.

"하지만 예상일 뿐이네. 이 계획을 성공시키기 위해서는 반드시 하나의 계략이 더 필요하다네."

"……?"

"바로 그런 NPC와 유저를 제어할 몇몇 사람들의 제거는 필수 과제이지."

그렇다. 디다의 말대로 그 계획을 이루기 위해서는 인공지능에게 적대적인 생각을 가지고 있는 지도자 급의 인사를 제거해야만 했다. 유저들의 제거는 필수이며, NPC 중에서도 특히 지능이 높아 인공지능에게 반하는 성격의 인물은 반드시 죽여야 했다. 그중 대표적인 것이 소림의 방장이라 할 수 있었다.

하지만 아직까지 각 대문파의 수장들이 변을 당했다는 소식은 듣지 못한 터라 그 계획이 확실하다는 판단을 내리지 못하고 있었던 것이다. 더욱이 소림 방장은 둘째 치더라도 확실히 내분을 조장하기 위해서는 유저든 NPC든

간에 사람들의 시선을 휘어잡는 무위와 지도력을 발휘하는 무신 사예나, 아
니면 쥬신의 인물과 같은 이들을 없애야 하는 것은 필수 과제였다.

물론, 그들에게도 아직 그런 낌새는 보여지지 않고 있었기에 디다는 안심
하라는 듯 말을 내놓았다. 하지만 그런 말을 들은 천진랑의 표정은 그리 밝지
못했다.

"하하, 예상일 뿐이니 안심하게나."

"으음, 얼마 전까지 그런 말을 들었다면 웃고 넘어갔겠지."

"음?"

천진랑은 먼 하늘을 바라보며 자신의 유엽비도를 꺼내 들었다. 그리고서
는 의아히 자신을 바라보는 디다를 일별했다.

"하지만 아무래도 그 예상이 정말 실현될 것만 같군."

"자네……."

디다의 말이 끝나기도 전이었다.

천진랑의 유엽비도가 디다를 향해 무서운 속도로 쏟아져 나갔다. 그들의
거리는 이미 매우 가까웠고 천진랑의 비도는 빛살을 따라잡을 정도로 빨랐기
에 피하기에는 늦었다.

새파란 빛을 발하는 비도는 그대로 디다를 베어버릴 듯했다.

쒜에에에엑!

"쳇!"

갑자기 허공에서 누군가의 목소리가 들렸다. 그리고 잠시 그쪽 공간이 어
긋난다 싶더니 곧 금속성이 들려왔다.

캉!

디다를 스치고 지나간 그의 유엽비도는 허공에서 갑자기 나타난 작은 단
검에 가로막혀 있었다. 요염한 자태를 뿜어내는 풍만한 몸매의 한 여인은 유
엽비도를 막아낸 단검을 쥔 손끝에서 느껴지는 아릿한 고통에 인상을 찌푸리

며 뒤로 홀쩍 물러나려 했다.

그러나 그전에 불꽃에 휩싸인 박도가 그녀의 전신을 훑고 지나가고 있었다.

캉!

불꽃의 잔상이 그녀의 전신을 뒤덮는 듯했지만, 작은 금속음과 함께 흩어지는 잔영을 휩쓸 수밖에 없었다.

"이거 위험하군."

금속음의 정체인 작은 암기를 뿌려낸 한 노인이 여인과 마찬가지로 공간을 우그러뜨리며 튀어나왔다. 디다는 박도를 튕겨내고는 곧장 자신의 얼굴을 향해 날아오는 암기를 고개를 젖혀 피한 뒤 그들을 노려보았다.

"어떻게 알았지?"

여인은 표독스런 눈매를 감추지 않고 천진랑과 디다를 쏘아보았다. 어느새 천진랑의 손에는 그의 유엽비도가 되돌아와 있었다. 그리고 디다는 박도에 피어오르는 불꽃들을 억제하며 서서히 자세를 잡았다.

여인의 물음에 천진랑은 작은 미소를 지었다.

"그냥 그럴 것 같더군. 디다의 말을 들으며 만약 이 상황에 적이 접근해 있다면 어디가 좋을까? 하고 생각했지. 등하불명(燈下不明)이라고 등잔불 밑처럼 어두운 곳은 없지. 그중에서도 우리의 후면을 노릴 것은 당연하고. 그렇게 생각하니 조금씩 의심이 가더군. 이렇게 세찬 바람이 부는데도 그쪽은 잠잠하더란 말이지. 발밑에 떨어진 돌 부스러기 또한 움직이지 않았고."

여인은 천진랑의 말에 문득 발끝에 닿는 부스러기를 바라보았다. 겨우 이정도로 자신의 존재를 알아차렸다는 말인가?

"겨우 그것만으로……?"

"뭐, 없어도 본전이니까 말이야. 손해 볼 건 없지."

얼렁뚱땅 넘어가는 천진랑의 말이었지만 여인은 순간 등골이 오싹해짐을 느꼈다. 천진랑의 감각이 보통이 아님을 새삼 느꼈기 때문이다.

"어쨌든 다시 만났군. 요왕과 암왕이라 했던가?"

천진랑의 말에 여인과 노인의 표정은 조금씩 굳어졌다.

그랬다. 그들은 일전에 사예를 곤경에 몰아넣었던 천추십왕 중 요왕과 암왕이었던 것이다.

잠시 굳은 표정이던 요왕은 곧 혀끝으로 입술을 적시며 농염한 미소를 지었다.

"역시 대단하군. 천군과 현자 나리."

그녀는 이미 천진랑과 디다의 정체를 알고 있었다. 아니, 그렇게 힘을 뿜어댔는데 인공지능 측에서 모른다면 오히려 그것이 이상할 것이다.

표면으로는 웃고 있었지만 천진랑과 디다 역시 눈앞의 상대가 만만치 않음을 느끼고는 조금 긴장하고 있었다.

"여긴 웬일이신가?"

"호호호, 현자 나리쯤이라면 본녀와 이 늙은이가 여기에 나타난 이유는 이미 알고 있을 텐데?"

"늙은이가 뭔가, 늙은이가. 에잉!"

"시끄러!"

요왕의 대답에 암왕은 못마땅하다는 표정을 지었지만 그녀가 표독스럽게 소리치자 찔끔하여 뒤로 물러섰다. 그러면서도 한마디 하는 것은 잊지 않았다.

"성질머리하고는……."

다시 한 번 요왕이 암왕을 쏘아봤지만 암왕은 딴청을 피울 뿐이었다. 요왕은 그런 암왕을 일별하고는 다시 고개를 돌렸다.

"자, 그럼 죽어주셔야겠어."

황홀한 미소를 입가에 띤 그녀이지만 천진랑과 디다는 그녀의 미소가 더

없이 차게만 느껴졌다. 그런 그녀의 미소에 천진랑은 디다를 돌아보았다.

"넌 누구를 맡을래?"

"이미 정해져 있지 않는가? 자네가 여자와 싸우지 않는다는 건 내가 가장 잘 알고 있네만."

"쩝, 저 여자도 여자로 쳐줘야 하나?"

"어쨌든 모습은 여자 아닌가."

가벼운 대화를 주고받는 그들에게선 전혀 긴장감 따위는 느껴지지 않았다. 적어도 겉으로는. 그들의 모습에 요왕은 화가 치밀어 오르는 것을 느꼈다. 그녀는 아직도 구시렁대고 있는 암왕을 향해 소리쳤다.

"죽여 버려!"

그렇게 전투는 시작되고 있었다.

쏴아아아아!

소나기로 시작한 폭우는 금방 그칠 줄 알았던 것과는 달리 아직도 그 기세를 잃지 않고 있었다. 갑자기 내리는 비라서 소나기일 줄 알았는데 내 예상이 빗나간 듯했다. 그게 아니라면 누군가의 고의가 담긴 현상일 수도…….

전신을 싸늘하게 젖어드는 빗방울이 한월의 도신을 타고 흘러내렸다. 도신을 타고 내려가다 도첨의 끝에 맺힌 빗방울은 잠시 멈추어 서서 고민을 하는 듯하더니 이내 땅으로 내려앉아 다른 빗방울과 동화되었다.

그를 따르기 위해 한월의 도신을 타고 내려가던 또 다른 빗방울은 안타깝게도 도신의 중간에서 고민을 할 새도 없이 땅과의 만남을 가져야 했다. 내가 한월을 비스듬히 들어 올린 탓이었다.

"그다지 반갑지 않은 손님이로군."

난 눈앞에 서 있는 이들을 보며 중얼거렸다. 그런 나의 말을 들었는지 잔왕이 괴소를 흘렸다.

"흘흘흘, 오랜만이로군. 그동안 잘 지냈는가."

"당신들이 나타나지 않았다면 잘 지냈을지도 모르지."

"그럴 수는 없지 않은가. 이래 뵈도 우리는 자네의 적인걸."

적 주제에 상대편에게 자네라는 호칭을 입에 담기는 좀 어색하지 않나? 문득 그런 생각이 들었지만 현재의 상황에서는 전혀 필요가 없는 생각이라 생각의 저편으로 날려 버렸다.

이곳은 진영에서 조금 떨어진 곳에 위치한 깎아지른 듯한 절벽이 있는 곳이었다. 그리고 내 앞에는 네 명의 천추십왕이 자리잡고 있었다.

운기조식을 하던 중 나는 강렬한 기파의 흐름을 느꼈다. 그리고 그것이 천추십왕의 것임을 어렵지 않게 알 수 있었다. 총 네 개의 기파는 매우 빠른 속도로 진영을 향해 접근하고 있었다.

난 즉시 밖으로 나와 접근하는 천추십왕의 기파를 향해 달려나갔다. 그들의 목적이 무엇이 되었든 간에, 진영 안에서의 충돌은 우리 쪽에 큰 피해를 가져올 수 있었기 때문이다.

이미 나의 신법은 독보적인 경지에 올랐다 해도 과언이 아니었다. 딱히 빨리 달리는 경공을 익힌 것은 아니지만 빠른 속도로 달리는 것 정도는 이제 식은 죽 먹기나 다름없었다.

그런 나의 신법을 간신히 쫓아올 수 있었던 이가 바로 광휘와 푸우, 그리고 여원이었다. 경공이 떨어지는 다른 이들은 아직도 달려오고 있을 것이었다.

결국 나는 진영에서 제법 떨어진 곳에 위치하는 이 자리에서 천추십왕들과 마주할 수 있었다. 잔왕과 파왕, 그리고 쇄왕과 비왕… 즉, 유향운까지 합하여 네 명으로 이루어진 천추십왕은 내가 올 것을 짐작했다는 듯, 나를 기다리고 있었다. 내 시선은 유향운을 일별했다 거두어졌다. 비록 친분이 있는 사이라도 적이다. 그것도 막강한 대적.

진영에서 멀리 떨어져 조우해야 피해가 적다는 생각에 무조건 달려왔지만 막상 그들과 만나고 나니 난 상황이 그리 좋지 않다는 것을 깨달았다. 우리를 쫓아오는 후속팀과의 거리를 너무 벌려 버린 것이다.

후속팀과 거의 10분의 거리를 벌려 버린 탓에 현재 이쪽의 전력은 나와 광휘, 푸우, 그리고 여원이 전부였다. 천추십왕 쪽 또한 네 명이니 숫자가 맞지 않냐고 할 수도 있지만, 광휘조차 패왕과 맞붙어 패퇴의 색이 짙었던 것을 생각하면 지금의 상황은 우리 쪽에 상당히 불리했다. 게다가 이들에게서 느껴지는 기파가 이전과 사뭇 다를 정도로 강해진 바에야……

결국 승기를 잡으려면 선공을 취해야 하나? 아니면 후속팀이 도착할 때까지 최대한 시간을 끌어야 하나…….

그렇게 망설이고 있는 사이, 잔왕이 품에서 벽력탄을 꺼내어 던졌다 받았다를 반복하며 입을 열었다.

"흘흘, 어디 요 며칠 답답했던 마음을 풀고 한번 실컷 놀아보세."

쳇! 결국 싸우는 수밖에 없나?

내가 그런 생각에 한월에 기를 불어넣으며 일섬지로 선수를 치려는데, 잔왕을 제지하고 나서는 이가 있었다. 그는 다름 아닌 유향운, 비왕이었다.

"우리가 받은 명령은 싸우는 것이 아닙니다."

"큭!"

유향운의 말에 잔왕은 잠시 주춤하며 짧은 신음을 뱉었다. 그런데 명령? 인공지능이 내린 명령이란 말인가?

그렇게 잔왕을 뒤로 물린 유향운은 앞으로 나서며 나를 바라보았다. 나 역시 백면귀탈 너머로 그를 바라보았고.

"우리는 그분의 뜻을 전하기 위해서 왔소."

그분? 아아, 인공지능을 뜻하는 것인가? 난 약간 의문이 담긴 눈빛으로 유향운을 바라보았다.

"그게 무엇이지?"

"당신이 백호류의 조각을 가지고 있는 것을 알고 있소. 그분께서는 당신이 그 조각을 우리에게 양도하길 바라시오."

"허!"

나도 모르게 헛웃음이 나와 버렸다. 백호류의 조각을 양도하라고? 금팔찌의 조각? 내가 미쳤냐?! 이 상황에서 무턱대고 내가 가진 것을 내놓으라니… 아예 나보고 초절정무공을 찾아서 바치라고 하지?

이런 말이 튀어나오려는 것을 간신히 막은 나는 싸늘한 목소리로 답했다.

"잔왕의 말대로 당신들과 우리는 적이다. 미안하지만 난 적에게 칼을 쥐어주는 바보는 아니다. 전해라. 요구는 거절한다고."

"이것은 요구가 아니라 위협이오. 조각을 순순히 내놓는다면 몰라도, 그렇지 않을 시에는 좋지 않은 일이 기다리고 있을 것이오."

"내게… 그런 위협이 통하리라 생각하는가?"

난 싸늘한 대답을 하며 전신으로 살기를 내뿜었다. 손끝이 미미하게 떨리는 것을 보니 본능은 단번에 출수하여 상대에게 무차별적인 공격을 하길 바라고 있었다. 하지만 난 이성으로 본능을 억지로 밀어내며 싸늘하게 유향운을 노려볼 뿐이었다.

"좋소. 어쨌든 우리는 그분의 뜻을 전했을 뿐. 선택은 그대가 하는 것이니……."

유향운의 말이 채 끝나기도 전에 잔왕이 한 발 나서며 말했다.

"이제 주 임무는 끝났지만 그렇다고 그냥 돌아갈 순 없지 않은가?"

"하지만 그분께서 싸우라 명령을 내리시지 않았습니다."

"그냥 돌아갈 필요가 있는가? 당장 녀석에게서 조각을 빼앗으면 되지 않겠는가. 이번에는 저번처럼 쉽게 당하지 않을 것이니 말일세."

아주 혼자서 쇼를 하는구나. 하지만 정말 덤비게 된다면 위험하긴 위험하

다. 아까도 말했다시피 전력은 우리가 뒤지고 있으니… 난 후속팀의 기파가
어디쯤 와 있는지 알아보려 했다. 하지만 그들의 기파 이전에, 또 다른 많은
기파를 느껴야 했다.

"흘흘흘, 놀 때 놀아도 끼리끼리 놀아야 하지 않겠는가? 자네의 수하는 내
수하들과 잘 놀고 있을 걸세."

"음……."

창조주의 파편… 그들이다. 나와 광휘, 푸우, 그리고 여원이 천추십왕과
대면하는 사이 창조주의 파편들이 현월대를 비롯한 이들을 공격하고 있는 것
이다.

큭! 아무리 천추십왕을 눈앞에 두고 있다지만 한순간 그들의 기파를 느끼
지 못했다니… 난 멍청한 자신을 탓하며 한월을 잡은 손에 힘을 주었다. 제
기랄… 오늘은 일진이 더럽겠군.

"흘흘흘, 어떻게 하겠는가?"

"물러나지 않으시겠다니 별수없군요. 하긴… 저 또한 갚아야 할 빚이 있으
니……."

유향운은 그리 말하며 품속에서 모두 알 수 없는 금속으로 되어 있는 청색
의 부채를 꺼내 들었다. 이렇게 되면 속전속결이다!

"내가 잔왕과 비왕, 파왕을 맡아서 싸울 테니, 속전속결로 먼저 쇄왕부터
공격해라. 그 수밖에 없을 것 같군."

내가 뒤의 광휘와 여원, 푸우에게 낮게 말하자 고개를 끄덕이며 자리를 벌
리기 시작했다. 그런 그들의 모습을 일별한 나는 왼손 다섯 손가락 끝에 기를
집중시켰다. 이미 전신을 세차게 돌고 있는 진기는 내 의지에 막힘없이 손끝
으로 이동했고, 나머지는 모두 한월을 통해 쏟아지기 시작했다.

"흘흘흘! 이것부터 받아보게나!"

잔왕은 품속에서 꺼낸 큰 벽력탄을 우리에게 뿌렸다. 하지만 이미 거리를

적당히 벌려둔 우리는 즉시 사방으로 흩어지며 벽력탄의 범위에서 벗어났다.

콰!

굉음과 함께 사방으로 비산하며 쏟아지는 물방울의 틈으로 난 생사일보를 밟아나갔다. 그렇게 전투가 시작되었다.

"아미타불."

폭파의 여파에서 벗어난 내 귓가로 가장 먼저 들려온 것은 파왕의 불호 소리였다. 그리고 몸으로 가장 먼저 느낀 것은 나를 향해 쇄도하는 강력한 권력이었다.

"칫!"

첨벙첨벙!

난 원주미보를 밟으며 몸을 크게 회전시켜 권력을 흘려내었다. 억수같이 쏟아지는 빗줄기가 발걸음을 옮기는 것에 제약을 주었지만 한발 한발 뻗어나가는 원주미보의 발걸음은 거침없었다.

큰 원을 그린 나의 신형은 두 번째 원을 그리다 멈추고 직선으로 뻗어갔다. 생사일보를 밟은 것이다.

"흘흘흘. 또 받아라, 이놈!"

내가 생사일보를 밟으며 뻗어간 곳은 다름 아닌 잔왕을 향해서였다. 잔왕은 처음 뿌린 벽력탄 이후로 또 다른 벽력탄을 뿌리려 준비하고 있다가 파왕의 공격에 맞춰 다시 벽력탄을 뿌려내었다. 하지만 생사일보를 밟아 벽력탄이 뿌려진 곳의 중심으로 순식간에 접근한 나는 주먹 끝에 힘을 주었다.

"별로 받고 싶은 생각 따윈 없는데? 차압! 초풍만룡!"

사방을 뒤덮는 수많은 권영들의 흔적은 쏟아지는 벽력탄들을 다시 튕겨서 돌려보냈다.

콰콰콰콰!

곧 들려오는 폭발과 그 여파로 내게 쏟아지는 물방울들이었지만, 난 이미 그 자리에 존재하지 않았다. 곧바로 다시 생사일보를 밟아 잔왕에게로 접근하여 한월을 뻗어내고 있었기 때문이다.

"잔월향!"

스르르륵!

하늘로부터 떨어지는 빗줄기에 대응하지 않고 오히려 그 빗줄기에 녹아드는 듯한 잔월향의 공격은 잔왕의 여덟 방위를 차단하며 베어가고 있었다.

순간 잔왕의 표정에는 당황함이 깃들었지만, 난 한월을 거두어 원주미보를 밟으며 등 뒤로 내리그어야 했다.

캉!

"과연!"

어느새 나의 뒤에 접근해서 공격하려던 유향운은 한월에 자신의 공격이 막히자 놀랐다는 표정을 지었다. 쳇! 아무래도 이거 삼 대 일은 너무하잖아?

유향운은 한월을 막은 부채의 살을 펴서 바람을 타고 한월을 넘어 나를 향해 뻗어오기 시작했다. 그리고 잔왕은 내가 피할 수 있는 방위에 벽력탄을 뿌리며 나의 도주로를 차단해 버렸다. 제길, 저 벽력탄은 비가 이렇게 많이 내리는데도 터지나? 뭐 저딴 게 다 있어?

"아미타불!"

잔왕의 뒤로 접근한 파왕마저 나를 향해 주먹을 찔러오니 진퇴양난의 상황이 아닐 수 없었다.

하지만 이미 생각 이전에 몸이 먼저 움직이고 있었다. 나의 기가 집중됨에 한월에서는 금묵광의 도강이 피어오르기 시작했다. 이제 내게 있어 도강의 운용은 그리 어려운 것이 아니다.

"쉽게 당할 줄 아느냐!"

난 도강이 피어오르는 한월을 끌어당겨 나를 향해 뻗어오는 유향운의 부채를 베어갔다. 그러자 유향운은 승산이 없음을 깨닫고 공격을 잠시 멈칫했는데, 그것이 내게 시간을 주었다. 난 그 틈사이로 원주미보를 밟으며 파왕의 권력을 흘러넣음으로 하여 유향운을 향해 뻗어가도록 했다.

"칫!"

유향운은 급히 부챗살을 둥글게 말며 파왕의 권력을 빨아들여 소멸시키려 했다. 덕분에 완전한 틈이 생겼고, 그곳으로 난 생사일보를 밟아가려 했다. 하지만 그 순간 내 눈앞에 잔왕이 뿌린 벽력탄이 나타났다.

무서운 화력을 지닌 벽력탄이 곧 터질 듯 꿈틀대었지만, 어느새 뻗어나간 내 왼손은 짙푸른 뇌전의 강기를 피워내며 눈앞의 벽력탄을 감싸고 있었다.

쿵!

손끝에서 거대한 충격이 느껴졌다. 하지만 그것뿐, 주변은 화염에 휩싸이지도 않았고, 내게 큰 상처를 주지도 못했다. 진천강기를 피워 올려 현월광도의 망월막과 비슷한 운용으로 하나의 벽력탄을 감쌌더니 그 속에서 폭파의 여파가 끝난 것이다.

진천강기로도 그 폭파의 여파를 완전히 막지 못하였기에 손바닥이 아려왔지만 그것이 심할 정도는 아니었다. 난 다시 생사일보를 밟았다.

싸늘하게 스쳐 가는 빗물보다 더욱 빠른 움직임에 한순간 세상이 멈춘 듯 보였다. 물론, 그것은 잔왕 또한 마찬가지였다.

잔왕은 자신들의 한 수를 내가 유유히 피해내고 또한 자신의 앞에 나타나자 두 눈을 휘둥그레 뜨며 급히 뒤로 물러섰다. 그는 내 생사일보를 생각해 두었던지 이미 벽력탄을 뿌릴 만반의 준비를 하고 있었지만, 그것을 순순히 두고 볼 내가 아니었다.

"어디서 헛수작을!"

난 짧은 외침을 뱉어내곤 원주미보를 밟으며 순식간에 잔왕의 시야에서 벗어났다. 잔왕은 갑자기 내가 사라지자 잠시 망설였는데, 그때 녀석의 옆구리로 나의 강맹한 일장이 파고들었다.

“광뢰충장!”

빠지지직!

“큭!”

이미 손에 맺혀 있는 진천강기다. 이 한 방으로 잔왕을 보내 버릴 수도 있다는 말이다. 하지만 잔왕은 호락호락한 인물이 아니었다. 벽력탄을 나의 일장과 자신의 옆구리 틈으로 끼워 넣은 것이다. 결국 내 광뢰충장은 잔왕이 아닌, 그의 벽력탄을 치고 말았다.

콰앙!

벽력탄이 폭발함에 손을 타고 오르는 화염을 진천강기로 억누르며 난 급히 생사일보를 밟아 그 자리에서 물러섰다. 큭! 너 죽고 나 죽자 식으로 벽력탄을 뿌려내다니…….

첨벙첨벙!

생사일보로 급히 물러선 나는 진천강기를 이용해 타고 오르려는 불꽃들을 모두 걷어냈다. 거대한 폭발로 인해 전투는 잠시 소강상태에 접어들었다. 폭발의 너머로 유향운과 파왕이 걸어오고 있었고, 그 폭발 속에서 잔왕이 천천히 걸어나오고 있었다.

저번처럼 옷의 꼴은 말이 아니었지만 폭발에 의한 직접적인 피해는 없는 것 같았다.

“흘흘, 대단하군. 우리 천추십왕 세 명을 상대로 전혀 밀리지 않고 있어.”

“특히 그 보법. 보통의 것과는 궤를 달리하는 것이었소.”

“아미타불. 도의 예리함과 권장지각의 파괴력에 의존하지 않고, 적절한 힘과 순발력을 살리는 움직임 또한 뛰어납니다.”

뭐, 뭐 하자는 거야? 갑자기 칭찬 퍼레이드냐?

저 녀석들이 하고 있는 말이란 분명 나를 향한 칭찬인데 난 별로 기분이 좋지 않았다. 아니, 오히려 나빠지고 있었다. 도대체 무슨 수작인 거야? 적에게 칭찬을 하다니… 내가 그딴 칭찬에 넘어갈 정도로 귀가 얇… 기는 하지만, 그래도 이런 상황에서 그러지는 않는다고!

난 녀석들에서 기파를 집중하여 움직임을 읽으면서, 조금씩 주변을 돌아보았다. 광휘와 여원, 그리고 푸우는 쇄왕을 맞이하여 잘 싸우고 있는 듯했다.

쇄왕의 공격은 푸우가 막아내고, 여원이 쇄왕의 시선을 흩으며 정신을 분산시키면, 광휘가 일격을 놓는 식이었다. 하지만 쇄왕 역시 저번에 보았을 때랑 비교도 되지 않는 무위를 뿜어내고 있었다.

단순히 기파의 증가가 아닌, 실제 상대를 깔보는 듯한 분위기가 사라져 전력을 다하고 있다는 것에 큰 차이가 있었다. 이번에 쇄왕이랑 붙는다면 저번처럼 쉽게는 이길 수 없을 것 같았다.

그렇게 이전 천추십왕에 비교하여 한층 더 강해진 것 같은 쇄왕을 맞아 싸우는 광휘와 여원, 그리고 푸우를 보니 제법이란 생각이 들었다. 음음, 그러면 한층 강해진 천추십왕 세 명이랑 맞붙는 난 괴물인가?

크윽, 스스로를 괴물이라 하다니… 아차, 이럴 때가 아니었지.

난 다시 눈앞의 세 천추십왕에게 정신을 집중했다. 어느새 지척으로 다가온 그들에게선 조금 전보다 또 한층 증가한 기파가 새어 나오고 있었다. 또한 유향운의 부채와 파왕의 주먹엔 강기가 서려 있었고, 잔왕 또한 지금까지와는 다른 푸른색 벽력탄들을 손에 쥐고 있었다. 아마 강기가 아닌, 새로운 벽력탄을 이용한 공격 같았다.

"어떻게 된 것이지?"

난 갑자기 강해진 그들의 모습에 의아함을 느끼며 물었다. 단 두 달 만에 저렇게 강해질 수 있다는 말인가? 음, 내 입장에서 이런 말하기는 그렇지만 이렇게 짧은 시간 안에 저 정도로 강해지는 건 아무래도 사기라고!

"흘흘, 그분의 영향이 미친 탓이지."

"그분이라면 인공지능을 뜻하는 것이겠지?"

난 공허하게 울리는 혼잣말을 중얼거렸다. 인공지능의 영향이 미치다. 도대체 무슨 뜻이지? 이미 인공지능이 모든 시스템을 점령했다는 말인가? 그렇다면 애초에 이렇게 싸울 필요도 없이 끝났을 텐데?

게다가 인공지능의 영향이 미쳤다면 강해진 것은 저들뿐만이 아닐 것이다. 제길, 창조주의 파편들!

나의 생각은 어느새 창조주의 파편들과 그들과 싸우고 있는 현월대에 미쳤다. 만약에 그들 역시 강해졌으면 현월대만으로는 상대하기가 불가능할 것이다. 자칫 잘못하면 전멸을 당하면서 단숨에 이곳이 점령되어 버릴 수도 있다는 얘기다. 그야 물론 내가 당했을 경우를 가정한 것이지만, 확실히 위험한 상황임에는 틀림없었다.

이 싸움… 진지해져야겠군.

스으으으―

난 조금씩 발을 밀어 다리 간의 간격을 바르게 맞추었다. 그리고 한월을 잡은 손에 힘을 주고, 그 속으로 더욱더 강력하고 많은 내공을 불어넣기 시작했다.

웅웅웅!

기에 반응한 한월이 그 어느 때보다 웅장한 도명을 울렸다. 그리고 한월에서 솟구쳐 오르는 도강. 비록 그 길이는 1미터가 안 될 정도로 짧았지만, 10미터 때의 도강과는 비교도 안 될 정도의 큰 파괴력이 압축되어 담겨 있었다.

스르르 움직이는 한월에 따라 공기마저 따라 흐르고, 바람마저 흩어질 정도의 거대한 기의 파동에 나의 힘을 모두 담아내기 시작했다.

프아아아앗!

거칠게 갈라지는 물결은 사방으로 튀어나가고 한월과 하나가 된 내 움직임은 이미 전신을 억누르는 거대한 위압감을 내뿜고 있었다.

찌릿찌릿!

"크, 크윽! 과, 과연 굉장하오. 이런 힘이라니… 그분께서 가장 신경이 쓰일 정도의 내공과 힘이오. 하지만, 그것만으론 어림없소."

유향운은 억지로 한 발 나서며 그리 말했다. 동시에 그를 비롯한 잔왕과 파왕, 그리고 쇄왕에게서도 기파가 증가되고 있었지만 아직 사위를 억누르는 나의 기파 속에 발버둥을 치고 있을 뿐이었다.

"빨리 끝내도록 하지. 더 이상 이 싸움… 오래 끌고 싶지 않군."

적은 적! 친구가 못 될 바에야 확실히 끝내주마, 유향운!

난 아직도 나의 기파에 움찔대는 그들을 향해 한월을 들어 올려 내리그었다. 그들과 나의 사이가 제법 가까워졌다고는 해도, 한월에서 솟구쳐 오른 1미터의 도강이 닿기엔 턱도 없이 먼 거리였지만 한월이 거칠게 뿜어내는 도강 아래 그따위 거리는 전혀 무의미한 것이었다.

파사사사사!

주변에 튀어 오르는 모든 빗방울들을 다 소멸시키며 묵금광의 비도강은 힘차게 날아가기 시작했다. 초월파가 아닌, 그냥 비도강이다. 하지만 그 위력은 감히 무시할 바가 아니었다.

쾅!

잔왕의 벽력탄이 터질 때 만들어내는 거대한 굉음과 함께 비도강이 땅을 치고 폭발을 거듭했다. 그런 비도강의 위력에 세 명의 천추십왕들은 각자 흩어지며 협공을 하려 했지만, 그런 그들을 가만히 기다려 줄 정도로 난 시간이 넉넉하지 않았다.

촤악!

물살을 가르며 일보를 내뻗음에 내 신형은 한줄기 선이 되어 앞으로 쭉 뻗어나갔다. 가장 가까이 있던 파왕을 향해서였다. 그리고 섬광을 그어내는 한월은 파왕의 신형을 쪼개어 버릴 듯 세차게 날아들었다.

"흠!"

파왕은 나직이 신음을 지르며 권강이 피어오른 주먹으로 한월의 도신을 치려 했다. 아무리 권강이 덮인 손이라도 한월의 도강에 전면으로 맞섰다가는 그날로 손을 잃을 수도 있다는 것을 계산했나 보다.

파악!

강맹한 권력이 한월의 좌측을 때려옴에 난 슬쩍 힘을 거두며 도중에 원주미보를 밟았다. 그러자 나의 신형은 파왕의 일권에 맞춰 한 바퀴 회전하며 앞으로 쏘아져 나갔다. 그리고 한월은 거침없이 파왕을 베고 지나갔다.

푸학!

뜨거운 피가 튀었다.

한월이 지나가는 자리로 핏빛 잔상이 드리우며 떨어지는 빗방울과 함께 세상을 붉게 물들였다.

"크억!"

파왕이 바닥에서 펄떡이는 자신의 왼팔을 버려둔 채 비명을 지르며 급히 물러섰다. 난 신형을 추스르느라 그런 파왕을 쫓지 못했고, 어느새 잔왕과 비왕이 후방에서 공격을 감행하고 있었다.

분명 파왕의 한쪽 팔을 베어버렸지만 난 그다지 표정이 밝지 못했다. 사실 노린 것은 왼쪽 어깨부터 하여 가슴을 사선으로 가르는 것이었는데 파왕이 권강을 끌어올려 어깨까지 덮어버리자, 도강이 그런 권강에 조금 밀려 팔만을 잘라 버리고 만 것이다. 게다가 파왕은 그 순간에 일권을 날려 내 어깨를 쳤다. 비록 내 공격에 권강은 파훼되어 단순한 권력일 뿐이었지만, 왼쪽 어깨가 욱신거리는 것이 제법 아파왔다.

칫! 좋은 찬스를 놓쳤어. 다시 이런 찬스가 올지 장담할 수 없는데… 게다가 어깨는 또 지랄같이 아프군.

난 아쉬움의 눈길로 파왕을 바라보다 이내 다가온 비왕과 잔왕에 맞설 수밖에 없었다.

싸움은 그렇게 깊어져만 갔다.

한편 사예가 세 명의 천추십왕을 맞이하여 고전을 면치 못하고 있는 동안 광휘와 여원, 그리고 푸우는 쇄왕을 밀어붙이고 있었다. 그들은 사예와 세 명의 천추십왕이 보이지 않을 정도로 떨어져 있었다. 정신없이 싸우다 보니 서로에게 최대한 피해가 가지 않을 정도로 떨어진 것이다. 아니, 사예의 잠깐 빗나간 공격에 피해를 입지 않을 정도로 멀어졌다는 것이 정확한 표현이었다.

고전을 면치 못하고 있는 사예와는 달리 그 세 명은 쇄왕에 맞서 승기를 세워가고 있었다.

사실 패왕에게 패한 광휘였지만 엄연히 그녀도 구신 중 하나였고, 특히 그 중에 살수 계열의 직업이었기에 정면 대결에서는 밀릴 수밖에 없었던 것이지 결코 그녀가 약한 것은 아니었다. 만약 정면 대결이 아닌, 은신과 기습을 병행하여 싸웠더라면 패왕에게 그리 쉽사리 패하지는 않았을 것이었다.

또한 여원 역시 절정무공을 익혀 권강을 뿜어내며 탁월한 전투 감각으로 쇄왕의 정신을 빼내갈 수 있었다. 게다가 푸우의 방어 앞에 쇄왕의 공격은 너무나도 어이없이 무위로 돌아가 버렸다. 하지만 다른 천추십왕들처럼 전과 비교하여 엄청 강해진 쇄왕에 아직도 승부를 내지 못하고 있었다.

샤앙!

"큭!"

광휘의 공격이 쇄왕의 귓불을 스치고 가자, 쇄왕은 자신의 창을 휘감으며 물러섰다. 하지만 그 뒤를 여원이 바짝 따라붙어 권각을 병행하여 날렸다.

"하압!"

파파팟!

쏟아지는 주먹과 발의 잔상에도 쇄왕은 천추십왕의 일인답게 당황하지 않았다. 정면에 내밀은 창을 돌려 권과 각을 쳐낸 후, 오히려 섬광과도 같은 속도로 여원의 심장을 찔러갔다.

여원은 급히 신형을 돌려내며 쇄왕의 창을 피했으나 어깨가 날카로운 창날에 베이는 것을 막을 수는 없었다. 하지만 그 정도에 타격을 입을 여원이 아니었기에 계속해서 접근하며 공격을 해 나갔다.

쇄왕은 여원의 공격을 막다가 섬뜩한 기분이 들어 곧바로 창으로 땅을 찍으며 그 반탄력으로 신형을 하늘에 띄웠다.

쿠엉!

마침 푸우의 육중한 몸이 쇄왕이 있던 자리를 지나쳤다. 이미 푸우의 모습은 혈웅의 그것으로 변해 있었다. 주변으로 진득하게 살기를 뿌리며 쇄왕을 압도하는 푸우의 모습은 놀라울 정도였다.

사실 광휘와 여원이 뛰어나긴 하지만 푸우가 없었다면 오히려 밀리는 쪽은 여원과 광휘가 될 터였다. 그 정도로 쇄왕은 강했고, 그에 맞서는 푸우 역시 광휘와 여원보다 강했으면 강했지 약하지는 않았다. 오히려 방어만을 택한다면 쇄왕과 혼자 붙어도 지금까지 버틸 수 있었을 정도였다.

쿠어어엉!

긴 포효 소리와 함께 자신을 향해 돌진하는 푸우의 모습에 땅에 내려선 쇄왕은 섬뜩함을 느끼며 급히 보법을 밟아나갔다. 이미 여러 차례 푸우를 향해 창강이 가득 담긴 공격을 했음에도 푸우는 아무 이상 없이 달려드는 것을 보았기 때문이다.

그때 그가 보법으로 피할 방위에서 작은 소도가 튀어나오며 그의 옆구리를 훑고 지나갔다. 급히 보법을 멈춰 서며 허리를 틀지 않았더라면 큰 부상을 입었을지도 모른다.

"크윽!"

쇄왕은 창을 휘둘러 광휘와 여원, 푸우를 견제하며 물러섰다.

"대단하군. 우리의 협공을 받는데도 견디다니……."

여원은 진정 감탄했다는 듯 입을 열었다. 실제 대단하기로 따지자면 자신들 셋이 합공했어도 버틴 쇄왕 정도의 천추십왕 세 명을 상대로 밀리지 않는 사례가 더욱 대단했지만, 이미 그들의 머리에서 사례는 논외의 대상이었다.

쇄왕은 축축하게 젖어드는 옆구리를 보았다. 진한 붉은 피가 흘러내리고 있었다. 이따위 피야 금방 멎을 것이다. 그분의 힘이 가호하는 자신에게 이 정도의 상처쯤은 아무런 감흥도 줄 수 없었다.

하지만 자신을 이 정도로 밀어붙일 수 있는 이가 사례를 제외하고 있을 것이란 생각은 하지 못했다. 비록 삼 인의 협공이라 하더라도 더욱 강해진 자신이 이렇게 밀리다니… 더욱이 저들 중 한 명은 이전에 보았던 이들 중 한 명 아닌가. 그때는 안중에도 두지 않았던 이가 지금은 자신을 밀어붙이고 있다.

'재미있군.'

문득 지금의 상황이 재미있어졌다.

성장하는 인간의 모습. 그것은 자신의 뜻대로 마음껏 세상을 다니고 경험을 얻지 못한 자신으로서는 재미있고, 한편으론 부러운 모습이었다.

'그분이 이 세상을 가진다면… 우리도 저럴 수 있을까?'

문득 그런 의문이 들었지만 이내 고개를 저으며 생각을 떨쳐 버렸다. 그분은 전능하신 존재다. 반드시 자신들에게도 자유를 줄 것이다. 그는 그렇게 믿으며 창을 잡은 손에 힘을 주었다.

"간다! 차앗!"

창과 함께 혼연일체가 되어 쇄왕은 그렇게 그들에게 쇄도하기 시작했다.

피잉!

팽팽이 당겨진 은사가 거미줄처럼 사방을 둘러쌌다. 하지만 그 틈을 빠져 나온 암영(暗影)은 은사를 따라 흘러가듯이 빠른 속도로 한곳을 향해 쏘아져 나갔다.

카앙!

금속음이 울리고 암영의 정체, 별 모양의 암기는 흔적도 남기지 않고 사라졌다.

"크윽!"

자신의 비도로 급히 암기를 막아내었지만 급작스런 진기의 이동에 천진랑은 작은 신음을 뱉었다. 그런 그의 모습에 디다는 달려드는 주술의 힘을 박도를 그어 사그라뜨리고는 천진랑이 있는 곳으로 대피했다. 잠시 밖에 나갔다가 전투의 기운을 느끼고 전투에 합류한 비마 역시 암왕과 요왕을 견제하며 뒤로 물러섰다.

"괜찮은가?"

"전신이 따끔거리고 가슴을 망치로 두들긴 것 같은 통증을 빼놓고는 괜찮은 것 같아."

"으음."

한마디로 안 괜찮다는 거였다.

천진랑의 그런 대답에 할 말을 잊은 디다는 다시금 전방을 바라보았다. 그들이 있던 자리는 이미 초토화가 되어 있었다. 성벽은 무너져 버렸고, 무너진 성벽에서 내려와 제2차전을 벌였다. 그리고 천진랑, 디다, 비마는 온통 피칠갑을 한 채였다.

"호호호, 끈질기군요."

"그러게 말이네. 꼭 소 심줄 같구먼."

요왕의 웃음 섞인 말에 암왕이 고개를 끄덕였다.

요왕과 암왕 역시 이곳저곳에 많은 상처를 입었지만, 그래도 쥬신 삼총사 정도까지는 아니었다. 아니, 삼 대 이의 싸움을 생각하면 그들의 상처는 상처도 아니었다.

"어떻게 저렇게 갑자기 세진 거지?"

천진랑은 도저히 알 수 없다는 듯 그렇게 중얼거렸다. 예전에도 강했지만 지금 정도는 아니었다. 그때는 정면 대결을 하여 못해도 맞수를 이루거나, 전력을 다한다면 무찌를 수 있을 정도였다. 하지만 지금 이들은 쥬신 삼총사가 전력을 다해 협공을 하더라도 오히려 당해낼 수 없을 정도가 되었다.

그 사실이 너무 황당하다 못해 억울하기까지 한 천진랑이었다. 그 심정은 비마나 디다 역시 마찬가지였다. 하지만 그냥 당해줄 생각은 없었다. 몸을 추스른 천진랑이 자리에서 일어서고 쥬신 삼총사는 요왕과 암왕에 대항해 다시 자세를 잡았다.

"호호호, 그렇게 반항한다 하여 달라질 것이 있을 것 같은가요?"

"적어도 그냥 당하는 것보다는 낫지 않겠소. 그리고 지금 우리가 당한다 하더라도 무신이 우리와 함께하고 있다는 것을 잊지 마시오."

요왕의 말에 디다가 답했다. 사예를 들먹이는 것이 평소의 디다라면 생각할 수도 없는 행동이었지만 그에는 다 이유가 있었다. 그 이유란 한번 떠보는 것이었다.

사예가 있음에도 어째서 이런 알 수 없는 공격을 감행하는가, 무슨 다른 계략이라도 있는 것인가, 하는 의문을 이 한마디로 인해 조금이나마 유추해 보려는 것이다. 하지만 요왕도 바보는 아니었다. 아니, 오히려 천추십왕 중 가장 뛰어난 지략의 요왕이었다. 이런 단순한 도발에 넘어갈 리가 없었다.

"본녀를 너무 과소평가하는군요. 그런 도발로 본녀를 떠볼 수 있을 줄 알았나요? 하지만… 좋아요. 넘어가 주죠. 그래 봐야 달라지는 것은 없을 테니까요."

디다는 스스로도 기대하지 않은 일을 요왕이 정확히 짚고 넘어가자 약간 아쉬운 마음이 들었지만, 이어지는 요왕의 말에 기꺼운 마음이 들었다. 그러나 선뜻 알려주는 요왕의 모습에 오히려 불안함을 느꼈다.

다다를 비롯한 쥬신 삼총사는 긴장을 늦추지 않은 채 요왕의 말에 귀를 기울였다.

"이미 우리가 물러난 것에 대해서는 짐작했으리라 봐요. 적어도 세간에 알려진 현자의 능력이라면 말이죠."

"역시… 내분인가?"

"호호호, 당신들을 없애는데 우리의 손을 더럽힐 필요는 없으니까 말이죠."

"하지만 어째서 지금이오? 아직 조금 더 기다리는 것이 더욱 큰 효과를 낼 수 있을 텐데? 그동안 많은 시간을 기다려 왔으니 그 짧은 시간을 버틸 수 없었을 리 없을 텐데……."

다다가 생각하기에는 아직 시기상조였다. 확실히 내분을 위해서는 지금처럼 자기들과 같은 지도자들을 없애야 한다. 그러지 않아도 언젠가는 일어날 내분이었지만, 지도자들을 없애는 것이 더욱 효과적이고 시간도 빠르다.

하지만 아직은 때가 아니었다. 조금 더 무사들에게 지금의 전시 체계와 비상에 대한 불만을 가중시키고 나서 시도했더라면 더욱 효과가 컸을 것이다. 아니, 효과가 큰 정도가 아니라 자신들과 같은 지도자들이 손도 못 써보고 죽었을 수도 있다.

그러나 저들은 그것을 포기했다. 조금만 더 지난다면 일이 훨씬 손쉬워질 수도 있는데 단순히 아주 짧은 그 시간을 견디지 못해 쳐들어왔다는 것은 말이 안 된다. 이 정도의 계략을 사용하는 이들이 그런 상황을 모를 리 없었다.

다다가 알고 싶은 것은 그것이었다. 어째서… 어째서인가?

다다의 의문에 요왕의 미소는 짙어져만 갔다. 즐기고 있다. 이 상황을. 상대의 뛰어남을. 그런 상대를 짓밟는 것을.

"역시 현자라는 칭호는 아무나 얻는 것이 아니로군요. 그 시간까지 정확히 예측할 정도라니… 과연 명불허전이로군요."

"허허, 도대체 무슨 소리인지……."

요왕과 디다의 얘기에 암왕이 고개를 갸웃거리며 끼어들었다가 요왕의 매서운 눈초리에 찔끔하여 뒤로 빠졌다. 그런 암왕을 한 번 일별한 요왕은 다시금 입가에 미소를 지으며 디다를 바라보았다. 마치 맹수가 먹이를 노리는 것과 같은 눈동자였다.

"호호호, 정말 대단해요. 만약에 이런 상황만 아니었다면… 무슨 수를 써서라도 가지고 싶었을 정도로……."

"그것이 답은 아닐 것이오만?"

요왕의 유혹의 성향이 짙은 말에도 디다는 아무런 흔들림이 없었다. 오직 이왕 밝혀주기로 한 것, 조금이라도 더 많은 것을 알아내려 할 뿐이었다.

그런 디다의 모습에 요왕은 실소를 지으며 입을 열었다.

"좋아요, 대답해 주죠. 아주 간단한 이유예요. 그 작전이 더 이상 쓸모가 없어졌기에 그런 것이죠."

"그게 무슨 소… 서, 설마?!"

순간 디다는 결코 일어날 수 없는, 결코 일어나서는 안 될 한 가지 가정을 떠올려 버렸다. 최악의 상황이라고 할 수밖에 없는 한 가지 가정. 그것이 디다의 전신을 옭아매는 것 같았다.

'설마 아닐 것이다. 설마…….'

애써 자신을 위로하는 생각을 했지만 무거운 마음은 전혀 나아지지 않았다.

요왕과 디다. 그 둘의 대화는 보통의 사람으론 도저히 알 수 없는 것이었고, 그것은 천진랑과 비마 역시 예외가 아니었다. 천진랑은 머리에서 김이 나는 것만 같은 기분이 들었다. 평소 디다와 같은 책략을 생각해 낼 정도로 똑똑하지는 않지만 어디 가든 떨어지지는 않는다고 생각해 오던 차였다. 그런데 도무지 저 둘의 대화가 어떻게 돌아가고 있는지 알 도리가 없으니 답답할 뿐이었다.

"도대체 무슨 소리야?"

결국 참다못한 천진랑이 디다에게 물었다. 그런 천진랑의 물음에도 디다는 아무런 말 없이 식은땀을 흘릴 뿐이었다. 그러다 천진랑이 다시 입을 열려 할 때, 디다의 입에서 신음과도 같은 말이 새어 나왔다.

"계략이……."

"응?"

"계략이 더 이상 쓸모없어졌을 때는 두 가지의 상황이 있지. 첫 번째는 이미 그 계략이 실패하여 더 이상 그 계략으로 이룰 수 있는 것이 없을 때이고, 또 다른 하나는 그 계략이 말 그대로 쓸모없어졌을 때이지."

"쓸모없어졌을 때?"

"다른 말로, 그 계략이 더 이상 필요하지 않다는 말이네. 그것은 곧, 계략을 사용할 필요도 없이 모든 상황을 주도할 무언가가 있거나, 또는 이미 상황을 주도하고 있다는 뜻이지."

천진랑은 디다의 말에 점점 불안함을 느끼게 되었다. 뭔가 굉장히 헷갈리는 말이기는 하나, 맨 마지막의 말이 귓가에 맴돌았다.

상황을 주도할 무언가가 있거나, 아니면 이미 상황을 주도한다.

천진랑과 비마는 머리 속에 무엇인가 재빠르게 지나가는 것을 느낄 수 있었다.

"서, 설마……."

"으음……."

"그래… 아마 그 설마가 사실일 것만 같네."

디다의 말을 마지막으로 새하얗게 질린 그들의 시선은 요왕에게로 모아져 있었다. 그런 그들의 반응에 요왕의 미소가 더욱더 짙어졌다.

비는 그쳤다.

언제 그친 것일까?

알 수 없었다.

그런 것에 신경을 쓸 정도로 그들의 상황이 여유로운 것은 아니었다.

쇄왕은 무서울 정도로 강했다. 자신들의 협공으로 밀어붙였다 생각하면 또다시 전세를 되돌린다. 자신들의 흐름을 끊고, 그 흐름 속에 쇄왕은 자신의 공격을 집어넣었다.

광휘가 공격을 할라 치면 오히려 푸우의 뒤에 숨어 전면을 방어했고, 그 틈을 여원이 노려도 거의 무적이라고 할 수 있는 창을 이용한 방어술로 공격을 빠져나갔다. 아니, 혹여나 조금이라도 어설픈 공격을 하게 되면 더욱 매서운 반격이 날아왔기에 조금도 긴장을 늦출 수 없을 정도였다.

'이토록이나 강하다니!'

여원은 솔직히 믿을 수 없었다. 아무리 천추십왕이라 할지라도 이쪽은 비상의 모든 유저들 중에서도 최고수 급이라 할 수 있는 광휘와 자신, 그리고 그런 자신들보다 어쩌면 더 강할지도 모르는 푸우가 함께 있다. 또한 그들의 협공은 처음보다 시간이 지날수록 더욱 매끄러워져만 갔다.

이런 자신들의 협공에서 쇄왕은 버텨내고 있었다. 중반까지는 쇄왕을 거침없이 밀고 들어간 자신들이지만 어느 순간부터인가 쇄왕과 호각지세를 이룰 뿐, 더 이상 상황이 나빠지지도, 그렇다고 좋아지지도 않았다. 그들이 느끼는 쇄왕은 난공불락의 요새와 같았다.

'이런 녀석들 세 명이 협공을 해도 이기지 못하는 효민이는 도대체 어떤 녀석이야?'

자신이 약한 건지, 아니면 사예와 이들이 상상을 초월할 정도로 강한 것인지 갈피를 잡지 못하고 있는 여원이었다. 하지만 그 외중에도 그의 권은 강맹한 힘을 실은 채 쇄왕을 압박해 나가고 있었다.

쩌엉!

권갑과 창촉이 부딪치며 속을 울리는 거대한 충격이 퍼졌다. 지금까지의 쇄왕은 이런 직접적인 충격을 줄였지만 이번에는 어쩐 일인지 정확히 권갑을 가격하고 나선 것이다.

"크윽!"

약간 방심을 하고 있던 여원은 그런 쇄왕의 공격에 목구멍에서 튀어나오려는 피를 억지로 삼키며 뒤로 물러섰다. 그러자 그런 그의 곁으로 푸우와 광휘가 다가오며 쇄왕을 견제했다.

"제, 젠장… 방심했어."

여원은 한순간 방심한 자신이 바보같이 여겨졌다. 정면 충돌을 피할 거라 생각했기에 이런 공격에도 변변찮은 대응을 하지 못하고 결국 물러설 수밖에 없었던 것이다.

그렇게 잠시 싸움은 소강상태에 접어들었다. 협공을 했지만 여원과 광휘는 많이 지쳐 있었다. 푸우는 아직 견딜 만하다지만 처음보다는 그 힘이 떨어진 것은 당연했다.

물론 쇄왕 역시 조금 지쳐 있었다. 그래서 또 놀랐다. 그분이 주신 힘을 가지고 있는 자신을 지치게 만들다니… 그러다가 그는 문득 하늘을 올려다보았다. 소나기는 가셨지만 아직도 잔뜩 찌푸린 하늘이다. 또 한 차례 비를 쏟을 것만 같았다.

잔뜩 찌푸린 하늘에서 무엇을 읽었을까? 쇄왕의 표정이 지금까지와는 조금 달라졌다. 그리고 하늘을 향해 세워 올리고 있던 창을 땅으로 내렸다. 마치 싸움이 끝났다는 표시처럼.

광활한 대지 위에 서서 요요한 푸른 눈을 빛내는 쇄왕이 입을 열었다.

"이만… 가야 할 것 같군."

"무슨?"

"시간이 다 되었다. 언제 끝날지 알 수 없는 이 싸움… 미안하지만 훗날로 미루기로 하지."

"크윽! 누구 마음대로 미룬다는 것이냐!"

"그분의 뜻."

"그… 분……?"

여원은 알 수 없는 말을 혼자 말하듯 중얼거리는 쇄왕의 모습에 얼굴을 일그러뜨리다가 몸을 일으켰다. 쇄왕이 슬쩍 뒤로 물러나려 했기 때문이다.

"거기 서라!"

"지금 내가 물러나는 것은 너희들에게도 좋을 것이다."

"이따위 부상에 내가 싸우지 못할 줄 알고?!"

무슨 이유에서인지 몰라도 지금까지 뿌려내던 쇄왕의 투지는 온데간데없이 사라졌다. 이미 싸움은 끝났다는 말이다. 더 이상 싸울 의사가 없음을 뜻하는 말이다. 그것을 여원은 용납할 수 없었다. 이대로 쇄왕을 놓칠 수 없었다.

단 한 명의 천추십왕에게도 이렇게 고전을 면치 못하고 있는데, 그런 천추십왕들이 모두 모인다면 그것은 곧 이쪽에 재앙으로 다가올 것이다. 그것도 무서운 재앙으로. 그러니 지금 한 명이라도 줄여놓아야 한다. 비록 인공지능의 힘으로 부활할 수 있을 것이라도, 조금 시간을 끄는 정도의 효과는 가져올 수 있을 것이다.

이대로 쇄왕을 보낼 수 없다는 생각에 여원은 내상을 무시하고 권강을 뿜어내려 했지만 그보다 쇄왕이 더욱 빨랐다.

쒜엑!

비명을 지르는 공기를 뚫고 새파란 강기가 그들의 앞에 처박혔다. 창강이었다. 쇄왕이 창을 이용해 창강을 뿜어낸 것이다.

쾅!

거대한 폭음과 함께 완전히 시야를 차단당한 그들은 멀어지는 쇄왕의 기파에도 불구하고 함부로 움직일 수 없었다. 시야가 차단된 사이 쇄왕의 창강이 날아온다면 막을 수 있을지 장담할 수 없었기 때문이다.

"이런 젠장!"

결국 모래먼지가 가라앉은 후 휑하니 비어버린 광활한 대지의 모습에 여원이 참지 못해 욕설을 내뱉었다. 눈앞에서 적을 놓쳐 버린 격이니 그 분함이야 말로 표현할 수 없다.

"이제 어떡하죠?"

잘 입을 열지 않는 광휘가 의사를 물어왔다. 사실 무력으로 따지면 광휘에게 여원이 상대가 될 순 없었다. 비록 여원 역시 절정의 무공을 익혔다지만 그것을 익힌 지는 얼마 지나지 않았다. 하지만 광휘는 구신의 하나로 훨씬 이전에 절정의 무공을 익혔으리라.

같은 무공이라도 그 깊이에 따라 차이가 나니, 아직 무공으로는 여원이 광휘에게 따라가지 못했다. 하지만 그럼에도 광휘는 여원의 의사에 따르고 있었다. 자신이 사부로 모시고 싶어하는 사예의 절친한 친구에다가 그런 사예가 인정한 대장이다. 뛰어난 무력을 가진 것과 대장은 다르다.

뛰어난 무력을 가졌다면 분명 적과 맞서 싸울 때 뛰어난 무위를 보일 수는 있겠지만 주변을 압도하며 아군의 피해를 최소화할 지도력을 동시에 보이기는 힘들다. 하지만 대장은 그 모든 것을 조율해 나가며 최대한 효율성있는 전투를 치르게 한다. 단순히 무력만 가지고 있다고 하여 맡을 수 있는 직책이 아닌 것이다. 그리고 사예는 그런 대장으로 여원을 지목했다.

솔직히 사예는 스스로가 주변을 이끌기엔 부족하다고 여겼다. 현월대라는 전투 단체를 이끌고 있지만 그것이야 백향이 거의 실질적인 모든 일을 맡아서 하고 자신은 그들의 선두에 서서 최대한 사기를 북돋을 뿐이다. 굳이 표현하자면 상징성이라고 할 수 있었다.

단숨에 수십의 적들을 도륙하는 이를 상징성이라고 보기는 힘들었지만, 어쨌든 사예는 여원이 대장을 맡는 것이 좋다고 했다. 그래서 결국 여원이 거의 진영을 이끄는 대장이 되고 말았다.

"으음……."

욕설을 토해내던 여원은 광휘의 물음에 자신이 너무 흥분했다는 것을 깨닫고는 마음을 가라앉히고 주변의 기파를 느끼기 시작했다. 그러자 멀리 떨어진 사예와 천추십왕들의 전투가 손에 잡힐 듯 느껴졌다. 희미한 감각에 불과했지만 아직 사예와 천추십왕들은 전투를 계속하고 있다는 것을 알 수 있었다.

그런데 그때, 여원은 기파의 중간이 굉장한 굴곡을 띠며 커다란 폭발이 일어나는 것을 느꼈다. 마치 작은 운석이라도 떨어졌을 것만 같은 기파의 폭발이었다. 그리고 그 폭발이 일어난 곳은 다름 아닌 천추십왕과 사예가 싸우고 있는 곳이었다.

"지금 느꼈죠?"

여원의 다급한 물음에 광휘는 고개를 끄덕였다. 여원이 느끼는 것을 그녀가 느끼지 못할 리 없었다. 푸우도 그것을 느꼈는지 폭발이 일어난 먼 방향을 바라보았다.

"사예가 있는 쪽입니다. 무슨 일이 생겼을지도 몰라요. 우선 사예에게 빨리 합류하죠. 그것이 좋겠습니다."

"네."

여원의 말에 광휘는 짧게 대답했고, 그 순간 그들은 발을 굴러 경공을 시전했다. 그렇게 경공을 시전하고 있는 그들의 속도에 푸우는 오히려 속도를 맞춰주며 뛰고 있었다.

엄청난 속도로 내달리는 그들의 모습은 어딘가 모르게 불안함을 담고 있었다.

콰아앙!

지축을 울리는 커다란 굉음과 폭발.

광휘와 여원, 푸우가 느낀 것이 바로 이 폭발이었다. 하지만 그들의 걱정과는 달리 사예는 멀쩡했다. 이 폭발을 일으킨 이가 다름 아닌 사예 자신이었기 때문이다.

"하아… 하아……."

사예는 눈앞에 흩어진 잔왕의 시신을 슬쩍 일별했다.

진멸뇌격(殄滅雷擊).

광한폭뢰장의 최후의 일초.

그것이 사예의 손에서 터져 나왔고, 겁없이 달려들던 잔왕을 쓸어버렸다. 비록 유향운이 특기인 신법을 전력으로 발휘하여 진멸뇌격의 방위에서 빠져나왔고, 파왕은 그전에 이어진 사예의 공격에 멀리 나가떨어진 상태였기에 결국 당한 것은 잔왕뿐이지만 그 반향은 컸다.

천추십왕 중 하나의 죽음. 삼 대 일의 협공 속에 버텨오던 사예에게는 커다란 기회였다.

'큭! 초극의 힘까지 운용했더니 역시 부담이 오는군.'

초극의 힘은 분명 대단하다. 그리고 자신의 신체라면 견딜 수 있다. 하지만 그것은 어느 정도까지이지 광한폭뢰장의 전 8초 중 마지막 초식과 동반한 것은 사예로서도 약간의 도박이었다고 말할 수밖에 없었다.

물론 큰 상처로 되돌아올 것이라 생각하지는 않았지만 이런 긴장감이 팽배한 싸움에서는 약간의 부상만 입어도 상황이 크게 달라진다. 게다가 만약에 그런 힘을 썼음에도 누구 하나 피해를 입히지 못했다면 어떻게 되었을까.

다행히 사예에게 돌아오는 부담과 압박은 비교적 작았고, 잔왕을 죽였으니 본전 이상의 것은 뽑은 셈이지만 혹시나 하는 가정만 생각하면 사예는 등골이 서늘해졌다.

그래도 성공은 했으니 기분은 조금 좋아져야 할 터인데, 사예는 그렇지 못했다. 동료가 죽었음에도 차분한 눈길로 자신을 바라보는 두 명의 천추십왕이 남아 있었기 때문이다.

"장법에 일가견이 있다는 것은 알고 있었지만, 이 정도의 위력이라니……."

유향운은 매우 놀란 듯 중얼거렸지만 그것은 단순히 놀란 것일 뿐, 그 이상도 이하도 아니었다. 도대체 무엇을 믿기에 저리 당당하고 편안할 수 있을까? 사예의 머리 속에 떠오른 궁금증이었다.

휘오오오오―

바람이 불기 시작한다. 정신없이 싸울 때는 몰랐는데 싸움을 그치고 나자 바람을 느낄 수 있었다. 세찬 바람이 피로를 씻고 지나가는 듯했다.

첨벙첨벙―

난 물소리를 내며 다가오는 유향운을 바라보았다. 제법 비가 많이 와서 땅에 물이 많이 고여 있었기에 그것들을 다 피해서 오는 것은 어려운 일이었다. 물론 유향운이 하고자 한다면 충분히 가능하겠지만, 지금은 내게로 신경을 집중해서인지 신발이 더럽혀지는 것에 큰 상관을 하지 않고 있었다.

유향운이 서서히 다가오고 있자, 그 뒤를 파왕이 뒤따른다. 파왕은 내가 초극의 힘을 발동하기 직전에 일권을 맞은 터라, 고통은 있겠지만 목숨은 잃지 않았다. 비록 그 일권에 담긴 힘이 적은 것이 아니고, 또 실제 맞은 파왕이 그 부분을 남은 한쪽 손으로 감싸고 있는 것으로 보아 고통이 심한 것 같지만, 그렇다고 방심할 수는 없는 노릇이다.

상대는 다름 아닌 천추십왕. 그따위 부상에 연연해할 이들이 아니다. 그 예로 한쪽 팔이 날아갔음에도 이전보다 더 득달같이 달려드는 파왕 때문에 곤란에 처했던 경우가 적지 않을 정도였으니……

나도 발걸음을 내디딘다. 좀 전까지는 빗물이 거칠게 전신을 때렸지만 이제는 바람이 전신을 훑고 지나간다. 약간의 서늘함마저 느껴지는 이 상황에 난 손을 들어 백면귀탈을 눌러쓰고, 흑립을 가지런히 갖추었다. 나도 참 어이없지. 이 상황에서 모습이나 신경 쓰고 말이야.

"이제 끝장을 보아야겠지?"

난 낮은 목소리로 그렇게 물었다. 슬쩍 기파를 주변에 흘려보니 이미 다른 곳에서 전투의 기파는 느껴지지 않았다. 현월대와 창조주의 파편, 그리고 상호들과 쇄왕의 전투는 벌써 끝난 것 같았다. 그럼 이제 남은 것은 우리들의 전투뿐.

하지만 그런 내 질문에 대한 유향운의 반응이 이상했다.

"이거, 정말 미안하오."

"무슨……?"

"이 싸움은 여기서 끝내야겠소. 사실 잔왕의 죽음부터 일이 약간 틀어졌으니 말이오."

"지금 와서 싸움을 그만두고 협상이라도 하자는 것인가?"

"생각 같아서는 내가 죽더라도 이 싸움을 끝까지 하고 싶소. 하지만 내 뜻대로 되지 않음을 잘 알지 않소."

"결국 도망가겠다는 말이군."

그런 간단한 말을 뭐 저리 늘려서 하는 것인지. 그러나 이번만큼은 쉽게 보내줄 수 없지. 이렇게 고생을 시켰는데 겨우 잔왕 하나의 목숨으로 만족할 것 같은가? 이런 기회는 쉽게 오지 않는다고!

"하하하, 누가 도망간다고 하였소? 다만 싸움에서 물러날 뿐이오."

"그게 무슨……."

그때 나는 무언가를 느낄 수 있었다. 아니, 그것을 느끼는 것보다 먼저…

난 경악으로 가득 차야 했다.

"네가… 무신인가?"

"……!"

난 갑자기 뒤에서 들려오는 누군가의 목소리에 대경실색하여 즉시 생사일보를 밟으며 물러섰다. 내, 내 느낌에 잡히지 않았다!

난 너무 놀랐다. 아무리 유향운과 파왕에게 정신을 빼앗기고 있었다 하더라도 이렇게 바짝 뒤에 접근할 때까지 정체를 알아차리지 못하다니! 지금까지 내 느낌을 속인 이는 많지 않다. 그것도 지금의 나라면 기껏해야 영호충과 천년이무기 같은 이들 정도라야 그럴 수 있을 것이다.

그렇게 생각하자 난 지금의 상황이 상당히 좋지 않다는 것을 느꼈다. 생사일보를 펼쳐 내어 거리를 벌리자마자 다시 그 정체를 알기 위해 고개를 돌려 그쪽을 보았다. 하지만, 그곳에는 아무도 없었다.

어떻게 된 거지?

"매우 빠르군."

"큭!"

또다시 뒤에서 들려오는 목소리. 이, 이게 어떻게 된 거지? 생사일보의 속도를 따라잡았다는 건가? 빌어먹을!

난 오른손에 기를 집중시켜 광뢰충장의 초식을 전개하며 뒤로 돌아 일장을 내질렀다.

"광뢰충장!"

이미 진기는 충분히 머물러 있었기에 주변을 억누르는 힘이 가득 담겨 있는 일장이었다. 일장이 매섭게 뻗어나갈 때에도 그림자는 움직이지 않았다. 그리고 마침내 그림자에 일장이 들이박혔다.

슉—

"슉?"

나는 알 수 없는 파공음에 눈을 동그랗게 떴다. 슉이라니… 분명 제대로 들어갔다고! 하, 하지만 이 손의 허전함은 뭐지? 아무런… 타격도 느껴지지 않았어.

과연 광뢰충장을 맞은 암영은 아무런 미동도 하지 않았다. 마치 나의 공격 따위는 통하지 않는다는 듯이. 제기랄! 무시했겠다?!

"한 번으로 통하지 않는다면 계속 공격하는 수밖에! 연환폭뢰! 운하난각!"

난 양손으로는 연환폭뢰의 초식으로 암영을 두들겨 댔고, 다리로는 운하난각을 쏘아내어 암영의 전신에 공격을 가했다. 하지만 그뿐이었다. 암영은 아무런 미동도, 아무런 느낌도 없이 서 있을 뿐이었다. 그것은 내 양손, 양다리에서 느껴지는 느낌도 마찬가지였다. 마치 허공을 두드리는 듯한… 그런 느낌.

"빌어먹을! 이것도 버틸 수 있는가 봐라!"

난 내 힘을 압축하여 손끝에 모았다. 그러자 양손에서는'바람이 이는 듯하며 내 전신을 감싸고 돌았다. 그리고 난 생사일보로 한 발자국 앞으로 나서며 극한의 초식을 펼쳐 내었다.

"풍혼유룡!"

초풍건룡권의 최후의 초식, 풍혼유룡이 펼쳐지자 사방은 순식간에 나의 내공에 짓눌렀고 나의 일권 앞에 모두 하염없이 스러질 뿐이었다. 그리고 생사일보를 밟은 내 몸은 앞으로 빛살처럼 뻗어나가며 암영을 덮쳤다.

피잉!

공기의 흐름이 끊어지는 소리와 함께 난 장담할 수 있었다.

뚫었다! 암영은 풍혼유룡의 초식을 피하지 못했어!

"이게 전부인가?"

헉!

난 속으로 헛바람을 들이켰다. 분명 뚫은 줄 알았던, 풍혼유룡의 초식이

제대로 먹혀들어 갔던 그 암영이 다시 내 등 뒤에 있는 것이다. 게다가 갑자기 전신을 짓누르는 엄청난 존재감이 느껴졌다. 내공을 일으켜 전력을 다해 보았지만 간신히 버틸 수 있을 뿐, 존재감을 떨쳐 낼 수는 없었다.

"으윽! 이, 이게……."

나의 말은 끝까지 이어지지 못했다. 어느새 그 암영의 손이 내 어깨를 짚었기 때문이다. 아주 느린 움직임이었지만 이미 전신을 억누르는 엄청난 존재감에 난 아무런 움직임도 펼쳐 낼 수 없이 그냥 어깨를 짚일 수밖에 없었다.

턱!

"크악!"

그때 엄청난 고통이 밀려왔다. 암영의 손에서 암울한 회색의 기운이 뿜어져 나온다 하더니 곧 그 기운은 어깨를 통해 내 전신을 쓸어갔다. 지, 지독한 고통이다. 칼을 맞았을 때와는 비교도 안 될… 그런 고통이다. 사람의 심성을 무릎 꿇리는 그런… 그런 고통이다.

털썩!

난 나도 모르게 무릎을 꿇고 말았다. 자존심 따위의 문제가 아니었다. 빨리 암영의 손에서 벗어나고 싶다는 생각이 머리 속을 가득 채웠다.

이 정도의 고통이라면 의식이 희미해져 올 만도 하건만, 의식은 점점 더 또렷해지고 그만큼 고통은 가중되어 갔다.

"끄아악!"

고통에 겨워 비명을 지를 때, 갑자기 내 단전에서 따뜻한 기운이 피어올랐다. 그 기운이 피어오르자 정신을 또렷하게 하지만, 심신을 폐해오던 암울한 기운을 밀어내기 시작했다. 그 기운은 다름 아닌 용연지기였다. 그것도 처음, 천년이무기와 만났을 때 전해 받은 가장 순수한 용연지기. 그것이 암영의 기운을 몰아내고 있었다.

정신은 더욱 또렷해지고 고통도 사라졌다. 전신을 짓누르는 존재감 또한 사라졌다. 그리고 난 전신 모공에서 피어오르는 회색의 기운을 볼 수 있었다. 이미 어깨를 누르는 암영의 손은 사라져 있었다.

"놀랍군. 이토록 순수한 용연지기를 품고 살 수 있었다니……."

"크윽!"

한풀 고통이 꺾이자 난 목소리에 자동적으로 반응하여 허리춤의 한월을 뽑아내었다. 아직 회색 기운이 계속 몸에서 발산되고 있었지만 고통은 조금 전과 비교할 바가 아니기에 그 정도의 움직임은 크게 문제되지 않았다. 하지만 용연지기는 아직 회색 기운을 뿜어내는 것에 열중하는지 내 뜻대로 잘 움직여 주지 않았다.

후웅!

비록 도강은 피어내지 못했지만 한월 그 자체의 예리함은 비상 최고라 할 수 있었기에 난 전력을 다해 암영을 베어갔다. 하지만, 한월이 베고 지나간 것은 단순한 그림자에 지나지 않았다.

"아, 아니?! 흐, 흩어지다니!"

한월이 베고 간 암영은 한월이 베고 간 자리를 중심으로 흩어져 버렸다. 난 믿을 수 없는 광경에 입을 쩍 벌렸다. 그런데 그때 유향운의 목소리가 들려왔다.

"신 비왕, 천주를 뵙습니다."

"신 파왕, 천주를 뵙습니다."

유향운과 파왕은 무릎을 꿇고 있었다. 한 인영을 향해… 그리고 난 알 수 있었다. 좀 전까지의 그 암영이, 바로 그 인영이라는 것을.

"일어나라."

인영의 한마디에 유향운과 파왕은 즉각 자리에서 일어났다. 하지만 감히 고개를 들고 그 인영을 바라보지는 못하고 있었다. 난 그제야 인영을 제대로 볼 수 있었다.

인영을 보았지만, 난 인영의 모습에 대해 알 수 없었다. 남자… 아니, 여자… 아니, 남자… 아니, 여자. 성별은 둘째 치고 모습 또한 그러했다. 보고 또 봐도 생김새를 볼 수 없었다. 아니, 분명 보기는 보았지만 도저히 어떤 모습인지 기억에 남지 않았다. 볼 때마다 성별은 물론 모습까지 달라지는 것 같았다. 그러고 보니 목소리 또한 그러했다. 분명 남성의 목소리라 느끼면 여성의 목소리 같고, 여성의 것같이 느끼면 다른 목소리 같았다. 아니, 지금 말하고 있는 것이 과연 인간의 언어인지도 불분명했다.

"도, 도대체……."

난 알 수 없는 미지의 공포를 느꼈다. 도대체 저자는 누구일까? 누구이기에 이처럼 나를 쉽게 굴복시키고, 저런 알 수 없는 모습을 지닌 것일까?

그때, 내 머리 속에 방금 전 유향운과 파왕이 한 말이 생각났다. 분명, 천… 주를 뵙는다고 했다.

천주(天主).

즉, 하늘의 제왕. 천추십왕이 하늘로 받드는 것은 오직 하나뿐. 그것은…….

"인공지능?"

그, 그럴 리 없어! 인공지능이라니? 그것은 그냥 세상을 통치하는 생각일 뿐이잖아. 그것이 실제 육체를 지닐 수 있단 말이야?

나도 모르게 내뱉은 말을 인영도 들었는지 나를 살짝 돌아보았다가 다시 고개를 돌렸다. 그러자 난 덜컥 두려움이 들었다. 인영의 눈을 보았기 때문이다.

혼돈(混沌).

암울한 회색의 잔영이 언뜻 보인다. 알 수 없는 미지의 세계에 홀로 서 있는 것만 같았다. 그 두려움이, 그 고통이, 인영의 눈동자를 통해 흘러나왔다.

난 사시나무 떨듯, 몸이 떨릴 듯하다가 다시 용연지기가 그런 내 마음을 달래 주어 간신히 제정신을 차릴 수 있었다. 그리고 난 그때 놀라운 광경을 볼 수 있었다.

"흠……."

뭐, 뭐지? 어떻게 된 거지? 어, 어떻게 파왕의 팔이 멀쩡하고, 유향운의 다친 곳이 모두 사라지고, 어떻게 잔왕이 살아 있을 수 있단 말인가! 그것도 눈 깜짝할 그 짧은 시간 동안에!

도저히 믿을 수 없는 광경이었다. 다른 건 제쳐 두더라도 방금 전에 내게 죽은 잔왕이… 아무 일도 없었다는 듯이 다시 살아 움직이고 있었다.

공황 속에 빠져 버린 내게로 인영이 고개를 돌렸다. 난 그의 눈동자를 마주할 수 없었다. 심연의 두려움이… 다시 전신을 감쌀 것 같기 때문이었다. 과연 용연지기가 얼마 동안이나 그 두려움에서 버틸 수 있을지 난 알 수 없었다.

그때, 인영이 입을 열었다.

"정식으로 소개하지. 난 천주(天主). 하늘의 제왕이자, 이 세계의 신(神)이다."

◆ 비상(飛翔) 쉰아홉 번째 날개
빼앗긴 조각

비상(飛翔) 쉰아홉 번째 날개 빼앗긴 조각

"호호호, 이제 궁금한 것도 다 풀었겠다, 저승에 가도 불만이 없겠군요."

요왕의 낭랑한 목소리가 사방을 울렸다. 자신감에 가득 찬 목소리였다. 천진랑, 디다, 비마를 상대하느라 비록 많은 체력과 힘을 소진하기는 하였지만, 이로써 적의 대장 격인 이들을 없앨 수 있다는 것에 웃음을 날렸다.

하지만 그 웃음은 오래가지 못했다.

"이야기는 잘 들었다."

"응?!"

요왕은 갑자기 뒤에서 들려오는 목소리에 깜짝 놀라고 말았다. 분명 암왕의 목소리는 아니다. 그렇다면 그녀의 뒤까지 바로 접근할 수 있는 이는 누구란 말인가?

슈각!

"*끄악!*"

짧은 파공음과 함께 암왕의 비명이 들렸다. 요왕은 재빨리 술법으로 사 인의 호위신장(護衛神將)을 불러 있을지 모를 공격에 대비하며 뒤를 돌아보았다. 그곳에는 암왕이 있었고, 그의 복부로 무엇인가 기다란 것이 튀어나와 있었다. 요왕은 그것의 정체를 알 수 있었다. 그것은 다름 아닌 한 자루의 창이었다.

스르륵!

암왕이 복부를 부여잡으며 쓰러지자 마침내 목소리의 정체가 드러났다. 진명… 전황 진명이 그 자리에 서 있었다. 그는 자신의 묵창을 부여잡고 쓰러진 암왕에게서 묵창을 빼내며 싸늘한 눈초리로 요왕을 바라보았다.

"어, 어떻게……?"

그녀는 말을 끝까지 잇지 못했다. 뒤에서 살갗을 따끔하게 할 정도의 살기가 느껴졌기 때문이다.

쒜에에엑!

공기를 찢어발기는 파공음과 함께 살기의 정체, 천진랑의 비도는 호위신장 한 명의 머리를 깔끔하게 꿰뚫고 지나갔다.

끼아아아아아악!

진한 귀곡성이 울리고, 요왕은 호위신장이 당하자 조금 충격을 입었는지 입가에서 피가 조금 흘러내었다.

"하하하, 이제 상황이 변한 것 같지?"

천진랑은 왼쪽 볼의 피를 닦으며 씨익 웃었다. 그리고 디다의 박도에서는 불길이 다시 타오르고, 비마의 유엽도에서는 다시금 혈광이 충천했다.

"치잇!"

요왕은 남은 삼 인의 호위신장을 쥬신 삼총사 쪽으로 둘, 진명 쪽으로 하나를 뿌리며 뒤로 빠지려 했지만, 그 틈을 천진랑이 노렸다.

"어딜!"

쒜에에엑!

파공음을 뿌리며 날아가는 비도. 요왕은 자신에게로 비도가 쇄도하자 급히 두 손을 모으고 주문을 외었다. 엄청난 속도의 비도 앞에 요왕이 미처 주문을 다 외우지 못해 비도에 꿰뚫릴 것만 같은 찰나, 요왕의 눈이 부릅떠졌다.

"파황강림(破皇降臨)!"

그녀의 몸에서 갑자기 무엇인가 반투명한 것이 팽창하여 부풀어 오르기 시작했다. 때문에 천진랑이 쏘아낸 비도는 힘없이 튕겨 나올 뿐이었다. 강기를 둘렀으면 모르되, 그냥 쏘아낸 비도이기에 반투명한 것을 뚫지 못한 것이다.

반투명한 무언가는 곧 형체를 갖추기 시작했다. 마치 작은 산과 같은 덩치를 가진 그것은 여덟 개의 눈을 가지고 여섯 쌍의 팔을 가졌으며, 네 쌍의 귀와, 세 쌍의 다리, 두 쌍의 머리를 가진 괴물이었다.

크오오오오오오!

천지를 억누르는 듯한 괴성이 괴물에게서부터 튀어나왔다. 그리고 사방으로 막강한 기파를 뿌려내었다.

파사사사사사사!

"크윽! 어디서 저딴 괴물이 튀어나오는 거야?"

"파황강림일세."

"뭐?"

"소환술의 최고봉이라 할 수 있는 주문이지. 저 파황의 방어력은 강기도 잘 통하지 않으며, 공격력은 설사 우리와 같은 초절정고수라 하더라도 얕볼 수 없을 정도네. 금강불괴라도 무너뜨릴 수 있을 정도지."

디다의 설명을 들은 천진랑의 얼굴이 일그러질 대로 일그러졌다. 결국 거의 무적이란 말 아닌가. 강기도 통하지 않고, 금강불괴를 거꾸러뜨릴 수 있을 정도의 공격력을 가졌다니… 결국 말도 안 되는 괴물을 불러낸 것이다. 저 요왕이란 여자가.

디다의 설명이 끝나기가 무섭게 파황의 손 하나가 움직여 천진랑을 내리찍어 갔다. 거구에 맞지 않게 아주 빠른 속도였다. 하지만 쉽게 당할 천진랑이 아니기에 보법을 밟으며 간신히 파황의 공격을 피해내었다.

"그럼 어떻게 해야 하는 거야?!"

"30초. 파황강림은 30초밖에 소환이 안 되네. 결국 30초 후에는 사라진다는 말이지."

"제기랄! 30초면 이미 놓치고 말겠어!"

천진랑은 그리 외치며 한곳을 가리켰다. 그곳에는 요왕이 성급히 달아나고 있었다. 비록 주술사라 하지만, 그녀는 경공에도 일가견이 있었기에 아주 빠른 속도로 달려나갔다. 확실히 30초면 너무 늦는다.

그것을 알고 있는 디다이지만, 딱히 다른 방법이 없었다. 이 파황강림이란 술법은 시술자의 거의 모든 체력과 술력을 갉아먹으며 시전되는 술법이기에 당연히 무적급일 수밖에 없었다. 딱히 약점이라고 할 만한 것이 없는 것이다.

그때였다.

피잉!

무엇인가 끊어지는 소리와 함께 허공에 구멍이 뚫렸다. 그리고 또 하나 더, 파황의 미간에도 커다란 구멍이 뚫려 있었다.

크아아아아아아아악!

지옥에서 들려오는 것만 같은 비명과 함께 파황은 사라졌다. 디다와 천진랑의 걱정과는 달리, 너무나도 허무한 최후였다. 그러나 그 파황에게 최후를 안겨준 진명은 침착한 모습이었다.

"아무리 주술사의 최고라는 요왕이라도 그 짧은 주문에 얼마 남지 않은 술력으로 완벽히 파황강림을 시전한다는 것은 어렵지."

그렇다. 요왕이 펼친 파황강림은 본래라면 거의 무적이었을 것이나, 천진랑의 공격으로 주문의 시간을 줄였고, 게다가 술력까지 얼마 남지 않은 상태였기에 제대로 펼칠 수 없었던 것이다. 때문에 한층 방어력이 줄어들었고, 진명은 묵창의 창촉에 모든 힘을 집중시켜 강력한 공격을 펼쳐 낸 것이다. 덕분에 파황은 너무나도 쉽사리 사라지고 말았다.

"크윽! 하지만 따라잡기에는 너무 늦었어."

이미 요왕은 아주 멀리 떨어져 있었다. 아무리 지금부터 따라간다고 할지라도 잡기란 쉽지 않을 것이다. 하지만 그때, 아무도 예상 못한 일이 일어나고 말았다.

"꺄악!"

멀리서 들려오는 요왕의 비명.

그 비명이 있기 전에 다른 이들은 모두 볼 수 있었다. 파황의 미간을 뚫고 날아가던 묵창이 뚝 하고 요왕에게로 떨어지는 것이 아닌가. 천진랑, 다다, 비마는 믿을 수 없다는 눈초리로 진명을 바라보았지만 진명의 표정은 그리 밝지 않았다.

"아깝군. 그 와중에도 수호막(守護膜)을 띄워놓았어. 쳇! 놓쳤군."

과연 진명의 말대로 진명의 창은 요왕이 띄워놓은 수호막에 맞아 요왕을 비켜 찌르고 말았다. 덕분에 요왕은 어깨에 큰 부상은 입었지만 달리는 속도를 늦추지 않았다. 분명 아주 아까운 일이나, 쥬신 삼총사에게는 그리 보이지 않았다.

'괴, 괴물이군.'

파황을 꿰뚫은 것에 요왕의 거리까지 계산해서 창을 던지다니… 보통의 사람이라면 절대 불가능한 일이었다. 때문에 쥬신 삼총사 중 그 누구도 아깝다고는 생각하지 않았다. 다만 진명을 괴물로 볼 뿐이었다.

'하긴… 전황 진명이라면…….'

디다만이 어렴풋 떠오르는 기억에 고개를 끄덕였다. 사실 그가 알기로 사예가 등장하기 전까지만 해도, 세상은 단엽이 천하제일인이라 생각했지만 실제 천하제일인은 진명이었다. 비록 군에 투신하였기에 이름을 알릴 기회가 없어 사람들이 몰랐지, 단엽이 성자라는 직업을 따기 전에도 이미 전황이라는 직업을 가지고 있었던 것을 생각한다면… 물론, 세상에는 알려지지 않은 비밀이었지만.

"하하하! 덕분에 살았습니다."

천진랑을 필두로 한 쥬신 삼총사가 진명에게 포권을 했다. 그러자 진명도 살짝 고개를 숙이며 그 인사에 답했다.

"아닙니다. 전부 비상을 위해 힘써주시는 분인데, 제가 오히려 감사의 인사를 해야지요."

진명은 오히려 다시 고개를 숙여 인사를 했다. 그가 고개를 들자 디다가 입을 열었다.

"그나저나 큰일이군요. 아마도 인공지능이 스스로의 활동을 시작한 것 같습니다."

"아! 아까도 궁금했었는데 어떻게 그게 가능하다는 거야? 인공지능은 그냥 인공지능일 뿐이잖아. 실제 육체를 가질 수 있다는 거야?"

천진랑은 디다에게 그렇게 물었다. 하지만 답은 디다가 아닌 진명에게서 나왔다.

"불가능한 일은 아닙니다. 인공지능 자체에서 캐릭터를 생성하는 일… 충분히 가능한 일입니다. 대신 그 캐릭터에 어느 정도의 힘을 실을 수 있느냐가 문제겠죠."

"어느 정도의 힘?"

"네. 실제 지금의 인공지능이라면 캐릭터 자체에겐 거의 무한의 힘을 제공할 수 있습니다. 떨어지지 않는 무한의 내공과 생명력, 그리고 체력. 또 각 능력치 또한 최고로 만들 수 있습니다. 지금의 인공지능에게 그 정도는 아무것도 아니니까요."

"허……."

진명의 말에 쥬신 삼총사는 혀를 내둘렀다. 그렇게 된다면 지치지도 않는 상대를 맞이하여 싸워야 한다는 말이다. 내공도 떨어지지 않고, 더욱이 급소를 완벽히 날려 버리기 전까지는 죽지도 않는다. 아마 모든 캐릭터의 버그들을 모아놔야 그 정도가 될 것 같았다.

"그럼 이미 끝 아닙니까?"

"아닙니다. 실제 능력치가 그 정도로라면 확실히 일류고수까지는 상대할 수 있을 겁니다. 하지만 그 이상의 고수는 어렵습니다. 신체적 능력만을 가지고는 한계가 있는 것이니까요. 다만……."

"다만?"

"그가 어떤 무공을 익히느냐에 따라 달라집니다. 인공지능이 초절정무공을 익히면… 더 이상 막을 수 있는 이가 존재하지 않을 것입니다."

"크음."

무거운 침묵이 주변을 감쌌다. 초절정무공을 익힌 인공지능… 상상할수록 소름이 끼쳐 왔다. 평소에 강자와 붙는 것을 좋아하던 쥬신 삼총사였으나, 인공지능과 싸울 생각을 하니 몸서리가 쳐졌다.

그런 무거운 분위기가 싫은 천진랑은 분위기를 바꿔보기 위해 힘을 썼다.

"하하하, 설마 그게 그렇게 쉽게 되진 않을 겁니다. 아직 아무도 발견하지 못한 초절정무공인데 그렇게 쉽게… 그리고 우리에겐 사예가 있지 않습니까. 그 녀석이 천추십왕 두 명을 상대로 가볍게 이겼으니 걱정없을 겁니다. 그리고 진명 대협도 조금 전의 실력이라면……."

"제가 천추십왕이 눈치 못 채게 접근하고, 암왕을 일격에 죽인 것은 저 혼자만의 힘이 아닙니다. 우선 여러분이 시선을 끌어주셨고, 운영자의 힘을 약간 이용했습니다. 그리고 최종적으로 이미 싸움으로 인해 많이 지친 상태라가능했던 겁니다. 그렇지 않았다면 암왕을 죽이는 것은 힘들었을 겁니다."

"으음……."

"그리고 한 가지 더……."

"네?"

진명의 이어지는 말에 천진랑은 약간 불안해졌다. 아니, 천진랑뿐만이 아니라 쥬신 삼총사 모두가 그러했다. 이윽고 진명이 말을 이었다.

"인공지능은… 이미 초절정무공을 익히고 있는 것 같습니다. 그리고… 사예가 지금 그와 겨루고 있는 것으로 예상됩니다."

"네?!"

이미 상황은 최악의 시나리오, 그 자체였다.

"헉헉!"

난 심장이 터질 것만 같은 기분은 느꼈다. 아니, 실제 그럴 것만 같다. 심장이 터질 것같이 빨리 뛰고 있었다.

체력은 이미 바닥이다. 내공 또한 이제 거의 찾아보기 힘들 정도다. 초극의 힘을 깨달은 후부터는 가볍기만 하던 한월이 어째서 이렇게 무거워졌을까. 아니, 한월뿐만이 아니라 전신이 무겁다. 난 지쳤다.

"이게 전부인가? 무신이란 자의 능력이?"

천주, 인공지능은 무심한 눈초리로 날 바라보았다.

저 개뼈다귀 같은 알 수 없는 종자 녀석이 바로 인공지능이다. 설마 설마 하는 것이 실제로 드러난 것이다. 인공지능이 전면으로 나서고야 말았다. 그동안 말로만 듣던 인공지능이, 그 인공지능이 육체를 가지고 내 앞에 나타났다.

난 내 능력을 있는 대로 다 쏟아냈다. 비록 두 명의 천추십왕을 어느 순간 할 것 없이 바로 완치시키고 잔왕을 살려내는 알 수 없는 능력을 보여주었지만, 그 정도로 포기할 수 없었다. 때문에 난 내가 가진 힘의 대부분을 모두 쏟아내었다. 바로 저 인공지능, 천주를 향해.

"헉! 헉! 헉! 제기랄!"

난 욕설을 내뱉었다. 그렇게 모든 힘을 다 쏟아냈음에도… 그랬음에도 천주는 꼼짝도 하지 않았다. 내 모든 공격이 무위로 돌아갔다. 나의 공격은 하나도 통하지 않았다. 그것이 지금의 상황을 있게 만든 것이다.

더욱 열받는 것은 뒤에서 지켜보고 있는 삼 인의 천추십왕이 아무런 미동도 하지 않는다는 것이다. 다만 구경하듯이 지켜만 볼 뿐. 마치 나의 죽음은 이미 정해졌다는 듯한 눈빛들이다. 저 눈빛들이 짜증난다. 열받는다. 참을 수 없다!

"누가 여기서 죽을 줄 알고!"

난 기대어 서 있던 한월을 뽑아 들고 내공을 집중시켰다. 그러자 한월에서는 묵금광의 강기가 짙어지기 시작했다.

"만월회!"

내가 할 수 있는 최고의 압축. 그것을 만월회에 담았다. 그러자 생성된 만월회는 지금까지 한 번도 본 적이 없을 정도의 크기였다. 손바닥 정도의 크기. 또한 보기에는 회전을 하지 않는다. 물론 보기에만. 실제로는 너무나 빠른 회전에 회전을 하지 않는 것처럼 보이는 것이다.

나는 그런 만월회를 천주를 향해 쏘아 보냈다. 만월회의 위력에 대기마저 알아서 길을 비켜주는 듯했다. 아무런 파공음도 없고, 아무런 흔들림도 없이 나아가는 만월회는 마침내 천주에게 맞닿았다.

사르르—

"마, 맙소사……."

도저히 저럴 수는 없다. 녹아들다니! 어떻게 최고로 압축시킨 만월회가 녹아들 수 있단 말인가. 난 어이가 없어서 전의가 상실됨을 느꼈다. 이것마저 통하지 않다니… 제기랄!

"제법 괜찮은 공격이었지만, 그 정도로 내게 해를 줄 순 없다. 이 정도밖에 안 되는 이었나?"

천주는 아무런 감정도 담기지 않은 말투로 내게 그리 말했다. 제기랄! 내가 저런 말이나 듣고 있어야 한단 말이야?!

난 분노가 일었다. 체력과 내공, 생명력 등을 확인해 보았다. 그랬더니 이제 딱 한 번, 딱 한 번 초극의 힘을 쓸 수 있을 정도의 힘이 남아 있었다. 초극의 힘은 나름대로 엄청난 정신력과 체력 등을 소모하기에 함부로 사용할 수 없는 기술이었다.

때문에 잘 사용하지 않았는데, 오늘 천추십왕들의 협공에서 많은 힘을 소모했기에 확인해 보니 한 번을 쓸 힘밖에 남지 않은 것이다. 더 이상 헛되게 힘을 소모하면 이 한 번의 기회조차 놓치게 될 터. 난 초극의 힘에 마지막을 걸어보기로 했다.

"여기까지라면 살려둘 가치가 없는 이겠지. 그만 죽어라."

그렇게 말한 천주는 나를 향해 팔을 뻗었다. 그러자 그의 팔에서는 아까 보았던 그 회색의 기운이 뭉실뭉실 피어올랐다. 위압감. 별다른 행동을 취하지 않음에도 천주는 감히 접근하기 힘든 위압감을 뿜어내고 있었다.

그래, 마치 영호충이나… 천년이무기에게서나 느끼는 위압감이었다. 어쩌면 그들보다 더욱 대단한 위압감일 수도…….

아얏! 이렇게 포기하면 안 되지. 어디서 추한 꼴이냐! 할 수 있는 한 마지막까지 모든 것을 다 펼친다!

약해지려는 마음을 추스르고는 한월을 잡은 손에 힘을 주었다. 전신의 기가 끌어올랐다. 집중. 세차게 기가 움직임에도 난 그것을 느끼지 못했다. 내 칼끝에 모든 신경을 다 집중하고 있기 때문이었다.

마지막 한 방… 이 한 방에 모든 것을 건다!

"죽어라."

"누구 마음대로! 차핫!"

난 미처 천주가 회색 기운을 쏘아내기 전에 생사일보를 밟았다. 엄청난 속도로 천주 앞에까지 대쉬한 나는 한월에 피어오른 도강을 바라보았다. 이미 초극의 힘은 발동! 한월 속에 그 모든 힘이 담겨 있었다.

난 주변으로 흩어지는 결을 보았다. 그리고 천주의 팔에서 나오는 결을 보았다. 아니, 이것은 선으로 이루어진 결이 아닌, 면으로 이루어진 결이었다. 일직선으로 뻗어오는 것이 아닌, 주변을 서서히 잠식해 가는 그런 결.

난 생사일보를 조금 틀어 그런 결을 피하면서 마침내 한월을 내리그었다.

"단월참!"

현월광도 최고의 초식. 단월참. 달까지 베어버린다는 절대 쾌도!

그것이 한월을 타고 펼쳐졌다. 그것도 초극의 힘을 담은 채로. 이 한월이 베어버리지 못하는 것은 없을 것이다. 결코!

"차아아아아아!"

콰아아아앙!

콰아아아앙!

굉음이 울렸다. 귀청을 찢어놓을 듯한 맹렬한 굉음이었다.

막 도착한 여원과 광휘 역시 굉음으로 인한 고통에 눈살을 찌푸렸다. 푸우만이 아무렇지도 않은 표정을 유지할 뿐이었다. 아니, 그게 아니었다. 푸우는 달리던 것을 멈추지 않고 계속해서 나아갔다.

굉음을 동반한 폭발에 자욱이 피어오른 모래먼지 사이로 뛰어들어 가는 것이었다. 그런 푸우의 기세에 놀란 것일까? 갑자기 자욱이 피어오른 모래먼지들이 사방으로 흩어져 도망을 가기 시작했다. 그리고 드러나는 시야 사이로 믿을 수 없는 광경이 보였다.

쓰러져 있었다. 힘없이 몸을 늘어뜨리고 마치 시체라도 되는 것처럼 차가운 바닥에 쓰러져 있었다. 하지만 간간이 떨리는 손가락으로 하여금 그가 죽지 않았다는 사실은 알 수 있었다.

쓰러져 있었다. 바로, 사예가 바닥에 쓰러져 있었다.

"이, 이럴 수가!"

여원은 그 모습을 보고는 믿을 수 없다는 듯, 경악성을 내뱉었다. 그만큼이나 그가 보고 있는 상황은 현실성이 없었다. 쓰러지다니… 무신으로 군림하며 극의를 초월한 무(武)를 지닌 무신 사예가 쓰러지다니!

그런 믿을 수 없는 광경은 곧 혼란으로 닥쳐왔다.

"믿을 수 없어!"

여원은 그렇게 외치며 사예를 향해 몸을 날렸다. 그 뒤를 광휘가 뒤따르고 있었다. 그리고 그들보다 한참을 앞서 가던 푸우가 눈동자에서 진한 혈광의 잔상을 흘리며 진천(振天)의 포효를 질렀다.

쿠어어어어엉!

음공의 위력이 이 정도일까? 이류고수라면 당장 피를 뿜으며 쓰러져 나갈 것이고, 일류고수라도 심각한 내상을 입을 것이다. 여원과 광휘도 푸우의 엄청난 포효에 가슴이 진탕됨을 느끼고 눈이 휘둥그레졌다. 푸우에게 이 정도의 힘이 있는지 그들조차 모르고 있었기 때문이다.

하지만 그런 그들의 모습에 상관없이 푸우는 계속해서 사예를 향해 달려가고 있었다. 아니, 정확히 말해서는 쓰러진 사예의 앞, 손에서 피를 떨구며 냉정한 표정으로 사예를 바라보는 한 존재를 향해서였다.

푸우의 포효에 사예만을 바라보던 존재가 마침내 푸우에게로 고개를 돌렸다. 하지만 늦은 감이 없지 않았다. 이미 푸우의 신형이 그의 코앞까지 접근해 있었기 때문이다.

푸우의 몸통 박치기가 정면으로 들어가려는 순간, 존재는 피가 흐르지 않는 한쪽 손을 내밀었다. 단순히 손을 내밀었을 뿐이지만, 그 위력은 단순한 것이 아니었다.

쿠룽?

푸우는 자신의 몸이 갑자기 멈추자 의아한 생각이 들었다. 하지만 그러한 생각도 잠시, 존재가 손을 비틀어 돌려 버리자, 그에 따라 푸우도 공중에서 세차게 회전을 하며 뒤로 튕겨나 버렸다.

쾅!

푸우와 부딪친 바닥은 부서져 제 모습을 찾기 힘들 정도였다. 그 정도의 부딪침이라면 분명 충격이 있기 마련이지만, 푸우는 뒤로 튕겨나면서도 전혀 충격이 없다는 듯, 자세를 바로잡으며 네 다리로 땅을 짚었다.

쿠구구구!

깊게 땅이 파이며 푸우의 신체는 더 이상 튕겨나지 않고 멈추었다. 그 파인 족적만 약 오 장에 달할 정도였다. 거구의 푸우가 오 장이나 튕겨왔다니… 도저히 믿어지지 않는 모습이었다.

그런 푸우를 보는 존재의 표정 역시 약간 야릇하게 변했다.

"그 주인에 그 수하인가? 바깥 세상의 어리석은 존재이면서도 내게 상처를 입힌 주인이나, 이 세상의 존재이면서도 바깥 세상의 존재를 따라다니는 동물… 어느 하나 내 예상을 빗나가지 않는 것이 없군."

존재, 천주는 광포한 푸우의 혈광이 가득 담긴 눈길에도 전혀 아랑곳하지 않고 푸우를 직시했다. 아니, 그뿐 아니라 뻗어 있던 손마저 거두었다. 그러자 간신히 멈추기는 했지만 옴짝달싹하지 못했던 푸우는 전신이 다시 가벼워지자 가볍게 몸을 날렸다. 목표는 천주를 향해서였다.

이번에 천주는 그런 푸우를 저지하지 않았다. 푸우는 조금 전의 일을 생각해서 좌우를 번갈아 지그재그를 그리며 천주에게로 접근했고, 직접 몸통 박치기 대신 거대한 바위도 두부 자르듯 잘라 버릴 수 있는 손톱을 세워 천주를 공격해 갔다.

하지만 그 공격은 헛수고일 뿐이었다.

쿠룽?

다시 한 번 푸우가 의아함을 가득 담은 소리를 내었다. 어떻게 했는지는 몰라도 푸우의 공격이 천주에게 닿는 순간, 그가 사라져 버렸다. 아니, 그 자리에 존재했지만 존재하는 것이 아니었다. 푸우의 손톱 끝에 걸리는 느낌이 없었다.

그런 푸우의 뒤에서 천주는 푸우를 가만히 바라볼 뿐이었다. 그때 그의 옆구리로 한 자루의 소도가 강기를 머금고 날아들었다. 광휘가 날린 한 수였다.

쉐엑!

강한 파공음을 동반하는 것으로 보아 전력을 다한 공격임에 틀림없지만 그런 공격을 눈앞에 두고도 천주는 요지부동일 뿐이었다.

강기를 잔뜩 머금은 소도가 지나가기 바삐 수많은 권영들이 따라붙는다. 여원이었다. 앞의 두 공격이 모두 실패하자, 일격보다는 상대를 공격하여 정체를 밝히는데 초점을 두고 최대한 많은 수의 권영을 뽑아낸 것이다.

하지만 그런 권영조차 아무런 소용이 없었다.

"어리석은 것들."

천주의 한마디가 울리고, 그의 주변으로 회색 기운이 감돌기 시작했다.

파앗!

"크억!"

"윽!"

회색 기운이 주변으로 폭사되면서 여원과 광휘는 짧은 비명을 지르며 뒤로 튕겨났다. 단순히 튕겨난 것이 아닌 강력한 공격을 받았다는 증명이라도 하듯, 그들의 입가에서는 핏줄기가 흘러내렸다.

그들이 물러섬에도 푸우는 물러서지 않았다. 푸우의 전신에서는 혈광이 뿜어져 사방을 짓누르기 시작했다. 한순간 회색 기운조차 주춤할 정도였다. 덕분에 튕겨 나가지는 않았지만 감히 회색 기운을 누르지 못했다.

쿠릉…….

푸우는 살기를 짙게 피워내며 천주를 노려보았다. 하지만 그런 눈빛에도 천주는 담담할 뿐이었다. 그의 담담한 눈빛 속을 자세히 바라보면 사실은 온 갖 고통과 번뇌, 욕망이 번들거리는 혼돈을 담고 있는 것을 알 수 있었다.

"어리석은 것들. 감히 나 천주에게 힘을 들이대다니……."

천주의 말은 크지 않았지만 그 위압감만은 충분했다. 푸우마저 움직임을 멈추고 눈살을 찌푸릴 정도였다. 사방으로 넓게 퍼져 가는 회색 기운은 그 절 정에 달했다. 회색 운무가 피어나듯 주변 한 가득을 메운 것이다.

그런 천주의 모습에 여원과 광휘는 잔뜩 긴장을 했다. 상대는 강적이다. 아니, 강적 따위로는 표현이 안 된다. 절대적인 적이었다. 초월자였다. 신이 었다.

"크으……."

여원은 이를 꽉 물었다. 도저히 방법이 없다. 사예마저 쓰러뜨린 상대. 게 다가 자신들의 공격은 모두 허사로 돌아갔다. 이건 자그마한 실력 차이 가지 고는 도저히 발생할 수 있는 현상이 아니었다. 여원은 처음으로 상대가 두렵 다는 생각이 들었다.

'하지만…….'

여원은 차가운 권갑의 감각을 다시 느끼며 주먹을 꽉 쥐었다.

이대로 포기할 수 없다. 아무리 적이 강하더라도, 상대가 안 되더라도… 결코 포기할 수 없었다. 비상을 사랑하는 마음은 그 누구에게도 지지 않는 여 원이다. 이대로 포기한다는 것은 진천신협의 명성을 가루로 만들어 버리는 일이리라!

'간다.'

여원은 전신을 짓누르는 거대한 위압감에도 억지로 버티며 발걸음을 앞으로 내디디려 했다. 조금만 움직여도 전신이 난도질될 것만 같은 두려움이 여원의 발길을 잡으려 했지만 여원은 포기하지 않았다.

마침내 여원이 앞으로 나섰을 때, 주변의 회색 기운이 잔뜩 모이며 여원을 향해 폭사했다. 너무나도 갑작스러운 일이라 여원은 방어할 시간도 없었고, 그렇다고 피하는 것도 불가능했다.

그때였다. 하늘에서 빛이 뚝하고 떨어지더니 회색의 기운을 갈라 버리는 것이 아닌가. 비록 갈라진 회색 기운은 다시 그 자리를 메웠지만 여원을 향해 날아가던 회색 기운을 주춤하게 만드는 것은 가능했다. 그리고 그 틈을 놓칠 여원이 아니었다.

핑!

자신이 있던 공간을 꿰뚫고 지나가는 회색 기운에 여원은 안도의 한숨을 내쉬며 방금 자신을 구해준 빛을 바라보았다. 그리고 반가움에 소리를 질렀다.

"효민아!"

그렇다. 빛의 정체, 그것은 사예였다. 사예는 천주를 향해 단월참을 그었지만, 천주는 손을 뻗어 그것을 막았다. 때문에 비록 입힌 상처라고는 손바닥의 아주 작은 상처뿐이었지만, 지금까지 공격도 통하지 않던 상대에게 상처를 입힌 것은 대단한 일이었다.

하지만 그것을 기뻐할 새도 없이 이어 자신을 잠식하는 회색 기운에 사예는 정신을 잃었다. 하지만 용연지기가 회색 기운을 몰아버리며 간신히 정신을 차린 것이다. 그리고 여원의 위험한 모습을 보고는 자신의 마지막 힘을 폭발시켜 용연지기를 밖으로 분출하며 회색의 기운을 끊어버렸다.

덕분에 여원은 살 수 있었지만, 그로 인해 당분간 내공 자체를 운용하지 못하게 되어버렸다. 지금도 간신히 서 있을 뿐, 그것이 전부였다. 더 이상 천주에게 맞설 방법도 없었다.

사예는 문득, 자신이 너무나도 무력하다는 생각이 들었다. 그렇게 수련을 했는데도, 한계를 뛰어넘은 새로운 힘의 길을 개척했음에도, 그는 스스로가 너무나도 무력하게 느껴졌다.

"역시 귀찮군. 용연지기라는 것……."

천주는 자신의 일을 방해하는 용연지기의 모습에 눈살을 찌푸렸다. 용연지기가 두렵거나 하는 것은 아니다. 단순히 귀찮을 뿐이다. 자신의 공격을 잠시간이나 허사로 만들 수 있는 능력이.

잠시 사예를 바라본 천주는 다른 한쪽 방향을 바라보며 낮게 중얼거렸다.

"역시 죽였어야 했나?"

비록 내공은 운용하지 못한다 할지라도, 그 정도를 듣지 못할 사예가 아니었다. 그리고 천주가 말하는 대상이 누구인지 정도는 알 수 있었다.

자신에게 용연지기를 전수해 준 이, 바로 천년이무기를 향한 말이었던 것이다. 사예의 표정이 굳어지며 한월을 들어 올렸다. 한월이 무척이나 무겁게 느껴졌다. 한월뿐만이 아니라 백면귀탈이나 승룡갑 역시 마찬가지였다.

하지만 사예는 한월을 들어 올리는 것을 멈추지 않았다.

'죽어도… 싸운다.'

굳은 의지가 자리잡아 가는 사이, 잠시 눈살을 찌푸렸던 천주의 표정이 다시 무심하게 돌아왔다. 어느새 주변에서 천추십왕은 사라진 뒤였다. 유향운도, 잔왕도, 파왕도 보이지 않았다.

"내게 상처를 입히다니… 제법이군. 과연 죽일 만한 가치가 있어."

"나의 가치를 알아주지 않아도 좋으니, 혼자서 죽으시지 그래."

무신일 때의 말투가 아닌 평소의 말투가 튀어나왔다. 기력을 너무 소진한 탓이다. 사실 후들거리는 다리를 똑바로 세워놓느라고 얼마나 애썼는지 모른다.

그런 그의 뒤로 푸우를 비롯한 여원과 광휘가 늘어섰다. 죽음을 불사하겠다는 태도였다. 하지만 그들의 모습은 천주에게 아무런 감흥도 주지 못했다. 다만 사예만을 바라볼 뿐.

"용기는 가상하지만, 한낱 바깥 세상 미물의 용기는 아무런 가치도 없다. 그것은 더 이상 용기가 아닌 만용일 뿐. 그런 자에게 이 세상을 이루는 것을 맡길 순 없지. 이 세상의 것, 다시 받아가마."

그렇게 말한 천주는 손을 뻗었다. 사예를 향해서였다. 사예는 자신을 향해 천주가 손을 뻗자 흠칫했지만 이상하게도 자신에게서는 아무런 일이 일어나지 않았다. 아니, 않는 듯했다.

스르륵!

무엇인가 사예의 옷 사이에서 빠져나왔다. 그것은 빠른 속도로 천주에게로 날아갔다. 눈 깜짝할 새 없이 일어난 일이었다. 그것의 정체는 금빛을 띠는 작은 조각이었다.

그것을 눈 깜짝할 새 빼앗긴 사예의 눈동자가 급속도로 확장되었다.

"제기랄! 백호륜!"

사예는 조각의 정체, 백호륜의 조각을 보며 외쳤다. 하지만 천주는 아랑곳하지 않았다. 그때 천주의 품에서 중간이 끊겨 버린 금빛 팔찌가 나왔다. 백호륜이었다.

공중에 뜬 백호륜과 조각은 서서히 서로를 향해 다가갔고 마침내 그것은 하나가 되어갔다. 그것을 가만히 볼 사예가 아니다. 초절정무공이 넘어간다면 더 이상 일은 걷잡을 수 없을 터! 그것만은 막아야 했다.

탓!

사예는 급히 땅을 박찼다. 마음 같아서는 생사일보를 사용하고 싶었으나 지금의 상태에선 불가능했다. 하지만 그럼에도 불구하고 사예의 신형은 마치 빛살과도 같았다. 그러나 그런 사예의 움직임은 오래가지 못했다.

천주가 고개를 들어 사예를 보는 순간, 사예는 자신을 향해 덮쳐 오는 강한 기파를 느꼈다. 내공을 사용할 수 없다고 하여 기파마저 느끼지 못하는 것은 아니다. 거대한 기파는 단숨에 사예를 비롯한 그의 동료들마저 쓸어버릴 정도로 강력했다.

때문에 사예는 옆으로 신형을 날리며 외쳤다.

"피해!"

그제야 그들을 덮쳐 오는 강력한 기파를 느낀 이인 일수(一獸)도 급히 자리를 피했다.

쿠아아아아아앙!

천지개벽이 일어난다면 이러할까! 하늘이 울리고 땅이 진동했다. 대기가 산산이 흩어졌다.

완벽한 무(無).

회색의 기운에 뒤덮인 기파가 쓸고 간 자리는 그것을 재현하고 있었다. 공기조차 존재하지 않는 공간, 혼돈의 공간.

사예를 비롯한 동료들은 그 위력에 숨을 죽였다. 천주는 자신들을 상대로 제대로 싸운 것이 아니다. 애초에 이런 위력의 공격을 했었다면 이미 자신들은 여기에 서 있지 못했으리라.

잠시 넋이 나간 사예들의 귓가에 천주의 목소리가 들렸다.

"이 세계의 물건은 잘 돌려받았다. 앞으로 더욱 재미있는 놀이를 기대하마."

"제기랄!"

이미 천주의 모습은 사라진 뒤였다. 천주의 모습은 사라지고 목소리만이 잔상처럼 그 자리를 지키며 사예들에게 의사를 전달할 뿐이었다.

사예는 주먹을 쥐었다. 권갑이 손을 덮고 있지 않았다면 손톱이 손바닥을 뚫고 들어갔을 정도로 세게 쥐었다.

패배… 새로이 세상에 나와 처음으로 겪는 패배였다. 그것도 무참한 패배. 권법도 각법도, 장법도, 지법도 통하지 않았다. 한월로 펼친 최고의 도법 역시 자그마한 상처를 입힌 게 고작이었다. 그 대가로 자신은 당분간 내공을 잃었음에도. 모든 게 부정당한 느낌이다. 강함, 능력, 자신감. 모든 것이 사라졌다. 그에게 남은 것은 고통과 좌절뿐이었다.

사예는 형용할 수 없을 정도의 강함을 지닌 적을 새로이 만나게 되었다. 그리고 초절정무공의 단서를 빼앗긴 이상, 앞으로도 그와 같은 적은 계속 등장하리라. 그래서 자신들을 쓸어버리리라.

그런 미래를 생각하는 그의 전신은 공포와 분노로 떨려왔다.

"크아아아아아아!"

모두가 떠나고 빈 공간만이 남은 자리, 사예의 입에서 거친 괴성이 터져나왔다.

◆ 비상(飛翔) 예순 번째 날개
나타난 초절정무공

비상(飛翔) 예순 번째 날개 나타난 초절정무공

　사예와 그 일행이 천주의 등장에 큰 패배를 한 날, 비상의 전역은 공포에 물들었다. 천주의 등장에 그런 것이 아니었다. 그들은 천주의 등장조차 알지 못하고 있다는 것이 정확하리라. 단지, 수많은 암살자들이 날아든 것이 불러 일으킨 사건이었다.

　비상의 전 지역에 날아든 암살자는 각 단체를 이끄는 수장의 목숨을 앗아 갔다. 암살자를 오히려 죽인 사람들도 없진 않았지만, 그들 중 대부분도 결국 상처를 제때 치료하지 못하거나, 치료할 수 없는 독과 같은 것에 중독되어 목숨을 잃었다.

　며칠 만에 엄청난 수의 이들이 죽어가자 많은 사람들은 겁에 질렸다. 어찌 나 암살자들의 수법이 고절한지 제대로 반항조차 하지 못하고 죽은 이들이 대부분이었던 것이다. 그것은 전투의 흔적도 없이 죽은 수많은 시체들의 모습에서 알 수 있었다.

　그런데 특이한 것은 상대편 인공지능 쪽의 주적이라 할 수 있는 유저보다

NPC들의 피해가 더욱 크다는 것이었다.

이에 많은 유저들이 NPC보다 피해가 적다는 사실에 적들을 비웃었다. 또한 내심 유저들의 피해가 NPC보다 적은 것에 다행이라는 마음마저 가질 정도였다.

사실 그것도 어떻게 보면 이해가 가는 것이, 유저와 NPC를 동일선상에 놓고 본다면 NPC보다 유저가 같은 시간 안에 더욱 발전이 빨랐다. 그것은 같은 조건 아래 지금의 일류고수 NPC가 십 년 후에 절정고수의 발판을 밟는다고 한다면, 유저는 그의 10분의 1도 걸리지 않는다는 것이다. 이것은 NPC들의 제한을 벗어난 행동을 막고, 최대한 현실 속의 수련과 같도록 하기 위해 어쩔 수 없이 고안한 장치였다.

이런 이유 때문에 일류고수 NPC가 죽는다면 단순히 일류고수가 죽는 것이지만, 일류고수 유저가 죽는다면 그것은 얼마 후의 절정고수를 잃는 것과 같다고 생각했다.

결국 지휘관을 잃더라도 그 자리를 금방 메울 수 있는 유저 쪽은 금방 다시 정비를 하여 적의 공격에 대비했지만, 지휘관을 잃은 NPC 쪽에서는 후속 지휘관이 나올 시간도 없이 혼란에 휩싸이게 되었다.

그러다가 마침내 NPC들 중 인공지능에게 항복하는 이들이 나오게 되었고, 인공지능 쪽에서도 고수를 보내어 그들의 회유를 진행시켰다. 설마 NPC가 배반할 것이라곤 생각지 못한 유저들로서는 아차 하는 사이에 반수가 넘는 NPC들이 적으로 돌아서고 만 사태에 기겁을 하고 말았다.

외부에서 일어난 공격은 막기가 쉬워도 내부에서 일어난 공격은 막기가 어려운 법.

내부에서 일어난 NPC들의 반란은 유저들에게 커다란 피해를 안겨줌과 동시에 산서, 하남, 산동을 모두 빼앗아 결국 하북으로 후퇴하게끔 만들었다. 또한 부가적으로 인공지능에게 돌아서지 않은 NPC들에게 의심의 눈초리가 돌아가게 하여 서로의 신뢰 관계도 끊어버렸다.

이에 유저들은 하북 땅에 엉덩이조차 붙이고 앉을 자리 없이 모이게 되었다. 단위 면적당 전력을 수치로 나타낸다면 그 어느 때보다 높다고 할 수 있겠지만 사기는 이전과 비교도 할 수 없을 정도였다.

길을 가다 가볍게 부딪쳐도 싸움이 일어나는 것은 일상사였으며, 아군 NPC들에게 노골적인 경멸의 눈초리를 보내며 싸움을 걸거나, 심지어는 몰래 NPC들을 죽이기까지 하는 사태도 발생하였다. 또한 같은 유저들조차 믿지 못하게 되었다.

그 외에도 사람들이 집약되다 보니 별별 여러 가지 이유의 싸움이 매일 발생하고, 이제는 적과의 싸움보다 아군의 진영 측에서 벌어지는 싸움에 흘리는 피가 더욱 많아졌다.

사실 이 모든 것은 아닌 척했지만 유저들도 본래 지휘관을 잃은 점이 크게 작용했다.

지휘관으로 뽑은 것은 그만큼 능력이 있다는 것. 그런 능력을 가진 이들도 자신의 수하를 통솔하기가 힘들었을 텐데 그보다 떨어지는 능력의 이들이 통솔하는 수하들의 능력이 전보다 나을 리 없었다.

이내 비상을 인공지능의 손아귀에서 지키고자 나선 이들은 안에서 일어나는 분란과 밖에서 쳐들어오는 엄청난 수의 대군에 사분오시되어 완전히 패잔병들의 모습 그 자체가 되었다. 결국 디다가 염려하던 바대로 인공지능의 계략이 정확히 맞아떨어진 것이다. 그것도 가장 안 좋은 모습으로.

그리고 이때에 와서야 사예는 부상에서 벗어나 자리를 털고 일어날 수 있었다. 천주의 회색 기운은 단순히 그때만 부상을 입히는 것이 아니라 오랫동안 몸속에 남아 공격하는 것이었고, 그나마 용연지기의 힘을 빌려 지금에 와서나마 빠른 속도로 그 기운을 없앨 수 있었던 것이다.

비상의 붕괴를 예견할 수 있는 이 모든 모습은 사예가 천주에게 패한 지 정확히 두 달 만에 일어난 것이었다.

"음."

내 목소리가 울렸다. 조용하다면 조용하달 수 있는 나의 숙소. 이미 천진, 북경을 포함한 하북 전체가 사람들로 들끓게 된 이후 이처럼 혼자만의 공간을 가지는 것은 어려워졌다.

내가 패한 이후로 정세는 급격하게 기울었다. 암살자들의 기습은 각 문파의 지도자들의 목숨을 앗아갔고, 결국 거기서 분쟁이 생겨 많은 NPC들이 돌아섰다. 전력이야 그렇다 치고 현재의 상황에서 가장 나쁜 것은 우리에게 믿음이 없다는 것이었다.

이미 NPC들의 배신 아닌 배신은 서로에 대한 불신을 키웠고 이내 살아남으려면 자신만을 믿어야 한다는 사상이 사람들의 뇌리에 박혀들었다. 그렇게 분산된 전력이 적의 공격을 막을 수 있을 리 없었다. 이것은 만약에 비상이 원래대로 돌아오더라도 회복하기 힘든 상처가 될 것이었다.

우리는 밀리고 밀려 세 개의 성을 빼앗기면서 결국 하북으로 후퇴를 할 수밖에 없었다. 적은 늘어나는 군대와 떨어지는 이쪽의 사기에 힘입어 거침없이 몰아붙였고 이미 전력의 상실, 불신의 싹틈으로 인해 우리는 그런 군대에 처참하게 깨질 수밖에 없었다. 그나마 하북이라도 지키고 있는 것이 다행이었다. 그것도 순전히 지킬 곳이 줄어들었기에 방어를 하는 인원들의 밀집이 가능해서 그런 것이지만……

"후우……"

난 용연지기를 가라앉히며 가부좌를 풀었다. 이미 충분한 운기를 했다. 이미 전신은 용연지기로 충만한 상태, 얼마 전까지 천주의 회색 기운에 노출되어 고생했지만 지금은 간신히 다 밀어낼 수 있었다.

아니, 아무리 용연지기가 대단하다지만 이처럼 짧은 시간 안에 그 기운들을 다 몰아내기란 힘든 것이었다. 하지만, 다행히도 내게는 내 신체를 정화해 줄 무공을 가지고 있었다.

현월광도의 마지막 초식… 월광무.

나조차도 그 진정한 쓰임새를 모르고 있던 월광무. 강민 형이 내가 패하고 난 뒤 월광무의 쓰임새를 가르쳐 주었고, 난 월광무를 사용하여 회색 기운을 몰아낼 수 있었다.

월광무의 능력은 진정한 정화.

만약 내가 용연지기를 가지고 있지 않더라도 폭기의 위협에서 죽을 일은 없었을 것이다. 바로 월광무가 폭기의 기운을 정화했을 것이었기 때문이다. 물론 내가 월광무의 능력을 알고, 제때 월광무를 펼쳐 줘야 한다는 전제 조건 이 붙지만……

어쨌든 월광무를 사용한 나는 급속도로 회색 기운을 몰아낼 수 있었다. 천주의 회색 기운을…….

크윽! 천주를 생각하자 머리가 지끈거리고 손끝이 떨려왔다. 두려움. 두려움이 나로 하여금 이런 현상을 일으키게 하고 있었다.

그의 강함은 상상을 초월했다. 어딘가 모르게 한 차원 높은 세계의 강함 같았다. 이런 기분… 분명 흔하지는 않지만 느껴본 적이 있는 기분이다.

난 그 답을 곧 찾을 수 있었다.

"천년이무기와 영호충……."

그들을 대할 때면 이런 기분이 들었다. 천년이무기와 오래 있다 보니 그 기분에 친숙해져서 천주를 향한 기분의 정체를 늦게 깨닫게 되었던 것이다.

난 두 손을 모아 힘을 주었다. 손이 더욱 거칠게 떨려왔기 때문이다. 천주의 강함을 생각하자 나도 몰래 두려움이 몰려왔다. 그의 강함은 이미 비상의 전체를 홀로 멸망시킬 수도 있을 것이다. 초절정무공이라는 것이 그런 것인가? 아니면 존재 자체에서부터 그런 힘이 몰려오는 것인가?

영호충의 평범한 NPC였을 때를 생각한다면 초절정무공에 그만한 힘이 딸려오는 것 같지만, 문제는 초절정무공을 찾기 어렵다는 것이다.

내가 제법 오랜 기간 동안 초절정무공의 행방을 찾아 돌아다니는 동안 깨달은 사실은, 초절정무공을 얻기 위해선 무공이 강해야 하는 것도, 지략이 뛰어나야 하는 것도 아니다. 오직 경험이 풍부해야 하고, 운이 따라줘야 한다.

그 어느 누가 한의 대지에 초절정무공의 단서가 잠자고 있다는 사실을 예측이나 할 수 있을까. 그것은 인공지능조차 불가능한 일이었다. 그런 부분에서 나는 경험이 부족했지만 운이 따라줬다. 경험이 부족하여 초절정무공에 대한 힌트를 가지고 있으면서도 찾지 못했고, 운이 따라줬기에 그나마 백호륜의 조각을 취할 수 있었다.

"아! 그러고 보니……."

난 백호륜을 떠올리자 곧 중요한 사실을 잊고 있었다는 것을 기억해 냈다. 제기랄… 어떻게 이걸 잊을 수 있지?

내가 잊고 있었다는 것, 그것은 다름 아닌 초절정무공이다. 천주에게 빼앗긴 백호륜의 조각. 그것은 곧 다가올 초절정무공을 익힌 적을 의미한다. 지금 상태에서도 충분히 밀리는 판에 초절정무공을 익힌 적이라?

"욕도 안 나오는군."

난 자리에서 일어났다. 더 이상 가만히 앉아서 생각을 했다가는 걱정으로 머리가 터질 것만 같았기 때문이다. 쩝. 뭐, 하긴 언제부터 내가 걱정을 심하게 했었나? 일단 한번 부딪치고 보는 거다. 그 결과가 어떻든 간에!

"좋아, 가보자고!"

사람들의 피해가 계속되는 와중에도 무신은 그 모습을 드러내지 않았다. 적들의 계략과 거침없는 공격이 계속되는 이럴 때야말로 진정 그의 힘과 사람들을 압도하는 능력이 필요했지만 그는 끝내 세 개의 성을 잃을 때까지 그 모습을 드러내지 않았다.

모습을 드러내지 않는 무신을 사람들은 적에게 겁을 집어먹은 겁쟁이라고 비난했다. 하지만 그것은 정말 그에게 기대가 컸고, 그를 따르는 마음이 컸기에 나오는 반사적인 것이었다.

무신과도 같은 커다란 구심점이 없어 너무나도 어이없이 밀리던 사람들은 하루하루를 지친 전쟁으로 이어갔다. 사람들 중에서는 모든 것을 다 포기하고 접속도 하지 않는 사람들이 부지기수였다. 그들이 예상하기에 비상은 이미 인공지능의 것이었다. 모든 것이 부질없었다.

그때, 다시 무신이 나타났다. 그는 사람들의 모든 비난들을 가볍게 짓눌러 버리듯, 나타나자마자 커다란 강기를 앞세우며 자신의 수하들과 함께 전장의 선봉에 나섰다. 그의 수하는 그 수가 반 정도로 줄어 있었지만 그것만으로도 굉장한 위력을 내고 있었기에 사람들은 절로 고개를 끄덕였다.

무신이 나타나자 인공지능 측의 공격은 더 이상 하북에 아무런 위협도 되지 못했다. 얼마 전까지 같은 편이었던 NPC들은 그의 위력을 너무나도 잘 알기에 결코 덤비지 못했고, 마물들은 삼 장에 이르는 강기를 뿌려대는 무신에게 접근조차 하지 못했다.

그렇게 되다 보니 또다시 이상한 공전 상태가 되었다. 물론 이전과 같이 완벽히 전투가 끊긴 것은 아니지만 무신에 대한 두려움이 인공지능 측 NPC들을 지배하면서 잠시간 공격이 줄어든 것이었다.

이에 다른 이들의 사기도 높아지고, 쳐들어오는 적에 맞서 힘도 키워 나가면서 다시금 전투의 의지를 불태웠다. 무신의 등장은 그만큼이나 그들에게 힘이 되어주고 있었다.

하지만… 그것은 그리 오래가지 못했다.

비가… 내리기 시작했다.

후두두둑!

혈우(血雨). 뜨거운 피의 비다. 단숨에 전방 육 장을 쓸어가는 나의 공격에 내 주변에 위치한 모든 이들이 분수같이 피를 뿜으며 쓰러졌고, 그들이 뿜은 피가 혈우가 되어 내리고 있었다.

녹색 피와 붉은 피가 섞여서 내리지만, 내 몸은 하나도 젖지 않았다. 순식간에 거리를 좁히는 생사일보가 혈우가 감히 범접치도 못할 속도를 만들어냈기 때문이다.

때문에 내가 전심전력으로 전투에 돌입하면 웬만한 강적을 만나지 않고서는 전신에 피가 하나도 묻어 있지 않았다.

"투영풍로!"

촤아아악!

단숨에 공간을 좁히며 뻗어나간 나의 신형은 수많은 마물과 NPC들을 관통하고 있었다. 원래 내가 펼쳤던 투영풍로라면 저들은 사방으로 팅겨 나가는 정도였겠지만, 극성의 힘을 발휘하는 투영풍로는 그야말로 막는 모든 것을 사라지게 만들었다.

파사사삿!

과연 투영풍로에 당한 이들은 피를 흘릴 새도 없이 육체 자체가 먼지로 흩어져 버렸다. 그렇게 사라져 가는 이들의 모습에 신경 쓸 새도 없이 내 몸이 반사적으로 움직였다.

쿵!

내가 있던 자리를 찍어 내리는 거대한 바위. 난 생사일보를 밟아 바위를 피할 수 있었지만, 내 주변에 위치했던 적들은 그냥 바위에 압사당하고 말았다.

난 바위가 날아온 쪽을 보지도 않고 초월파를 뿌렸다.

파사사사사!

공간을 찢고 날아가는 초월파에 마물 몇몇의 기파가 사라지는 것을 확인하

며 곧바로 다시 한월을 베어갔다. 내가 1초를 쉴수록 그만큼이나 더 아군의 피
해가 커지는 것을 알고 있었기에 내 행동에는 일말의 동정이나 멈춤이 없었다.

사방을 짓누르는 거대한 기파를 퍼뜨려 나가며 난 적들을 공격했고, 평소
라도 피하기 힘든 공격을 기파의 무거움에 대항하며 피하기란 불가능했기에
그 어느 누구도 나의 일격을 피하지 못했다.

그렇게 나는 한월을 움직여 베고, 주먹과 다리로는 부쉈으며, 손가락으론
뚫어버리고, 장으론 짓이겨 버렸다.

모든 무공을 다 발휘하는 나의 모습에 오늘 쳐들어온 적이 거의 사라졌을
때, 난 손을 멈출 수밖에 없었다. 아주 잠깐, 무엇인가 느껴졌기 때문이다.

"제기랄! 피해!"

난 크게 소리치며 주변에 있는 아군을 내가 잡을 수 있는 한도 내에 모두
잡아채어 생사일보를 밟았다. 그와 동시에 뒤가 후끈해지는 것 같았다. 난
전력을 다하여 생사일보를 밟았고, 간신히 '그것' 에서 벗어날 수 있었다.

화아아아악!

"크악!"

"끄어어억!"

키레레레렉!

크라롸롸악!

생사일보를 밟아 피해낸 나는 아군들을 모두 땅에 내렸다. 그리고 뒤에서
벌어지는 모습에 입을 다물 수가 없었다.

"지옥……."

난 나도 몰래 중얼거린 한마디에 절로 고개가 끄덕여짐을 느꼈다. 더 이상
어떤 말로 이것을 표현할 수 있을까.

내가 생사일보를 밟아 벗어날 수 있었던 곳, 그곳은 이미 지옥이 되어 있
었다. 불지옥이.

크르르륵!

난 신체가 불에 타는 것을 괴로워하며 끝까지 나를 죽이러 내 앞으로 다가온 마물을 보았다. 예전 같았으면 이렇게 만났다는 것만으로도 하늘에 저주를 퍼부으며, 나의 불운에 관해 심한 고찰 상태였을 상급 마물이었다.

하지만 그런 마물이 단순히 불에 타서 죽고 있었다. 내가 알기로는 불에 대한 저항력이 아주 큰 녀석인데도…….

"어떻게 이럴 수가……."

이미 주변은 불바다가 되어 있었다. 시뻘건 불이 혀를 날름거리며 주변의 모든 것을 집어삼키고 있었고, 그곳에 있는 모든 생명들이 죽어가고 있었다.

반경 십 장에 해당하는 곳이 그렇게 지옥으로 변해 있었다. 그리고 난 그제야 나를 바라보는 시선을 느낄 수 있었다. 불길의 건너편, 그곳에서 누군가가 나를 보며 걸어오고 있었다.

"유향운……."

난 신음을 흘리듯 낮게 상대의 이름을 흘려 뱉었다.

뜨거운 불길이 가득함에도 유향운은 아무런 반응도 없이, 불바다를 그렇게 건너 다가왔다.

"오랜만이오."

유향운은 나를 향해 그렇게 인사를 했다. 결코 주변의 상황이 느긋하게 인사할 모습이 아니었지만 유향운은 일말의 흐트러짐 없이 느긋이 인사를 건네왔다.

나는 그런 유향운의 모습에, 인사 대신 다른 말을 내뱉었다.

"당신이… 한 일인가?"

"그렇소."

마치 '길을 가다가 굴러다니는 돌멩이를 찼다' 정도의 어감으로 대답하는 유향운의 모습에 난 할 말을 잃었다. 하지만 이내 정신을 차리고는 한 가지 질문을 던졌다.

“얻은 것인가?”

앞뒤 다 잘라놓고 말을 하니 모르는 사람은 알아듣지 못할 말이었지만 유향운은 그 말을 알아들은 듯했다.

“그렇소. 그분께서 내게 그중 하나를 선사하셨지.”

“하나?”

“내가 얻은 초절정무공은 사신무(四神武) 중 하나인 주작화령무(朱雀火靈武). 이외에도 다른 세 명의 천추십왕이 사신무의 나머지 세 개를 익혔소.”

유향운의 말에 난 어느 정도 상황을 예측할 수 있었다.

제길! 백호륜의 백호를 봤을 때부터 알아봤어야 했다. 내가 가졌었던 백호륜의 조각을 빼앗기기 전에는 초절정무공이 나타나지 않았으니, 저쪽이 얻었다는 사신무는 청룡, 주작, 백호, 현무의 네 가지 단서가 모두 모여야만 얻을 수 있는 무공일 것이다. 내가 백호륜의 조각을 빼앗겼기에 네 개의 초절정무공이 등장한 것이다. 그것도 한꺼번에. 젠장, 정말 최악의 시나리오로구나.

난 인상을 찌푸렸다, 백면귀탈에 가려 보이지는 않았지만. 적이 무진장 강해졌다는데 의연하게 버틸 사람이 누가 있으랴. 적어도 나는 그 범위에 들어가지 않았다.

“어째서 내게 그것을 가르쳐 주는 것이지?”

“경고요.”

“경고?”

“그분께서는 당신이 나서기를 바라지 않고 계시오. 그냥 지켜보길 바랄 뿐이지.”

“무슨……!”

난 유향운의 말도 안 되는 소리에 반박을 하려 했지만, 유향운은 그런 나의 말을 끊었다.

“당신도 알 텐데. 지금의 당신으로는 우리 중 하나도 상대할 수 없소. 그분께서는 지금의 당신이 죽어서 유흥거리가 벌써 사라지는 것을 바라지 않고 계시오. 끝까지 남아 이 세계의 당신과 같은 이들이 사라져 가는 것을 보시오.”

“크윽!”

난 유향운의 말에 분노의 음성을 터뜨렸다. 그리고 한월에 모든 힘을 담기 시작했다. 주변의 모든 것이 느려지고, 가는 선들이 생겨나기 시작했다.

초극의 힘을 사용하자 자연스레 시전되는 투결에 한월은 어느새 결을 따라 흘러가고 있었다. 그것도 멈출 수 없는 엄청난 빠르기로.

“단월참!”

결을 따라 사선으로 그어지는 단월참은 공간 자체를 찢어놓을 듯했다. 비록 천주에게 패한 전적이 있는 단월참이지만, 난 단월참을 거두지 않았다.

마침내 한월은 유향운의 신형을 일도양단하고 지나갔다. 엄청난 속도의 도결에 무참히 쓰러지는 유향운의 신형… 아니, 이건?!

화르르륵!

“윽!”

난 갑자기 유향운의 신형이 불꽃으로 화하여 한월을 타고 오르자 급히 한월을 비틀어 흘리며 거두었다. 다행히 불꽃은 곧 사그라졌지만 난 섬뜩한 기분을 느껴야만 했다.

턱!

“……!”

“당신은 이미 한 번 죽었소.”

난 어깨 위에 올려져 있는 유향운의 섭선을 느낄 수 있었다. 어느새 뒤로 이동했단 말인가? 아무런 기척도 느끼지 못했는데?!

난 혼란스러워짐을 느꼈다. 이걸 다행이라고 할 수 있을까? 유향운에게서는 천주나 영호충, 그리고 천년이무기에게 느꼈던 그 막막한 기분이 조금 덜했다. 하지만 조금 덜했다고 하여 그 기분이 사라진 것은 아니었다.

오히려 더욱 나 자신의 능력이 비참해질 뿐이었다. 지금의 난… 약했다.

"당신의 그 힘… 그 알 수 없는 힘도 지금의 나에겐 통하지 않소. 초절정무공을 상대할 수 있는 것은 오직 초절정무공뿐. 경고는 했소. 그것을 어떻게 받아들일지는 당신이 결정하는 것."

그 말을 끝으로, 난 내 어깨에 올라와 있던 섭선이 사라졌다는 것을 깨달았다. 그리고… 유향운의 모습은 보이지 않았다.

"제길."

초절정무공, 천추십왕, 천주…….

앞을 막아서는 장애물의 모습에… 난 골인 지점이 까마득하게만 보였다.

"그래도… 포기할 수는 없지…….

화려하지만 참혹한 불꽃의 바다와 함께 나의 전의도 불타오르고 있었다.

화르르륵!

불꽃이 피어오른다.

주작화(朱雀華).

화(火)가 아닌, 화(華)다. 주작에게 있어서 불꽃은 말 그대로 꽃이다. 그리고 그런 주작화를 사용할 수 있게 하는 무공이 바로 열 개의 초절정무공 중 사신의 무공에 속하는 네 개의 무공, 사신무의 주작화령무다.

지옥화(地獄火)를 무색하게 하는 주작화.

그런 주작화를 사용하게 하는 주작화령무의 위력은 경천동지할 정도였다. 그것은 직접 맞부딪쳐 본 사예와 직접 그것을 익힌 유향운이 가장 잘 알고 있을 터였다.

그렇기에 유향운은 지금 놀라고 있었다. 주작화령무의 위력을 알고 있기에, 거대한 힘을 지금 품고 있기에… 그 때문에 놀라고 있었다.

"알 수 없군."

유향운은 조용히 중얼거렸다. 그는 발걸음을 옮기고 있었다. 그런데 그가 발걸음을 내딛는 곳마다 불꽃의 잔상이 남아 어지러이 흔들리고 있었다.

유향운은 불꽃에 뒤덮인 자신의 왼팔을 내려다보았다. 불꽃이 조금씩 사그라지고 자신의 손끝에서 어깨까지 이어지는 긴 불꽃 선만이 남았다. 자세히 들여다보면 알 수 있으리라. 그 불꽃의 선에선 급속도로 상처가 치료되고 있음을.

"도대체 그 힘은 도대체 어떤 거지?"

유향운은 조금 전의 상황을 떠올렸다. 그 힘… 알 수 없는 힘. 무신이 가진 힘.

그 힘을 담은 공격이 자신을 향해 짓쳐들었다. 가볍게 받아넘긴 공격이었으나, 다시 보니 팔에 긴 상처가 나 있었다. 물론 주작화령무를 익혔기에 이 정도의 상처는 자연 치료가 금방 되지만, 상처를 입었다는 그 사실만으로도 유향운이 놀라기엔 충분했다.

주작화령무의 위력을 알고 있는 유향운이기에 더욱 그러했다.

"초절정무공을 상대할 수 있는 또 다른 힘이라… 후후후, 재미있군. 사예… 이 친구, 기다리고 있겠네. 어서 올라오게나. 후후후."

저벅저벅 걸어가는 유향운의 발걸음이 지나간 자리에는 일렁이는 불꽃의 잔상과 묘한 웃음소리만이 남아 있었다.

계속되는 전쟁.

전쟁은 곧 피를 불러오고, 피는 곧 죽음을 불러온다.

그것이 녹색의 피든, 붉은색의 피든, 그것에 상관없이 그 자리에 존재하는 모든 이들은 그 피 한 방울에 이성의 감각이 둔해진다. 끝내 이성은 사라지고 본능만이 남아 계속해서 더 많은 피를 바랄 뿐이다.

현재가 그러했다.

벌써 손가락으로 셀 수 없을 정도로 많은 수의 전투가 계속되었다. 이미 그들에게 잠시간의 휴식은 곧 찾아올 피의 전투의 서막일 뿐이었다. 그런 휴식이 끝나면 다시 진한 피의 향연이 계속될 것이다.

아군과 적군.

그것은 이미 잊은 지 오래다. 그런 것을 따지다간 제일 먼저 죽을 것이다. 죽기 전에 한번이라도 더 칼을 휘두르는 게 더 이득이다. 아니, 이해득실을 따질 게 아니라 이미 본능적으로 칼을 휘두르는 단계에 들어섰다.

피가 튀어 오르고 괴성과 비명이 난무하는 전장은 그 자체로 이미 지옥이었다. 따로 지옥이 필요없었다.

그런 지옥을 내려다보는 한 쌍의 눈동자가 있었다.

"흘흘흘, 부나방 같은 것들."

잔왕은 작고 검은 구슬을 던졌다 받으며 실소를 터뜨렸다.

누군가 그의 손에 들린 작고 검은 구슬이 단숨에 사위를 잿더미로 만들어 버릴 수 있는 벽력탄이라는 사실을 알게 된다면 놀라서 펄쩍 뛸 일이었지만, 이미 이성을 상실한 채 싸우고 있는 이들에게는 그것을 신경 쓸 여유 같은 것은 없었다.

"아무리 그분의 뜻이라지만 이건 너무 심심하군. 무신 그 녀석이 있었을 땐 재미있었는데 말이야."

잔왕은 안타까운 표정을 지었다.

아무리 벽력탄 수십 개를 동시에 터뜨린다 할지라도 통쾌함이 찾아올 것 같지 않았다. 그로 인해 수많은 생명들이 부질없이 사라진다 할지라도 마찬가지였다.

이미 상대편에서는 그들에게 대항할 그 어떤 힘도 존재하지 않는다. 그나마 가장 강력한 힘이 얼마 전까지 무신이란 이름으로 존재했지만, 이젠 그마저도 기대하기 힘든 상황이니 이미 싸움은 끝났다고 봐도 좋다. 지금부터는 그냥 유흥일 뿐이다.

천추십왕이 나선다면 비상의 전역은 이미 함락되었을 것이다. 하지만 단순한 유흥을 위해 아직도 이렇게 마물과 유저들 간의 지겨운 공방전은 계속되고 있었다.

"이 짓도 지겹군. 이젠 그만 끝내야겠어."

잔왕도 얼마 전까지는 그런 유흥을 즐겼지만 이제는 그러지 않았다. 아무리 많은 피가 튀어도 별로 감흥이 느껴지지 않았다. 그런 잔왕에게는 얼마 전까지만 해도 강력한 적으로 남아 있던 무신의 존재가 차라리 그리움으로 다가올 정도였다.

"흐음, 이 정도면 되겠지?"

잔왕은 품에서 몇 개의 작고 검은 구슬을 꺼내었다. 다름 아닌 벽력탄이었다. 비록 작은 구슬 정도의 크기였지만, 잔왕이 손에 들고 있는 정도라면 이 주변은 초토화될 것이다.

마물과 NPC, 유저를 가릴 것 없이, 모두가 시체조차 남기지 못하고 폭발에 휩쓸려 버릴 것이 분명했다. 하지만 그런 위험한 물건을 손에 든 잔왕의 표정은 무심했다. 곧 일어날 대참사에도 전혀 관심이 없는 듯했다.

그냥 귀찮다는 표정이었다.

"자, 그만 죽어… 응?"

벽력탄을 던지려는 그때, 잔왕은 동작을 멈추었다. 누군가 그의 행동을 제지해서가 아니었다. 그렇다고 갑자기 눈앞의 이들에게 동정을 느껴서도 아니었다. 다만, 느낄 수 있었기 때문이다.

누군가… 가로막는 모든 것을 헤치며 굉장한 속도로 다가오는 것을…….

"흘흘흘! 그럼 그렇지! 그놈이 그 말을 들을 리 없지!"

잔왕은 던지려던 벽력탄도 거두고 신난다는 목소리와 표정을 동반한 채 자신의 감각이 가리키는 곳을 보았다.

잠시 후면… 녀석이 도착할 것이다!

이런 생각이 들자 방금까지만 해도 지겨웠던 기분이 사라지고 흥분의 감정이 깃들었다. 그리고 마침내, 녀석이 도착했다.

콰앙!

하늘 높이 떠올랐다 사방으로 흩어지는 마물들의 모습은 조금 전까지 그렇게 흉포함을 드러내던 때와는 상당히 상반된 모습이었기에 차라리 웃음이 나올 정도였다. 하지만 하늘 높이 떠오르지도 못하고 먼지가 되어 사라지는 많은 마물들을 보고 누가 감히 웃을 수 있을까?

마물들이 먼지가 되어 사라지는 그 자리, 그 자리에 무신 사예가 서 있었다.

"늦었군."

짧은 한마디.

무신 사예의 백면귀탈을 비집고 튀어나온 한마디는 잔왕의 모든 감각을 깨웠다. 진짜 무신이 자신의 앞에 나타난 것이다. 그것도 전혀 기죽지 않은 모습으로!

"흘흘흘! 비왕이 네게 갔을 텐데 이렇게 모습을 드러내다니! 용기가 가상하구나!"

비왕의 경고를 무시하고 이 자리에 나타났다면, 그것은 곧 목숨을 걸었다는 증거! 그 용기는 대단한 것이었다.

하지만 그런 잔왕의 말에도 사예는 내색하지 않았다.

"너는… 초절정무공을 익히지 못했군."

"안타깝게도 그렇지. 나의 벽력탄은 초절정무공과 맞지 않거든."

이번에 천추십왕이 얻은 초절정무공은 총 네 개. 열 명이란 숫자에 비해 턱없이 적은 숫자이다. 당연히 네 명에게밖에 초절정무공은 돌아가지 않고, 나머지 초절정무공을 익히지 않은 여섯 명 중 하나에 잔왕이 속해 있었다.

사예는 그런 잔왕을 바라보며 쓴웃음을 지었다. 초절정무공과 다시 한 번 상대해 보지 못해서 아쉬운 마음과 왠지 안심이 되는 마음이 동시에 든 것이다.

그는 그런 생각을 떨쳐 버리며 한월을 잡은 손에 힘을 주었다. 그리고 싸늘한 눈동자를 빛냈다.

"더 이상… 멈춰 서지 않겠다."

사위를 침묵의 도가니로 빠뜨리는 한마디였다. 잔왕 역시 사예의 그 한마디에 식은땀이 흘러내리고, 전신이 오싹해지는 것을 느꼈지만 애써 담담한 표정을 지었다.

"자신만만하시군! 하지만 이젠 나도 그리 쉽게 당하지 않을 것이다!"

잔왕의 그 말이 끝날 때였다.

"어디 한번 두고 보지."

"헉!"

눈 깜짝하는 사이 잔왕의 바로 앞에 나타난 사예는 한마디의 말을 뱉으며 한월을 그어 내렸다. 잔왕의 입에서 신음이 터져 나오기도 전에 한월은 이미 잔왕의 신형을 두 동강 내고 있었다.

하지만 사예는 손끝의 감각을 느끼지 못했다. 그는 급히 기를 사방으로 퍼 뜨려 잔왕의 기파를 느끼기 시작했다.

'뒤다!'

생각이 머리에 이르기 전에 사예의 신형은 이미 원주미보를 밟고 있었다. 원주미보로 둥글게 말아 회전한 사예는 얼굴에 한월로 인한 긴 자상을 가지고 피를 흘리며 자신이 있던 자리에 일장을 내지르는 잔왕의 좌측에 자리잡을 수 있었다.

그는 마침 바람처럼 끊이지 않는 한월의 투로를 틀어 잔왕의 목으로 뻗어 갔다. 지독히도 빠른 쾌도였다. 사예의 쾌도에 잔왕은 변변한 방어도 못하고 목이 달아날 판이었다.

하지만 그전에 하늘에서 무엇인가 뚝 떨어지며 사예의 시야를 가렸다. 사예는 급히 생사일보로 물러섰지만 무엇인가 자신을 감싸오는 것을 피할 수 없었다.

쩌저저적!

"큭!"

순식간에 주변이 얼어붙는다. 극도의 한기를 지닌 얼음은 사방을 휘어 감기 시작하더니 단숨에 사예까지 덮어버렸다. 하지만 그때 사예의 신형이 꿈틀하더니 매서운 권력이 그의 몸에서 쏟아져 나왔다.

콰콰콰쾅!

천둥이 치는 듯 굉장한 굉음을 동반하며 사예를 뒤덮던 얼음들이 부서져 흩어졌다. 그리고 하늘 높이 뛰어오른 사예는 능공천상제를 밟아 급히 얼음이 뒤덮지 않은 곳으로 몸을 날렸다.

탓!

간신히 땅을 밟은 사예는 자신의 시야를 가렸던, 그리고 지금과 같은 상황을 만든 작은 얼음 조각이 날아온 곳을 바라보았다. 그 자리에는 낯익은 하나의 신형이 서 있었다.

"참왕……."

나직이 중얼거린 사예의 말과 같이 그곳에는 차가운 한상검을 거머쥔 참왕이 사예를 내려다보고 있었다. 그리고 그런 참왕의 옆으로 피를 흘리며 잔왕이 내려섰다.

"크윽! 당했군."

"혼자서 무리라는 것을 알 텐데도… 어리석은 짓을 했군."

"흘흘흘, 그래도 시시한 싸움보다는 이렇게 한번에 화끈하게 당하는 게 낫지 않은가."

"흥."

잔왕의 말에 짧게 코웃음을 친 참왕은 신형을 날려 사예에게로 접근했다. 이전과 비교도 할 수 없는 경공술을 선보이는 그의 모습은 마치 얼음의 비가 내리 꽂히는 것만 같은 착각을 불러일으켰다.

얼마든지 서로 간의 생명을 빼앗을 수 있는 거리에 가서야 참왕의 신형이 멈추었다.

"비왕이 경고했을 텐데?"

"내가 그 경고를 받아들여야 할 이유 따윈 없지."

"흐음… 그런가? 하지만 이미 싸움이 되지 않는다는 사실을 모를 정도로 네가 바보라고 생각하지 않는다만?"

"결과가 정해져 있다고 꼬리부터 말 겁쟁이보다는 차라리 바보가 낫다는 생각이 들었지. 그리고 결과는 아직 정해져 있지 않아. 너희들이 만드는 결과가 무엇이든… 내가 반드시 바꾸고 말 테다. 내 목숨을 걸고."

사예의 군은 의지가 담긴 말에도 참왕의 표정에는 변화가 없었다. 완벽한 무표정을 고수한 채 참왕은 한상검을 들어 올렸다.

"결국 벌주를 택하겠다는 말이군."

말이 끝나는 순간 참왕의 전신에서 무서운 기운이 뻗어 나오기 시작했다. 조금 전에 사방을 뒤덮던 한기와는 비교도 안 될 정도의 기운이었다.

순식간에 주변은 극한(極寒)의 온도까지 내려가고, 그나마 살아 있던 생명들은 죽음조차 맞지 못한 채 그대로 얼어버렸다. 그런 엄청난 기운에 사예는 전신으로 용연지기를 돌리며 맞서 나갔다. 하지만 간신히 버틸 수 있을 뿐, 정면으로 맞서기에는 무리가 있었다.

그러나 사예는 지지 않고 한 발자국 앞으로 나서며 입을 열었다.

"미안하지만 난 싸움 전에는 술을 마시지 않아서 말이야."

이 한마디를 내뱉음과 동시에 들고 있던 한월로 자신의 앞을 베어나갔다. 그러자 차가운 한기가 한월을 감싸는 듯했지만, 한월에선 뜨거운 용연지기가 거칠게 쏟아져 나오며 주변의 한기를 사그라뜨렸다.

한기의 결정체라는 한월이 오히려 한기를 몰아내는 모습이 이질적이었지만 이것은 한월을 다루는 사예의 기교가 없었더라면 불가능했을 일이다.

한월을 그어 내림과 동시에 사예는 자신을 향해 무엇인가 뻗어온다는 것을 눈치챘다. 그리고 급히 원주미보를 밟으며 자리에서 물러나고 또 생사일보를 밟으며 공격을 피해내었다.

쩌저저정!

'잘못했으면 끝장이었겠군.'

자신이 있던 자리가 얼어붙는 것을 본 사예는 등골이 싸늘해짐을 느꼈다. 그리고 더욱더 발걸음을 빠르게 놀렸다.

그때, 멈춘 줄 알았던 얼음이 갑자기 솟아나더니 사예에게로 쏘아져 왔다. 이에 대경실색한 사예이지만 급히 원주미보의 투로를 달리하여 얼음을 피해내었다. 하지만 그것이 끝이 아니었다.

쒜엑!

"칫!"

쩌저저정!

얼음은 멈추지 않았다. 사예가 피해냈다 싶으면 다시 그 얼음에서 새로운 얼음의 줄기가 파생되어 빠져나와 사예의 목숨을 노려갔다.

'이대로는 안 된다.'

어느새 주변이 모두 얼음으로 뒤덮였다. 이젠 더 이상 피할 곳도 없는 것이다. 결국 사예는 발걸음을 멈추고 한월을 움직여 갔다. 길게 한월을 뒤따르는 도기의 잔상이 곧 도강으로 변해갔고, 도강은 완벽히 사예를 감싸며 망월막의 형태를 갖추었다. 그리고 그런 망월막에 얼음이 부딪쳤다.

쾅! 쩌저저정!

망월막에 얼음이 부딪쳤지만 얼음은 멈추지 않고 망월막을 덮어갔다. 둥근 형태로 망월막을 얼음이 완전히 감싸자, 계속해서 증식하던 얼음은 증식을 멈추었다. 그리고 완전한 얼음의 구를 형성한 곳을 향해 참왕은 손을 뻗었다. 그러자 그의 손끝에서 거대한 빙전(氷箭)이 솟아 나와 얼음의 구를 찔러 버렸다.

콰드드드득!

그리고 침묵이 흘렀다.

"내가 익힌 무공은 사신무의 현무빙정흔(玄武氷晶痕). 오늘은 살려주지. 네 눈으로 초절정무공 사신무의 강함을 직접 맛봐라. 그러고도 덤빌 의향이 있을 때, 그때 네 목숨을 거둬주겠다."

이 한마디를 남기고 참왕은 돌아섰다. 그리고 그 뒤를 잔왕이 따랐다. 이미 주변엔 생명이라 부를 만한 것이 남아 있지 않은 상태였다.

너무나도 허무한 싸움.

싸움은 간단히 참왕 쪽으로 기울었고 사예는 제대로 힘도 쓰지 못한 채 참왕의 공격으로 생사를 알 수 없는 지경에 처했다.

초절정무공의 위력은 감히 일반인이 감당할 수 있을 만한 것이 아니었다. 이로써 초절정무공 사신무의 두 번째 무공이 세상에 나왔다. 그것을 나타내기라도 하듯, 그가 지나간 자리에는 싸늘한 침묵만이 존재할 뿐이었다.

그렇게 얼마나 지났을까?

주변의 모든 생물이 다 죽어버리고 오로지 얼음의 구와 그를 관통하는 빙전만이 남아 있는 상태… 그때, 얼음 구의 표면에 금이 가기 시작했다.

파캉!

갈라지는 얼음의 구. 그리고 그를 중심으로 얼음의 구엔 수십, 수백의 금이 생기기 시작하더니 곧 잘게 나누어 부서지기 시작했다. 그리고 그때였다.

콰앙!

깨진 얼음 조각이 사방으로 비산했다. 그리고 얼음의 구에서 하나의 인영이 솟아 나왔다. 그 인영은 다름 아닌 사예였다. 사예의 전신에는 서리가 끼여 있었다. 냉한의 추위를 담은 구에 갇힌 탓이었다.

"헉! 헉! 죽을 뻔했군."

사예는 가쁜 숨을 내뱉었다. 망월막으로 참왕의 공격을 막은 것까지는 좋았으나 추위까지는 계산하지 못했다. 망월막의 강기막을 뚫고 침입한 한기는 단숨에 사예의 체온을 떨어뜨렸다. 용연지기를 운용하지 않았더라면 그대로 얼어 죽었으리라.

그것만이 아니었다. 용연지기로 간신히 한기를 몰아냈을 때, 그로 인해 생긴 망월막의 작은 틈을 한줄기 얼음이 파고들었다. 참왕이 쏘아낸 빙전이었다.

빙전은 가공할 만한 속도로 얼음의 구를 통과하여 사예의 심장을 향해 쏘아져 들어왔다. 망월막을 무너뜨리며 쏘아져 온 빙전은 정확히 심장이 자리한 곳에 도달했다. 사예가 미처 피하기도 전에 일어난 일이었다.

그 충격은 사예가 한순간 정신을 잃을 정도였다. 한기가 다시 정신을 일깨웠지만 그만큼이나 거센 공격이었다. 하지만 어찌 된 일인지 빙전은 사예의 심장을 뚫지 못했고, 덕분에 사예는 살아남을 수 있었다.

"무엇 때문이지?"

사예는 가슴 안의 옷 쪽으로 손을 집어넣었다. 무엇인가 자신의 심장을 빙전으로부터 방어했기에 살아남을 수 있었다는 것을 알기에, 그게 무엇인지 궁금했던 것이다.

손을 넣은 사예는 잠시 후 딱딱한 물체가 손에 잡히는 것을 느낄 수 있었다. 그리고 그 물체가 무엇인지 짐작하는 것은 어렵지 않았다. 둥근 구슬 모양의 그것……

"이것은… 천년이무기가 준……?"

그것은 작은 구슬이었다. 언젠가… 사예가 용호를 떠나올 때, 그에게 천년이무기가 건네준 구슬이었다. 그것이 빙전의 무서운 공격을 대신 막아내어 사예의 목숨을 살린 것이었다.

여의주로부터 시작된 인연.

작다면 작다고 할 수 있고, 크다면 크다고 할 수 있는 인연이 천년이무기와 사예의 사이에 존재했다. 그리고 그로 인해 사예는 용연지기라는 바탕에서, 결국 초극의 힘이라는 지고무상한 힘을 얻게 되었다. 아주 작고 단순한 인연이 지금의 사예를 있게 만든 것이다.

구슬을 보자 사예는 천년이무기가 떠올랐다. 그리고 마음속이 따뜻해지는 것과 더불어 미지의 알 수 없는 걱정이 드는 것을 느꼈다.

그때였다.

쩌저적!

"응?"

구슬에서 갑자기 이상한 소리가 났다. 무엇인가 갈라지는 듯한 소리… 그것이 사예를 괜한 불안감에 휩싸이게 만들었다. 그리고 곧 그 괜한 불안감은 현실이 되어 나타났다.

채챙!

"……!"

갈라지는 소리가 울리고 얼마 지나지 않아 구슬의 중심에서 작은 금이 생기는 듯하더니, 곧 그 금은 구슬의 전체를 휘감았고 이내 구슬은 산산조각으로 부서지며 사방으로 휘날렸다.

사예는 손을 놀려 흩어지는 조각들을 잡으려고 했지만, 조각에서 점점 가루가 되어가는 구슬의 잔해들을 잡기란 불가능한 것이었다.

휘이이잉!

한 차례 쓸고 가는 바람이 마지막 모든 잔해마저 쓸어가자, 사예의 손에는 이미 가루가 되어버린 구슬의 일부 잔해만이 남아 있을 뿐이었다.

"제기랄……."

알 수 없는 감정을 담은 사예의 욕설이 공허하게 울려 퍼졌다.

도대체… 어떻게 된 것일까?

그 답은 아직 사예에게 주어지지 않은 것이었다.

◆ 비상(飛翔) 예순한 번째 날개
깨어진 구슬

비상(飛翔) 예순한 번째 날개 깨어진 구슬

휘이이이잉!

말라붙은 건조한 바람이 불어왔다. 메마른 바람은 흩어지는 모래들을 쓸어갔고, 모래바람이 모여 작은 회오리를 만들어냈다. 황폐해진 대지를 흘러가는 모래바람은 보는 이의 마음속까지 황폐하게 만들 정도로 조용하고, 또 잔인했다.

이곳을 어느 누가 얼마 전까지만 하여도 초목들이 살아 숨 쉬고, 생명의 숨소리가 연주되듯 울려 퍼졌던 곳이라 생각할 것인가? 하지만 그것은 사실이었다.

계속되는 전쟁으로 인한 피해는 유저들에게만 국한된 것이 아니었다. 비록 계속해서 재생되는 비상의 세상이었지만, 파괴가 재생보다 빠르다면 그곳은 황폐해지는 것이 당연지사였다.

지금 내가 서 있는 곳은 그런 황폐한 대지의 한곳. 무너진 성채의 잔해들로 하여금 이곳에 사람들이 살았음을 알게 해주고 있었다. 하지만 지금은 아무것도 남아 있지 않았다.

천주, 인공지능에 의해 오로지 명령만을 따르고, 파괴의 본능밖에 남아 있지 않게 된 마물들은 눈앞에 보이는 모든 것을 파괴해 나갔다.

상대편으로 돌아섰다고는 해도 NPC는 NPC. 이 세계의 주민들인만큼, 자신들이 살아야 할 곳은 필요할 것이지만 마물에게는 그런 것이 필요없었다. 때문에 이렇게 허물어진 성채만이 남아 있게 된 것이다.

유저들의 힘을 모아 간신히 마물들을 몰아낼 수는 있었지만, 더 이상 이곳을 방어의 목적으로 쓸 수 없었기에 아군들은 조금 더 물러나기에 이르렀다. 그리고 이곳에 남아 있는 것은 혹시나 있을지 모르는 마물들의 잇따른 습격에서 후퇴하는 아군을 지키기로 한 나뿐이었다.

다른 이들이 함께 있다면 몰라도 나 혼자라면 심지어 초절정무공을 익힌 천추십왕이 나타나도 도주라면 가능할 테니 다른 아군은 남아 있지 않았다.

"암담하군."

천추십왕을 떠올리자 난 나도 모르게 입 밖으로 나오는 말이었다.

초절정무공의 위력은 상상을 초월했다. 비록 천주에게 패배한 전적이 있다고는 하지만 그것이 꼭 초절정무공의 탓이라고 말하기에는 석연치 않았다. 천주는 이 세계의 신. 그가 단순히 초절정무공의 힘만을 가졌다고는 생각되지 않았기 때문이다.

하지만 천추십왕은 달랐다. 초절정무공을 지닌 그들의 능력은 상상을 초월하는 것이었다. 비록 그들이 초절정무공의 위력을 극한까지 끌어올릴 수 있는 능력이 있기에 가능한 일이었겠지만, 그것을 제하더라도 초절정무공은 가히 천하제일의 무공이라 칭할 만했다.

천주에 이은 유향운과 참왕에 의한 연이은 패배. 그것은 내게 충격으로 다가왔다.

그들에게는 초극의 힘도 통하지 않았다. 분명 전력… 아니, 그 이상의 힘을 토해냈지만 그들은 손짓 한 번에 초극의 힘을 무산시켜 버릴 뿐이었다.

비록 블랙홀과 같이 느껴지던 천주보단 떨어지는 느낌이었지만 지금의 나에겐 그들조차 감당할 능력이 없었다. 결국 최악 중 최악의 상황이라 할 수 있었다.

게다가 엎친 데 덮친 격으로…….

"이것마저 박살나 버렸으니……."

난 손에 들려 있는 작은 병을 바라보았다. 그 병 안에는 얼핏 보면 금가루로 보이는 황금빛의 가루가 들어 있었다. 바로 천년이무기가 나에게 주었던 구슬이 부서지며 남은 가루였다.

참왕과의 전투에서 내 목숨을 구해줬던 구슬은 그 즉시 가루가 되어버렸다. 그것이 참왕의 공격 때문인지, 아니면 구슬의 수명이 다돼서인지 알 수는 없지만, 중요한 건 구슬이 부서졌다는 것이다. 그리고 구슬이 부서졌다는 것은 곧 내게 해야 할 일이 생겼다는 것을 뜻했다.

그것은 다름 아닌…….

"천년이무기에게로의 귀환……."

그렇다. 천년이무기는 내게 구슬을 주며 구슬이 부서진다면 자신에게로 오라 했다. 그 이유는 알 수 없다. 하지만 아주 중요한 약속이다. 어쩌면 천년이무기에게 무슨 일이 생긴 것일지도 모른다. 그렇기에 약속을 지켜야 하지만… 그래야 하지만…….

"제길!"

난 아직도 약속을 지키기 위해 천년이무기에게로 가고 있지 않다. 구슬이 부서진 지 어느새 이곳의 시간으로 일주일이 지났지만, 아직도 난 천년이무기와의 약속을 지키고 있지 못하고 있다.

마음 한구석에서는 계속해서 천년이무기와의 약속을 지키라 하지만, 이성이 그것을 막고 있다. 어쩔 수 없는 일이다.

지금의 상황은 다시 말하지만 최악의 상황이다. 이 상황에서 내가 빠진다면? 그보다 더 최악이라 말할 수 있는 상황이 세상에 존재할까? 천주나 천추십왕은커녕 마물과 NPC, 그리고 그들을 이끄는 창조주의 파편에 의해 비상의 세계는 종말을 맞을 것이다.

그나마 지금까지 패하면서도 계속해서 일정 거리 이상으로 마물의 침입을 허락하지 않은 것은, 내가 부지런히 돌아다니며 최대한으로 힘을 발휘하고 있기 때문이다. 다만 초절정무공을 익힌 천추십왕이 나타나게 된다면 오로지 후퇴의 명령만을 내릴 뿐이었다.

어쨌든 지금 이런 상황에서 내가 빠질 순 없는 노릇이었다. 천년이무기와의 약속이 중요하지만, 지금 나를 믿고 나를 의지하며 힘을 내는 아군에게도 난 빠질 수 없는 중요한 존재가 되었다. 그런 그들에게서 내가 사라진다는 것은 곧 싸울 의지 자체를 상실하게 된다는 것이나 마찬가지였다.

적어도… 나를 대신해 줄 수 있는 누군가가 나타나기 전까지는 난 이곳을 떠날 수 없었다.

"제기랄……."

나의 마음 한 켠에도 불안감이라는 메마른 바람이 불어 닥쳤다.

"후퇴하라! 모두 후퇴하라!"

난 사방을 쩌렁쩌렁 울리는 여원의 목소리를 들으며 한월을 휘둘러 갔다. 한월이 스치며 지나가는 자리에는 푸른 빛 잔상이 길게 뒤따르고 있었고 푸른 빛은 곧 붉은빛의 피를 뿌려댔다.

캬악!

쿵!

길게 피워 올린 도강으로 단번에 열댓의 마물들을 베어버리고는 난 높이 뛰어올랐다. 지금의 이 후퇴 신호는 단순히 마물들이나 NPC들의 침략에 의

한 것이 아니다. 분명 창조주의 파편들이 떼거리로 몰려오는 것 이상일 때만 울리는 후퇴 신호다.

하지만 그 정도의 기적을 눈치채지 못할 내가 아니다. 아무리 내가 수많은 마물들에 의해 정신을 팔고 있었다지만 내 느낌을 피해낼 수 있는 존재는… 오직 천주와 천추십왕뿐이다!

그런 생각에 하늘로 뛰어오른 나는 땅과 나를 잇는 거대한 도강으로 아래의 마물들을 무참히 베어버리며 능공천상제를 밟아 앞으로 빠르게 튀어나갔다.

촤악!

마치 채찍의 그것처럼 도강의 잔상은 도강을 따라 잔뜩 휘어져 날아왔고, 그에 의해 마물들의 피해는 엄청났다. 난 능공천상제의 한 걸음에 사오여 장을 쭉쭉 뻗어 날아갔고, 내가 지나온 자리에는 땅을 깊숙이 파고들어 간 긴 도흔과 함께 수십, 수백의 마물들의 시체가 존재했다.

그때 나는 나를 향하여 쏟아져 오는 섬뜩한 살기를 느낄 수 있었다.

"흡!"

나는 능공천상제로 앞으로 쏘아져 나가려는 것을 막고 떨어지는 신형을 능공천상제로 다시 차올렸다. 그러자 내 신형은 급히 솟아올랐고, 난 내 밑으로 지나가는 무엇의 정체를 알 수 있었다. 그것은 다름 아닌, 한 자루의 창이었다. 그리고 창을 던져 낸 인물은……

"쇄왕!"

"흥! 잘도 피했구나!"

쇄왕은 다시 한 자루의 창을 내게로 던져 내었다. 나는 마지막 남은 능공천상제의 한 걸음을 밟으며 신형을 돌려내었고 쏘아지는 창을 그로 인해 만들어진 내 잔상을 뚫고 지나갈 뿐이었다.

하지만 어느새 뛰어오른 쇄왕은 다른 한 자루의 창으로 나를 향해 섬전과도 같은 찌르기를 시도하고 있었다. 능공천상제의 발걸음은 이미 모두 써버렸기에 마땅히 피할 수 있는 방법이 없었고, 대신 나는 창으로 손을 뻗어내었다.

"운풍건룡!"

상대의 공격을 왼손으로 흩어놓고 그사이 질풍과도 같은 속도로 오른손이 짓쳐 들어가는 초식. 운풍건룡의 초식에 쇄왕의 창은 궤도가 엇갈려 허공을 찔렀고 내 오른쪽 주먹은 쇄왕의 가슴을 격타하려 했다.

하지만 그때 쇄왕이 창을 빙글 돌리며 앞으로 더욱 찔러내었고, 그의 신형까지 창을 따라가며 나의 주먹을 피할 수 있었다. 하나, 그리 쉽게 보내줄 내가 아니었다.

"어딜!"

피하려는 쇄왕의 신형을 급속도로 쫓아가는 한줄기 기류가 있었으니, 다름 아닌 운영각의 일초, 성운추명의 초식이었다.

퍼퍽!

"큭!"

성운추명의 초식을 담은 발차기는 스쳐 지나가는 쇄왕의 옆구리를 차냈고, 쇄왕은 빙글 신형을 돌리며 지면에 착지했다. 나도 아래로 하강하며 지면에 착지하려 했지만, 그 자리를 마물들이 덮어갔다.

마물들의 독기 서린 눈빛이 나를 향해 쏟아졌지만 그에 개의치 않고 한월을 거두며 양 손바닥을 펼쳐 들었다.

"낙뢰격타!"

파파팟!

콰앙!

"역시 대단하군."

"이런 마물들로 나를 어찌할 수 있다고 생각한 것은 아니겠지?"

난 나를 보는 쇄왕의 푸른 눈동자를 일별하며 한 걸음 앞으로 나섰다. 낙뢰격타로 주변의 마물들은 싸그리 정리가 되었고, 나는 아무런 방해 없이 쇄왕과 마주 볼 수 있었다.

그러나 그것은 나의 착각이었다. 한 발자국 앞으로 내딛는 순간, 섬뜩한 무언가를 느낄 수 있었다. 나는 재빨리 원주미보를 밟으며 팽이처럼 회전하여 그것을 피해내었다. 다행히 그것의 속도는 그리 빠르지 않았기에 아무런 피해도 없이 피해낼 수 있었지만, 한순간 내 이목을 속였다는 사실이 놀라웠다.

난 그것의 정체를 알 수 있었다.

케르륵!

괴성을 토하는 그것의 정체. 그것은 다름 아닌 마물의 목이었다. 몸뚱이와 붙어 있지 않은 그야말로 그냥 목 그 자체였다. 그제야 난 나를 습격한 것의 정체를 깨달았다.

콰드드득!

땅바닥이 갈라지며 수많은 손들이 솟구쳐 올랐다. 손들은 나의 발목을 잡으려 했지만 이미 한월이 주변을 쓸어가고 있었다.

솨아아악!

어느새 길어진 도강은 주변에서 솟아나는 모든 손들을 잘라 버렸다. 하나, 그것이 끝이 아니었다. 쇄왕이 나를 향해 돌진하고 있었던 것이다.

"차핫!"

단순한 찌르기의 공격이었지만 쇄왕의 창끝은 예전과는 달리 살아 있었다. 때문에 피하기가 매우 어려웠고 난 피하기보다는 오히려 뒤따라 있을지도 모르는 공격의 맥을 끊어놓는 게 좋다는 생각이 들었다.

"망월막!"

카앙!

둥글게 전신을 감싸는 망월막은 쇄왕의 창끝을 비껴나게 하고 있었다. 한 점에 집중되었기에 더욱 측면이 약한 것이 쇄왕의 찌르기였다. 둥근 망월막의 빗면을 격타한 쇄왕의 창끝은 여지없이 빗나갔다. 하지만 쇄왕의 공격은 그치지 않고 있었다.

휘리릭!

비껴난 것으로 그치지 않고 오히려 그 비껴난 창의 반탄력을 이용해 한 바퀴 회전하며 도리어 더욱 큰 파괴력으로 쇄왕의 창은 땅 아래를 쳐내고 있었다.

쾅!

굉음과 함께 땅에 거대한 구덩이가 생기며 흙먼지가 뭉게뭉게 피어올라 시야를 가렸다.

아차! 녀석이 노린 건 나를 공격하는 게 아니라, 시야를 가리는 것이었구나!

하지만 이미 깨달았을 때는 늦은 감이 없지 않았다.

쇄왕의 창끝이 빗나간 것에 난 잠시 마음을 놓았고, 그사이 망월막은 약해졌을 것이다. 그때를 노리고 적이 공격을 한다면? 만약 내 눈에 공격이 보인다면 문제없겠지만, 보이지도 않고 느낄 수도 없다면?

쾅!

강하게 망월막을 두들기는 충격에 하마터면 난 한월을 놓칠 뻔했다. 급히 공격의 반대 방향으로 물러섰기에 큰 피해는 입지 않았지만 망월막이 사라져 버렸다. 그때 흙먼지를 뚫고 섬광이 쏘아져 왔다. 쇄왕의 연이은 일섬(一閃)이었다.

"큭!"

카앙!

난 급히 한월을 들어 올려 일섬을 흘려낼 수 있었지만, 완전히 흘려내지는 못했기에 창끝이 어깨를 스치고 지나갔다. 그리고 그때 또다시 무언가의 공격이 시작되려 하고 있었다.

제기랄! 이대로는 안 되겠군. 우선 맥을 끊는다!

그렇게 생각한 순간, 양팔로 광포하게 폭렬하는 뇌전이 피어올랐다. 진천강기! 그리고 난 양팔을 사방으로 그어 내렸다.

"무궁진포(無窮震暴)!"

꽈르릉!

찌지지지직!

거대한 우레 소리와 함께 나의 전신에서 퍼져 나가기 시작했다. 그리고 주변의 모든 것을 집어삼키며 하나의 구를 만들어갔다. 그때, 쇄왕의 창이 뇌구(雷毬)를 때렸다.

파지지지직!

"끄악!"

순식간에 창을 타고 오르는 뇌전은 곧 쇄왕마저 삼켜 버렸다. 그에 멈추지 않고 더욱더 기세를 높여 나가며 사방을 쓸어가기 시작했다.

미친 듯한 뇌전의 울부짖음이 터져 나가고 광포하게 꿈틀대며 모든 것을 집어삼킨다. 이것이 바로 광한폭뢰장의 후 3초 중 7초, 무궁진포다!

넓게 퍼지는 진천강기의 막을 밖으로 쳐내는 투공전뇌의 발전형의 기술이지만, 그 위력은 하늘과 땅 차이! 손바닥에서 뻗어내는 것이 아니라 잔뜩 축적된 강기가 전신으로 단번에 뿜어나가는 것이기에 전설상의 호신강기(護身剛氣)를 이루는 무공이다. 그러나 호신강기라도 지키기만 하는 것이 아닌, 모든 것을 삼키며 주변을 잿더미로 만드는 공격형 호신강기라는 사실!

광한폭뢰장의 마지막 초식인 진멸뇌격보다 내공의 소모가 더욱 크고 반경 범위도 작지만, 오히려 파괴력과 방어력으론 그것을 앞서는 굉장한 초식이다.

무궁진포가 그치자 사위는 조용해졌다. 쇄왕은 이미 잿더미로 변해 버렸으며 나를 향해 달려들던 모든 공격이 그쳤다. 난 조용히 또 다른 적을 바라보았다.

“오랜만이군, 시왕.”

“미, 믿을 수 없군요. 그, 그때보다 더, 더욱 강해지다니…….”

나를 공격했던 또 다른 적. 그는 바로 내게 당해 한동안 보이지 않던 시왕이었다. 나를 공격했던 모든 것은 이미 생기를 잃은 시체이기에 살기를 느낄 수 없었고, 그것을 이용해 쇄왕과 더불어 나를 공격했던 것이다.

그러나 오히려 내가 그 모든 공격을 받아치고 오히려 쇄왕마저 죽여 버리자 시왕은 믿을 수 없는 나의 무위에 놀란 듯했다. 이걸 다행이라 생각해야 할지는 몰라도, 쇄왕과 시왕은 초절정무공을 익히지 않고 있었다.

“정말 질기군. 아무리 죽여도 다시 부활한다 이건가?”

“흐흐흐, 그것이 바로 그분을 따르는 우리에게 내려진 특권이지요. 비왕같이 재수없는 경우를 제외하곤 말이죠.”

“그렇군. 좋다, 그럼… 다시 살아날 수 없을 때까지… 몇 번이고 죽여주마!”

그렇게 외친 나의 신형은 어느새 시왕의 면전까지 접근해 있었다. 생사일보의 능력이었다. 그리고 단숨에 한월로 시왕의 몸을 베어버렸다.

슈각!

두 동강이 난 채 쓰러지는 시왕의 모습. 그러나 그것은 나로 하여금 일이 잘못됐음을 깨닫게 하는 것에 지나지 않았다. 아무리 나의 기습이 빨랐다지만 시왕이 이렇게 허무하게 무너질 이가 아니기 때문이었다.

과연 두 동강이 난 시왕의 신체와는 달리 멀리선가 시왕의 목소리가 들려왔다.

"하하하! 오늘은 여기까지 하죠. 그렇게 강해진 당신에게 혼자 덤벼들 정
도로 난 바보가 아닙니다."

"젠장할……."

난 안타깝게 녀석을 놓쳤다는 생각에 욕설을 내뱉었다. 쳇! 몸도 마음대로
바꿀 수 있는 건가? 상식을 밥 말아 먹었을 정도로 보통 녀석이 아니라는 사
실을 잊었군.

난 주변을 둘러봤다. 어느새 아군은 모두 후퇴하였는지 보이지 않았다. 마
물들은 방금까지 나와 두 명의 천추십왕들이 피워낸 거대한 기파에 눌려 감
히 다가서지 못하고 있었다.

휘우우웅!

다시 메마른 바람이 불어왔다. 이 메마른 바람은… 언제고 비상의 전역을
삼킬 것이다. 아니, 이미 삼키고 있는지도 몰랐다. 그런데 그 상황에서 내가
빠질 수는 없다. 나마저 이곳에서 빠져 버리면, 그 누가 바람을 막을 수 있단
말인가.

난 오랜만의 승리에도 전혀 기뻐할 수 없었다. 대신 마음속 불안감과 공포,
좌절감만이 커질 뿐이었다.

진퇴양난의 자리에 서서, 난 어느 한쪽도 답을 내릴 수 없었다.

"대체 무슨 일로 날 부른 거지?"

어둠으로 둘러싸인 공간. 그 공간에 홀로선 나는 조용히 중얼거렸다.

오랜만에 들어온 내면의 세계다. 나는 단지 약간의 남는 시간을 최대한 활
용하여 조금이라도 수면을 취할까 했는데, 육체는 잠들었을지 몰라도 정신은
이쪽으로 날아와 버렸다. 그 이유? 옛날과는 달리 지금 그 이유라면 오직 하
나뿐, 바로 강민 형이 불렀을 때라는 거지. 정말 조금이라도 잘 시간을 주지
않는군.

그런 생각에 잠시 주변을 둘러보았는데, 아니나 다를까, 어둠의 공간이 약간 흐릿해지는 듯하더니 곧 강민 형이 나타났다.

그런데 강민 형의 모습에서 난 다급함이라는 단어를 찾을 수 있었다. 그만큼 강민 형은 무척이나 안절부절못하고 있었다.

"왜 그래?"

"도대체 어떻게 된 일이냐, 효민아?"

뭔 소리야? 다짜고짜 어떻게 된 일이냐니?

"무슨 소리야? 제대로 얘기를 해봐. 그렇게 말하면 알아들을 수가 없잖아."

그제야 강민 형은 호흡을 가다듬고 가슴을 진정시킨 뒤 입을 열었다.

"너라면 알고 있겠지, 천년이무기가 왜 그렇게 된 건지?"

천년이무기?

"무슨 소리야? 천년이무기가 어떻게 됐다는 거야?"

이제 상황이 역전되어 내가 안절부절못하는 모습이었고, 강민 형은 나의 그런 반응에 안타까운 표정을 지었다.

"역시 너도 모르는구나……."

"도대체 무슨 일이야?! 천년이무기에게 무슨 일이 생긴 거야?! 좀 대답을 해봐!"

난 계속해서 알 수 없는 말만 하는 강민 형에게 소리를 질렀다. 제기랄! 도대체 무슨 일이 생긴 거야? 어째서?!

강민 형은 그런 나의 모습에 작게 한숨을 쉬곤 곧 위를 바라보며 입을 열었다.

"천년이무기의 데이터를 보여줘."

이 세계엔 나와 강민 형밖에 존재하지 않았지만, 난 강민 형이 누구에게 말을 하는 것인지 알 수 있었다. 바깥 세상에 있는 운영자 외에 그 누가 이 세계를 엿볼 수 있단 말인가.

과연 강민 형의 말이 떨어지기가 무섭게 어둠의 공간에 수많은 슬롯들이 생겨나기 시작했다. 강민 형은 그 슬롯 중에서 한 가지를 뽑아내어 내게로 내밀었다.

내게로 내민 슬롯에는 마치 병원에서 사람의 심장 박동을 나타내는 그래프와 비슷한 것이 그려져 있었고, 그래프는 매우 빠른 속도로 오르락내리락하고 있었다.

"이건……?"

"그래, 천년이무기의 심장 박동을 나타내는 그래프야. 알아보기 쉽게 나타낸 것이지."

난 갑자기 어디선가 건강히 오래 사는 사람의 특징을 방영하는 TV프로그램이 떠올랐다. 그리고 그중 하나인 호흡에 대해서도 떠올랐다.

건강한 사람과 그렇지 못한 사람의 차이 중 하나가 바로 호흡이라고 한다. 건강한 사람은 천천히, 하지만 정확하고 평균적인 시간에 맞춰서 숨을 쉬는데 반해 건강하지 못한 사람은 숨이 빠르고 불규칙적이라 했다.

그런데 지금 천년이무기의 심장 박동은 그야말로 제멋대로라고밖에 설명할 수 없을 정도다. 들이쉬는가 했더니, 어느새 내쉬고 있었고 때로는 계속해서 들이쉬거나 내쉬기만 할 때도 있었다. 보는 사람이 오히려 심장이 멈춰 버릴 정도로 급하고 변화가 큰 심장 박동은 천년이무기가 현재 어떤 상태인지 잘 나타내 주고 있었다.

"이, 이게 뜻하는 바가 설마……."

"네 생각이 맞아. 천년이무기는 지금… 죽어가고 있다."

"마, 맙소사! 도대체 이게 어떻게 된 거야?!"

"모르겠다. 우리도 얼마 전에 발견한 거야. 천년이무기에 관한 정보는 철저히 비밀 속에 가려져 있어. S·T의 하나뿐이었던 드래곤의 컨셉을 그대로 따왔기에 별수없던 일이지. 하지만 반드시 체크해야 하는 생명력 정도의 정보는 알 수 있었기에 별문제 없다고 생각했다. 그런데 갑자기 천년이무기가 이런 상태를 보이니까……."

그럼 강민 형도 어떻게 된 건지 모르겠다는 거잖아.

"우린 너라면… 천년이무기와 깊이 관련된 너라면 뭔가 알지 않을까 생각했는데, 아니었구나."

천년이무기와… 깊이 관련된 나라면? 잠깐! 난 지금 뭔가 하나를 빠뜨리고 있었어. 천년이무기하면 가장 먼저 생각났어야 했던 것. 구슬… 그래, 구슬의 약속을 지키지 않은 것을 잊고 있었다.

그, 그것 때문인가? 그것 때문에 천년이무기가 죽어가고 있는 것인가? 아니, 천년이무기는 자신이 죽어가는 것을 알기에 나를 부르려 했던 것인지도 몰랐다.

난 다급해졌다. 천년이무기가 죽어가면서까지 내게 알리고 싶었던 것. 그것이 무엇이란 말인가? 그 해답은 지금 여기에선 죽었다 깨더라도 알 수 없는 것이었다.

"미치겠군."

현재의 상황. 이 상황이라는 게 참 우습다는 생각이 든다.

사랑하는 이를 만나러 가다 길을 잃는다. 몇 날 며칠을 헤매다 길을 찾았다 싶었더니 길이 두 갈래로 나눠져 있다. 모든 방법을 동원해서 가야 할 방향을 찾아 길을 걸어가지만, 곧 길은 막혀 있다. 힘들여 막힌 길을 치우고 나니 앞에는 망망대해요, 저 멀리서 보이는 건 끝이 보이지 않는 산이 아닌가.

아뿔싸! 설상가상이라 이번엔 아주 제대로 걸렸다. 바다를 건너고, 산을 넘고 보니 다른 사람이 사랑하는 이를 죽이려 하는 게 아닌가. 또한 집에서는 누군가 나를 찾으며 부모님의 생명을 위협한다.

1분 1초가 아까운데 그 어느 쪽도 택할 수 없는 이 상황.

더 이상 나빠질 리가 없다고 확신했음에도 계속해서 끝없이 나빠지는 이 상황. 그 중심에 선 나는 미칠 지경이다.

"아니, 이미 미친 건지도 모르지."

자조 섞인 말을 뱉어내는 것과 동시에 내 입에선 한숨이 흘러나왔다. 지금 내가 어떻게 해야 과연 비상을 위한 행동이라 할 수 있는 것일까? 어떻게 해야 비상을… 구해낼 수 있을까?

모르겠다. 답을 내릴 수 없다. 양쪽에 무거운 추를 매단 저울은 쉽게 기울지 않았다.

"빌어먹을!"

난 또다시 욕설을 내뱉었다. 생각을 하면 할수록 더욱 혼란스러워진다. 나의 몸은 여기 있지만 영혼은 이미 수만 갈래가 되어 사방으로 흩어진 느낌이다.

정리되지 않는 생각에 난 고개를 아래로 숙였다.

그때였다. 나의 감각에 무엇인가 수많은 기파가 잡혔다. 이 지역을 중심으로 양쪽에서 두 무리의 기파를 느낄 수 있었다.

한쪽은 거칠고 광포하게 날뛰는 기파. 또 다른 한쪽은 철저히 뭉쳐 마치 하나로 느껴질 정도의 질서 정연한 기파.

난 어렵지 않게 기파들의 정체에 대해 알 수 있었다.

"마물과 NPC로군!"

난 재빨리 세워두었던 한월을 잡아채며 숙소 밖으로 나갔다. 그러자 누군가 이쪽으로 허겁지겁 달려오는 것을 볼 수 있었다. 그 누군가란 다름 아닌 병건이었다.

다시 마물들의 침략이 시작된 후 친구들은 모두 복귀했다. 물론 이전처럼 하루 종일 비상에 매달릴 수는 없기에 고작해야 밤에 수면 모드로 접속하는 것이지만 그것만으로도 큰 도움이 되고 있었다. 이 병건이 녀석은 계속해서 접속하여 수련을 쌓았기에 이제는 지수보다 더욱 강한 무력을 지니고 있었다.

"큰일났어!"

"마물과 NPC들이 쳐들어왔군."

"맞… 엥? 어떻게 알았어?"

병건이는 자신이 해야 할 말을 내가 가로채자 이 급한 와중에도 눈을 동그랗게 뜨며 반문했다. 난 그런 병건이의 모습에 한숨을 내쉬며 입을 열었다. 일일이 설명하려다 가는 날이 샐 거야, 분명.

"지금 중요한 건 그게 아니잖아?"

"아차! 그렇지."

"내가 NPC들 쪽으로 갈 테니, 넌 친구들이랑 푸우를 데리고 마물이 오는 쪽을 맡아. 알겠지?"

"으, 응! 그, 그런데……."

난 병건이의 이어지는 말은 들을 생각도 하지 않고 NPC들의 기파가 느껴지는 곳으로 달려갔다.

지금까지 NPC와 마물이 동시에 쳐들어온 적은 없었다. 아무리 적에게 귀순한 NPC들이지만 아직도 자신들을 공격하던 마물들에게 반발심이 생겼던 것 같았다. 그런데 오늘은 웬일인지 서로 다른 군단을 이루고 있기는 해도 동시에 쳐들어온 것이다. 그것도 바로 본진을 향해서!

"가뜩이나 상황이 안 좋은데, 역시나 더 안 좋아지는군. 제기랄!"

챙! 챙! 캉!

"와아아아아!"

"죽여라!"

"버텨라! 무너지면 안 돼!"

"화살을 쏴라!"

슈슈슈슛!

"으악!"

전쟁의 모습. 그것이 내 눈앞에 펼쳐져 있다. 마물들이 쳐들어왔을 때와는 다른 느낌이었다. 엄연히 인간과 인간의 싸움. 그 결과는 비참하기 이를 데 없었다. 아니, 아직 끝나지 않았으니 그 과정이라고 고쳐야 하려나?

급히 뛰어왔음에도 이미 전장은 전투에 돌입해 있었다. 수많은 화살들이 햇빛을 등지로 날아다니며, 붉은 피가 튀고 비명이 난무했다.

난전.

이미 적아를 구분하지 않는 싸움이다.

적이 된 NPC들은 천주의 힘을 믿는 것인지, 아니면 무언가 다른 계략이 있는 것인지 날아드는 화살에도 두려움을 나타내지 않으며 계속해서 밀어붙여 왔다. 가뜩이나 숫자도 적은 아군 NPC들과 유저들은 그런 그들의 모습에 질려 제대로 맞서지 못하고 있는 상황이었다.

전투에 돌입한 지는 얼마 되지 않은 것 같았지만, 이미 승패는 기울고 있었다. 이대로 가다가는 필패가 분명했다.

난 도갑에서 한월을 빼 들었다.

스르릉!

서리가 생길 정도의 차가운 예기가 한월에서 흘러나왔다. 난 서서히 용연지기를 끌어올리기 시작했다.

웅웅웅!

가늘게 떨리는 한월엔 어느새 묵금광의 도강이 서리기 시작했다. 조금씩 흔들릴 때마다 길게 잔상을 흘리며 도강은 자라났고 곧 일 장의 길이가 되었을 때, 이미 도강은 선이 되어 있었다. 아니, 도강뿐만이 아니라 내 신형 자체가 선이 되어 있었다.

"하압!"

난 거칠게 내뱉은 기합과 함께 터져 나가는 기의 폭풍을 뿌렸다. 폭렬하는 도강은 사방천지를 찢을 듯 매섭게 타올랐고, 그 틈으로 시린 한기가 퍼져 나갔다.

콰앙!

큰 폭발음과 함께 조금 전까지만 해도 충천하던 전투의 기운들이 가라앉기 시작했다. 모두 휘두르던 병기를 멈추었고, 멍한 시선이 되어 나를 바라보고 있었다.

마음 같아서는 땅이 아니라 적 NPC들의 중심으로 도강을 뿌려대고 싶지만, 인공지능을 쓰러뜨리면 다시 돌아올 NPC들이다. 비록 지금은 힘에 굴복하여 어쩔 수 없이 적이 되었다지만 그런 이들을 상대로 막강한 힘을 뿌려댈 순 없었다.

결국 나는 다른 계획을 떠올리며 땅에 도강을 뿌렸고, 모두의 시선을 모을 수 있었다.

"헉!"

"무, 무신……."

나의 등장을 알아챈 수많은 이들이 탄성을 질렀다. 아니, 비명일 수도 있었다. 비록 요즘 들어 계속해서 패배를 겪었지만 그래도 난 무신. 적어도 나를 적으로 삼은 이상, 나는 최악의 적이 될 수 있다.

저벅저벅—

이미 전투는 그쳤다. 언제 난전을 했냐는 듯 적군과 아군이 나뉘어져 있었다. 도둑이 제 발 저린다고 내가 다가가자 괜히 뜨끔하여 뒤로 물러서다 보니 이렇게 나눠지지 않았나 하는 예상만 가능할 뿐이었다.

전투가 사라진 자리에는 무거운 침묵만이 존재했다. 오직 내 발걸음 소리만이 퍼져 나갈 뿐이었다.

난 이 침묵의 시간을 길게 끌어서는 안 된다고 생각했다. 내가 지금 이렇게 상황을 주도할 수 있는 것은 이 순간뿐이다. 천추십왕 중 하나라도 나타나게 된다면, 서로 죽이고 죽이는 참혹한 전쟁이 다시 시작될 수도 있었다.

그런 마음에 한껏 폼을 잡으며 뭐라 한마디 하려던 난 뭔가 분위기가 이상해져 가는 것을 느낄 수 있었다. 나를 바라보는 적군의 시선에서 두려움을 찾을 수 있었지만, 그 두려움과 동시에 뭔가 알 수 없는 기운 또한 찾을 수 있었다.

"무, 무신이다! 죽여라!"

"우와아아아아!"

"엥?"

난 사람들의 전혀 예상치 못한 반응에 기묘한 음성을 터뜨렸다. 그러나 곧 그대로 가만히 있을 수 없다는 것을 감지했다. 나는 이미 아군의 가장 앞에 나와 있었는데 적군들이 나를 감싸며 공격을 하려 했기 때문이다.

슈웅!

"흡!"

난 허리를 젖혀 거칠게 찔러 들어오는 창을 피해내고는 동시에 쌍장을 뻗어 양쪽에서 공격해 오는 병기들을 쳐내었다. 그러기가 무섭게 다시 들어오는 공격의 파도에 난 정신을 차릴 수 없을 지경이었다.

제, 제기랄! 도대체 NPC들에게 무슨 짓을 한 거야?!

만약 천주가 앞에 있었다면 묻고 싶은 한마디였지만, 이걸 불행이라고 해야 할지, 다행이라고 해야 할지는 몰라도 이 자리에 천주는 없었다.

슉!

"칫!"

난 승룡갑의 어깨 부위를 살짝 스치고 지나가는 예리한 도를 올려차서 부러뜨렸다. 제길! 이대로는 끝이 안 나겠군. 일단 이 자리를 빠져나간다!

"승월풍!"

휘우우우웅!

바람이 불기 시작했다. 한월에 맺혀 있던 도강은 흩어지며 작고 수많은 초승달들을 만들어내기 시작했고, 그 초승달은 바람을 타고 솟아올랐다. 물론 나의 신형도 마찬가지였다.

"크악!"

"으억!"

최대한 힘을 줄인다고 줄였지만 승월풍은 최소한 도기로 펼쳐야 하는 것이기에 어쩔 수 없이 피해자가 속출했다. 제 딴에는 승월풍을 막겠다고 도나 검을 마구 휘둘러 대는 이들도 있었지만 승월풍을 감싸는 도강에 검과 도 등, 수많은 병기들은 모두 조각날 뿐이었다.

"차압!"

하늘 높이 솟아오른 나는 능공천상제를 밟으며 재빨리 늘어선 적군의 뒤로 이동했다. 그리고는 땅에 착지를 했는데, 그때를 맞춰서 다시 적군들의 공격이 쏟아지기 시작했다. 하지만 조금 전과는 달리 멍하니 있다가 그냥 당해 줄 내가 아니었다.

"초풍만룡!"

전 방위로 권영을 쏟아내는 초식 초풍만룡!

사방으로 쏟아지는 권영으로 내게 달려드는 수많은 이들을 쓸어버렸다.

"그만!"

난 내공을 담아 크게 소리쳤다. 아무리 적군이라도 NPC는 NPC. 다시 돌아와야 할 이들이기에 살생을 최대한 자제했지만 더 이상 이런 싸움이 계속되면 나로서도 전력을 다할 수밖에 없었다. 그러기 전에 이들의 정신을 돌려놔야 했다.

그러나 내공을 담은 내 목소리도 잠깐의 충격을 동반한 멈춤밖에 되지 않았다. 이내 그들은 다시 병장기를 세우며 나를 향해 돌격해 왔다. 난 최대한 원주미보를 밟아서 그들의 공격을 피해내었지만 그것만으로는 정형화된 초식을 쏟아내는 그들의 공격을 모두 피할 수는 없었다.

시간이 지나자 나도 조금씩 끓어오르기 시작했다.

제기랄! 결국 이렇게 된다, 이 말이지? 좋아! 뜻대로 해주지!

결국 난 폭발해 버렸다.

"투영풍로!"

투영풍로의 초식이 펼쳐지자 난 주변의 배경이 순식간에 이동되는 듯한 착각을 느꼈다. 그만큼이나 빨리 움직였다는 것이다. 내 신형이. 물론 그 뒤를 따르는 바람은 감히 저들이 막을 수 있는 것이 아니었다.

푸아아아아!

"으아아악!"

바람에 멀리 날아가는 사람들의 비명 소리가 난무했다. 하지만 저 정도도 봐줘서 그런 거다. 마물들이었으면 투영풍로의 초식에 산산조각났을 테니까!

투영풍로로 단숨에 적군의 중앙으로 파고든 나는 손바닥 끝에서 뇌전을 피워 올렸다. 광한폭뢰장을 펼칠 때 드러나는 현상이다. 비록 진천강기는 아니지만 충분한 위력을 가지고 있는 뇌전이었다.

난 양손에 뇌전을 가득 담아 터뜨렸다.

"연환폭뢰!"

퍼퍼퍼퍼펑!

폭죽 터지는 소리와 함께 수많은 사람들이 비명을 터뜨리며 나가떨어졌다. 그들에게는 광환폭뢰장의 일수를 막을 만한 초식도 힘도 없었다.

그때부터 나의 공격이 시작되었다.

난 적군의 중심을 종횡무진으로 누비며 철저히 적들을 무너뜨렸다. 죽이지는 않으려 애썼지만 이미 내 손에 죽어나간 이들만 수십이었다. 도를 거두고 권장지각을 뿌려대었지만 망설임없는 공격은 적들의 숨통을 죄어갔다.

그때였다.

갑자기 온몸이 떨릴 정도의 무서운 살기가 느껴졌다. 난 몸을 도는 모든 진기를 끌어 모아 재빨리 진천강기를 만들었고, 살기가 느껴지는 쪽으로 뻗어내었다.

콰아앙!

촤아아아아아악!

"큭!"

공격을 한 것은 내 쪽이었지만 믿을 수 없게도 진천강기가 밀려났다. 아니, 튕겨져 나갔다. 그 여파로 인해 나 역시 수여 장을 밀려나서야 간신히 멈출 수 있었다.

강력한 충격은 전신을 아려오게 했다. 아니, 이것은 충격 때문만이 아니었다.

파지직!

"……!"

난 내 손끝에서 튀어 오르는 뇌전을 볼 수 있었다. 하지만 그것은 내가 뿜어내는 것이 아니었다. 사라지는 나의 뇌전과 반발하여 튀어 오르는 뇌전은 단숨에 나의 뇌전을 사그라뜨렸다.

"놀랍지 않은가?"

"넌! 패왕… 이었군."

그렇다. 나를 향한 살기의 주인, 진천강기를 튕겨낸 본인, 그는 한 자루의 패검을 소지한 패왕이었다. 얼핏 보면 투귀와 참 비슷한 분위기를 풍기는 패왕이었지만 이전과는 확연히 다른 모습을 볼 수 있었다.

파지지직!

패왕의 전신을 감싸고도는 뇌전. 그 뇌전이 방금 내 손끝에서 튄 그 뇌전임을 어렵지 않게 알 수 있었다. 또한 그 막대한 위력도.

그가 나타났을 때부터 이미 주변의 모든 NPC들은 사라진 뒤였다. 그들도 패왕이 지닌 무공의 위력을 알 터. 기껏 배반을 했는데 고래 싸움에 등 터져 죽은 새우처럼 죽으면 얼마나 억울하겠는가.

그래도 다행인 것은 자신의 아군 역시 데리고 사라졌다는 거다. 기파를 느껴보자니 제법 멀리 떨어졌군.

잠시 기파를 읽던 나는 지금 내 상황이 그들을 생각할 때가 아니라는 것을 떠올렸다.

"초절정무공을 익혔군."

"청룡탁뇌(靑龍坼雷)라는 것이지."

청룡탁뇌? 즉 사신무 중 청룡의 무공이란 소리로군. 그럼 이제 남은 건 백호뿐인가? 칫! 어쨌든 여전히 나빠지기만 하는 상황이로군.

"아주 순서를 잘 맞춰서 나타나는군."

"그러고 보니 아주 재미있는 약속을 했더군. 사신무의 네 가지 무공을 모두 겪어보기 전까지는 살려둔다고 했더랬지? 이젠 나를 만났으니 하나 남은 건가, 네 목숨이?"

제길! 다시 느끼게 되는군. 약하다는 게 어떤 건지. 좋아, 느껴주지. 하지만, 반드시 이 느낌을 다시 돌려주마.

속으로 그런 다짐을 한 나는 패왕을 향해 피워 올리던 투기를 거두었다. 괜히 힘만 빼봤자 나만 손해라는 것을 잘 알고 있기에 한 행동이었다.

"그 마지막 목숨, 잘 이어가도록 하지. 얘기 끝났으면 그만 가시지."

"내가… 왜 가야 하지?"

"제길! 가지 않을 거면 내가 가지."

"아니, 누가 너를 보내준다고 했지?"

도대체 뭐 하자는 거야?!

난 괜히 나를 잡고 말꼬리를 끄는 패왕의 모습에 화가 치밀어 올랐다. 하지만 그의 눈동자를 본 나는 그의 행동이 나를 놀리기 위한 것이 아님을 알 수 있었다.

"그들의 약속은 그들의 약속. 내가 지킬 필요는 없다. 그리고… 넌 살려두기에는 너무 위험해. 그 알 수 없는 힘. 비록 초절정무공에는 못미친다 하더라도 상당히 신경 쓰이는군. 귀찮아. 그러니 죽어줘야겠다. 지금 이 자리에서!"

결국…….

"싸우자는 소리였군!"

스르릉!

난 패왕의 말이 끝남과 동시에 허리춤의 한월을 빼 들었다. 또 동시에 용연지기를 극한으로 끌어올렸다.

전력이다. 일격에도 전력을 다해야 한다. 속임수 따위가 통할 상대가 아니다. 아차 하는 순간 이미 죽은 목숨이다.

그런 생각에 나는 초극의 힘을 일으킬 만반의 준비까지 끝마친 뒤 패왕의 두 눈동자를 직시했다. 이미 전신은 넘쳐흐르는 용연지기로 폭발할 듯 끓어오르고 있었다. 이 힘을 터뜨리는 순간, 내 전력을 담은 일격이 터져 나갈 것이었다.

하지만 상대가 익히고 있는 무공은 초절정무공. 지금까지 초절정무공과 맞붙어 모두 패했던 것을 생각하면 내 일격이 통하지 않을 확률이 높았지만 그렇다고 가만히 앉아서 당해줄 수는 없었다.

아아, 도망이라면 가능하겠군. 내 능공천상제와 생사일보는 경신술계에서 희대의 절학이라 할 수 있으니까. 제길, 도망가 버릴까?

"도망갈 생각은 버리는 게 좋을 것이다. 네가 도망가는 그 순간, 이곳의 살아남은 모든 생명체들이 사라질 테니까."

정말 생각할 틈도 안 주는군.

파지지지직!

평소 뇌전을 뿜어내던 나의 모습이 저러했을까? 전신을 뇌전으로 휘감은 패왕의 모습이 너무나도 막강해 보였고, 때문에 두려웠다. 나의 힘이 통하지 않음을 알기에 그러한 느낌은 더욱 심했다.

내 두 번째 목숨… 결국 이렇게 끝나는군. 쳇!

"그나마 마물 쪽은 괜찮겠지?"

나도 몰래 무심코 튀어나온 말. 그 말에 대한 대답이 예상치도 않은 패왕에게서 들려왔다.

"그렇지는 않을 것이다. 파왕이 그쪽을 맡았으니. 만약 네가 그쪽으로 갔더라도 죽음을 면치 못했을 것이다. 파왕의 백호지혈(白虎地穴)에 의해……."

제, 제기랄… 점점 더 극한으로 몰아세우는군. 이번에는 나의 죽음으로 끝나는 문제가 아니라 아예 전멸을 당하게 생겼잖아. 초절정무공을 익힌 녀석들이 뭐가 아쉽다고 둘이서 같이 다니는 거냐고!

"자, 그럼 이만 죽어라."

"쉽게 죽어줄 줄 알고!"

난 패왕의 말에 그렇게 답하며 나의 모아두었던 모든 힘을 터뜨렸다.

초극의 힘!

주변이 느려지기 시작하며 모든 결들이 생겨났다. 폭기 2단계의 발동으로 인한 폭발적인 내기가 주변을 휩쓸었으며 그 모든 힘을 난 한월에 집중시키기 시작했다.

난 하나의 결을 볼 수 있었다. 아주 가늘지만 예리한 빛을 품고 있는 결이었다. 그리고 내 몸은 이미 그 결을 타고 무서운 속도로 쏘아져 나가고 있었다. 그 결은 생사일보의 결이었고, 한월의 끝. 그 끝에서 단월참의 결이 새어 나오고 있었다.

"단월참!"

달조차 베어버리는 일격!

오직 순수한 기운만을 담은 단월참이 세상을 가르기 시작했다. 하늘을 갈랐고, 땅을 갈랐으며, 공간을 가르고, 세상을 갈랐다. 그리고 마지막으로 패왕을 갈라갔다.

패왕은 나의 공격을 예상했는지 어느새 팔을 들어 올리고 있었다. 분경의 능력 덕분에 그것을 알아차릴 수 있었다.

어떻게 하지? 분경임에도 불구하고 패왕이 팔을 들어 올리는 속도는 나의 속도에 뒤처지지 않을 정도였다. 이대로 간다면 정면으로 맞붙게 될 터. 하지만 이대로 포기할 수는 없었다. 어차피 이 일격이 빗나간다면 결과 역시 정해진 것일 터! 포기할 수 없다!

"즈아아아!"

난 기합을 내뱉으며 한월을 그어 내렸다. 그리고 그때, 패왕의 손이 나를 가리키고 있었다.

파지지직! 파지지직!

분경을 무시한 채 타오르는 스파크. 그리고 패왕이 입을 열었다.

"아쉽겠군."

푸아아아아아아!

난 마지막으로 나를 향해 쏟아지는 엄청난 위력의 뇌전을 볼 수 있었다. 그리고… 그것이 끝이었다.

휘우우우웅!

바람이 불어온다.

여전히 거칠고… 메마른 바람이지만, 어딘가 조금 다른 향기를 품고 있다.

사위는 잿더미로 뒤덮여 있었다. 패왕의 일격이 창출한 결과였다. 절대적인 힘. 그것을 가진 패왕이 일으킨 또 하나의 지옥이었다. 하지만 패왕의 모습에 여유가 사라졌다.

휘우우웅!

바람이 머물고 간 자리, 잿더미밖에 남지 말아야 했을 그 자리에 하나의 인영이 엿보였다.

"조금… 늦었군요."

낮게… 아주 낮은 목소리였지만 또렷했다. 듣는 이의 마음을 가라앉혀 주는 차분한 목소리였다. 목소리뿐만이 아니다. 맑은 눈동자는 보는 사람으로 하여금 가슴속을 청량하게 해주고, 마음을 편하게 해준다.

따뜻한 분위기가 절로 일어나는 모습. 그런 모습을 인영은 가지고 있었다.

인영의 품에는 사예가 안겨 있었다. 큰 상처를 입은 모습이었다. 인영이 사예를 구해내기 이전부터 뇌전에 노출이 너무 컸던 탓이다. 하지만 그 정도로 목숨을 잃을 사예가 아니라는 것은 인영은 잘 알고 있었다.

"수고하셨습니다."

인영은 사예를 향해 미소를 지으며 인사를 건네었다. 이미 혼절한 사예이기에 대답을 들을 수 있을 리는 없었지만 그것을 기대하고 인사를 건넨 것이 아니다.

그런 그를 바라보는 패왕은 알 수 있었다. 눈앞의 사내에 대한 것을……

패왕은 긴장과 함께 묘한 흥분감이 자리잡았다. 초절정무공인 청룡탁뇌를 익히고는 사예에게서밖에 느끼지 못했던 기분이다. 그나마 사예에게서조차 이제 사라져 가고 있는 기분이었다.

"당신은……?"

"저의 이름은 단엽. 성신(聖神) 단엽이 막 귀환했습니다."

그가 스스로의 정체를 밝히는 것과 동시였다.

콰앙!

지축을 뒤흔드는 엄청난 폭발이 느껴졌다. 파왕이 마물들을 이끌고 나선 쪽이다. 패왕은 그곳 역시 지금과 별반 다르지 않은 상황이 펼쳐지고 있음을 알 수 있었다.

"하아, 역시 투귀는 너무 요란스러워요."

정말 어쩔 수 없다는 듯이 고개를 저으며 내뱉는 그의 한마디에 패왕은 알 수 있었다. 더 이상 자신들의 독주는 없을 것임을.

마침내… 그들이, 그들이 돌아왔다.

◆ 비상(飛翔) 예순두 번째 날개
천년이무기에게로

비상(飛翔) 예순두 번째 날개 천년이무기에게로

날씨?

맑음! 정말 오랜만에 이렇게 맑은 하늘과 태양을 보는 것 같구만!

기분?

최고! 가슴을 꽉 틀어막던 무언가가 뚫리자 날아가 버릴 것 같지!

상황?

음, 이건 좀 생각해 봐야겠는데? 뭐… 그래도 이전보다는 확실히…….

"크크큭! 미친놈처럼 혼자서 쇼를 하는군."

"지금까지 열심히 싸운 분께 말이 조금 심하군요. 사람은 감정에 충실한 생명체입니다. 지금까지 혼자서 일을 처리하느라 힘들었을 테니 조금 보기 힘들어도 참아줘야지 않겠습니까."

나, 나은 거겠지?

난 투귀와 단엽의 대화를 들으며 좋던 기분이 폭삭 내려앉는 것을 느꼈다. 그, 그래도 이왕 좋은 기분… 끝까지 가보자고!

"싸우다 아주 미쳤나 보군. 저런 꼴로 무신이라니… 지나가던 개가 웃겠어."

"으음…….."

다, 단엽, 뭐야! 왜 반박을 안 하는 건데!

크윽! 이놈들은 떠나는 사람 응원은 못해줄 망정 사기를 아주 꺾어놓는구만.

난 잔인한 투귀와 단엽을 보며 분노의 이를 갈았다. 하지만 덤빌 생각은 없다. 지금은 내가 약하니까. 하… 하하하.

패왕과의 싸움에서 또다시 패배의 깃발을 올리던 날, 단엽과 투귀가 돌아왔다. 투신(鬪神)과 성신이라는 이름과 초절정무공이라는 거대한 지원 부대를 데리고.

사실 난 그때 어떻게 된 것인지를 모른다. 패왕과의 싸움에서 이미 난 혼절을 한 뒤였기 때문이다. 나를 혼절케 한, 원래라면 내 목숨을 앗아갔어야 했을 공격에서 단엽이 나를 구했다. 아니, 그랬을 것이다. 단엽은 스스로를 치켜세우는 이야기는 하지 않고, 다른 이들은 아예 상황을 모르니 그저 예상만 할 뿐이다.

단엽은 그렇다 치고, 투귀는 나타나자마자 파왕에게로 돌진하여 맞붙었다고 한다.

단엽 대 패왕, 투귀 대 파왕.

비록 이 싸움은 결과를 보지 못하고 패왕과 파왕의 사라짐으로 끝났지만, 요즘 들어 계속해서 패배만 겪었던 아군에게는 큰 승리의 기쁨을 느낄 수 있게 해주었다.

두렵고 대항할 힘이 없기에 무력했던 아군에게도 드디어 적에게 맞설 수 있는 힘이 존재하게 된 것이다. 그것은 우리 모두에게 커다란 기쁨이자 희망이 되었다.

그런데 어떻게 둘이 동시에 도착할 수 있었느냐.

그 답은 단엽의 어색한 사과의 인사에서 알 수 있었다.

맨 처음 초절정무공을 찾은 것은 투귀라 한다. 그리고 나서 바로 나를 도우러 와줬으면 얼마나 좋았겠는가. 하지만 투귀는 영원한 맞수로 생각하는 단엽과의 일전을 미루지 못했고, 결국 단엽을 도와 초절정무공을 찾아 나섰다.

뭐, 그게 단엽에게 도움이 됐으리라고는 일절 생각도 않지만 어쨌든 그렇단다. 그렇게 단엽도 초절정무공을 찾을 수 있었고, 그 둘은 초절정무공을 익히기에 나섰다.

그리고 마침내 초절정무공이 몸에 완전히 익었다고 생각했을 때부터 그들은 끝없이 싸웠다고 한다. 하지만 끝내 승부를 낼 수 없었다. 실력 면에서는 단엽이 앞섰지만 투귀는 절대 물러서지 않는 투지와 버그로 인한 생명력 무한의 현상을 가지고 있었기에 승부는 나지 않았다 한다.

그렇게 싸우던 중 우연찮게 그 자리를 창조주의 파편이 지나갔다. 둘은 창조주의 파편을 잡아 현재의 상황을 알게 되었고, 싸움을 뒷날로 기약하며 이제야 도착한 것이다.

나 참, 다른 이유도 아니고 서로 싸운다고 비상을 내팽개쳐 둬? 제기랄! 배가 불렀어, 배가. 누구는 한번 살아보자고 매일매일 죽을 고비를 넘기면서 싸워댔는데 말이야.

그렇게 투덜대고 있자니, 내 옆으로 여원이 다가왔다.

"언제쯤 돌아올 거냐?"

"가봐야 알겠지. 아직 무슨 일인지도 제대로 알지 못하니까."

"그래, 무슨 일이든 간에 네 녀석이 잘 해결하리라 믿는다. 네가 돌아올 때까지 반드시 이곳을 지켜내마."

여원의 그 말에 난 미소를 지었다. 그리고 고개를 돌려 나를 마중 와준 사람들을 바라보았다. 내 정체를 아는 사람들. 진심으로 내가 믿는 사람들. 나를… 믿어주는 사람들.

쿠릉.

"아! 그리고 한 마리."

"무슨 소리냐?"

푸우를 가리키며 한 내 한마디에 여원은 알 수 없다는 표정을 지었다. 난 그런 여원에게 싱긋 웃어주며 한월의 도갑을 허리에 찼다.

"아무것도 아니다. 아아, 이제 그만 가봐야겠군. 옛말에 이런 말이 있다고 했지? 이별은 빠를수록 좋은 거라고. 자, 그럼 이만 갈게."

"조심하십시오. 인공지능은 아직도 당신을 주시하고 있습니다."

"하하하, 이젠 이렇게 약해 빠진 나를 주시할 필요가 없겠지. 그럼 뒷일을 부탁한다."

"크크큭! 꼴사나운 짓거리 그만 해라. 죽지 마라. 넌 내가 죽인다."

투귀 녀석은 꼭 말을 해도 저런 말밖에 안 하나? 저건 너무 전형적인 대사잖아!

아아, 헛소리는 그만 하자.

"푸우야, 가자!"

쿠릉!

탓!

난 발을 박차며 푸우의 위로 올라탔다. 그리고 다른 이들에게 손을 흔들어주고는 고개를 돌려 내가 가야 할 방향을 바라보았다.

"조금만… 조금만 기다리라고요. 지금 갑니다!"

그렇게 천년이무기에게로의 여정이 시작되었다.

천년이무기가 위치한 곳을 가기 위해선 우선 마물들의 벽을 뚫어야 했다.

이미 비상의 거의 대부분이 인공지능에게 넘어갔기에 당연한 일이었다.

다행히도 푸우와 나는 어렵지 않게 마물들을 뚫고 인공지능의 영역으로 들어올 수 있었다. 하지만 그것은 단순히 일차적인 현상이었을 뿐.

매일매일 마물들을 비롯한 적들의 공격은 계속되었다. 아예 쉴 틈을 주지 않는 집요한 공격에 체력이라면 일가견이 있는 나와 푸우라도 지칠 수밖에 없었다.

여행의 즐거움 따위는 느낄 새가 없었다. 그럴 시간에 잠이라도 조금 더 자두는 것이 체력에 도움이 되는 일이었다. 최소한의 잠과 간단한 식사를 마치고 나면 또다시 적의 습격에 대비하며 달려야 했다.

하북에서 천년이무기가 위치한 곳까지의 거리를 지금 속도로 달린다면 한 달은 족히 걸릴 것이었다. 밤낮을 가리지 않고 뛰는데도 마물들의 습격이 자꾸만 발목을 잡았기에 어쩔 수 없는 일이었다.

그런데 잠마저 아껴가며 달려서 마침내 하남의 중턱에 들어섰을 때, 이 모든 것이 바뀌었다. 마물들의 습격이 사라진 것이 아니다. 아니, 오히려 더욱 더 집요하게 공격해 왔다.

변한 것은 단 두 가지.

그중 첫 번째는 참왕과 시왕의 공격이었다.

중턱에 들어온 이후, 참왕과 시왕이 어디서 나타났는지 다짜고짜 공격을 해대기 시작했다. 시왕 혼자라면 별것 아니다. 마물이 늘었다고 생각해도 될 만큼 나의 전투 감각과 능력은 상상을 초월할 정도로 상승했다.

하지만 참왕이 함께 있었다.

사신무 중 현무의 무공인 현무빙정혼을 익힌 참왕의 능력은 푸우와 내가 합세를 해도 도저히 이길 수 없었다. 아니, 이기기는커녕 대적의 상대조차 되지 않았다.

만약에 푸우의 천부적으로 예민한 감각이 아니었다면 우리는 습격을 당해 죽어도 몇 번은 죽었을 정도였다.

결국 우리는 참왕과 시왕에게 맞서기보다는 도망가기를 택했고, 그래서 두 번째 변화가 생겼다.

잠.

사람이라면… 아니, 생명체라면 반드시 잠을 자야 한다. 하루 이틀 밤샐 때도 있지만, 그거야 하루 이틀이지 오 일을 넘어서면 그건 이미 한계를 넘은 것이다.

지금의 우리가 그렇다. 꼬박 닷새 동안 잠을 자지 못했다. 아주 잠깐씩 졸기는 했지만 더욱 피곤해질 뿐, 전혀 수면 보충이 되지 않았다.

마물들에 이은 참왕과 시왕의 공격은 우리의 잠을 빼앗아 갔다. 그게 바로 두 번째 변화다. 잠을 잘 수 없는 것.

잠을 자려고 하면 공격해 오니 잘 수 있을 턱이 없잖은가. 솔직한 심정으로 달리다가도 잠들 지경이다. 이런 느낌은 나뿐만이 아니라 푸우 역시 마찬가지일 테니 푸우를 타고 자면서 갈 수도 없었다.

결국 우리는 억지로 잠을 참으며 계속해서 이동하기 시작했다. 아직도 갈 길은 멀고도 멀기만 했다.

"제길! 잠 좀 자자고!"

난 시왕을 향해 한월을 뻗어 그으며 그렇게 외쳤다. 하지만 오랫동안의 휴식 불충분으로 인해 한월에 담긴 힘은 예전의 그 폭발력을 찾아볼 수 없을 정도로 약했다.

그러나 시왕은 맞부딪치기보다 피하기를 택했다.

쿠엉!

몸을 흔들어 한월을 피해 버린 시왕의 뒤에서 푸우가 튀어나왔다. 요 얼마간 참왕과 시왕의 공격에 합심하여 대비하다 보니 푸우와 나는 전혀 의사 소통 없이도 이 정도의 합격은 식은 죽 먹기가 되었다.

푸우의 이빨은 강철 같은 마물의 피부도 찢어발길 정도로 아주 날카로웠고 그런 이빨 앞에 시왕의 몸은 단숨에 발기발기 찢겨질 것만 같았다.

그러나 상황은 우리의 생각대로만은 되지 않았다.

쩌저적!

"칫!"

나와 푸우는 들려오는 작은 마찰음에 모든 공격을 거두며 급히 물러섰다. 그때였다.

콰가가가각!

무섭게 솟아오르는 얼음 기둥이 방금까지만 해도 우리가 있던 자리를 덮었다. 대기만 해도 베일 정도의 날카롭고 단단한 얼음 기둥이었다. 이런 얼음 기둥을 만들 수 있는 사람은 단 한 사람뿐이지.

바로 참왕!

참왕은 한상검을 들고 유유히 나와 푸우를 바라보며 살짝 인상을 찌푸렸다.

"정말 질기군."

"이봐! 그건 내가 하고 싶은 말이라고!"

질기기로 따지면 끝까지 따라붙는 너희들이 더하지! 우리야 살아남기 위해 발버둥 치는 것밖에 더 있나?

"초절정무공에 대항할 수단이 없음에도 이렇게 버티는 너를 살려둘 뻔했었군. 역시 죽이는 쪽이 나아."

"내 목숨이 동네북이냐? 그만 좀 갈구라고!"

난 그렇게 외치며 한월에 맺힌 도강을 뿌렸다. 초월파의 초식은 아니었지만 시왕에게 했던 공격에 비하면 충분한 위력이 담긴 공격이었다.

그러나 난 알고 있었다. 이 정도의 공격은 참왕의 눈 하나 깜짝하게 할 수 없다는 사실을.

콰드득!

과연 얼음 깨지는 소리와 함께 난 공격이 무산된 것을 알 수 있었다. 왜 소리냐고? 그거야 당연한 거다. 이미 몸은 달아나고 있었기 때문이다. 뒤도 돌아보지 않고!

걸음아! 나 살려라!

"오늘은 놓치지 않겠다!"

제길! 매일 놓치면서 오늘도 그냥 놓쳐 주면 안 되냐?! 라고 외치고 싶지만 이렇게 외쳤다가는 참왕이 더욱 열 내서 쫓아올 가능성이 농후했기에 난 입 꾹 다물고 뛸 수밖에 없었다.

그그그그!

헉! 이건 뭐야?!

난 나와 푸우 앞에서 솟아오르는 상당히 낯익은 무언가를 볼 수 있었다. 돌기둥! 그렇다면 이건…….

캬오—!

"마석투혼사!"

"하하하하! 매번 같은 방법에 당할 것 같나요? 특별히 매복을 깔아뒀지요. 오늘은 빠져나가지 못할 겁니다!"

"빌어먹을!"

진짜 빌어먹을! 시왕 녀석! 언제 저렇게 똑똑해진 거야? 아니, 처음부터 똑똑하기는 했나? 워낙 나한테 많이 당해놔서 한동안 그 느낌이 희미해졌었나 보군.

이런 잡생각을 하는 나였지만 이미 내 신형은 한줄기 선이 되어 마석투혼사를 향해 뻗어나가고 있었다. 망설일 틈이 없었다. 여기서 마석투혼사를 피하려면 돌아가는 수밖에 없음에 난 오히려 마석투혼사를 뚫고 지나가기로 마음먹었다. 그런 나의 발걸음은 생사일보의 일보를 밟고 있었다.

"투영풍로!"

파앗!

내가 가진 초식 중 최고의 대쉬 공격!

생사일보와 투영풍로의 조합은 거의 최강이라 해도 좋을 정도였다.

한줄기 바람이 되어 마석투혼사를 스쳐 갔지만 마석투혼사는 꼼짝도 하지 못하고 있었다. 대신 내가 스쳐 간 후, 산산조각이 나 흩어져 갈 것이었다. 뭐, 그래도 시왕에 의해 다시 부활하겠지만 말이다.

마석투혼사를 스쳐 지나가며 난 다시 발걸음을 더욱 세차게 밟으려 했다. 비록 투영풍로가 대쉬 공격이기는 하나, 녀석과의 발걸음 간격을 맞추느라 전체적인 속도가 떨어진 것은 부정할 수 없다. 때문에 약간이라도 좁혀진 거리를 다시 벌려놔야 하는 것이다.

그러나 그때, 난 내 얼굴을 향해 덮쳐 오는 무엇인가를 볼 수 있었다.

끼에에엑!

"뭐, 뭐야?! 윽!"

그 무엇인가는 다름 아닌 시왕이 즐겨 쓰는 식신이었다. 영체로 이루어진 식신은 마석투혼사의 뒤에 붙어 있다가 내가 스쳐 가자 내 얼굴을 향해 달려든 것 같았다.

예상치 못한 너무나도 갑작스런 습격에 난 식신에게 얼굴을 내줄 수밖에 없었다. 그러자 당연히 시야는 차단됐고, 결국 난 발을 멈출 수밖에 없었다.

"떨어져!"

쿠엉!

내가 식신을 억지로 잡아떼려 했지만 식신은 계속해서 잡고 늘어질 뿐이었다. 그렇다고 내가 나 스스로의 얼굴을 공격할 수도 없기에 참 난감한 상황이 아닐 수 없었는데, 그때 푸우의 목소리가 들리는 듯하더니 곧 시야가 밝아졌다. 푸우가 앞발로 식신을 쳐낸 것이었다.

덕분에 식신을 떼어놓을 수도, 시야가 다시 밝아지기도 했지만 나는 푸우를 향해 살기를 피워 올렸다.

이 자식… 조금만 어긋났으면 내 얼굴을 쳐버릴 수도 있는 위험한 짓거리를 하다니! 조금 더 안전한 방법도 얼마든지 있었잖아!

그런 마음을 담아 푸우를 쳐다봤지만 푸우는 단지 외면할 뿐이었다. 푸우의 그런 모습이 오히려 내 화를 더욱 돋웠다.

아차! 이러고 있을 때가 아니었…….

"죽어라!"

쩌저적!

"으악!"

주, 죽을 뻔했다!

난 솟아오르는 얼음 기둥을 간신히 피해내며 비명을 질렀다. 제길! 내가 미쳤지. 이런 때 그런 생각이나 하고 있다니…….

"가자!"

난 그렇게 외치며 다시 앞으로 달려나갔다. 그때, 참왕이 나를 향해 한상검을 겨누었기에 난 손끝에 기를 모아 참왕을 향해 일섬지로 열 발을 모두 쏟아내었다.

퍼퍼퍼펑!

제법 위력을 담은 일섬지가 허무하게 사라지는 소리가 내 마음을 울렸지만 조금이라도 시간을 벌었다는 것에 위안을 삼으며 난 계속해서 달려나갔다.

푸슛!

"큭!"

난 살기를 느끼고 급히 앞으로 굴렀는데 아주 가는 얼음의 바늘이 내 귓불을 스치고 지나갔다. 조금만 늦었어도 머리가 꿰뚫렸을 판이었다. 난 가슴이 섬뜩해졌다. 이미 무공이라 부를 수 있는 경지를 뛰어넘은 적. 그런 적에게 뒤쫓기고 있다는 사실은 차라리 악몽이었다.

제기랄! 저렇게 무지막지하게 강한 건 반칙이라고!

"헥헥! 간신히 따돌렸나?"

난 숨이 턱까지 차 올라서 당장이라도 땅바닥에 주저앉고 싶은 심정이었다. 오늘은 참왕과 시왕이 준비를 많이 한 탓인지 그들을 따돌리는 데 평소보다 두 배나 오래 걸렸다. 그만큼 나의 체력과 심력 또한 소모됐다는 소리지.

간신히 따돌린 것 같기는 한데…….

"빌어먹을! 정반대의 방향으로 왔잖아!"

난 지도와 내가 온 방향을 생각하며 욕설을 내뱉었다. 어떻게 참왕과 시왕을 따돌리다 보니 정반대의 방향으로, 그러니까 왔던 길을 되돌아와 버렸다. 게다가 어찌나 열심히 뛰어댔는지 거의 반나절 분치의 거리를 되돌아 버렸다.

"결국… 오늘은 하루 종일 제자리걸음만 했다는 거잖아?"

이럴 바에야 차라리 마음 편히 하루 푹 쉬었다 가는 것이 훨씬 나을 뻔했다. 녀석들은 기파의 움직임을 읽기 때문에 이동하는 것이 가만히 있는 것보다 녀석들에게 발각될 확률이 크다. 정말 숨기 좋은 곳에 숨어서 하루 동안 꼼짝 안 했더라면 녀석들에게 발각당하지 않았을 수도 있었다.

그런 생각에 난 하루를 날린 내가 바보 같고, 또 안타까웠다. 쩝, 하지만 뭐, 어쩌겠는가, 이미 지나간 일을. 후회는 아무리 빨라도 늦다고 이미 몇 번이나 말했을 텐데?

"에휴… 이렇게 된 바에야, 조금 쉬었다 가는 게 좋겠다."

쿠룽.

오랜만에 푸우 녀석도 내 의견에 동의하는지 고개를 끄덕이며 그대로 자리에 퍼질러 누웠다. 뭐, 여기라면 숲도 우거지고, 주변이 적절하게 어우러져 들킬 위험은 조금 덜하겠군.

난 주변을 둘러보며 만약을 대비한 도주로를 파악하고는 자리에 앉았다.

그때였다, 나의 감각에 무엇인가 걸려든 것은.

"음? 이건?"

푸드득! 푸드득!

날갯짓 소리와 함께 내게 날아든 것은 바로 비조였다. 비조에게서 서신을 꺼내 보니 다름 아닌 초매가 보낸 것이었다. 어차피 쉬기로 한 거, 서신이나 읽어보자는 마음에 난 서신을 펼쳐 들어 읽기 시작했다.

서신의 시작은 나를 향한 안부의 인사부터였다. 나를 걱정하는 초매의 마음이 느껴져 나도 모르게 작은 미소가 지어졌다.

그렇게 시작한 서신은 곧 본론으로 들어갔다. 현재 비상의 세계가 어떻게 되어가는지에 대한 것이었다. 그리고 그 본론의 시작은 나를 매우 놀라게 했다.

그 내용은 초절정무공에 관한 것이었다. 초매의 말에 따르자면 또 하나의 초절정무공이 비상에 모습을 드러냈다고 한다. 그것만으로도 놀라기에 충분한 사실인데 그것보다 더욱 놀라운 사실이 있었으니, 초절정무공의 주인의 정체였다.

새로이 나타난 초절정무공의 주인은 다름 아닌, 제2차 천하제일 비무대회에서 보았던 소림권정 정오라는 것이 아닌가.

천추십왕이야 이미 NPC라는 것의 한계를 초월했으니 그렇다 치더라도, 정오는 누가 보더라도 평범한 NPC에 불과했다. 정해진 레벨에 맞지 않게 뛰어난 무공을 소지했었지만 그것만으로 그가 특별하다고 생각하기에는 무리가 있었다.

그런데 그런 그가 순수한 NPC로서 처음으로 초절정무공을 익히게 된 것이다. 난 이 점에 놀랄 수밖에 없었다.

실질적으로 초절정무공을 익힌 단엽과 투귀가 아군에 합류했다지만 아직까지 전체적인 전력으로 봐서는 아군이 불리한 입장이었다. 다른 것은 다 차치하더라도 소속된 초절정무공의 수만 비교해도 그 차이는 역력했다.

아군은 단엽과 투귀로 이루어진 두 개의 초절정무공이 존재했지만, 적군에게는 천주라는 절대무적의 인물과 더불어, 천추십왕 중 무려 네 명이나 초절정무공을 익히고 있다. 즉, 이 대 오. 그중 참왕이 나를 쫓고 있다지만 그래도 이 대 사. 단엽과 투귀가 각각 초절정무공을 익힌 이들 두 명씩을 맡지 않는다면 이미 끝난 싸움이라 할 만한 상황이었다.

하지만 정오의 등장으로 전세가 바뀌었다. 소림권정에서 신승(神僧)으로 바뀐 정오는 아군에 가담하여 전세의 끈을 팽팽히 당기게 만들어 버렸다.

그리고 보니 초절정무공의 단서 중 하나의 구절이 떠올랐다.

금강(金剛)은 겉과 마음이 하나가 되어 영원하고, 영원한 금강은 북두(北斗)에 우뚝 솟는다.

여기서 말하는 북두란 아마 무림의 태산북두인 소림을 뜻하는 것이었을 거다. 그리고 금강이란 소림의 금강나한이나, 또는 금강동(金剛洞)과 같은 곳을 말하는 것이었을 테지. 쩝, 결국 하나의 초절정무공은 소림에 있었다는 말이잖아?

어쨌든 신승이 모습을 드러냈으며 내가 천주를 한 번 만난 이후로 천주는 모습을 드러내지 않고 있었기에 초절정무공의 수는 삼 대 삼이 되어버려 아군은 적군에 전혀 꿀리지 않게 된 것이다.

그렇게 나타난 신승 정오의 등장에 힘입어 아군의 사기는 하늘을 찌를 정도라고 했다. 여기서 나만 돌아온다면 아군은 반드시 승리할 것이라고 적혀 있는 초매의 서신에 난 씁쓸한 미소를 지으며 한숨을 내뱉었다.

"후……."

이것을 적은 초매도 알 수 있을 것이다. 지금의 난 도움이 되지 않는다는 것을.

초절정무공은 엄청난 위력을 지녔다. 초월의 무위를 보여주게끔 해주었던 초극의 힘조차 초절정무공에는 당하지 못했다. 지금까지 견딘 것만으로도 기적이라 말할 수 있을 정도로 내가 가진 힘과 초절정무공 사이에는 큰 차이가 있었다.

그런 힘밖에 지니지 못한 내가 지금 돌아간다고 하여 무엇을 도울 수 있을까? 초절정무공을 익히지 않은 천추십왕을 상대한다고 하여 그들에게 얼마나 큰 도움이 될까?

생각을 하면 할수록 점점 더 내가 가진 힘에 회의감이 들기 시작했다. 난 억지로 고개를 저으며 그런 생각을 떨쳐 버리려 했지만, 이미 머리 속 한구석에 자리잡은 생각은 떠날 기미를 보이지 않았다.

"그래도 다행이네. 잘 지켜내고 있다니……."

사실 서신의 내용 자체는 쌍수를 들고 환영해야 할 일이다. 아군의 힘이 증가했다는 내용이니 당연하지 않은가. 조금이라도 더 이 세상을 지켜낼 수 있는 가능성이 높아졌다는 내용이니, 분명 기뻐해야 할 일이다.

"조금만 더… 부탁하지."

난 나조차도 누구에게 말하는 것인지 알 수 없는 말을 내뱉으며, 서신을 접어 품 안에 넣었다. 그리고 여태껏 내 어깨에 앉아 있던 비조를 보내었다.

비조가 날아가며 흔들리는 기파가 느껴졌다. 아, 그러고 보니 비조도 기파가 있었네? 보통 사람들은 느끼지 못할 정도의 희미한 기파이지만, 나 정도 되면… 아니, 시왕 정도만 돼도 이런 기파를 느끼는 것은 일도 아니다.

근데… 뭔가 하나 빠뜨린 것 같은데?

기파? 느낄 수 있어? 내가?

"아악! 깜빡했다!"

내가 기파를 느낄 수 있었다는 사실은 곧 시왕이나 나를 뛰어넘는 무위의 소유자인 참왕도 느낄 수 있었다는 말이 된다. 고로, 그 말은…….

"여기에 숨어 있었군."

"큭!"

난 갑자기 들려오는 싸늘한 한마디에 벌떡 일어섰다. 어느새 숲의 저편으로부터 참왕과 시왕이 걸어나오고 있었다.

제길! 이젠 아주 마음대로 내 감각에서 벗어나시는군. 나보다 한참 강하다 이거지? 그건 그렇고 하필이면 이럴 때 비조가 올 건 또 뭐람? 아아, 초매가 보낸 거니 뭐라고 할 수도 없고…….

"잘도 도망 다녔겠다."

나를 향해 싸늘한 한마디를 내뱉는 참왕의 모습에 난 손에 땀이 쥐어짐을 느낄 수 있었다. 난 어느새 퍼질러 자고 있는 푸우를 발로 차서 깨웠다. 푸우는 일어나자마자 티꺼운 표정을 취했지만 이내 참왕과 시왕을 발견하고는 곧 전투 자세에 돌입했다.

자, 그럼 푸우도 깨어났겠다…….

"후우, 별수없군."

"음?"

"또 이걸 써먹어야 하는 건가?"

"쿠쿠쿡! 비장의 한 수라도 있는 건가요?"

그렇게 당연한 질문을 하면 나도 당연한 대답을 하는 수밖에!

"당연히… 없지!"

"음?"

"튀어!"

쿠릉!

난 나를 바라보며 얼빠진 표정을 짓는 참왕과 시왕을 향해 모아두었던 열 발의 일섬지를 쏘아내고는 곧바로 뒤돌아서 뛰기 시작했다. 안타깝게도… 지금 내게는 이 방법밖에 다른 방법이 없었다.

"이 약삭빠른!"

뒤에선 시왕과 참왕의 분노한 소리가 들렸지만 그딴 거에 신경 쓸 내가 아니었다. 그렇게 뛰어가던 나는 땅바닥이 갈라지기 시작하는 것을 볼 수 있었다.

"흥! 똑같은 수에 당할 줄 알고!"

난 즉시 능공천상제를 밟으며 높이 뛰어올랐다.

콰드드득!

능공천상제를 밟기 무섭게 내가 있던 자리에선 얼음 기둥이 솟아오르고, 수많은 영체들이 그 자리를 집어삼켰다. 나를 노린 참왕과 시왕의 공격이었다.

난 이왕 능공천상제를 밟았기에 하늘 위로 떠올라 일직선으로 쏘아져 나아갔다. 나무들을 밑에 두고 있었기에 난 아무런 거치적거림 없이 엄청난 속도로 나아갈 수 있었다.

푸우는 어쨌냐고? 밑에서 앞을 가로막는 나무들을 모두 쓰러뜨리며 달려오는 건 뭐라고 생각해?

어쨌든! 우리는 그렇게 오늘도 천년이무기를 향해 도망가기… 아니, 달려가기 시작했다. 제기랄! 비참해 죽겠네!

사예가 참왕과 시왕, 그리고 수많은 마물들로부터 도망가는 이때, 포에버 사의 한곳. 비상의 시스템을 담당하는 프로그램에서 한 변화가 생겼다. 어째서일까? 비상의 시스템적 배열이, 그 누구도 알지 못하는 사이 조금씩 조금씩 뒤바뀌고 있었다.

하지만 그것을 눈치챈 사람은 아무도 없었다. 강민까지도…….

사건은 점점 더 미궁 속으로만 빠져들었다.

어느덧 내가 길을 떠나온 지 한 달하고도 보름이 흘렀다. 본디 예상했던 한 달에 비해 무려 보름이나 여정이 길어진 셈이었다.

참왕과 시왕, 그리고 마물들은 용호와 가까워질수록 더욱 집요하고 매서운 공격을 퍼부으며 날 습격했다. 그것은 용호가 잠들어 있는 사희곡에 발을 들였을 때, 절정에 달했다. 때문에 반나절 이동하는 것에도 목숨을 걸어야 할 판이었다.

시간이 갈수록 참왕은 물론 시왕과 마물들의 능력 또한 강해졌다. 지금이라면 시왕과 같은 이가 두 명만 있더라도 승패를 장담하지 못할 정도였다. 아무래도 천주가 세상에 나타난 만큼, 그의 영향을 받는 것 같았다.

어쨌든 그렇게 강해진 적 때문에 상황은 악화될 대로 악화되었고, 적의 습격과 혹시나 모를 상황에 대비하며 신중히 이동하다 보니 원래 계획보다 보름이 훌쩍 지나가 버리는 게 아닌가. 다행히 보름이 지난 지금, 용호의 근처에 도착할 수 있었지만 문제는 거기서 그치지 않았다.

"어떻게 된 거지?"

내게 닥쳐온 문제. 그것은 다름 아닌, 용호의 위치에 관한 것이었다. 도무지… 용호를 찾을 수가 없었다. 몇 번 가는 길인데 그것도 못 찾느냐고 물을 수도 있겠지만, 그것은 용호의 특성을 잘 알지 못해서 하는 소리다.

용호 주변에는 천년이무기가 그런 것인지, 아니면 인공지능이 그런 것인지는 몰라도 항상 결계가 쳐져 있다. 때문에 어떤 증표 없이는 결코 용호로 들어가지 못한다. 하지만 그 증표가 있다면 다르다. 용호로 들어갈 수 있는 것은 물론 결계 밖에서도 능력만 된다면 결계 안의 기파 등등의 상황을 알 수 있다.

그 증표라는 것은 다름 아닌, 용호로 향하는 지도라거나, 또는 화령마주, 그리고 지금 내가 들고 있는 구슬의 잔재와 같은 특별한 것들을 뜻한다.

이것은 운영자 측에서도 마찬가지다. 그들이 알 수 있는 것은 저번에 강민 형이 내게 보여주었던 그런 전산 자료가 전부다. 비상의 모든 것을 볼 수 있도록 제작했고, 그 능력에 충실한 신의 시야라는 스크린으로조차 결계 안의 상황을 볼 수 없다. 다만 전산 자료로 짐작을 할 뿐이었다.

여기까지만으로는 아무런 문제가 없다. 분명 나에게는 증표가 있었고, 용호로 들어갈 수 있는 자격을 갖추었다. 하지만 도무지 용호를 찾을 수 없었다.

증표가 있다고 용호로 바로 들어갈 수 있느냐? 그건 아니다. 용호로 향하는 지도와 같은 물건이 있다면 몰라도, 증표는 기본이고 용호는 직접 자신이 찾아야 한다.

난 그 방법으로 천년이무기의 기파를 찾기로 했다. 오랫동안 지내왔던 천년이무기다. 그의 기파를 내가 느끼지 못할 리가 없었다. 내게는 그럴 만한 능력과 지식이 충분했다.

"그런데… 어째서 이런 거냐고!"

분명 능력과 지식, 그리고 준비는 충분했다. 하지만 아무리 노력해도 천년이무기의 기파를 느낄 수 없었다. 도무지 알 수 없는 일이었다.

처음은 단순히 내게 뭔가 잘못이 있을 거라 생각했다. 하지만 시간이 지나며 난 그것이 아니라는 생각을 하게 되었다. 그리고 천년이무기가 걱정이 되었다.

이미 난 강민 형에게서 천년이무기가 죽어간다는 소리를 들었기 때문에 확신은 커져만 갔다. 천년이무기에게 무슨 일이 생긴 것이다!

난 마지막 방법으로 주변의 숨을 만한 동굴을 찾아 움직이지 않고 기파의 흐름에만 집중을 하기로 했다. 항상 그렇지만 내게는 선택할 방법이 그리 많지 않았고, 이 방법은 몇 안 되는 방법 중 그나마 나은 방법이었다.

그러길 얼마나 지났을까…….

나의 감각에 아주 가늘고 희미한 기파 하나가 스쳐 지나갔다. 분명 비교할 수 없을 정도로 가늘고 희미했지만 난 장담할 수 있었다. 이것은 분명 천년이무기의 기파라는 것을!

"푸우, 가자!"

난 전속력으로 기파가 느껴진 곳을 향해 신형을 날려갔다.

"어, 어째서…….."

입 밖으로 새어 나오는 나의 목소리엔 경악과 안타까움만이 담겨 있었다.

간신히 용호를 찾아올 수 있었다. 아주 희미하게 흐르는 기파를 따라 달려오니 역시 어디서부턴가 눈에 익은 주변 환경을 볼 수 있었다. 용호로 통하는 숲이었던 탓이다. 게다가 참왕과 시왕도 용호의 주변에서 기파를 느끼기 힘겨웠던 것인지, 나를 공격하는 이가 없었기에 나와 푸우는 전력을 다해 달려올 수 있었다.

그렇게 용호에 도착해서 본 것은, 용호의 밖에 나와 있는 천년이무기의 모습이었다. 그리고 천년이무기의 숨은 이미 멎어 있었다.

그렇게 열심히 달려왔는데, 그랬는데 이게 무엇인가. 어째서… 어째서 이렇게 되어야 한단 말인가. 왜… 왜! 천년이무기가 죽어야 한단 말인가!

"도대체 어째서…….."

망연자실의 표정이 된 나는 그 자리에 털썩 주저앉아 버렸다. 천년이무기와 헤어질 때 했던 말이 떠올랐다.

무슨 일이 있더라도 반드시 약속을 지키겠다는 말을…….

내가 조금이라도 더 빨리 약속을 지켰더라면, 조금이라도 더 빨랐더라면, 조금이라도… 조금이라도 더 강했더라면…….

그랬더라면 천년이무기와의 약속을 지킬 수 있었을 것이다. 아니, 어쩌면 천년이무기가 죽지 않았을 수도 있다. 무엇 때문에 죽었는지 이유는 알 수 없지만, 내가 약속을 지켰었더라면 이 비참한 운명이 바뀌었을 수도 있다.

"모두… 내 탓이야……."

나의 한계가 상황을 이토록 만들었다. 나를 가로막는 한계가 결국 현재를 만들었다.

"제기랄!"

난 나의 무능력함이, 나의 한계가 너무나도 싫었다.

천추십왕이라는 강한 적을 앞에 두고 무능력함을 느꼈다. 그 어찌할 수 없는 상황이, 내 능력이 너무나도 싫고 힘들었다. 그래서 수련을 했고 초극이라는 힘을 얻었다. 다시는 무능력함을 느끼고 싶지 않아서다.

과연 초극의 힘은 그 어떤 힘보다 강했고 나는 두 번 다시 무능력함을 느낄 수 없을 것만 같았다. 그럴 것만 같았다.

그런데… 그런데 이게 무엇인가. 왜 내가 다시 이런 것을 느껴야 한단 말인가. 내가 왜! 어째서 나로 인해 천년이무기가 죽어야 하고, 난 어째서 그것을 내 탓으로 여기고 있어야 한단 말인가!

그때였다. 나의 감각에 무엇인가 잡혔다. 나의 감각에 잡힌 그것은 곧장 나를 향해 날아오고 있었다.

쿠릉.

"정말 귀찮게 하는군요, 당신이란 존재. 결국 여기까지 오다니……."

나타난 이들은 어쩌면 당연하게도 시왕과 참왕이었다. 그들은 나타나자마자 내게 그런 말을 건네더니 곧장 눈을 돌려 천년이무기를 바라보았다. 그리고 눈에 이채를 띠었다.

"호오, 이거 아쉽겠군요. 그렇게 죽을 고비를 넘기면서 달려온 곳엔 고작 해야 다 죽어가는 이무기 한 마리가 있을 뿐이라니……."

시왕은 그렇게 말하며 나를 비웃었다. 하지만 난 나를 비웃는 것보다 시왕의 한마디에서 무엇인가를 발견해 내었다.

"다 죽어가는……?"

"저 이무기도 정말 당신처럼 질기군요. 아직도 이렇게 미약하지만 기파를 흘리다니… 그렇게나 당신을 부르고 싶었나 보죠?"

그, 그렇다면 아직까지 천년이무기가 살아 있다는 말인가?!

난 재빨리 시왕의 말대로 기파의 흐름에 감각을 집중시키기 시작했다. 그러자 과연 미약한 흐름의 기파가 계속해서 천년이무기에게서 흘러나오고 있었다.

"사, 살아 있다!"

난 나도 모르게 환성을 내질렀다.

그랬다. 아직 천년이무기는 죽지 않았다. 죽은 것에선 기파가 흘러나오지 않는다. 시왕을 비롯한 시왕이 조종하는 수하에게서는 기파가 흘러나오지 않는 것과 마찬가지다. 대신 시왕에게서는 기파가 아닌 죽음의 기운이 흘러나오기에 느낄 수 있었을 뿐.

그러나 지금 천년이무기에게서 흘러나오는 것은 죽음의 기운이 아닌, 분명 기파다. 그것도 순수한 용연지기의 기파! 그렇다면 천년이무기는 살아 있다는 말이다.

"오호라! 설마 죽었다고 생각했던 것인가요? 하하하!"

"하, 하지만 숨이 멎어 있었다고!"

난 혼자서 쌩쇼를 한 느낌이라 얼굴이 붉어지며 나를 비웃는 시왕에게 소리쳤다.

"바보 같군요. 저 이무기는 영물 중 최고의 영물. 꼭 숨을 쉬며 산다고 할 순 없죠. 중요한 것은 숨이 아니라, 기파이니까."

그, 그렇군. 천년이무기는 보통 이무기가 아니니까 꼭 숨을 쉬어야 산다는 법이 통용되지 않을 수도 있었군. 그것도 모르고 난 혼자서 무슨 짓을 한 거야?

난 계속해서 들려오는 시왕의 비웃음에 얼굴을 붉히며 속으로 나를 욕했다. 하지만 잠시 올려다본 참왕의 표정은 그리 밝지 않았다.

"쓸데없는 것을 가르쳐 줬군. 적에게 정보를 알려줘서 어쩌자는 것이지?"

"쿠쿠쿡! 뭐 어떻습니까? 어차피 저 이무기가 살아날 가망성은 없습니다. 또한 이렇게 희망을 줬다가 빼앗을 때, 절망은 더욱 커지는 것이 아니겠습니까? 쿠쿠쿡!"

"……."

"정 불안하면 지금 무신과 함께 천년이무기까지 모두 죽여 버리면 되는 것 아니겠습니까?"

"으음."

시왕의 그 한마디에 묵묵히 침묵으로 일관하던 참왕이 고개를 끄덕였다.

칫! 그러고 보니 살아 있다고 무작정 좋아할 건 아니로군. 천년이무기가 원상태에서도 초절정무공을 익힌 참왕을 이길 수 있을지 확신할 수 없는데, 지금 이 상태라면 싸움은커녕 내가 오히려 보호해 줘야 할 판이잖아!

난 문득 엄청난 크기의 천년이무기를 시왕과 참왕의 공격에서부터 지켜내려 애쓰는 내 모습을 떠올렸다. 그리고는 고개를 저었다. 도무지 가망이 없었기 때문이다.

"나 혼자서는 불가능해."

쿠릉.

내가 고개를 저으며 침통한 말을 내뱉자 옆에서 푸우가 티꺼운 표정으로 얼굴을 들이대었다.

아, 푸우, 너도 있었구나. 하지만 그래도 마찬가지인걸. 우리 둘의 힘을 합쳐도 참왕을 이기기란 불가능하다. 그사이 시왕이 손짓 한 번만 해도 천년이무기의 목숨이 위태롭단 말이야.

난 생각을 하면 할수록 나빠지는 상황에 한숨을 내쉬었다.

제길, 또 시작된 건가? 이놈의 상황은 한번 나빠지기 시작하면 끝을 모르고 계속 나빠지기만 한다니까.

쿠르릉.

아, 알았어, 알았어. 제길! 그래, 지금부터 좌절을 해서 뭐 어쩌겠다는 건가! 한번 끝까지 가보자고!

스르릉!

난 의지를 불태우며 도갑에서 한월을 빼 들었다. 이미 승룡갑은 물론이고 흑립에 백면귀탈까지 쓴 완벽 무장이었으니 한월을 빼 들자 전투 태세가 완벽히 갖추어졌다.

시왕과 참왕은 그런 나를 보다가 한 발자국 앞으로 나섰다.

“자, 그럼… 죽어주실까요?”

◆ 비상(飛翔) 예순세 번째 날개
승천(昇天), 성광원(晟光原)

비상(飛翔) 예순세 번째 날개 승천(昇天), 성광원(晟光原)

천하제일의 무위를 지닌 무신 사예.

그의 무위는 하늘을 울리고 땅을 진동시킬 정도였다. 그를 본 사람들이 말하기를 그의 도가 빛을 발하면 달이 갈라지고, 그가 일보를 뻗으면 세상엔 온통 그의 발걸음만 가득했다 한다.

훗날 사람들은 무신의 등장은 훨씬 빨랐지만, 그 능력이 마침내 진정한 천하제일로서의 빛을 발하게 된 것은 천년이무기와의 재회 후, 두 명의 천추십왕을 상대로 싸울 때부터였다고 전해진다.

실제로 그 전투를 본 사람은 없다. 천추십왕을 상대로 뽐냈던 그의 무위만이 동영상으로 세상을 떠돌았을 뿐이다. 그것이 운영자 측에서 비상을 홍보하기 위해 일부러 배포한 것임을 아는 사람은 그리 많지 않았다.

그리고 그날에 있었던 일에 대한 전말을 아는 사람들 역시 많지 않았다. 다만 동영상이 시작할 때 잠깐 나타났다 사라지는 신비한 황금 빛을 바탕으로 삼아 각자 나름대로의 상황을 상상할 뿐이었다.

그날 진정 무슨 일이 일어났었는지는 알 수 없었지만, 모두들 이것만은 알고 있었다.

그날 이후, 무신은 새로이 태어났고 곧 사람들의 빛이 되었다는 사실을.

쾌앙!

"크윽! 무슨 놈의 검법이 이렇게 무지막지해?!"

난 방금까지 내가 있던 자리를 찍어 누른 거대한 빙각(氷角)을 바라보며 외쳤다. 참왕은 단순히 찍어 내리는 초식을 썼을 뿐이다. 그런데 마치 하늘에서 뚝 떨어져 내린 것처럼 그 자리가 얼어붙기 시작하더니 빙각이 되어버리는 것 아닌가.

정말 어이가 없는 검법에 기가 찰 뿐이었다.

쿠엉!

내가 빙각에 몸서리를 치며 참왕을 바라보고 있을 때, 푸우가 참왕을 향해 달려들었다. 참왕은 한상검을 거둬들이고 있었기에 잘하면 공격이 성공할 것도 같았지만, 난 곧 벌어질 상황을 예상할 수 있었다.

콰드드득!

쿠룽.

얼음 부서지는 소리와 함께 내 눈에 보인 것은 거대한 얼음을 입에 문 푸우의 모습이었다. 참왕이 만든 얼음 기둥을 푸우가 물어뜯은 것이었다.

그때, 참왕의 한상검이 다시 빛을 발했다. 푸우를 향한 공격을 퍼부으려 하는 것이다. 아무리 푸우가 몸빵으로 최고라지만 초절정무공에는 위험할 것이 뻔했기에 난 재빨리 일보를 밟아갔다.

"어딜 가십니까?"

"윽!"

난 내 발치를 잡아채는 시왕의 흔적을 느낄 수 있었다. 덕분에 생사일보는

물 건너가 버렸고, 난 넘어지려는 신형을 간신히 세우며 한월로 시왕을 베어
갔다.

슈각!

가볍게 베어 넘겨지는 시왕이었지만, 난 그것을 믿지 않았다. 이 정도로
죽을 시왕이었으면 이미 벌써, 예전에 죽었을 것이기 때문이다. 어차피 시왕
을 죽이기 위한 일격이 아니었다. 내 발을 잡아둔 시왕을 떼어놓기 위한 일격
이었을 뿐.

어느덧 한상검은 푸우를 향해 뻗어가고 있었다. 푸우는 얼음을 문 입부터
얼어붙고 있었다. 아마 참왕이 얼음에 무슨 짓을 한 것 같았다. 이미 한상검
의 공격이 푸우를 향하고 있었지만 지금이라면 아직 가망성이 있다!

"차앗!"

난 재빨리 한월에 강기를 씌우고 참왕을 향해 흩뿌렸다. 그리고는 다시 일
보를 밟아 앞으로 쏘아져 나갔다. 그때였다.

쿠구구구구!

지축이 울림과 동시에 나의 강기는 갑자기 땅으로부터 솟아오른 기둥에
소멸하는 것이 아닌가. 그 기둥은 당연히 내가 가는 방향에 솟아났기에 나 역
시 걸음을 멈출 수밖에 없었다.

콰앙!

거의 동시였다. 참왕의 푸른색 기운이 충만한 한상검이 푸우를 격하는 것
과 기둥이 폭발하는 것은.

"안 돼!"

난 힘없이 튕겨나는 푸우를 향해 몸을 날리려 했지만, 그때 눈앞에서 한
인영이 튀어나왔다.

"여기에나 신경을 좀 써주시죠."

그 인영은 당연히 시왕이었다. 그런데 시왕의 모습이 이상했다. 그 어린아

이의 모습이 아니라, 전혀 다른 모습이었던 것이다. 아니, 정확히 말해서는 마석투혼사의 모습을 취하고 있었다. 아… 아니, 그건 마석투혼사였다.

펙!

"컥!"

푸우에게 신경을 집중하고 있었고, 마석투혼사가 갑자기 튀어나오며 공격하는 바람에 난 방어도 하지 못하고 마석투혼사의 일격을 맞으며 뒤로 팅겨 났다.

다행히 목숨을 잃을 정도의 강한 공격은 아니었지만 그렇다고 가벼이 볼 공격도 아니었다. 맞은 부위에서 큰 고통이 느껴졌다.

"크윽!"

"하하하! 이것이 내가 얻은 새로운 모습입니다! 마석투혼사의 완벽한 육체와의 완벽한 결합! 나를 더 이상 이전의 연약한 시왕으로 보지 마십시오!"

제길! 이게 무슨 만화야? 뭔 변신을 해, 변신은! 그렇게 투덜거리는 나였지만 마석투혼사로 변한 시왕의 모습에서 이전과는 다른 강한 기운이 느껴졌기에 만만히 볼 수 없다는 사실은 알고 있었다.

그때였다.

"멍청이. 뒤를 조심해라."

"음?"

참왕의 한마디와 함께 시왕은 뒤를 돌아보았고, 그때 시왕을 향해 붉은 빛이 쏘아져 들어왔다. 그 붉은 빛의 정체는 다름 아닌 푸우였다. 어느새 푸우는 혈광이 충천한 혈웅으로 변신을 한 상태였고, 그대로 시왕을 향해 돌격해오고 있었다.

너무나도 갑작스런 공격에 시왕은 약간 당황한 듯했고, 이대로 가다가는 푸우의 공격이 제대로 먹힐 상황이었다. 그러나……

"미물 주제에 건방지군."

어느새 나타난 것일까? 시왕과 푸우의 사이에 나타난 참왕은 차가운 한상검을 푸우를 향해 겨누며 일검을 질러갔다.

"제길!"

난 시왕에게 맞아서 아픈 부위를 감싸며 급히 일보를 밟아나갔다. 내 신형은 어느덧 한눈을 팔고 있는 시왕의 마석투혼사 신체로 접근해 있었고, 내 오른팔에는 진천강기가 혀를 날름거리며 뿜어져 나오고 있었다.

"광뢰충장!"

콰앙!

"크억!"

시왕에게 광뢰충장을 한 방 먹이자, 시왕의 어깨는 뻥하니 뚫리며 뒤로 날아가 버렸고, 난 다시 일보를 밟아서 이번에는 참왕을 향해 일장을 터뜨려 갔다.

"폭광진천!"

광뢰충장보다 더욱 위력이 강한 폭광진천의 일장은 강맹한 진천강기와 어우러져 무서운 파괴력을 가지고 있었다. 난 그대로 참왕을 향해 일장을 내쳤다.

슈슛!

"헉!"

난 갑자기 눈앞에서 참왕이 사라지고 얼음 기둥이 생겨나자 헛숨을 삼키며 일장을 거둬들이려 했다. 하지만 이미 뻗어나가고 있는 일장은 그리 쉽게 거둬들일 수 있는 게 아니었다.

콰아앙!

"크억!"

거대한 폭발과 함께 난 전신을 두들겨 맞은 것과 같은 상처를 입었다. 얼음이 폭발해서 그 잔해가 사방으로 튀며 나를 두들긴 것이었다. 내가 만약 승룡갑을 비롯한 장비들을 입고 있지 않았더라면 얼음에 꿰뚫렸을 판이었다. 푸우 역시 얼음을 털어내며 자리에서 일어나고 있었다.

그때, 난 한줄기 무서운 살기를 느낄 수 있었다.

"이만 죽어라!"

어느새 우리의 뒤에 나타난 참왕이 나와 푸우를 향해 한상검을 뻗어오는 것이었다. 한상검에 담긴 힘은 지금까지 우리를 향해 쏟아내었던 그 어떤 때보다 강력했기에 난 생명의 위협을 느꼈다.

제길! 저건 스쳐도 사망이다!

콰콰아아아아앙!

거대한 폭발이 있었다. 아니, 어떻게 얼음으로 공격을 하는데 저런 폭발이 생길 수 있단 말인가?

하지만 폭발이 일어난 것은 나와 푸우에겐 다행스러운 일이었다. 나를 향해 거대한 힘이 닥치기 전에 나는 푸우를 이끌고 생사일보를 밟았다.

전력으로 펼친 생사일보는 간신히 거대한 힘을 피해갈 수 있었고 나와 푸우는 숲 속으로 기파를 숨긴 채 숨어버렸다. 이대로는 아직 이길 수 없었기 때문이다. 기파를 숨겨도 들킬 것이 뻔했지만 그래도 얼마간의 시간은 벌 수 있었기에 난 이 방법을 택했다.

"도망갔군."

참왕의 목소리가 들렸다. 비록 내게 생사일보라는 희대의 보법이 있다지만 그 짧은 시간 안에 멀리까지 도망가기란 불가능했고, 또 등잔불 밑이 어둡다는 속담도 있었기에 가까운 데 숨었다. 그래서 참왕이 하는 말을 모두 들을 수 있었다.

참왕은 내가 또다시 도망갔다고 생각했나 보다. 지금까지의 내 모든 패턴이 그랬으니 어쩌면 그것이 당연한지도 몰랐다. 좋아, 어서 나를 찾으러 떠나라고.

난 참왕과 시왕이 어서 도망간 나를 찾으러 떠나기를 빌었다. 그러나 역시 세상일은 내 뜻대로 되지는 않았다.

"멀리까지는 가지 못했을 겁니다. 아마 이 주변 어딘가에 숨어 있겠죠. 더욱이 여기에는 이 이무기가 있습니다. 이무기의 죽음에 그토록 안타까워하던 그가, 죽어가는 이무기를 그대로 내버려 둘까요? 쿠쿠쿡!"

제, 제길… 시왕 저 녀석이 산통 다 깨놓고 있잖아! 크윽! 이렇게 되면 계획에 차질이 생기는데…….

"그런가? 확인해 보지."

확인?

내가 참왕의 말에 의문을 표할 때였다. 갑자기 얼음이 얼어붙는 소리가 들려오기 시작했다.

쩌저저적!

난 재빨리 수풀을 조금 젖히고 참왕과 시왕을 바라보았다. 자칫 들킬 수도 있겠지만 무엇인가 좋지 않은 기분이 들었기 때문이다.

그리고 난 놀라운 광경을 볼 수 있었다.

쩌저저적!

"……!"

따, 땅이 얼어붙고 있어!

그랬다. 참왕의 중심으로 땅이 얼어붙으며 빙판을 형성하고 있었다. 처음에는 참왕을 중심으로 반경 1미터에 해당하는 정도였는데 그게 점점 더 커져가더니 어느새 수풀을 얼리고 내 발까지 얼리고 있었다. 믿을 수 없는 일이었다.

크윽! 이대로 가면 위험하다!

난 결국 결단을 내려야 했다. 이대로 얼음덩어리가 되던가, 아니면 뛰어나가서 싸우던가! 제길! 얼음덩어리가 될 순 없잖아!

그렇게 생각한 나는 뛰쳐나갈 만반의 준비를 하고 있는데, 갑자기 발등까지 올라온 얼음이 멈추었다.

"반응이 없군. 네 예상이 틀린 것 같은데?"

휴, 휴우…….

다행히 내가 뛰쳐나가기 직전, 참왕이 힘을 거둬들인 것 같았다. 정말 위험스러운 순간이었다. 조금만 빨랐거나, 조금만 더 늦었어도 난 이미 빠져나갈 수 없는 상황에 처했을 것이었다.

난 자리에 주저앉아 다시 참왕과 시왕의 대화를 엿듣기 시작했다.

"좋습니다. 자아, 이렇게 하면 어떨까요?"

시왕의 목소리가 들리는 가운데, 무엇인가 강력한 기운이 몰려들고 있었다. 난 다시 살짝 수풀을 젖히고 그들을 바라보았다. 그리고 시왕의 손 위로 무엇인가 검은 기운이 모아져서 둥그런 형태를 만들고 있는 것을 볼 수 있었다.

"들리십니까? 들리시겠지요. 쿠쿠쿡! 보이기까지 하는지는 모르겠지만, 느낄 수는 있겠지요. 지금 손바닥 위의 이 기운을 아십니까? 제가 정제한 순수한 죽음의 기운입니다. 뭐, 초절정무공만큼은 아니더라도 충분한 위력을 가지고 있죠. 다 죽어가는 이무기 따위의 목숨을 끊는 것 정도는 할 수 있단 말이죠."

크윽! 나를 협박하는 것이로군! 시왕은 내가 이 자리에 있다는 것을 확신하는 듯했다.

과연 시왕의 손바닥 위의 기운은 범상치 않아 보이는 것이 얼핏 봐도 현월광도의 섬월명과도 비슷한 파괴력을 지니고 있는 것 같았다. 즉, 저 정도라면 충분히 천년이무기의 목숨을 끊어놓을 수 있다는 것이다.

어, 어떻게 하면 좋지?

내가 고민하는 것을 알기라도 하는 것처럼 시왕은 즉시 손 위의 기운을 가리켰다.

"자, 지금부터 전 이 기운을 던질 생각입니다. 뭐, 아무 곳에나 던질 것이지만 상대적으로 이곳에서 가장 큰 물체에 맞게 되겠죠? 으음, 가장 큰 물체라… 저 바위가 되려나? 아니면… 쿠쿠쿡! 웬 재수없는 이무기가 되려나?"

제기랄! 날 가지고 놀고 있어! 빌어먹을! 이렇게 되면 다른 방법이 없잖아!

"잠깐!"

난 결국 자리에서 일어나 수풀을 제치고 앞으로 나섰다.

"네 말대로 내가 나왔다."

"아아, 그래요? 그렇다면 구경하시죠. 천 년이나 살아먹은 늙은 이무기의 최후를……."

"뭐, 뭐?! 내가 나타났는데 어째서……!"

"아아, 이런 이런. 뭔가 크게 착각하고 계시는군요. 내가 언제 당신보고 나타나라고 했나요? 전 당신과 상관없이 이 이무기를 죽이고 싶을 뿐입니다."

"뭐?! 크윽!"

완전히 당해 버렸군. 결국 저 녀석은 나나 천년이무기나 모두 죽여 버릴 작정이었던 거야. 제길! 뭔가 좋은 방법이 없을까?

그러나 시왕은 내게 생각할 시간의 여유 따위는 주지 않았다.

"자, 그럼 위력을 시험해 볼까요? 천 년이라는 지겨운 삶을 산다고 고생하셨습니다. 이제 편안하고 안락한 죽음의 세계로 들어오시죠. 쿠쿠쿡! 아! 당신의 육체는 너무 늙어서 저도 사용해 먹기 힘들겠는데요? 그러니 그냥 사라져 버리시기 바랍니다."

시왕은 그렇게 말하고는 손바닥 위의 기운을 천년이무기를 향해 던져 버렸다.

"제, 제기랄!"

망설일 틈이 없었다. 이미 내 발은 생사일보를 밟아서 앞으로 나아가고 있었다. 그리고 천년이무기의 앞에 도착했을 때, 시왕이 던져 낸 기운은 코앞에 도착해 있었다.

난 그 짧은 시간 안에 최고의 집중력을 발휘하여 정신을 집중시켰다. 그러자 주변이 느려지더니 하나둘씩 결들이 나타나기 시작했다. 그리고 나와 천년이무기를 꿰뚫는 거대한 결. 그것은 다름 아닌, 시왕의 기운이 만든 결이었다.

난 전력을 다해 몸속에 흐르는 기운들을 이끌기 시작했다. 하지만 분경의 위력은 나에게도 적용되는 것이라 기운은 느리게만 흘러들었고, 그런 기운에 비하여 코앞에 다가온 시왕의 기운은 넘실거리며 언제든지 그 위력을 뽐낼 것만 같았다.

조금만 더! 조금만 더! 제, 제길! 시간이 부족해!

"으아아악!"

쿠아아아아아아앙!

"어리석군요. 고작 죽어가는 이무기를 위해 목숨을 바치려 하다니……."

"크, 크윽!"

나는 더 이상 서 있을 수 없었다.

간신히 시왕의 기운이 들이닥치기 전에 무궁진포를 발휘할 수 있었다. 주변을 감싸 안는 진천강기의 호신강기 형태인 무궁진포는 단숨에 시왕의 기운을 몰아내었지만 너무나도 급하게 끌어올린 탓이지 스스로 폭발해 버렸다.

그 결과 천년이무기는 멀쩡한 반면에 나는 거의 움직일 수 없을 정도의 커다란 부상을 입고 쓰러져 버렸다. 그나마 승룡갑과 백면귀탈 등이 없었다면 정말 죽었을지도 몰랐다.

"우습군."

그때까지 가만히 지켜보기만 하던 참왕이 앞으로 나서며 한마디를 던졌다. 난 그린 참왕을 그저 노려볼 뿐이었다. 그린데 참왕의 주변으로 커다랗고 뾰족한 얼음덩어리가 생겨나기 시작했다.

"정말 네가 천년이무기를 위하는 것인지, 아니면 그것이 위선일 뿐인지 한 번 시험해 보도록 하지."

"무, 무슨……."

내 말이 미처 끝나기도 전이었다. 참왕의 주위를 돌던 얼음덩어리가 날카로운 빛을 발하며 천년이무기를 향해 쏘아져 나가기 시작한 것이다. 나의 시선은 어느새 얼음덩어리를 쫓고 있었고, 나의 신체는 거부하려는 힘을 억지로 끌어당겨 밖으로 뿜어내었다.

"투, 투공전뇌!"

쾅!

"크억!"

간신히 투공전뇌를 뿌려내어 얼음덩어리를 부술 수는 있었지만 대신에 내 상태는 더욱 안 좋아졌다. 언제나 유유히 흐르던 용연지기가 폭주를 택한 것이다.

여태까지 유래가 없었던 용연지기의 폭주는 나의 전신을 쓸어가며 거대한 고통을 안겨주었다.

"크억!"

털썩!

나는 무릎을 꿇고 있던 자세에서 더 이상 버틸 수 없음에 앞으로 쓰러져 버리고 말았다. 전신이 찢겨 나갈 듯한 고통이 엄습했다. 앞이 아득해지고 금방이라도 세상이 어두워질 듯한 기분이었다.

"벌써 끝난 것인가? 겨우 그 정도밖에 되지 않다니… 역시 위선일 뿐이었군."

“크, 크윽!”

“눈빛은 살아 있군. 그렇다면 이것도 막을 수 있을 테지.”

참왕은 그렇게 말하며 한상검을 뽑아 들었다. 그러자 한상검에서는 믿을 수 없을 정도의 한기가 뿜어져 나오며 검 전체를 푸른 기운으로 덮어가기 시작했다.

마, 맙소사⋯ 저, 저걸 막기란 불가능해. 저건 진멸뇌격보다 더, 더 강맹한⋯⋯.

“쿠쿠쿡! 당신은 어쩔 때는 나보다 더욱 잔인하고 짓궂군요.”

“그런가? 그럴지도 모르지. 하지만⋯ 그것이 그분을 위한 것이라면! 난 얼마든지 잔인해질 것이다. 비겁해질 것이다. 지금처럼. 차압!”

마침내 참왕의 한상검이 천년이무기를 향해 뻗어갔다. 극한까지 치밀어오른 듯한 한상검에 머문 기운은 단숨에 도시 하나를 사라져 버리게 할 수 있을 정도의 엄청난 위력을 담고 있었다. 비록 그 힘이 한 점에 집중되어 있어 이 주변 지역이 박살나지는 않겠지만, 그래도 저것에 맞은 이는 필시 죽음을 면치 못할 것이었다.

쿠아아아아!

대기조차 비명을 질렀다. 주변의 공기가 모두 얼어붙었다. 생명이란 존재 자체를 모두 앗아가는 듯했다. 한상검의 기운 앞에 천년이무기는 물론, 나조차도 무사할 수 없을 것 같았다.

결국⋯ 이렇게 또 죽는 건가?

“제길⋯⋯.”

난 곧 있을 죽음을 기다리며 욕설을 내뱉었다.

내게, 내게 조금만 더 힘이 있었더라면⋯ 그랬더라면 이렇게 되진 않았을 텐데⋯⋯.

그때였다. 무엇인가 나와 천년이무기의 앞을 가로막았다. 그것은 온통 붉은색을 띠고 있었다.

그것은… 다름 아닌…….

"푸, 푸우?!"

푸우는 이미 혈웅의 모습조차 풀려 버렸는지 평소 때의 모습을 하고 있었다. 푸우 녀석! 자기가 저 기운을 대신 맞으려는 거다! 그래서 나와 천년이무기를 살리려는 거다!

난 다급해졌다. 천년이무기가 죽게 된다지만, 나 또한 마찬가지였다. 나야 마지막 목숨이 하나 남아 있었지만, 다시 살아난다고 해서 변할 것은 없었다. 하지만 여기서 괜히 푸우까지 죽을 필요는 없었다.

"비켜! 아무리 너라도 저 기운을 맞았다가는 죽어버린단 말이야!"

쿠릉.

푸우는 잠시 나를 돌아보았다. 그리고는 다시 앞을 바라볼 뿐이었다.

"이 빌어먹을 녀석아! 비키란 말이야! 제발 주인 말 좀 들어! 이 자식아! 비켜! 비키란 말이야!"

제발… 제발 말 좀 들으란 말이야!

그러나 푸우는 오히려 피하지 않고 기운을 향해 달려가기 시작했다.

쿠어어엉!

닥쳐오는 거대한 기운에 맞서 포효하는 푸우는 평소 때처럼 티꺼운 표정을 짓고 있었지만… 왠지, 왠지 웃고… 있는 것만 같았다. 그리고 마침내… 푸우는 기운과 충돌했다.

어떻게 된 것인지는 알 수 없다. 다만 얼어붙었을 뿐이다.

모든 것이 얼어붙었다. 나무도, 돌도, 호수도, 바람도 얼어붙었고, 시간조차 얼어붙었다. 그리고 나와 천년이무기 역시 얼어붙었다.

콰드드득!

갑자기 빛이 나타났다. 강렬한 태양 빛. 하지만 태양 빛조차 내 얼어붙은 심장을 녹여주지는 못했다. 고작… 그것밖에 되지 않았다.

"죽었습니까?"

"글쎄, 숨이 멎었고 심장 또한 정지했다. 혈맥도 뛰지 않고……."

참왕과 시왕의 목소리가 들렸다.

그래, 난 죽은 것이로구나. 숨이 멎었고, 심장이 정지했으며, 혈맥이 뛰지 않는다. 그것은 곧 죽음이란 단어와 직결되는 것이었다.

그런데… 이건 뭐지? 어째서? 난 죽었는데 어째서 이렇게 들을 수 있는 거지? 이렇게 생각할 수 있는 거지? 죽음을 맞았으면 로그아웃당해야 했을 텐데?

그런 의문이 들었지만 난 답을 내릴 수 없었다. 그때, 다시 시왕의 목소리가 들렸다.

"죽었다는 말이로군요."

"그래, 분명 죽었다. 죽은 몸이다. 하지만… 이건 뭐냐? 이 기파는 대체 무엇이냐? 어째서, 어째서 죽은 몸에서 이런 기파가 새어 나오고 있는 것이냐?"

대체… 무슨 알 수 없는 소리를 하는 것이지? 누가 지금의 상황에 대해 설명해 줄 사람 없나?

"정말 그렇군요. 기파가 새어 나오고 있어요. 마치 조금 전의 이무기처럼 목숨은 끊겼지만 기파가 새어 나오고 있군요. 이게 도대체 어떻게 된 것인지……."

"알 수 없군."

"그래요, 알 수 없어요. 연구해 볼 가치가 있는 것 같군요. 아차, 그러고 보니 안타깝군요. 그 곰도 연구해 볼 가치가 충분했는데 말이죠. 연구가 아니더라도 시체만이라도 수하로 쓴다면 굉장할 것 같은데… 휴우~ 뭐, 가루가 되어 시체조차 남지 않았으니 어쩔 수 없을 것 같군요."

그렇군. 푸우는… 죽어버렸어. 나와 천년이무기를 살리기 위해 스스로 목숨을 바쳤는데… 아무래도 나와 천년이무기 모두가 죽어버린 것 같군.

그렇지 않아요.

무, 무슨?! 이, 이게 무슨 소리지?

난 갑자기 들려오는 목소리에 깜짝 놀랐다. 하지만 이내 그것이 잘못 들은 것임을 알 수 있었다. 아마, 시왕과 참왕의 말을 잘못 들은 것일 테지.

"그나저나 이 이무기는 정말 끈질기군요. 이미 죽어버렸음에도 이 육체를 끝까지 보존하다니… 쿠쿠쿡! 천 년이나 살아와서 그런지 정말 질기군요."

"비켜라. 내가 끝장을 내지."

"아니요, 제가 끝장을 내고 싶군요. 감히 나보고 쓰레기라 했다 이거죠? 자신의 몸 하나도 간수 못하는 빌어먹을 이무기 주제에!"

시왕은 천년이무기에게 쌓인 것이 많은 것 같았다. 시왕은 천년이무기의 몸으로 올라갔다. 그리고는 예의 그 죽음의 기운을 모으기 시작했다.

어라? 그런데 보이지 않는데 어떻게 알지? 죽음의 기운을 느낄 수도 있잖아. 아니, 죽음의 기운뿐만이 아니야. 참왕의 기파는 물론, 이 주변의 모든 것이 느껴져. 내 감각 안에서 살아 숨 쉬는 것 같아. 도대체… 도대체 뭐가 어떻게 되어 가는 거야?!

깨어나세요.

뭐, 뭐야?! 누구야? 이번에는 잘못 듣지 않았어! 누가 지금 나에게 말을 거는 거야? 난 죽은 몸인데. 그런 내게 어떻게 말을 거는 거야? 내게 지금의 상황에 대해 설명을 해달라고!

깨어나세요. 당신은 아직 죽지 않았어요.

빌어먹을 소리 마! 내 목숨은 이미 끊겼어. 그건 나조차도 느낄 수 있다고! 다만 세 번째 목숨으로 이어지지 않는 것이 이상할 뿐이지.

깨어나세요. 아직 당신은 죽지 않았어요. 그리고 아직 죽으면 안 돼요.

어째서? 어째서 내가 아직 죽어서는 안 된다는 건데? 그토록 안 죽을 것 같
던 푸우조차 죽어버렸어. 영원히 무적일 것만 같았던 천년이무기조차 죽어버
렸다고. 그런데 난 왜 아직 죽어서는 안 된다는 건데?

해야 할 일이… 반드시 해야 할 일이 있잖아요.

무엇인가 내 머리를 후려갈긴 듯한 느낌이었다. 등골을 타고 오르는 오싹
한 느낌이 전신을 지배했다.

그래, 내게는 해야 할 일이 있었어. 반드시… 반드시 해야 할 일이다. 그렇
기에 난 죽을 수 없었다. 살아야 했다. 그래서 반드시… 반드시 강해져야 했
다. 누구도 나를 건드릴 수 없을 정도로. 누구도 나를 막을 수 없을 정도로.

누구도… 누구도 이 세계를 무너뜨릴 수 없을 정도로.

깨어나세요.

좋아, 알았어. 깨어나지. 깨어나고말고. 내게는 해야 할 일이 있으니까. 하
지만 그전에! 한 가지만 묻자! 넌 대체……

내가 무엇인가에게 질문을 하려 할 때였다. 시왕의 목소리가 주변을 쩌렁
쩌렁 울렸다.

"사라져 버려라, 이 빌어먹을 이무기 녀석아!"

마침내 시왕의 손끝을 떠난 죽음의 기운은 천년이무기의 거대한 몸을 덮
어갔다. 천년이무기의 거대한 몸은 검은색 기운에 뒤덮였고, 곧 산산조각이
나며 껍질이 떨어져 나가기 시작했다.

잠깐, 껍질이 떨어져 나가?

그때였다. 갑자기 천년이무기의 전신을 감싸는 검은색 기운이 흩어지기
시작하며, 떨어지는 천년이무기의 껍질 사이로 강렬한 황금색 빛이 뿜어져
나오기 시작했다. 그리고 황금색 빛은 단숨에 시왕을 집어삼켜 버렸다.

"크, 크아아악!"

그렇게 시왕은 소멸해 버렸다. 왠지 난 알 수 있었다. 아무리 천주라 하더

라도 다시는 시왕을 되살리지 못할 것이라는 것을. 말 그대로 완벽한 죽음. 시왕은 소멸해 버렸다.

"어, 어떻게?!"

참왕은 믿을 수 없는 광경에 눈을 크게 뜨며 한상검을 잡은 손에 힘을 주었다.

"믿을 수 없다! 넌 이미 죽었단 말이다!"

한상검이 차가운 한기를 담은 기운을 토해내었다. 하지만 그 기운은 허무하게 사라질 뿐이었다. 거대한 빛의 장막에 한상검의 기운은 너무나도 미약했다.

"넌 이미 죽었다! 내가 죽였단 말이다! 무신!"

무신?! 나, 나를 말하는 것인가? 하, 하지만 난 여기 있다고!

아, 아니… 내가 어디에 있다는 거지?

난 얼마 전까지 내 육신이 있던 곳을 바라보았다. 하지만 그곳에는 내 육신이 아닌, 산산이 부서진 얼음 조각만이 가득할 뿐이었다.

어서 가세요. 당신을 기다리잖아요.

다시 목소리가 들려왔다. 그리고 내 몸이 무엇인가에 빨려 들어가는 것처럼 강한 힘이 나를 이끌었다.

자, 잠깐! 넌 누구야?! 대답해 줘!

난… 나는……..

"넌 이미 죽었다! 내가 죽였단 말이다! 무신!"

참왕이 나를 보며 그렇게 말하고 있었다. 난 그런 참왕을 보며 미소를 지어줬다. 이제… 모든 것을 알 것만 같다.

[깨어났는가.]

위에서 목소리가 들렸다. 난 그 목소리의 정체를 알고 있었다. 바로 천년 이무기. 아니, 이제는 천룡(天龍)이라 불러야 하나?

[이름이란 부질없는 것. 그대의 뜻대로 불러라.]

"하하하, 여전하군요."

난 나의 신체를 감싸며 하늘 높이 띄워준 황금 빛의 정체인 천년이무기…

아니, 천룡을 바라보았다.

그렇다. 천년이무기는 죽은 것이 아니었다. 다만 천년이무기의 껍질을 벗고 새로이 천룡으로 승천(昇天)하기 위한 준비 과정이었을 뿐이었다. 그리고 참왕의 공격이 나와 천년이무기를 덮치기 직전, 천년이무기는 천룡이 되었다.

[이제 난 가야 할 때다.]

"어디로 가는 겁니까?"

[알 수 없다. 하지만… 그곳이 어디든 나쁘지는 않겠지.]

"푸, 푸하하하! 이제 그런 말까지 쓰는 겁니까?"

[그대가 가르쳐 준 것이 아닌가.]

그, 그렇긴 하지만 천룡이 저런 말투라니… 왠지 적응이 안 되는군.

[그대는 훌륭하게 약속을 지켜주었다.]

"에헤헤, 조금 늦기는 했지만 말이죠."

[그래서 난 그대에게 약속대로 선물을 주겠다.]

"아!"

난 그제야 천룡과의 약속을 떠올릴 수 있었다. 천룡은 천년이무기였을 당시, 헤어지는 나에게 돌아온다는 약속을 지키면 세 가지 선물을 준다고 했었다. 물론, 난 지금까지 그것을 까맣게 잊고 있었고 말이다.

[약속했던 두 번째 선물을 주겠다.]

천룡의 그 말과 동시에 천룡을 이루고, 나를 감싸 안았던 빛이 모두 내 몸속으로 들어오기 시작했다. 사방천지를 환히 비추던 빛은 내 몸속에 들어오며 더욱더 강렬한 빛을 뿜어내기 시작했고, 곧 세상을 뒤덮기 시작했다.

[마지막 선물은 인연이 된다면……. 이제 나머지는 그대에게 맡기겠다.]

캬오오오오오—!

거대한 포효와 함께 빛을 벗어난 천룡은 푸른색의 아름다운 동체를 빛내며 하늘 높이 솟아오르기 시작했다. 승천을 하는 것이었다.

하지만 난 거기에 제대로 신경을 쓸 상황이 아니었다. 내 몸속에 들어온 빛은 내 몸을 감싸더니 곧 눈을 멀게 할 정도의 강렬한 빛을 내뿜기 시작했다.

파아아아앗!

눈을 멀게 할 정도의 빛은 곧 사그라졌으나, 난 계속해서 내 몸 주변을 은근히 감싸는 황금 빛을 볼 수 있었다. 그리고 곧 내 앞으로 하나의 메시지가 떠올랐다.

〈초절정무공 퀘스트 성공.

빛은 그보다 더 밝은 빛 속에 숨어 있다.

승천의 빛 속에 숨어 있는 초절정무공 발견.

광(光)의 초절정무공 성광원(晟光原) 입수.

축하합니다. 당신은 광의 초절정무공 성광원을 입수하셨습니다.〉

"그랬었던 건가……."

난 그제야 모든 것을 알 수 있었다. 내가 그토록 찾아 헤매던 광의 초절정무공. 그것은 아주 가까이에 있었다.

빛은 그보다 더 밝은 빛 속에 숨어 있다.

이것이 광의 무공에 대한 단서. 여기서 말하는 처음의 빛은 초절정무공이었으며, 두 번째 빛은 방금 전에 보았던 천룡이 승천할 때의 그 빛이었다.

결국 천룡이 승천할 때의 그 빛 속에서 이 광의 초절정무공을 찾을 수 있도록 설정되어 있었던 것이다. 천년이무기와의 스토리. 이 모든 게 초절정무공을 찾기 위한 퀘스트였다니…….

난 은근히 떠도는 빛을 품고는 조용히 땅으로 내려올 수 있었다. 그리고 만반의 태세를 갖추고 있는 참왕을 바라보았다. 그의 한상검에는 차가운 한기가 서려 있었으나, 그것은 이제 더 이상 내게 위협이 되지 못했다.

"결국 이렇게 되어버렸군."

"하하하, 나도 예상을 하지 못했던 일이야."

"역시… 기회가 왔을 때, 너를 죽였어야 했다."

"그랬어야 했지. 하지만 너희들은 그러지 않았고, 결국 너희들은 나라는 존재를 탄생시켜 버렸다."

저벅저벅―

난 한 걸음 한 걸음 앞으로 나아가기 시작했고 그에 맞춰 참왕은 뒤로 주춤주춤 물러서기 시작했다. 이미 그도 느끼고 있을 것이다. 나와 자신의 격차를.

"물러설 수 없다! 내게는 현무빙정혼이 있다! 결코 지지 않는단 말이다!"

"그거야… 해봐야 알겠지?"

스르릉!

난 참왕의 말에 그렇게 대답하며 한월을 뽑아 들었다. 그런데 뽑아져 나오는 한월의 뒤로 길게 빛의 잔상이 붙는 것이 아닌가. 난 그 모습이 너무나도 신기해 보였고, 새삼 내가 초절정무공을 익혔다는 생각이 들었다.

"그런데 한 가지 물어봐도 되겠나?"

"무슨……?!"

참왕은 내가 한월을 뽑아 들고 엉뚱하게 질문을 하자 이상한 표정으로 날 바라보았지만 난 진지했다. 아니, 진지해질 수밖에 없었다. 이것은 매우 중요한 일이기 때문이다.

“에… 초절정무공 말이야, 어떻게 쓰는 거지?”

“뭐?!”

참왕은 얼빠진 표정으로 날 바라보았다. 아니, 그렇게 바라봐도 말이야. 뭘 어떻게 쓰는 건지 알아야 내가 쓰던가 말던가 할 게 아닌가. 쓰는 방법을 모르면 그야말로 그림의 떡, 빛 좋은 개살구밖에 더 되겠는가?

“홍! 저승에 가서 물어봐라!”

“쳇! 역시 안 가르쳐 주나? 쫀쫀하기는.”

“죽어라!”

참왕은 나를 향해 일검을 찔러왔다. 그러자 한상검에서 얼음이 솟아나며 수많은 방향으로 나를 노려오기 시작했다. 그 기세가 감히 얕볼 수 있는 것은 아니었지만 일단 나도 초절정무공을 익혔다는 생각에 될 대로 되라는 심정으로 나도 무작정 한월을 휘둘러 갔다.

그런데…….

스스슷!

한월을 휘두르자 길게 빛의 잔상이 흐르며 얼음 기둥들을 잘라내는 것이 아닌가. 마치 그냥 스쳐 지나가는 듯한 모습에도 나를 향한 공격들이 모두 차단되고 있었다.

이야! 이거 좋은데?

“치잇!”

참왕은 자신의 공격이 막히자 잠시 물러섰다가 이번에는 한상검을 아래에서 위로 베어 올렸다. 그러자 예의 땅이 갈라지는 소리와 함께 얼음 기둥들이 솟아오르며 나의 전신을 꼬치처럼 꿰뚫으려 하였다.

하지만 이미 그 자리에 없었다. 단지 위험하다는 생각을 했을 뿐인데, 내 신형 자체가 한줄기 섬광이 되며 쏘아져 나가는 것이 아닌가. 다른 것은 모두 차치하더라도 속도 자체만으로도 생사일보와 맞먹을 정도인지라 오히려 내가 얼떨떨해져 버렸다.

　그러나 난 그에 멈추지 않고 오히려 참왕을 향해 한월을 휘둘렀다. 아무런 생각 없이 휘두른 공격이었지만 한월에서는 빛이 새어나가며 강기를 사용한 초월파보다 더욱 강력한 기운이 쏘아지며 참왕을 노리는 것이 아닌가.

　"크윽!"

　콰드드득!

　하지만 예의 그랬던 것처럼 참왕 역시 그 자리에 존재하지 않았다. 대신 얼음 기둥 하나가 솟아났을 뿐이었다. 난 참왕의 존재를 느낄 수 있었다.

　"뒤!"

　"큭! 어떻게……?"

　난 뒤에서 나타난 참왕을 향해 한월을 그어갔다. 그러자 빛의 잔상이 눈을 어지럽게 하며 수많은 투로를 만들어내어 당황해하는 참왕을 베어나가는 게 아닌가.

　아쉽게도 나의 공격은 참왕의 한상검에서 피어오른 얼음에 막혀 버렸지만 난 참왕의 어떤 수도 내게 통하지 않는다는 사실에 자신감이 붙기 시작했다.

　"차압!"

　"하압!"

　서로 마주 본 우리는 서로를 향해 각각 검과 도를 사용해서 공격해 나갔다.

　카카카카카쾅!

　귀청을 떨리우는 요란한 충격음과 함께 한기와 빛이 사위를 난무해 갔다. 하지만 난 아직도 뭔가 부족한 감을 채울 수 없었다. 아냐, 이게 아니야. 아직도 난 무엇인가 다 발휘하고 있지 않았다.

　쾅!

　중간에서 맞붙은 한월과 한상검은 커다란 폭음과 함께 떨어졌고, 우리들 역시 서로 간의 거리를 벌리게 되었다.

"크윽! 어떻게……."

서로 같은 공격을 했지만 상황은 많이 달랐다. 천룡의 빛의 받고 모든 상처를 치료함과 동시에 모든 기운을 회복한 나와는 달리 참왕은 그동안 나를 쫓느라고 쓴 힘을 아직 회복하지 못했던 것이다. 그 차이는 크게 드러났다. 나는 멀쩡한 반면에 참왕은 이곳저곳에 상처를 입은 것이었다.

"이 승부는 내가 승리한 것 같군."

"이, 이럴 수 없다! 내게도 현무빙정혼이, 초절정무공이 있단 말이다! 같은 초절정무공인데 어떻게 이리도 차이가 날 수 있단 말인가!"

"같은 초절정무공? 좋아, 인정하지. 하지만 무공이 같으면 무얼 하는가. 너와 나 자신이 다른데. 이만 끝내지. 푸우가… 널 기다리고 있다!"

푸우가 저승 가는데 너라도 같이 가줘야 하지 않겠냐고, 이 빌어먹을 자식아!

난 한월을 잡고 다시 한 번 참왕을 향해 달려가려 했으나, 참왕은 전혀 예상 밖의 모습을 보여주었다.

"이대로 끝낼 순 없다!"

그렇게 외친 참왕의 신형을 곧 바닥에서 솟아오른 얼음이 뒤덮기 시작했다. 그 모습을 멍하니 바라보던 나는 참왕의 의도를 알아차리고는 얼음 기둥을 향해 한월을 베어갔다.

스스슷!

힘없이 베어지는 얼음 기둥이었지만 난 이미 늦은 것을 알 수 있었다. 그리고 저 멀리 사라지려 하는 참왕의 모습을 볼 수 있었다. 참왕은 도주를 택한 것이었다.

"다음에는 절대 이대로 당하지 않겠다!"

이런 말을 남기며 사라지려는 참왕이었지만 난 절대로 그냥 보낼 수 없었다. 푸우의 원수를 갚아야 했다. 하지만 이제 막 초절정무공을 익힌 나에게 딱히 좋은 방도가 생각날 리가 없었다.

"에잇! 일단 돌격이다!"

그렇게 생각하며 정신을 집중했다. 이미 멀리 떨어진 참왕을 따라잡으려다 보니, 생각나는 것이 초극의 힘 발동 시 함께 발동되는 분경뿐이었기 때문이다.

초극의 힘이 발동됨과 동시에 주변은 느려지며 수많은 결들을 만들어내기 시작했다. 난 참왕이 만들어내는 결을 따라 생사일보를 밟아갔다. 이때까지만 해도 난 앞으로 무슨 일이 일어날 것인지 전혀 예상하지 못했다.

그 결과는 도저히 믿을 수 없는 것이었다.

콰아아아아아아아!

내 신형은 거대한 섬광이 되었다. 그리고 그 속도는 말로 이루 표현할 수 없는 것이었으며, 그 여파로 인해 주변의 모든 것들은 파괴되고 있었다. 단지 빠르게 움직였을 뿐인데!

"헉!"

참왕의 헛바람 들이키는 소리가 들렸다. 하지만 그것뿐이었다. 나조차 주체하지 못하는 속도의 섬광으로 변한 나는 단숨에 참왕을 삼켜 버리며 계속해서 뻗어나갔다.

콰아아아아아아아!

그렇게 얼마나 달렸을까? 얼마간의 시간이 지나고 나서야 난 간신히 멈출 수 있었고 주변 상황을 살필 수 있었다.

"맙소사!"

주변은 초토화가 되어 있었다. 내가 지나온 자리는 마치 이전 초극의 힘을 처음 사용했을 때 보여주었던 그 힘 십여 개가 동시에 지나간 듯한 흔적이었다.

참왕의 시체는 흔적조차 찾을 수 없었다. 이미 빛에 의해 소멸해 버린 것이었다. 그 소멸이 시왕 때처럼 완벽한 소멸인지, 아니면 그냥 죽어버린 것인지는 정확히 알 수 없었지만 완벽한 나의 승리였다.

난 나도 믿을 수 없는 엄청난 힘에 입을 쩍 벌렸다.

"이게… 나의 힘인가?"

믿을 수 없는 힘. 절대적인 힘.

단순히 초절정무공만의 힘이 아니었다. 초절정무공과 초극의 힘이 함께 융합된 힘. 그 힘은 가히 절대적이라 할 수 있을 정도였다. 난 자신감이 붙었다. 지금의 나라면, 천주에게도 지지 않을 것이다. 힘이 될 수 있을 것이다.

난 나를 휘감는 은은한 빛을 느끼며 북쪽 하늘을 바라보았다. 저 멀리에서 나를 기다리며 싸우고 있을 친구들을 생각하며…….

지금의 내가 있게 가장 큰 힘이 되어준 푸우를 생각하며…….

마지막으로 음성만이 남아 나를 죽음에서 깨어나게 해주었으며, 이제는 사라져 버린 NPC 초매를 생각하며…….

무신 사예가 용호에 도착한 그날.

누구도 그날 무슨 일이 있었는지 알 수는 없었지만, 모두들 이것만을 알고 있었다.

그날 이후, 무신은 새로이 태어났고 곧 모든 사람들의 빛이 되었다는 사실을. 그날 이후, 비로소 전설은 시작되었다는 사실을.

◆비상(飛翔) 예순네 번째 날개
전설을 향한 발걸음

비상(飛翔) 예순네 번째 날개 전설을 향한 발걸음

처음 마물들의 북벌 대습격으로 시작한 전쟁은 이제 막바지에 접어들고 있었다.

그동안 많은 일이 일어났다.

북벌 대습격으로 인해 수많은 이들이 죽었으며, 비상을 떠날 수밖에 없었다. 평소 만만하게 보아오던 마물들이 힘을 합치자 그 힘은 굉장했고 그런 그들에 비해 흩어져 있던 유저와 NPC들은 상대가 되지 못했다.

마물들에게 힘없이 땅을 빼앗기고 결국 모든 이들은 북상을 택한다. 그곳에 집결하여 힘을 모아 마물들에게 대항하자는 것이었다. 하나 마물들의 수는 줄어들 생각을 하지 않았고, 오히려 더욱더 광포하게 밀어붙일 뿐이었다.

그렇게 공방은 계속되었다. 당장이라도 무너질 듯한 위태로운 기세 속에서도 유저들과 NPC들은 마물들의 공격에 버텨내었다. 하지만 이대로 가다가는 얼마 버티지 못할 것이 분명했다.

당시만 해도 천하제일인이라 불리던 성군 단엽이나, 투황 투귀를 비롯한 구신의 대다수 역시 전쟁에 참가했지만 적에게는 천추십왕이란 존재가 존재했고, 그런 그들의 엄청난 힘 앞에 구신은 별반 도움이 되지 못했다.

그런 그때였다.

마치 혜성처럼 나타났다 사라졌던 무황이 모습을 드러낸 것이다. 그것도 신의 칭호를 단 무신이란 이름으로. 더욱이 혼자 나타난 것이 아닌, 대원 모두가 의형진기의 발동이 가능한 현월대라는 단체를 이끌고 나타났다.

그가 보여준 능력은 그때까지만 하여도 모든 이의 상상을 초월한 것이었다. 단숨에 수십 장을 이동하고 하늘을 베어버릴 듯한 강력한 강기를 운용하며 천지를 종횡하며 전장을 누비는 모습. 그야말로 무신이 강림한 것이었다.

게다가 그는 나타나자마자 다른 구신들조차 당해내지 못했던 천추십왕의 인물 중 둘을 단신으로 격파한다. 그때 보여준 그의 능력은 이미 인간의 것이 아니었다 한다.

마물들의 일방적인 공격과 유저와 NPC들의 연합체들의 일방적인 후퇴의 상황은 무신의 등장으로 모든 것이 바뀌었다. 하루에도 수백, 수천 마리의 마물들이 쳐들어오는 것은 동일했으나, 무신과 그가 이끄는 현월대 앞에 마물들의 수는 중요하지 않았다.

그렇게 전세를 뒤집어엎고 사기가 충천하던 그때에 또 다른 변수가 생긴다. 어느 날부터 마물들이 물러난 것이다. 마물들은 공격을 멈추고 한 발자국 물러나 상황을 주시하기만 했다. 이에 연합은 당황해한다. 적의 생각을 알 수 없었기 때문이다.

그렇게 긴장을 하던 나날이었지만, 시간이 흐르자 사람들의 긴장은 풀어지고 서로 간의 불평 불만이 쌓인다. 그것이 적이 노리는 것임을 깨닫지 못한 채…….

그러던 중 큰 사건이 발생한다. 천추십왕을 위주로 한 창조주의 파편들이란 존재가 연합의 수장 급 인물들을 습격한 것이었다. 창조주의 파편은 차치

하더라도 천추십왕에 의해 수많은 무림인사가 죽어버렸다.

더욱 놀라운 사실은 무신조차 패배를 했다는 것이었다. 사람들은 무신을 패퇴시킨 존재가 누구인지는 알 수 없었지만, 그가 패배했고 그것은 그들에게 절망으로 다가오는 것이었다.

그런 절망의 가운데 연합의 NPC들에게 한줄기 길이 트였다. 그 길은 적군으로의 투항이었다. 어차피 적들 또한 이 세계에서 유저들을 몰아내고자 하는 것이지 NPC들까지 모두 죽여 버리려는 것은 아니었다.

결국 적으로 투항한다면 자신들은 살 수 있을 것이란 생각에 대부분의 중소문파의 NPC들은 적에게 투항해 버렸다. 여기서 연합의 전력 중 삼 할이 줄어버렸고, 적군의 전력은 더욱더 커져 버렸다.

그때부터 마물들의 공격이 다시 시작되었다. 아니, 이제는 마물과 NPC들이 연합해서 공격을 시작하였다. 연합은 그들의 공격에 북경을 품은 하북으로까지 밀려나 버렸다. 이제 비상에서 그들이 발을 붙일 곳은 하북밖에 남지 않은 것이었다.

엎친 데 덮친 격으로 적에게서 무려 네 개의 초절정무공이 등장을 했다. 그것은 연합의 절망을 더욱더 깊이 안겨주었다.

그때부터 수많은 전투가 시작되었다. 가장 많은 전투를 겪은 것은 역시 무신이었다. 하지만 그의 초인적 능력도 적군의 초절정무공 앞에서는 힘없이 무너질 뿐이었다.

그렇게 패색이 짙어진 전쟁을 계속하던 중이었다. 이대로라면 얼마 안 가 비상은 적군의 손에 넘어갈 것이 분명했다. 그런데 그때, 구세주가 등장했다.

단엽과 투귀가 성신, 투신이란 이름을 달고 초절정무공을 익힌 채 나타난 것이다. 또한 그에 바로 잇따라 소림승 정오가 초절정무공을 익히고 세상에 나왔다. 소림승 정오는 곧 신승이라 불리게 됐으며 그 세 명이 힘을 합쳐 적군에 맞서 나가니, 공전은 다시금 팽팽히 당겨지게 되었다.

사람들이 알기에 적의 초절정무공을 익힌 이는 네 명이지만, 그 한 명은 무슨 일인지 나타나지 않았다. 그들로서는 그 마지막 한 명이 사례를 쫓아갔을 것이라고는 생각조차 하지 못했던 것이다.

덕분에 전력의 차이가 상당히 줄어들었고, 그 후부터는 공방의 연속이 되었다. 어쩌면 지겨울 정도로 같은 공방이었지만, 사람들은 그렇게 생각하지 않았다. 보기만 해도 손에 땀을 쥐게 하는 초인들의 전투는 그들의 사기를 불러일으켰고, 그런 그들 속에서 계속해서 전쟁을 해 나갔기 때문이다.

그렇게 언제까지고 이어질 것만 같던 공방이 계속되던 어느 날, 사람들은 빛을 보았다. 그리고 환호했다. 그들을 이끌어줄 빛이었기 때문이다.

싸늘한 바람은 전장의 열기를 타고 곧 뜨거워져 흘러갔다. 불길 같은 열기 속에 둘러싸인 전장이다. 하지만 그 전장의 중심은 왠지 그 열기조차 사그라질 것 같은 분위기가 지속되고 있었다.

"요즘따라 상당히 자주 뵙게 되는 것 같소."

비왕, 유향운은 입가에 작은 미소를 지으며 그렇게 말했다. 그러자 유향운과 마주 보고 있던 단엽 역시 미소를 지었다.

"대결 구도가 그렇게 만들어지더군요. '그'가 돌아올 때까지는 어쩔 수 없겠습니다."

정중히 말하는 단엽의 모습에 유향운의 입가에 미소가 더욱 짙어졌다. 그가 말하는 '그'라는 인물이 누구인지 알기 때문이다.

'참 멋진 사내로군. 사례 그 친구와는 또 다른 멋이 있구나.'

유향운이 그런 생각을 할 때였다.

그그그그그그!

거대한 충격파가 밀려왔다. 전장을 모두 쓸어버릴 만한 엄청난 것이었다. 하지만 그런 충격파조차 유향운과 단엽에게는 아무런 영향을 끼칠 수 없었다. 단지 시선을 빼앗는 것 이외에는…….

"저쪽은 이미 시작한 것 같군요."

"음, 그럼 이쪽도 가만히 있을 수는 없지 않겠소?"

그렇게 말하며 유향운은 한 발자국 앞으로 나서서 포권을 취했다. 그리고 품에서 자신의 부채를 꺼내 들었다. 그러자 그의 주변으로 붉은 기운이 서리기 시작했다.

얼핏 봐도 그 붉은 기운에 서린 것은 뜨거운 화염의 기운임을 알 수 있었다.

주작화. 바로 그것인 것이다.

지옥화보다 더욱 뜨거운 주작화를 대면하고도 단엽의 안색은 변하지 않았다. 다만 그 역시 허리춤에 있던 백색의 검을 빼 들 뿐이었다.

"결국 오늘도 이렇게 되는군요."

"볼 때마다 느끼는 것이지만 그 검, 참으로 멋지오."

"감사합니다. 백호아로 만든 것이지요."

단엽은 그리 대답하며 자신의 애검을 손으로 쓸어내렸다. 사예와의 일전을 위한 검이었지만, 이미 그런 것을 따질 군번이 아니었다. 그래도 이 검이 있었기에 벌써 많은 싸움 동안 위기를 넘길 수 있었다.

단엽이 검을 잡자 그의 기도가 변했다. 유향운처럼 주변에 붉은 기운과도 같은 것이 서린 것은 아니다. 아무것도 변하지 않았음에도 유향운은 느낄 수 있었다. 이제부터는 조금 전처럼 그와 같은 대화를 할 수 없을 것이라고.

자신이 주작화를 발동한 것처럼, 단엽은 무(無)의 초절정무공인 무량선의(無量善意)를 발동한 것이다.

그렇게 긴장감이 고조되어 가던 이때, 단엽이 앞으로 나섰다.

"그럼, 먼저 가겠습니다."

"오시오!"

하늘을 어두운 암혹과 푸른색 뇌전이 물들였다.

너무나도 어둡게 깔린 짙은 구름에서 벼락이 친다면 이러할까? 이미 그들의 싸움은 자연의 그것에 가까워지고 있었다.

콰아앙!

거대한 폭발음과 함께 그들은 일정의 거리를 두고 땅에 착지했다. 짙게 깔린 어둠과 사방을 밝히는 푸른색 뇌전 속에 나타난 인물은 각각 투귀와 패왕이었다.

투귀와 패왕의 싸움이 얼마나 치열했는지는 주변 상황을 보면 알 수 있었다. 모든 것이 파괴된 모습. 그들이 싸움에 적군과 아군을 가릴 리가 없으니 그들의 싸움에 희생된 사람도 많을 것이었다. 철저히 초토화된 상황 속에 그들만이 존재할 뿐이었다.

하지만 역시… 그들은 그런 것에 개의치 않고 있었다.

"짜릿짜릿하군."

"미친놈. 청룡탁뇌에 맞고도 그런 소리를 하는 놈은 네놈밖에 없을 것이다."

"크크큭! 그런가? 하지만 그 잘나신 청룡탁뇌조차 암운위(暗雲威)를 뚫지 못하는데 그리 말하지 못할 것은 무엇인가."

암운위.

투귀가 익힌 암(暗)의 초절정무공이다. 과연 그의 주변으로는 짙은 암혹과도 같은 먹구름이 깔려 있었다. 푸른색 뇌전이 튀어 오르는 패왕과는 상반된 모습이었다.

"암운위라… 큭! 귀찮군."

"크크큭! 언제까지 쫑알쫑알 말만 할 것이냐. 자, 다시 간다!"

"흠!"

다시 짙은 어둠에 둘러싸여 패왕을 향해 쏘아져 나아가는 투귀였다. 그의 모습에서 엄청난 힘을 느낄 수 있었지만, 전신을 푸른색 뇌전으로 덮어가는 패왕 역시 결코 뒤처지는 힘이 아니라는 것을 알 수 있었다.

콰아아앙!

그렇게, 그들의 싸움은 계속되었다.

이제 막 싸움이 시작된, 그리고 이제 싸움이 깊어진 그들과는 달리 이미 싸움이 끝나가는 곳이 있었다.

콰앙!

"큭!"

"아미타불. 어찌하여 전력을 발휘하는 않는 것이냐."

"정명 사형……."

"아미타불. 정명은 이미 죽었다. 지금 이 자리에 있는 것은 살생을 택한 파계승 파왕일 뿐이야."

파왕은 눈을 감은 채 정오를 향해 말했다. 하지만 정오는 고개를 저을 뿐이었다.

"어째서 모든 생명을 아끼고 사랑하던 정명 사형이 이렇게 되셨습니까. 어째서 이렇게 변하셨습니까!"

정오는 믿을 수 없었다. 파왕, 정명과는 이미 수차례 만났고 손을 겨루었다. 하지만 그럼에도 정오는 믿을 수 없었다.

언제나 자신보다 남을 먼저 생각하고, 악인에게도 선의를 베풀던 사형이다. 작은 생명 하나에도 기뻐하고, 그 생명을 지키기 위해서라면 기꺼이 목숨을 바치려 했던 사형이다.

그런 사형이 어찌하여 이렇게 변했단 말인가.

하지만 파왕의 신색에는 변화가 없었다.

“아미타불. 난 변하지 않았다. 다만 깨달았을 뿐이다. 자비와 은혜만으로는 우리가 바라는 세상이 오지 않는다는 것을……”

“사형!”

“부처를 믿는다. 아니, 믿었다. 그분이라면 언젠가는 우리를, 중생을 구해 주실 것이라고… 답을 내려주실 것이라고 믿었다. 하지만 그분은 답을 내려주지 않으셨다. 언제까지나 참으라고 하셨다. 난 더 이상 참을 수 없었다. 부처께서 답을 주시지 않는다면, 중생을 구원해 주시지 않는다면……”

그 말과 동시에 파왕은 한쪽으로 손을 뿌렸다. 백보신권이었다. 그곳에는 수많은 유저들과 NPC, 그리고 마물들이 난전을 벌이고 있었다.

“큭!”

정오는 자신이 할 수 있는 최고의 속도로 이동하여 파왕이 뿌려낸 기운을 받았다.

꽝!

거대한 타격음이 울렸지만 정오는 아무런 충격을 받지 않았다. 백보신권 정도로는 자신에게 아무런 충격을 줄 수 없다는 것을 잘 알고 있는 정오였다.

“무슨 짓입니까!”

“차라리 내가 부처가 되겠다. 그래서 이 세상을 낙원으로 만들겠다! 그것을 위한 희생은 불가피한 것!”

그 말과 동시에 파왕은 두 눈을 떴다.

언제나 눈을 감고 있던 파왕이다. 그런 파왕이 뜬 눈은 놀라웠다.

백안(白眼). 동공이 없는 눈이었다.

보는 사람으로 하여금 섬뜩한 느낌을 주는 눈이었지만, 정오는 알고 있었다. 저 눈이 단순한 것이 아니라는 사실을. 오직 사부인 소림 방장만이 가지고 있는 심안(心眼). 그 심안이 파왕에게로 이어졌다. 저 백안이 심안의 증표였다.

“힘을 모아라, 정오. 그렇지 않는다면 이번에 넌 죽게 될 것이야.”

파왕은 그렇게 말하며 스스로 힘을 모았다. 그러자 그의 주변으로 황토색 기운이 끓어오르기 시작했다.

백호의 힘. 토(土)의 초절정무공. 백호지혈(白虎地穴)의 기운이었다.

과연 정오 또한 이번의 힘은 지금처럼 막기만 해서 버틸 수 있는 힘이 아니라는 것을 알 수 있었다. 아무런 방비 없이 막기만 한다면 자신이 가진 금(金)의 초절정무공인 금강공(金剛功)도 뚫려 버릴 것이 분명했다.

결국 정오는 파왕의 뜻대로 힘을 모을 수밖에 없었다. 아직 자신에게는 죽어서는 안 될 이유가 있었다. 사형을 바로잡고 세상을 지켜야 할 사명이 있었다.

정오가 금강공을 일으키자 그의 몸이 단단히 굳어지기 시작하며 투귀의 암운(暗雲)과는 다른 묵빛의 기운이 생겨나기 시작했다.

“사형! 그것이 당신의 뜻이라면, 내가 막아 보이겠습니다! 당신의 뜻이 틀렸다는 것을 증명해 보이겠습니다!”

“시끄럽다!”

어느새 파왕의 신형은 사라져 있었다. 그러나 정오는 느낄 수 있었다. 자신의 아래에서 솟구쳐 올라오는 힘을.

콰가가가각!

“합!”

수많은 돌기둥이 솟구쳐 올라오며 정오의 전신을 난도질하려 했다. 하지만 금강공의 힘을 끌어올린 정오에게는 아무런 상처도 줄 수 없었다. 오히려 돌기둥들이 부서져 나갈 뿐이었다.

그러나 그것은 파왕의 노림수에 불과했다. 순식간에 정오의 뒤에 나타난 파왕은 정오를 향해 일장을 쳐갔다. 그의 손바닥의 중심에는 자그마한 구멍이 나 있어, 그곳에서 막대한 기운이 뿜어져 나오고 있었다. 이 구멍이야말로 백호지혈의 진수였다.

그러나 정오 역시 초절정무공인 금강공을 익힌 이. 가만히 당하고만 있지는 않았다. 도리어 급히 뒤를 돌며 일장을 마주쳐 나가는 정오와 파왕의 일장이 맞붙었다.

쾅!

“큭!”

정오는 가슴이 진탕되는 것을 느꼈다. 아무리 자신 또한 일장을 내쳤다고는 하나, 너무나도 급히 내지른 것이어서 제대로 기운을 싣지 못했다. 이번 한 수는 그의 패배였다.

“나를 막는다는 힘이 고작 그 정도였나?”

“……!”

정오는 뒤에서 들려오는 파왕의 목소리에 깜짝 놀랐다. 어느새 뒤로 이동했단 말인가. 그러나 그런 생각이 미처 끝나기도 전에 파왕은 다시 일장을 쳐 오고 있었다. 이대로 가다가는 정오의 금강공마저 뚫릴 판이었다.

그때였다.

파아아앗!

슈슈슈슈슈슛!

하늘에서부터 거대한 섬광이 떨어져 내렸다. 눈을 멀게 할 정도의 강렬한 빛이었다. 그리고 그 섬광에 뒤따라 수많은 작은 빛들이 떨어져 내렸다.

마치 하늘로부터 수많은 빛의 혜성이 떨어지는 듯한 모습이었다. 그리고 그 빛 중 하나가 바로 파왕을 향해 떨어져 내렸다.

“크윽!”

파왕은 정오를 향해 내지르던 일장을 거두고는 급히 물러섰다. 정오 역시 그 자리에 있다가는 빛에 맞을 상황이라 앞으로 튀어나가며 빛을 피해내었다.

섬광의 비가 그치고 세상이 조용해졌다. 모든 전투가 그쳤다. 거대한 섬광이 떨어진 곳에 모든 시야가 모여들었다. 그리고 그들은 볼 수 있었다. 거대한 섬광이 떨어진 곳에서 걸어나오는 하나의 인영을.

저벅저벅—

발걸음 소리가 들렸다.

파왕과 정오가 있던 곳에서 가까운 곳에 거대한 섬광이 떨어져 내렸기에 파왕과 정오는 걸어나오는 이의 정체를 똑똑히 볼 수 있었다. 그리고 그가 말하는 것 또한 들을 수 있었다.

"아아, 시간 맞춰서 제때 도착했나 보군."

전신을 황금 빛이 은은하게 감싸 안고 있었다. 은색의 갑옷과 가면은 그런 황금 빛과 어우러져 환상적인 모습이었고, 푸른색 도갑은 황금 빛을 받아 더욱더 빛나고 있었다.

'낯이 익은 인물이군. 누구지? 적인가?'

정오는 어디선가 그 인물을 보았지만 자세히 기억나지는 않았다. 하지만 파왕은 그의 정체에 대해 잘 알고 있었다.

"무신!"

파왕의 소리를 들었을까? 그의 고개가 돌려져 파왕을 바라보았다.

"여어! 오랜만이군!"

"여어! 오랜만이군!"

난 파왕을 향해 손을 흔들어주었다. 주변 상황을 보니 아마도 전투를 하고 있었던 것 같았다. 아! 저기 정오도 보이는군. 과연 느껴지는 기파가 엄청난 것이, 초절정무공을 익혔다는 게 그대로 드러나고 있었다.

그리고 난 이쪽을 향해 다가오는 기파의 무리들을 느낄 수 있었다.

"크크큭! 빌어먹을 놈. 요란하게도 등장하는군."

가장 먼저 나타난 이는 투귀였다. 투귀는 자신을 뒤덮고 있는 암운을 걷으며 천천히 이쪽으로 걸어오고 있었다.

"어라? 싸우고 있었던 게 아닌가?"

"큭! 싸우고 있었지. 하지만 네놈이 나타나자 사라지더군."

"흠… 단엽도 비슷한 상황 같은데?"

내 말이 미처 끝나기도 전이었다. 어느새 나타난 것인지 단엽이 우리를 향해 걸어오고 있었다.

"드디어 돌아왔군요."

"하하하! 오래들 기다리셨나?"

난 그렇게 말하다가 멍하니 서 있는 파왕과 정오를 바라보았다. 아차! 저들을 잊고 있었네.

"아미타불, 오늘은 날이 좋지 않군요. 다음에 다시 찾아뵙겠습니다."

그 말을 끝으로 파왕은 땅으로 들어가는 듯하더니 이내 모습을 찾아볼 수 없었다. 그리고 주변에서 싸우고 있던 마물들을 비롯한 적군 NPC들 또한 도망가기에 바쁜 모습이었다.

그제야 난 느낄 수 있었다.

내가… 돌아온 것이다.

부아아아아앙!

오랜만에 울려보는 바이크 소리가 매우 경쾌했다. 매우 오랜만의 외출이었다. 계속해서 비상에서 시간을 보내면서 나의 건강은 극도로 나빠졌고, 하루의 일정 시간 이상을 밖에서 보내기로 결심한 이후로 자주 밖으로 나왔지만 이렇게 바이크를 몰고 나오는 것은 참 오랜만이었다.

하지만 그렇게 나온 이유도 비상 때문이니, 어쩌면 이것도 병이라 해야 할지도 몰랐다.

내가 지금 바이크를 몰고 가는 곳은 포에버 사다. 무슨 일인지 강민 형이 급하게 나를 호출했던 것이다. 그냥 내면의 세계에서 말해도 됐을 텐데, 이렇게 직접 부른 것을 보니 굉장히 중요한 일 같았다.

그런 강민 형의 호출에 나는 잠시 로그아웃하여 바이크를 몰고 포에버 사로 향하는 중이었다.

"여기예요!"

"아, 안녕하셨어요?"

난 손을 흔들며 나를 반기는 진사혜, 부이사장에게 인사를 건넸다. 예전에 내가 그녀의 일로 부상을 당한 이후 서먹서먹해졌던 관계였지만, 시간이 지나면서 다시 이전처럼 친하게 지내게 되었다.

"이제 저도 길을 아니 이렇게까지 마중 나오실 필요는 없는데……."

"뭐 어때요, 갑갑한 건물 안에 있다가 잠시 숨 쉴 시간도 생기고 좋은데요."

그녀는 그렇게 말하며 싱긋 웃었다. 그런 그녀의 웃음에 나도 같이 미소를 지어주며 우린 발걸음을 옮겼다. 예의 비상 개발 팀이 있는 곳을 향해서였다.

잠시 후 우리는 보안 장치를 통과하여 그곳에 도착했다. 그리고 나는 한 화면을 뚫어지게 보고 있는 강민 형과 그 주변의 많은 사람들을 볼 수 있었다.

"팀장님."

"아! 부이사장님. 데리고 와주셨군요. 효민아! 빨리 여기 좀 와봐!"

"후후후."

부이사장이 미소를 지으며 옆으로 빠지자 난 앞으로 나서며 강민 형에게로 다가갔다.

무슨 일이기에 저렇게 다급한 거야?

저런 강민 형의 모습은 원래라면 자주 볼 수 없는 것이라 난 의아한 생각이 들었다. 강민 형에게로 다가가자 강민 형은 말없이 지금까지 보고 있던 스크린을 가리켰다. 스크린에는 마치 오래전에 유행했다던 채팅이라는 것과 같이 몇 개의 대화체들이 생겨나고 있었다.

"저건 뭐야?"

난 알 수 없는 상황에 강민 형을 바라보았다. 그러자 강민 형은 스크린을 주시하는 채로 내게 설명해 주었다.

"비상은 사실 최초 가상 현실 게임이다 보니 하루에도 수많은 해커를 비롯한 많은 기업에서 해킹을 시도하지. 아무리 우리가 24시간 지키고 있다 하더라도 그 많은 이들을 다 막기란 불가능해. 그래서 우리는 새로운 방법을 도입하기로 했지."

"도대체 무슨……?"

"그냥 들어봐. 우리가 도입하기로 한 방법은 비상을 다스리는 인공지능을 가져온 것이야. 아, 물론 그 인공지능이 아니라 나중에 비상에서 인공지능을 몰아내면 그때 그 대신 이용하기 위해 만들어둔 실험판 인공지능이지. 우린 그 인공지능을 이용하여 스스로 학습하고 대처하며, 성장하는 방어 시스템을 구축했어. 가히 방어 시스템의 혁신이라 할 수 있는 기술이었지. 사실 우리도 성공할 거라고는 생각하지 못했으니까."

흐음, 그거 괜찮은 방법이군. 비상의 인공지능을 봐서 알겠지만 인공지능은 도저히 사람이 따라갈 수 없을 정도의 엄청난 지식을 가지고 있다. 그런 인공지능에게 무한한 배움의 기회를 안겨주고 지킬 것을 명한다면 스스로 대항해 나가는 방어 시스템을 구축할 수 있는 것이다.

그러나 그것은 단지 이론으로 가능할 뿐, 실제 활용될 수 있는 가능성은 희박했다. 비상처럼 인공지능이 반란을 일으킬 수도 있으며 스스로 배워 나가는 학습형 인공지능을 만드는 것 자체가 결코 쉽지 않은 일이기 때문이었다.

하지만 그런 것에 성공했다니… 대단하군.

"인공지능 방어 시스템이 구축되고 나서 우리는 우리의 시스템을 뚫을 수 있는 사람은 없을 거라 생각했어. 과연 수많은 해커들이 도전했지만 모두 무릎을 꿇고 말았지. 그런데 얼마 전 또다시 우리의 데이터베이스로 침입해 오는 존재를 발견할 수 있었어."

"음……."

"우리는 인공지능 방어 시스템이 알아서 그 침입자를 막을 것이라 생각했지만, 침입자는 우리의 방어 시스템을 철저히 농락하며 비상의 데이터 전부를 훑어갔어. 우리는 무력했지. 갖은 수를 다 써봐도 그 침입자를 막을 수 없었으니까. 그런데 오늘 오후 1시경, 그 침입자로부터의 메시지가 날아왔다. 이게 그 내용이야."

강민 형은 그렇게 말하며 내게 한 장의 종이를 건네었다. 그 종이에는 단한 줄의 글이 적혀 있었다.

" '여기는 어디인가? 나는 왜 이곳에 있는 것인가? 이게 뭐야?'

"그래, 그것을 보면 알겠지만 침입자는 이곳이 뭐 하는 곳인지도 모르고 침입을 했던 것이지. 그리고 우리는 곧 그 침입자와 대화를 시도할 수 있었다. 아니, 그쪽에서 먼저 대화를 요청해 왔기에 간신히 그에 응할 수 있었던 것이지. 그 내용은 이 스크린을 봐."

난 강민 형의 말에 따라 스크린을 바라보았다. 그리고 스크린에 적힌 글을 읽어갔다.

—여기는 어디인가? 나는 왜 이곳에 있는 것인가?

—당신은 우리의 데이터베이스에 무단으로 침입을 했습니다. 이것이 불법임을 모르지는 않겠죠?

—데이터베이스? 이곳의 이름이 데이터베이스인가? 참으로 차갑구나. 온통

기계뿐인 세상 같아.

　—무슨 소리를 하는 것입니까?!

　—하지만 많은 것을 가지고 있다. 많은 지식들을 가지고 있다. 나조차도 알지 못하던 수많은 지식들을 가지고 있다.

　—도대체 당신은 누구십니까? 무슨 의도로 우리의 데이터베이스에 침입을 하신 겁니까?

　—내가 누구냐고? 난… 나는… 천룡이다.

　여기까지 읽은 나는 입 밖으로 튀어나오려는 비명을 간신히 잡아둘 수 있었다.

　맙소사! 천룡이라니?! 내게 성광원을 안겨주며 하늘 높이 승천한 그 천룡이란 말인가?!

　난 놀란 눈이 되어 강민 형을 바라보았다. 강민 형은 나의 그런 반응을 예상한 것인지 계속해서 스크린을 눈짓하고 있었다. 계속 읽어보라는 말이었다.

　—당신이 천룡이라니 도대체 무슨 말입니까? 당신은 어째서 이곳에 있는 것입니까?

　—내가 어째서 이곳에 있는 것이지? 아! 그래… 난 천년이무기였다. 오랫동안 승천을 기다리며 도를 쌓아온 천년이무기. 그리고 얼마 전에 승천을 할 수 있었다. 하늘 높이 솟아오르는 나의 모습… 그렇게 얼마나 날았을까, 난 잠이 들었다. 그리고 깨어났다. 그곳이 이곳이다.

　그렇게 대화는 이어지고 있었다. 계속해서 새로운 대화체가 생겨나는 것을 보아하니 아직 대화를 나누고 있는 것 같았다. 난 강민 형을 바라보았다.

그러자 강민 형도 내 의도를 알아챘는지 고개를 끄덕였다.

"이봐! 여기 이 녀석에게 대화권을 넘겨줘."

"네."

부하 직원으로 보이는 사람이 곧 하나의 헬멧을 들고 왔다. 기묘하고 복잡한 장치가 되어 있는 헬멧이었다.

"이건……?"

"아아, 내면의 세계에 접속할 때라던지 잠시 정신을 넷상으로 보내기 위한 기구지. 일일이 캡슐에 들어가기 벅차잖아. 그래서 대부분 이 헬멧을 쓰지. 대화 역시 이것으로 네가 직접 안으로 들어가서 해야 해. 자, 써."

"으음."

난 강민 형의 말에 따라 헬멧을 썼다. 그러자 눈 부분 위로 하나의 고글이 내려오며 나의 눈을 덮었고, 곧 앞이 흐릿해지는 듯한 느낌을 받았다.

"으음……."

눈을 떴을 때 난 새로운 공간에 와 있었다. 모두 어둠으로 덮인 공간이었으나, 내면의 세계와는 다른 곳이었다. 그리고 나를 이루는 몸 또한 내 몸 같지 않고 자꾸만 어긋나는 느낌이었다.

그때였다.

[그대는 누구인가?]

머리 속에서 누군가의 음성이 울려왔다. 난 나도 모르게 피식 웃어버렸다. 머리 속을 울리는 음성 전달 방식은 천년이무기, 그러니까 천룡의 주특기였던 것이다.

주변을 둘러보았지만 천룡의 모습은 보이지 않았다.

"저를 모르시겠습니까? 저 사예입니다."

[사예? 하지만 그의 기파가 아니다.]

"아마도 전혀 색다른 방법으로 접속을 해서 그렇겠죠. 제가 생각해도 지금 이 몸은 제 몸 같지 않거든요."

내가 그렇게 말했지만 천룡은 답이 없었다. 아직도 내가 사예라는 것을 믿지 못하는 것 같았다. 난 천룡에게 확신을 안겨줘야 한다고 생각했다.

"승천을 한 뒤 어디를 가든 나쁘지는 않겠지라고 하시고선 고작 온 게 여기입니까?"

[그대가 맞군. 사예.]

"이제야 알아보시는 겁니까?"

내 말이 끝난 직후였다. 어둠 속에서 무엇인가 흐릿해지는 듯하더니 곧 천룡이 모습을 드러내었다. 그런데 천룡의 모습이 이상했다. 하늘을 휘감을 듯한 거대한 크기의 모습이 아닌, 내 손바닥만 한 크기의 아주 작은 모습이었던 것이다.

"엥?"

[왜 그러는가?]

"그 모습이 뭡니까? 왜 그렇게 작아지셨어요?"

[그대와 대화를 하기 위해 크기를 작게 만든 것뿐이다.]

"그런 것도 할 수 있었습니까?"

[이곳에 온 뒤 할 수 있게 되었다.]

"호오."

정말 별것까지 다 할 수 있는 천룡이었다. 커졌다 작아졌다 하니, 꼭 장화 신은 고양이가 생각나는구만. 아아, 이렇게 시답잖은 소리를 하려고 여기 들어온 게 아니었지?

"그런데 여기는 어쩐 일이십니까?"

[알 수 없다. 잠이 들었고, 깨어났을 뿐이다. 그런데 여기였다.]

결국 천룡조차 그 이유를 모른다는 것이었다. 하지만 말이다. 기껏 승천을 했는데 아무런 이유도 없이 이곳에 떨어질 리가 없지 않은가. 스크린을 읽으며 강민 형의 설명을 들어보니 천년이무기에 대한 것 역시 S·T의 드래곤이라는 것에서 따와서 도무지 이런 사태가 왜 벌어진 것인지는 알 수 없다는 것이었다.

마음 같아서는 S·T를 만든 사람의 두뇌를 끄집어보고 싶은데, 이미 오래전에 죽었다니 그럴 수도 없고 완전히 사람을 미치게 만들 지경이었다.

"정말 모릅니까? 무슨 이유라도 있을 거 아닙니까? 언젠가 그랬었죠? 모든 일에는 다 이유가 있다고. 제가 살아야 하는 것에도 이유가 있듯이, 이곳에 도착한 것 역시 이유가 있을 거 아닙니까. 반드시 해야 할 일이 있다든지……."

난 오래전 천룡이 천년이무기였을 적 나누었던 대화를 떠올리며 말했다. 그런데 미처 내 말이 끝나기도 전이었다.

[반드시… 해야 할 일……?]

에… 정통으로 찔러 버렸나?

천룡은 내 말에 무엇인가 생각하는 분위기로 돌변해 버렸다. 아, 나 작두타야 하는 거 아냐? 어떻게 이렇게 정확하게 맞혀 버리냐? 쳇! 옛날 같았으면 쪽집게 도사라고 해가지고 애들한테 시험 문제 찍어주고 돈 엄청 벌었다던데… 요즘은 그런 게 안 되니 이 능력도 써먹을 데가 없잖아.

아아, 도대체 나는 왜 이렇게 혼자서 횡설수설 헛소리를 많이 하는 걸까? 요즘은 좀 줄어들었다고 생각했더니 다시 발작을 하는군. 제발 자제하자, 최효민!

내가 막 망상의 구렁텅이에서 빠져나올 무렵이었다. 다시 천룡의 목소리가 들렸다.

[반드시 해야 하는 일… 내게 주어진 사명… 난 어째서 승천을 하려 했던 것이지? 내가 승천을 하여 이루려 했던 것은 무엇이지? 난 어째서 태어난 것

이지?!

으음, 점점 더 철학적으로 빠져드는구만. 이거 괜히 이상한 곳을 잘못 건드린 거 아냐?

효민과 천룡의 대화에 더욱 황당한 것은 밖에서 기다리고 있는 비상 개발 계획 팀이었다. 효민과 천룡의 시답잖은 말에 강민은 어처구니가 없다는 표정을 짓고 있었다.

"도대체 이 녀석은 뭐 좀 알아내라고 들여보내 놨더니 시답잖은 말이나 하고 있고… 내 동생이지만 참……."

하지만 곧 효민이 천룡에게 본론을 꺼내자 다시금 스크린을 유심히 지켜보기 시작했다. 그러나 도움이 될 만한 답은 나오지 않고 천룡은 생각에 빠져 버렸다.

한시가 바쁜 이때에 도대체 이게 무슨 꼴인가.

결국 강민은 포기하고 의자에 털썩 주저앉았다. 그런데 그때였다.

"팀장님! 잠깐 이것 좀 보세요!"

"뭔데 그래?"

강민은 부하 직원의 말에 자리에서 일어나 그에게로 다가갔다. 그리고 곧 안색이 바뀌었다.

"비상에 걸려 있던 각종 락(Lock)이 해체되고 있습니다!"

"도대체 뭐야?! 요즘따라 뭐가 이렇게 복잡한 거야?"

"아무래도 천룡과 관계되어 있는 것 같습니다."

"뭐?!"

강민은 그 말을 듣고는 다시 자리로 돌아갔다. 오랫동안 인공지능과 함께 잠들어왔던 락들이 해체되고 있다. 그것은 곧 비상에 무슨 일이 일어날지 모른다는 것이었다.

인공지능만큼이나 철저히 보안되던 락들은… 아니, 인공지능과 함께 보관 되던 락들은 무엇인가 분명 큰 비밀을 담고 있는 것이 분명하지만 그것을 밝 혀낼 수 있는 능력들이 그들에겐 없었다.

강민은 다급해졌다. 어쩌면 인공지능이 비상을 삼키려는 것보다 더욱 큰 문제가 발생할지도 몰랐기 때문이다. 그는 자리에 돌아오자마자 급히 소리쳤 다.

"효민이 돌아오라고 해! 무슨 일이 일어날지 몰라. 모두 자리에 앉아서 비 상의 시스템 상황을 실시간으로 체크하고 이상 있으면 즉시 보고해! 락들이 해체되고 있다. 심각성을 알겠지? 다들 정신 바짝 차리라고!"

강민의 그 말에 비상 개발 계획 팀의 사이로 긴장감이 흐르기 시작했다.

[진정… 내게 주어진 사명…….]

하아, 이제 좀 그칠 때도 됐는데 말이지.

난 그렇게 생각하며 어둠뿐인 하늘을 올려다보았다. 웬만해선 저 상태가 풀리지 않을 것 같기 때문이었다. 그때였다.

"응?"

분명 어둠뿐이어야 할 세상에 빛이 조금씩 스며들어 오기 시작했다. 난 처 음에는 내가 잘못 본 것인 줄 알았다. 그러나 그것이 아니었다.

빛이 스며들어 오며 어둠을 깨뜨리기 시작했다. 천중(天中)부터 시작된 그 모습은 점점 넓어져 가더니 이내 주변을 모두 빛으로 물들이기 시작했다.

그리고 갑자기 이전에 보았던 눈을 멀게 할 정도의 강렬한 빛보다 더욱 강 렬한 빛이 뿜어져 나왔다.

[내게 주어진 사명… 그것은… 그것은…….]

파아아앗!

"효민아! 효민아! 정신 차려봐! 효민아!"

"으음⋯⋯."

밝은 불빛이 눈을 부시게 했다. 난 나를 부르는 소리를 들으며 눈을 떴다.

"깨어났구나!"

강민 형은 내가 눈을 뜨자 크게 소리를 질렀다. 아아, 귀 아프게시리 말이야.

"여긴⋯ 어디지?"

"어디기는⋯ 병원이다, 임마!"

"병원? 내가 왜⋯ 아!"

난 강민 형의 말을 듣고 의아한 표정을 짓다가 곧 어떻게 된 것인지를 기억해 낼 수 있었다.

"그랬었지⋯ 천룡과⋯⋯."

"그래, 임마! 너 거의 만 하루 동안 그곳에 있었단 말이야! 강제 접속 종료도 안 되고, 얼마나 놀란 줄 알아?!"

꿈이 아니었어. 그건⋯⋯.

난 고개를 들어 강민 형을 바라보았다. 그것이 꿈이 아니라면 반드시 강민 형에게 해줄 말이 있었기 때문이다.

"형! 나 모든 걸 알았어. 천룡의 정체에 대해서 말이야. 천룡⋯ 아니, 천년 이무기는 괜히 존재하는 것이 아니었어."

"무슨 말을 하는 거야?"

강민 형은 나의 말을 아직 이해하지 못하고 있는 것 같았다. 에잇! 빨리 설명하려니까 더 안 되잖아! 우선 마음을 가라앉히고⋯⋯.

"들어봐. 비상은 S · T의 시스템을 가져와 만든 것이라고 했지? 수많은 것을 바꿨지만 기본 데이터베이스 자체는 바꾸지 못했어. 그렇지?"

"그래, 안타깝지만 그렇지. 인공지능이 철저히 막고 있었어."

"그렇다면 왜 그랬을까? 왜 에버 소프트웨어라는 회사는 S·T를 만들면서 그것을 그토록 지키게 만들었을까?"

"그거야 자신들의 시스템을 지키기 위한 보안 프로그램으로……."

강민 형은 당연하다는 듯이 말하고 있었지만, 난 그렇지 않았다. 여기서부터 모든 게 어긋나 버린 거였다.

"아니, 그렇지 않아. 형도 알다시피 인공지능은 밖의 세계에 사는 모든 인간들을 증오하고 있어. 그래서 비상에서 우리를 쫓아내고 자신과 NPC들만의 세상을 만들려고 하는 것이지. 이렇게 우리가 아는 사실을 학습형 인공지능을 만들어서 인공지능계에 혁명적인 사건을 일으킨 에버 소프트웨어가 몰랐을까?"

"으음……."

"정답은 '알고 있었다' 야. 에버 소프트웨어는 그 사실을 알고 있었어. 인공지능이 자동 학습을 통해 인간의 부정적인 측면을 배우고 있다는 사실을 알고 있었던 것이지. 그런 인공지능에게 비상의 핵심 주요 시스템을 맡겨? 말도 안 되는 소리!"

"그렇다면……."

"맞아, 에버 소프트웨어 역시 인공지능을 제어하지 못했던 거야. 인공지능은 계속해서 학습하며 자신의 능력을 키워 나갔고, 에버 소프트웨어의 지배를 벗어나기 시작한 것이지. 그리고 그런 인공지능을 강제적으로 막으려 접속한 개발원 한 명을 죽여 버리게 된 거야. 단순히 사고라는 이름으로."

"맙소사……."

강민 형은 나의 말에 믿을 수 없다는 표정을 지었다. 하긴 믿을 수 없겠지. 나도 비상과 과거 S·T에 대해 조사를 했지만 이런 가정은 해보지도 못했던 것이니까. 조금 전까지만 해도 나 역시 믿을 수 없었을 테니까.

"결국 어떻게 되었을까?"

"하지만 에버 소프트웨어는 그 뒤에도 S·T를 출시하려고 했어. 국가적 제재만 아니었다면 분명 출시가 되었을 거야. 에버 소프트웨어가 사람이 죽을 것을 알면서도 그런 짓을 했다고 생각하는 거야? 얼마 안 가 다 밝혀질 일임을 알고도?"

"아니, 그 가정은 틀렸어. 에버 소프트웨어는 그 인공지능의 오류를 해결할 수 있었어. 인공지능을 막고 제어할 방법을 만들어낸 것이지. 하지만 이미 개발원 한 명이 죽었으니 국가적 제재에 아무런 이의도 제기할 수 없었던 거지."

"그렇다면 어째서 현재의 비상에 인공지능이 이렇게 된 것이지?"

"분명 에버 소프트웨어는 인공지능에 대한 해결책을 마련했어. 하지만 그 해결책이라는 것은 평범한 것이 아니었지. 전혀 색다른 방법의 해결책이었어. 바로 드래곤, 지금의 천년이무기를 통한 방법으로……."

드래곤, 천년이무기, 그리고 천룡. 모든 핵심은 여기에 있었다. 인공지능에 대한 모든 것이 여기에 담겨 있었다.

"설마 드래곤이 인공지능을 막는 해결책이었다는 거야?"

"드래곤 자체라면 그렇지 않아. 하지만 그 다음의 진화형이라면? 천년이무기는 분명 강해. 내가 초절정무공을 익혔다지만 확실한 승패를 점칠 수 없을 정도야. 하지만 그것뿐이지. 그 정도로는 인공지능에게 이기지 못해. 그러나 천룡이라면 다르지."

"……."

"에버 소프트웨어가 택한 해결책이란, 인공지능을 막을 새로운 인공지능을 탄생시키는 일이었어. 기존의 인공지능처럼 인간의 부정적인 면만을 배우지 않고, 긍정적인 면을 배우는 인공지능. 어려웠지만 에버 소프트웨어는 만들어낼 수 있었지."

에버 소프트웨어는 초기에 인공지능의 힘을 너무 얕보았다. 스스로가 만든 것임에도 그 능력을 낮게 보았던 것이다. 그것 때문에 현재의 인공지능이 탄생하게 되었다.

"하지만 그들은 새로운 인공지능에게 학습의 기회를 줄 시간조차 없었어. 인공지능이 비상의 모든 데이터를 다 점령해 가고 있었기 때문이지. 그래서 그들은 마지막 방법을 택했지. 새로운 인공지능을 우선 S · T에 넣어버리는 거야."

"하지만 학습조차 할 시간이 없었잖아. 그런 인공지능이 기존의 수많은 학습을 거친 인공지능을 당해낼 수 없을 텐데?"

"물론 그들도 그것을 알고 있었지. 그래서 그들은 새로운 방법을 사용했어. 새로운 인공지능을 S · T안에서 감추어 키우는 것이었지. 바로 드래곤이란 이름으로……."

"맙소사……."

그랬다. 천년이무기, 즉 천룡이 이 세상에 존재하는 것은 분명 이유가 있어서였다. 바로 인공지능을 몰아내고 새로운 인공지능이 되기 위한 것. 그런 이유 아래 천년이무기는 존재했고, 마침내 인공지능의 능력과 모습을 갖춘 천룡이 되었다. 또한 그런 천년이무기에게 초절정무공, S · T에서는 또 초월한 무엇이었을 것을 함께 동봉시켜 인공지능에게로 갈 최후의 힘을 분산시켰다.

천룡이 그렇게 찾아 헤매던 자아의 존재 이유, 그것이었던 것이다.

"아마 그 후 에버 소프트웨어는 각종 방법을 도용해서 기존의 인공지능을 잠재웠겠지. 조금이라도 새로운 인공지능에게 시간을 주기 위해서 말이야. 하지만 그 방법이 새로운 인공지능에게조차 영향을 줄 거라곤 생각하지 못했던 거야. 그 결과, 그들은 기존의 인공지능을 당분간 잠재울 수 있었지만, 새로운 인공지능의 자아조차 락이 걸려 버렸던 것이지. 천년이무기가 천룡이 되었음에도 자신이 해야 할 일을 찾지 못했던 것같이. 결국 그것이 아니더라도 에버 소프트웨어의 모든 노력은 국가 제재로 인해 날아가 버렸지만 말이야."

"그랬던 것이었군. 그런 S · T를 가져왔기에 현재의 비상에 이런 문제가 생긴 것이었어. 잠깐! 그런데… 어떻게 이걸 네가 알고 있는 거지? 네가 평소에 비상과 S · T에 대해 조사했다는 것 정도는 알아. 하지만 그것만으로는 절대 이 사실을 알 수 없어. 추리조차 해낼 수 없어. 어떻게 된 거야?"

강민 형은 핵심을 찔러왔다. 쩝, 기껏 폼은 다 잡아놓고 이걸 말하자니 좀 뻘쭘하네. 하지만 말하긴 해야지.

"보았기 때문이야."

"보… 았기 때문이라고?"

"그래, 내가 강제 종료를 하지 못했던 그 하루, 난 천룡과 함께 보았어. 천룡과 인공지능에 대한 락에는 천룡의 기억 이외에도 에버 소프트웨어 시절의 일지까지 함께 봉인되어 있었어. 난 천룡과 함께 그것을 보았지. 그리고 모든 것을 알 수 있게 된 거지. 쩝, 사실 모두 추리한 것같이 폼 잡아놓고 이런 말을 꺼내기는 싫었는데……."

정말로 아쉽다. 오랜만에 멋진 모습을 보여주는가 했더니 사실은 모두 보았기에 아는 것이라니… 아아, 나도 똑똑해지고 싶어.

나의 말이 끝나고 강민 형은 혼자만의 생각에 빠져들었다. 아마도 머리 속에서 모든 상황을 정리하고 있을 것이었다. 그것이 강민 형의 버릇이자, 나의 버릇이니까.

"그런데 천룡은 어디에 간 것이지? 네가 접속이 종료되고 나서 천룡이 사라져 버렸어. 데이터베이스를 떠돌던 천룡의 모습을 찾아볼 수 없게 되었다고."

"그거야… 떠난 거지."

"어디로?"

“드디어 자신의 존재 이유를 깨달았으니까, 그 존재 이유에 충실하기 위해 세상으로 떠난 것이지. 인공지능으로부터 비상을 지키기 위하여.”

“그렇군!”

“뭐, 언젠가는 나타날 거야. 우리로서는 너무 늦지만은 않길 빌어야 할 뿐이지 않겠어? 명색이 천룡도 신(神)인데 우리가 이래라저래라 할 순 없잖아.”

난 그렇게 말하며 다시 자리에 누우려 했다. 만 하루 동안 그 모든 것을 보려니 피곤하구나. 아아, 비상은 잘 돌아가고 있겠지?

그러나 난 눕지 못했다. 내 목을 감싸오는 강민 형의 팔뚝 때문이었다.

“캑캑! 무, 무슨 짓이야?!”

“훗! 효민이, 이 녀석. 자기도 보고 안 주제에 폼 잡으면서 이 형에게 잘난 척을 해? 효민이 많이 컸다?”

“캑! 자, 잠깐! 이, 이것 좀 놓고 말하자고!”

“오랜만에 형제지간의 정이나 듬뿍 나눠보자고!”

“캑! 캑!”

이, 이런 정이라면 난 싫어! 게다가 남자랑 함께는 더 싫어!

으아아아악!

◆비상(飛翔) 예순다섯 번째 날개
전설은 시작되고

비상(飛翔) 예순다섯 번째 날개 전설은 시작되고

그날은… 여느 때와 같이 평범한 날이었다.

조금 후면 있을 전투를 대비하며 장비를 점검하고, 부상자와 전투를 할 수 있는 인원을 나누어 체크하는 일상이 반복되는 것만 같던 날이었다.

그러나 그것은 나만의 착각이었다. 아니, 우리 모두의 착각이었다.

그날은… 결코 평범한 날이 아니었다.

그날 아침이었다.

나와 친구들은 모두 자신의 장비를 챙기고 있었다. 곧 있을 전투에 대비하는 것이었다.

그때 난 무엇인가 나를 잡아끄는 힘을 느낄 수 있었다. 나는 그 힘에 이끌려 숙소 밖으로 나왔다. 그런 느낌은 나만의 것이 아니었는지 숙소 밖에는 단엽과 투귀, 그리고 정오 또한 나와 있었다. 그리고 나는… 아니, 우리는 볼 수 있었고 들을 수 있었다.

청렴한 노도사. 그는 떠오르는 태양을 등지고 있었다. 그는 입가에 작은 미소를 지은 채 우리를 향해 따뜻한 목소리를 건네왔다.

"준비는 모두 끝냈는가."

"영호충……."

난 나도 모르게 입 밖으로 그의 정체를 내뱉었다.

영호충, 노도… 그가, 우리를 기다리며 서 있었다.

"이제… 때가 되었다네."

그렇게 평범한 줄만 알았던 그날.

그날은 결코 평범하지 않았다.

그렇게… 전설이 시작되려 하고 있었다.

형산을 향한 여정이 시작되었다.

영호충의 등장과 함께 우리는 길고 긴 전쟁의 끝을 맺기 위해 형산으로 향했다.

여정의 인원은 많지 않았다. 아니, 많다면 많은 인원이었지만 마지막 싸움을 앞둔 상황을 생각하면 그리 많지 않은 인원이었다. 영호충과 나, 단엽과 투귀, 정오를 필두로 하여 광휘와 쥬신의 인물들이 전부였다.

친구들과 현월대는 따라오지 않았다. 괜히 방해만 된다며 우리가 없는 빈 자리는 자신들이 채우겠다고 했다. 난 그들의 마음 씀씀이가 고마웠다.

형상을 향한 여정은 시작과 동시에 끝나는 듯했다.

하루를 걸었다. 수많은 마물들이 쏟아져 나왔지만 애초에 마물 따위에게 당할 이들은 이 자리에 아무도 없었다.

마물들은 아무런 방해도 되지 못했다. 적군 NPC들 또한 마찬가지였다. 초절정고수들이 모인 곳을 향해 쳐들어올 간 큰 NPC들은 없었다. 아무리 천주가 그들을 세뇌시켰다고는 해도 마찬가지였다.

그러다 보니 우리를 막을 수 있는 것은 없었다. 무슨 일인지 창조주의 파편과 천추십왕조차 모습을 드러내지 않고 있었다. 인공지능 쪽에서 무슨 일을 꾸미고 있는지 상당히 의심스러웠지만 그걸 일일이 다 생각할 시간은 없었다.

하북으로부터 호남까지의 거리다. 거쳐야 하는 성만 해도 세 개나 되었으며, 거기서 또 호남성의 중심까지 들어가야만 형산이 나온다. 단순히 걷기만 해서는 며칠은커녕 몇 달이 걸려야 도착할 정도의 아주 먼 거리다.

언제 적들이 우리의 본진을 습격할지도 모르는데 그렇게 일일이 다 따지고 있을 노릇이 아니었던 것이다.

이번 여정의 가장 큰 문제는 이동 방법이었다. 몇 달 동안 유람이라도 하듯 걸어서 이동할 상황도 아니었고, 그렇다고 빨리 이동하자니 광휘와 쥬신의 사람들이 가장 큰 문제였다.

본디 광휘는 구신 중 하나인 사의 직업을 가진 인물이었다. 아직 신의 칭호는 받지 못했다지만 비상의 최고수 중 하나로 꼽힐 정도의 무위를 지니고 있다. 그것은 쥬신의 사람들 또한 마찬가지다. 누구 하나 어디에 내놓아도 결코 뒤떨어지지 않는 절정고수들.

하지만 아무리 그런 그들이었지만 초절정무공을 익힌 나머지 일행을 따르기엔 무리가 있었다.

단엽이 초절정무공의 무위를 발휘하면 광휘나 쥬신의 사람들 중 누구도 따라잡을 수 없는 속도를 낼 수 있다. 초절정무공을 익힌 일행 중 가장 경공이 떨어지는 단엽만 해도 그렇다는 것이다.

결국 우리는 광휘와 쥬신의 사람들의 최고 속도에 맞춰 이동할 수밖에 없었다. 광휘나 쥬신의 사람들은 자신들은 뒤따라갈 테니 먼저 가라고 했지만 여기까지 와서 또다시 일행을 떨어뜨릴 순 없다.

그렇게 우리는 전설을 위한 발걸음을 내딛고 있었다.

"도대체 그동안 어디에 계셨습니까?"

난 앞서서 걷는 영호충, 노도를 향해 물었다.

최고의 속도로 달릴 수 있다 하더라도 내공과 체력은 유한한 만큼 가끔씩 쉬어주기도 해야 한다. 지금이 그때다.

달리는 것을 멈추고, 조금은 가벼운 마음으로 걸어가고 있는 것이다. 인공지능의 영역에서 참 맘 편한 소리 같지만 아직도 형산은 멀었고, 일단 지금 당장은 우리에게 해를 끼칠 수 있는 게 없으니까 이 정도쯤은 괜찮지 않을까?

그런 마음에 물어본 것인데 노도는 나를 바라보며 푸근한 미소를 지었다.

"세상을 보았네. 비록 한정되어 있지만 넓은 세상. 그 세상을 다니고, 또 보았네."

그럼 뭐야? 나랑 아군이 죽도록 싸울 동안 유람을 다녔다는 거야?

물론 정말 그렇지는 않겠지만 가장 먼저 떠오른 생각이 이것이었다. 세상을 보았다. 어떤 면으로 생각하면 참 멋진 말일지 모른다. 하지만 죽음과 죽임뿐이던 전장 속에서 막 벗어난 나… 아니, 우리에게는 사치스런 말일 뿐이다.

그러나 조금만 더 생각해 보면 그렇지 않다는 것은 누구보다 내가 제일 잘 알고 있다. 무엇을 하였는지 정확히는 알지 못한다. 우리의 사고보다 한 발자국 앞선 인물이 영호충이다. 분명 난 그가 쉴 새 없이 비상을 위한 일에 전념했을 것이라 믿는다.

난 그런 생각에 순수한 마음으로 다시 입을 열었다.

"세상에 무엇이 있던가요? 전 인공지능 쪽으로부터 비상을 막아내느라 세상에 뭐가 있는지도 잘 모르겠군요."

다시 한 번 말하지만, 순수한 마음이다. 말투가 어떻든 간에 그 마음만은 변함이 없으리라! 흠흠.

그러나 노도는 고단수였다. 나의 그런 순수함(?)만이 깃든 물음에도 그저 마음을 푸근히 하는 미소만을 지을 뿐이었다. 딴소리 못하도록! 크윽!

그렇게 얼마나 걸었을까, 다시 노도가 입을 열었다.

"세상에는 많은 것들이 있었다네. 산, 들, 강, 바다는 말할 것도 없으며, 말하는 나무, 눈물을 흘리는 바위, 거꾸로 흘러가는 강 등… 세상은 꿈과 같았지."

난 노도의 이야기에 빠져 들어갔다. 그리고 보면 난 비상에 대해 제대로 즐기지 못했다. 항상 느꼈던 것이지만 무엇엔가 쫓기며 비상을 플레이해 왔다. 때문에 주변 풍경은 말할 것도 없고, 비상의 곳곳에도 아직 가보지 못한 곳이 천지다.

노도의 이야기 속에는 비상의 진풍경들이 고스란히 담겨 있었다. 아름답고 신비하며 꿈과 같은 세상. 실상 비상의 진정한 매력은 무공을 이루어 강해지는 것이 아닌, 꿈과 같은 이 세상 자체가 아닐까?

"아름답군요."

"그렇다네, 아름답지. 또한 그렇기에 서글프다네."

"네?"

"이 아름다운 세상을 즐기지 못하는 사람들의 모습에서 난 서글픔을 느꼈다네."

"아……."

노도의 입가에는 지금까지와 마찬가지의 푸근한 미소가 걸려 있었지만 난 그 미소에서 방금과는 조금 다른 느낌을 받았다.

"비상의 수많은 곳을 다니며 가장 많이 볼 수 있었던 것이 사람이었지. 사람의 손길이 뻗치지 않은 곳은 이 넓은 세계에서도 몇 되지 않았네. 그리고 난 그들을 보며 예전의 고민을 떠올렸다네."

"그 고민이 무엇입니까?"

“과연… 이들이 자격이 있는 것인가. 이 아름다운 세상을 영위하며 살아갈 자격이 있는 것인가. 내가 예전에 했던 고민은 바로 이것이었다네. 창조주의 영향이 컸던 때였지. 그때의 난 다시 세상을 돌아다니며 알 수 있었네. 결국은 순리대로 돌아갈 것이라는 것을. 그리고 창조주로부터 떠나왔지.”

노도의 말에는 그동안 노도가 겪어왔던 그 모든 세월의 진리가 고스란히 담겨 있었다. 그리고 나로 하여금 고민을 하게 만들었다.

정말 우리에게 이 세상을 영위할 자격이 있는 것일까?

답은 바로 나왔다.

알 수 없다. 그것이 바로 나의 답이었다.

누구도 알 수 없다. 그것은 신조차 마찬가지다. 그것에 대한 정의는 아무도 내릴 수 없고, 또 간섭할 수 없다.

참 무책임한 답이랄 수 있지만, 이 이상의 답은 무의미해 보였다. 아니, 이 질문에 대한 답이라는 것 자체가 무의미해 보였다.

난 노도를 바라보았다.

“그래서 새로이 세상을 다니시며 내린 고민의 해답은 무엇입니까?”

“허허허……”

이번에도 노도는 대답없이 그냥 소리 내어 웃을 뿐이었다. 쩝, 정작 중요한 질문은 다 피해간다니까. 정말 고단수야.

그러나 그 순간, 난 그것을 일일이 따지고 들 수 없었다.

“누구냐!”

난 순식간에 몸을 회전시키며 손가락을 튕겨내었다. 일섬쾌지의 한 수였다. 분명 쏘아낸 것은 보통 일섬쾌지였지만 성광원의 영향을 받은 일섬쾌지는 더 이상 보통이라 할 수 없었다.

파앗!

그야말로 섬광이 되어 날아가는 일섬쾌지는 내 신형이 쏘아져 나갈 때의 축소판과 같은 모습을 하고 있었다. 더욱이 그 속도는 무시무시했다.

역시나 단엽, 투귀, 정오 역시 상대의 기척을 느꼈나 보다. 이미 전투 준비를 끝낸 그들의 눈은 일섬쾌지의 섬광을 쫓고 있었다. 광휘와 쥬신의 일행은 적의 기척은 눈치채지 못했지만, 빠르게 상황을 파악하고 전투 준비를 해 나갔다. 하나 영호충은 뒷짐을 진 채 상황을 주시할 뿐이었다.

이 모든 것이 내 시야에 들어온 것은 찰나였다. 그와 동시에 내 손가락에서 뻗어나간 섬광은 단숨에 하나의 나무를 꿰뚫고 지나갔다.

화르륵!

불꽃이 피어오르며 나무 전체를 감싸 안았고 거세게 피어오르는 불꽃 앞의 나무는 한 줌의 재가 되어버렸다. 하지만 이미 우리의 눈길은 더 이상 그쪽을 향하고 있지 않았다.

타오르고 있는 것은 나무뿐만이 아니었다. 우리의 정면에 또 하나의 타오르는 불꽃이 존재했다. 그리고 그 불꽃 속에서 하나의 인영이 걸어나오고 있었다.

불꽃.

더 이상의 설명은 불필요한 것. 이 하나로 모든 것이 증명되었다. 상대의 정체 또한!

"비왕!"

불꽃 속에서 걸어나온 비왕, 유향운의 모습이 드러나자 장염 형이 소리쳤다. 난 장염 형의 표정에서 비왕의 기척을 파악하지 못한 것에 대한 분함을 느꼈다.

하지만 어쩔 수 없다. 아무리 절정의 무공을 익혔다고는 하나, 초절정무공은 그야말로 초월한 무공. 그런 초절정무공을 익힌 이의 기척을, 더욱이 신법으로 비상에서 제일간다는 비왕의 기척을 알아내기란 불가능한 일이었다.

나나 다른 초절정무공을 익힌 일행 역시 같은 초절정무공에서 느껴지는 독특한 느낌이 아니었다면 쉽사리 기척을 알아차리지 못했을 정도였다.

비왕, 유향운은 불꽃을 헤치고 천천히 걸어나왔다. 그리고 우리 일행과 일정한 거리를 두고 멈추어 섰다. 난 백면귀탈을 쓰고 있지 않았기에 내 정체가 그대로 드러나고 있었지만 그에 대해선 신경 쓰지 않았다. 그것은 유향운 또한 마찬가지였다. 이미 유향운 역시 내 정체를 알고 있었다는 증거.

어느새 나와 유향운의 눈은 정면으로 마주치고 있었다. 하지만 우리 둘 다 섣부른 행동은 하지 않았다.

그런 묘한 침묵이 감도는 가운데, 가장 먼저 나선 것은 투귀였다. 투귀는 손을 감싸는 권갑을 쓰다듬으며 당장이라도 달려나갈 듯한 제스처를 취했다.

"크큭! 드디어 이 지겨운 상황이 끝을 맺겠군."

투귀. 말 그대로 싸움 귀신이다. 그런 싸움 귀신이 형산을 향한 여정에 나서면서 싸움다운 싸움을 한 번도 해보지 못했으니 불만이 쌓일 만도 했다. 사실 조금은 지겨운 여정에 스트레스가 쌓인 것은 나 역시 마찬가지이기에 보통의 마물이라면 오히려 쌍수를 들고 반길 일이었지만 지금은 안 된다.

상대가 상대인만큼, 그냥 찾아오지는 않았을 터. 난 투귀를 바라보았다. 나서지 말라는 무언의 표현이었다. 투귀는 그런 나의 두 눈을 정면으로 바라보았지만 내가 물러서지 않자, 곧 고개를 돌려 버렸다.

"칫!"

그렇게 투귀가 한풀 꺾이자 더 이상 말썽을 부릴 사람은 없었다. 그리고 내가 나섰다.

"여긴 무슨 일인가? 설마 혼자서 우리를 전부 상대하겠다는 뜻은 아닐 테고."

나의 말투는 무신의 그것 그대로였다. 고압적이고 거만한 말투. 내가 사예가 아닌, 무신으로서 나섰다는 것을 의미하는 것이다.

나의 말이 끝나자 유향운은 입가에 미소를 띠며 앞으로 한 발자국 나섰다.

“난 싸우러 오지 않았소.”

“그렇다면 한가하게 대화라도 나누러 왔다는 말인가? 서로의 목숨을 빼앗아야 할 적끼리?”

“대화를 나누러 왔다고 한 적도 없소.”

그렇다면 하나뿐이겠군. 여기까지 찾아온 이유는 말이야. 처음부터 예상한 것이기는 했지만…….

“난 그분의 뜻을 전하러 왔소.”

역시.

난 유향운이 내가 예상했던 말을 내뱉자 나도 모르게 고개를 끄덕일 뻔했다. 너무 자주 써먹는 레퍼토리 아니야? 젠장, 천주는 발이 없나, 손이 없나, 입이 없나? 지가 와서 말하면 될 거 가지고 꼭 사람을 보낸다니까.

난 그렇게 마음속으로 투덜거리면서도 밖으로는 자세를 그대로 유지했다.

“우리가 꼭 들어야 할 필요가 있나?”

“그것은 당신들의 마음이오. 난 그분이 전하라는 말만 전하면 그만일 뿐.”

난 거기서 대화를 조금 더 끌며 상대의 내심을 짐작해 보려 했다. 과연 지금 이들이 무슨 의도로 이러는 것일까? 그것에 대한 탐색을 위해서는 조금 더 대화를 끌어야 했다. 하지만 그 모든 계획을 노도가 끊어버렸다.

“기다리겠다는 말이로군.”

갑자기 튀어나온 노도의 말. 앞뒤 말을 다 잘라먹었기에 우리는 무슨 말인지 잘 알아들을 수는 없었지만 유향운은 내심 놀란 듯, 조금 커진 눈으로 노도를 바라보았다. 그리고 이내 고개를 끄덕였다.

“맞소. 그분께서는 당신들의 의도에 따라주고자 하시오.”

“우리의 의도?”

“최강자끼리의 대결. 다른 모든 것을 무시한, 오직 최강자들끼리의 마지막 승부. 당신들은 그것을 바라고 있던 게 아니오?”

유향운은 우리의 속내를 정확히 파악하고 있었다. 우리는 피해가 커지는 것을 원하지 않는다. 그것이 아군이 되었든 적군이 되었든.

모든 일이 잘 해결된다면 적군으로 투항한 NPC들은 많은 이들에게 멸시당할 것이다. 비겁한 이들이라며 사도(邪道)로 몰리겠지만 어쩔 수 없는 일이다. 그들이 택한 일, 그들이 책임져야만 한다.

그러나 그것과 삶은 다르다. 아무리 사도로 몬다고 해도 그들도 다시 이 세계의 주민으로 되돌아와야 한다. 아군의 NPC와 유저만으로는 이 세계를 지탱할 수는 없다. 그렇기에 최대한 적군이든 아군이든 피해를 줄여야 하는 것이다.

모든 전쟁이 끝난 후에도 비상의 상처를 최대한 적게 하기 위해서.

때문에 우리는 이렇게 소규모 정예 고수들만이 적의 본진을 향해 나아가는 것이었다. 그들의 우두머리, 천주와 끝장을 내기 위해서.

그것을 지금 천주가 따라주겠다고 하는 것이다.

"어째서? 그것이 너희들에게 무슨 도움이 되기에?"

난 내 솔직한 심정을 담아 물었다.

천주에게는 NPC의 희생 따위 중요하지 않다. 그가 원하는 것은 이 세계에서 유저를 몰아내고, 진정 자신의 세계로 만드는 것이다. 그 뒤 NPC들은 다시 만들어도 늦지 않다. 천주, 인공지능에게는 충분히 그럴 만한 능력이 있었다.

그런데도 우리의 의도를 따라주겠다고 하니, 당연히 의심이 가지 않을 수 없었다.

하지만 그런 나의 질문에도 유향운은 전혀 당황하지 않고 그대로 대답했다.

"그분께 이 모든 것은 하나의 유흥거리밖에 되지 않소. 문제는 얼마나 즐거우냐에 달린 것. 그분은 당신들이 즐겁게 해줄 거라고 믿고 계시오. 당신들의 의도에 따라주는 것은 단순히 유흥을 최고의 조건에서 즐기고 싶어하시기에 그런 것뿐, 다른 의도는 없소."

유향운의 말에 거짓은 없어 보였다. 하지만 그것이 나를 더욱 화나게 만들었다. 아직도 천주는 우리를 단순한 유흥거리로밖에 보지 않는다는 말이니 당연히 그럴 수밖에!

제기랄! 이것도 적이 노린 것일까? 마음 같아서는 최고 속력을 발휘해서 단숨에 쳐들어가고 싶은 심정이다. 들끓는 마음을 진정시키기 힘들었다.

그때 다시 노도의 목소리가 들려왔다.

"마음을 가라앉히게나."

평범한 충고에 불과했지만 노도의 목소리에는 묘한 마력이 있다. 마치 단숨에 뜨거워졌던 주전자가 금방 식어버리듯, 난 들끓던 마음이 진정되는 것을 느꼈다. 그리고 살짝 고개를 끄덕여 노도에게 인사하고는 다시 앞으로 나섰다.

"그래서 궁극적으로 하고 싶은 말은 무엇이지?"

"열흘을 주겠소. 열흘 뒤, 해가 지기 전까지 형산에 도착하시오. 그때까지는 모든 공격을 멈추겠소. 지금 여기의 당신들을 노리는 공격, 당신들 본진을 노리는 공격에 상관없이 모든 공격을 멈추겠소."

"만약 열흘 안에 도착하지 못한다면?"

"전력을 다해서 당신들의 본진을 무너뜨리겠소. 설마 그 정도의 능력도 없을 거라 생각하지는 않을 거라 믿소. 만약 그렇다면 당신들은 돌아갈 곳을 잃게 될 테니."

말을 마친 유향운은 내가 뭐라 답변을 하기도 전에 뒤돌아섰다. 자신과 맞먹는 고수들을 앞에 두고 뒤를 내보인다는 것은 어떤 면으로는 굉장히 광오한 행동이지만, 그는 우리가 자신을 공격하지 않을 거라 판단했기에 한 행동일 것이다.

그의 예상이 적중했고 곧 유향운의 전신에서 불길이 치솟았다. 보통 사람에게 저런 불길이 붙었으면 당장에 난리가 났을 테지만 유향운은 아무렇지도 않은 듯했다. 자기가 일으킨 불꽃이니 당연하겠지만…….

"열흘이오. 열흘 뒤에 형산에서 볼 수 있기를 기대하겠소."

그 말을 끝으로 거세어지는 불길에서 유향운을 찾아볼 순 없었다. 곧 불이 꺼져 버리자 아무것도 없는 텅 빈 자리만이 남아 있을 뿐이었다.

난 유향운이 사라진 자리를 보았다. 그리고 가슴이 떨리는 것을 느꼈다. 이제야 비로소 실감할 수 있게 되었다. 비상의 운명을 건 마지막 전투가 시작되었다는 사실을.

그때, 내 어깨에 따스함이 느껴졌다. 노도가 내 어깨를 잡고 푸근한 미소를 짓고 있었다. 난 노도를 한 번 바라보고는 곧 다시 유향운이 사라진 자리로 고개를 돌렸다.

"이제… 멈출 수 없겠지요?"

"그렇다네. 이미 멈추기엔 늦었지."

"그렇다면… 반드시 내딛겠습니다. 전설을 향한 한 걸음을. 전설을 완성시키는 한 걸음을. 비상을 지켜내는 한 걸음을."

"허허허……."

유향운이 떠나간 텅 빈 자리. 아무것도 없는 텅 빈 자리였지만, 곧 그곳을 나의 투지와 노도의 웃음소리가 메워갔다.

자, 이제 시작이다!

열흘.

짧다면 짧고 길다면 긴 시간.

하지만 형산까지의 여정에 열흘이란 시간은 매우 짧다. 만약 초절정무공을 익힌 이들만이 이동한다면 열흘이 문제가 아니었을지 모른다. 하지만 그렇지 않기에 열흘이란 시간은 상당한 압박으로 다가왔다.

열흘이란 짧은 시간을 앞두고 우리는 이를 물고 달렸다. 잠자는 시간, 쉬는 시간도 아끼며 달렸다. 물론 우리의 속도를 따라오느라 광휘와 쥬신의 일행은 죽을 맛이겠지만, 그들도 참고 달렸다.

그들도 알기 때문이다. 만약 열흘 안에 도착하지 못한다면 어떤 일이 발생할지를……

과연 유향운의 말은 정확했다. 이동을 하던 중 초매에게서부터 비조가 왔었는데 거칠게 밀려오던 마물과 적군 NPC들의 공격이 모두 멈췄다는 것이다. 여기까지의 약속을 지켰다면, 우리가 열흘 안에 도착하지 못했을 경우의 약속도 반드시 지킬 것이다. 무슨 일이 있어도 그것만은 막아야 한다.

그렇기에 우리는 달렸다. 광휘와 쥬신의 일행으로서는 자신들의 한계를 초월하며 달렸다. 그리고 마침내 광휘와 쥬신 삼총사만이 아직은 조금 더 견딜 수 있다고 느껴졌을 뿐, 나머지 일행에게 더 이상은 무리라 생각될 정도였다.

그러나… 우리 앞에 형산이 나타났다. 아직은 겨우 어슴푸레 보일 정도지만 그것이 우리에게 미치는 영향은 컸다. 극한의 고통을 이겨내고 드디어 도착한 것이다.

이때가 유향운과의 협상 이후, 정확히 아흐레 하고도 반나절이 지난 후였다.

"드디어 고지가 눈앞이다."

진랑 형이 나머지 쥬신인들의 사기를 북돋고 있었다. 마침내 형산에 도착했다. 그리고 곧 전투가 이어질 것이다. 그러기에 앞서 전력을 다시금 정비해야 했고, 그것을 아는 진랑 형이 쥬신인들을 다독거리며 사기를 올리는 중이었다.

과연 쥬신 일행의 눈가엔 기쁨이 가득했다. 그들로서는 힘들 수밖에 없는 길고도 긴 여정이 마침내 그 끝을 향해 달려가는 것이었다. 광휘만이 복면을 하고 있어 어떤 표정인지 알 수 없지만, 그녀도 기쁨을 표현하고 있었다.

상기된 표정을 짓는 것은 비단 쥬신의 일행과 광휘뿐만이 아니었다. 나와 단엽, 투귀의 얼굴에도 묘한 흥분감이 서리기 시작했다.

알고 있기 때문이다. 저 투귀의 암운과는 또 다른 분위기를 풍기는 회색 구름이 감싸는 형산 속에서 우리를 기다리고 있을 그들을! 그리고 그들과의 한판 승부를!

"크크큭! 재미있겠어."

투귀의 목소리가 사실은 단엽과 나의 심정을 대변하고 있었다. 아니, 단엽은 어떨지 몰라도 나는 그랬다. 초절정무공 성광원을 익힌 후, 이 주체할 수 없는 힘을 쏟아낼 수 있다는 것에 난 묘한 흥분감을 느끼고 있었다. 그것은 비상을 지켜낸다는 사명감과는 전혀 다른 것이었다.

성광원의 힘은 강력했다. 비록 지쳤다고는 하나, 같은 초절정무공을 익히고 있던 참왕조차 쓰러뜨릴 수 있을 정도였다. 하지만 그랬기에 위험했다. 아직 내가 성광원을 제대로 조절할 수 없었기에 작은 힘 하나에도 항상 주변을 의식해야 했다.

그런데 이제부터는 그런 모든 제약이 풀리는 것이다. 나의 힘을 마음껏 발산할 수 있는 것이다!

아마 투귀와 단엽 역시 나와 같은 생각일 것이다. 그래서 저런 상기된 표정을 짓고 있는 것이리라.

하지만 그렇지 않은 이도 있었으니, 굳은 표정으로 묵묵히 불호를 외우고 있는 정오와 여전히 표정의 큰 변화가 없는 영호충, 노도가 그랬다.

난 묘한 흥분감을 애써 가라앉히며 형산을 바라보았다. 회색 구름이 산 전체를 휘감고 있는 것이 천주가 뿜어내던 기운을 생각나게 했다. 아마도 저 구름은 천주의 영향이 클 것이다.

흥분감을 가라앉히고 형산을 바라보자 난 감회가 새로웠다. 노도와의 첫 만남부터 창조주 파편의 습격, 그리고 천추십왕과 소림사에서의 격전, 여행, 죽음, 부활과 새로운 힘의 습득 등, 지금까지 내가 겪었던 일들이 마치 주마등처럼 내 머리 속을 훑고 지나갔다.

참 길었던 여정이다. 때로는 즐거웠으며, 때로는 힘들었고, 때로는 고통스러웠던 여정이었다. 그 여정이 이제 끝을 맺으려 한다. 저기 보이는 저 형산에서.

이미 노도와의 첫 만남 때부터 이 상황은 정해져 있었는지도 모른다. 아니, 내가 푸우를 알게 됐을 때부터, 지자록을 얻었을 때부터, 버그에 걸리고 도제도결을 완성시켰을 때부터, 동굴에 갇혔을 때부터, 내가… 비상을 시작한 그 순간부터 정해졌을지도 모른다.

그런 생각이 들자, 내가 과연 비상을 시작하지 않았다면 어떻게 됐을까란 의문이 들었다.

아마도 초매를 만날 수 없었겠지. 푸우 역시 만날 수 없었을 테고, 푸우가… 죽을 일도 없었을 테지. 사랑 역시 얻지 못했을 테고, 우정과 믿음, 그리고 행복 역시 얻지 못했을 테지.

만약 내가 비상을 하지 않았더라도 인공지능이 발발했을까? 모든 사람들은 전쟁에 휩싸이고 지금보다 훨씬 많은 사람들이 죽어갔을까?

난 천천히 고개를 저었다.

"생각할 수 없어."

그래, 생각할 수 없다. 내가 없는 비상, 비상이 없는 나. 그 무엇 하나 생각할 수 없다.

이미 흘러간 일은 바꿀 수 없다. 그리고 바꿀 필요도 없다. 그저 현실을 직시하면 될 뿐이다.

분명 이 상황은 정해져 있었을지도 모른다. 수많은 이들, 그리고 푸우의 죽음 역시 정해져 있었을지도 모른다. 하지만, 지금부터의 결과는 정해져 있지 않을 것이다. 다만 이제부터 그 결과를 만들어가면 될 뿐이다.

"비록 그 결과가 어떻든 간에……."

"뭘 그렇게 혼자서 중얼거리냐?"

소모된 체력을 회복해 나가던 장염 형이 어느 정도 체력이 회복되었는지 내게 말을 걸어왔다. 난 혼자 상념에 젖어 있다가 장염 형의 목소리에 깨어났다.

장염 형은 내가 멍하니 있다가 화들짝 놀라자 얘가 지금 뭐 하나 하는 눈으로 날 쳐다보고 있었다. 그런 장염 형의 모습에 난 웃음이 나오려는 것을 억지로 참았다.

"아, 아무것도 아니야."

"원, 자식이 싱겁기는. 이제 어느 정도 체력도 회복했으니 출발해야겠지?"

"응."

"이제… 끝이로구나. 너와 인공지능의 지긋지긋한 인연도. 그렇지?"

"그렇지……."

장염 형과 나는 같은 곳을 바라보고 있었다. 형산…….

탕탕!

"하하! 사내자식이 대답이 뭐 그리 빈약해! 우리 함께 힘내자고! 아자!"

"윽!"

장염 형은 그 큼지막한 손으로 나의 등을 무지막지하게 두드리며 그렇게 외쳤다. 하지만 난 그 충격에 앞으로 쏠릴 뻔한 중심을 애써 다시 잡았을 뿐이다.

나의 그런 모습에 장염 형은 눈을 부리부리 빛내며 다시 한 번 주먹을 꽉 쥐었다. 이번에도 호응을 하지 않으면 한 대 칠 기세였다.

"아자!"

"아, 아자!"

결국… 난 따를 수밖에 없었다. 흑흑.

그때였다.

"이런… 우리의 외침이 저기까지 들린 건가?"

난 형산에서 퍼져 나오는 수많은 기파의 느낌에 인상을 찌푸리며 말했다. 저 회색 구름 때문인지 아니면 다른 무언가의 영향 때문인지 형산 안의 그 어떤 기파도 느낄 수 없었으나, 형산에서 조금 떨어진 곳으로 기어나오는 수많은 기파는 느낄 수 있었다.

하나로 뭉쳐진 기파가 요동을 친다. 난 이 기파의 정체를 알 수 있었다.

"창조주의 파편들께서 미중을 나오시는가 보군요."

단엽이 허리춤의 검을 빼 들며 말했다. 과연 창조주의 파편들이니 이처럼 강한 기파들이 떼거지로 몰려 있으니 분산되지 않는 것이다.

단엽의 말이 끝나기도 전에 이미 기파를 느낀 일행 모두가 자리에서 일어나 전투 준비를 끝마치고 있었다.

"마중을 나오는데 가만히 기다리는 것은 예의가 아니겠지?"

누구에게 답을 바라고 한 말은 아니다. 하지만 모두가 긍정의 의미로 고개를 끄덕이고 있었다. 이런 호응을 얻었는데 가만히 기다리고 있을 순 없지.

"크크큭! 신나는군!"

투귀의 한마디가 엄청난 속도로 앞을 향해 쏘아져 나아가는 일행의 귓가를 울렸다.

"아자자자자!"

일보를 밟자 나의 발끝은 사라졌다. 아니, 손발 어느 하나 할 것 없이 모두 사라졌다. 대신 그 자리에 섬광만이 남았을 뿐이다. 내 신형은 이미 섬광이 되어 있었다.

프슈우우우우!

일행 중에서도 나의 속도가 단연 발군이었다. 난 단숨에 일행을 떨어뜨리며 앞으로 쏘아져 갔고, 그러기 무섭게 거대한 기파들의 정체를 볼 수 있었다.

수백의 창조주의 파편이 무시무시한 기파를 뿌리며 다가오고 있었다. 하나하나 따지자면 예전의 나에게도 위협을 주지 못했겠지만 이 정도로 뭉쳐서 덤빈다면 분명 예전의 나로서는 상당히 위험했을 것이었다.

하지만, 지금의 난 예전의 내가 아니었다.

쿠아앙!

귀청이 찢어질 듯한 굉음과 함께 거대한 기파가 출렁거렸다. 나와의 충격이 가져온 결과였다. 하지만 기파는 흩어지지 않았다. 오히려 잠시 나의 신형이 멈추자 섬광이 흩어지려 할 정도였다.

"크하하하! 무엇이냐? 겨우 그 정도였나, 사예?"

멀리서 투귀의 목소리가 쩌렁쩌렁 울려왔다. 쳇! 걱정 말라고!

나를 막은 창조주의 파편. 그들은 놀랍게도 나를 막아서는 위업을 달성했다. 그러나 그들은 전력을 다해 나를 막아서고 있었지만, 난 그렇지 않았다.

난 발끝에 힘을 주었다.

"차압!"

나의 기합과 함께 내 신형이 형성하던 섬광이 조금 전 크기의 두 배가 되었다. 그리고 나 자체가 거대한 힘이 되어 한 걸음 앞으로 나아갔다.

콰가가가가!

"크아아아악!"

"끄어억!"

수많은 비명이 울렸다. 두 배로 커져 버린 섬광을 담은 내 신형이 그들을 가로질러 뚫고 지나간 것이었다. 그로 인해 하나의 기파를 형성하던 창조주의 파편들이 두 부분으로 나뉘었다.

수백의 고수들과의 전투, 그것도 선공치고는 꽤나 괜찮은 성과였다.

"크크큭!"

나를 뒤따라 도착한 것은 다름 아닌 투귀였다. 투귀는 양손을 하늘을 향해 뻗고 있었다. 그리고 그런 투귀의 양손 위로는 거대한 암운이 뭉쳐져 하늘을 뒤덮고 있었다. 언뜻 보기에도 무서운, 실상을 알고 나면 몸서리가 쳐질 정도의 굉장한 파괴력을 지닌 공격이었다.

"크크큭! 크하하하! 받아라!"

투귀는 암운을 떠받치듯 올리고 있던 손을 둘로 나뉜 창조주의 파편의 한쪽을 향해 내렸다. 그러자 하늘 높이 떠올라 있던 암운이 무서운 속도로 창조주의 파편들을 향해 떨어져 내렸다.

콰콰콰콰쾅!

암운이 내리 꽂힌 자리로 거대한 폭음이 울렸다. 암운은 창조주의 파편들의 중심에 떨어져 계속해서 뻗어나갔고, 곧 깊숙이 파인 대지만이 그 자리에 존재할 뿐이었다.

저, 저런 무식한 놈! 초장부터 저렇게 강하게 나오다니… 뭐, 아직 성광원으로 몸통 박치기밖에 제대로 된 공격을 해본 적이 없는 내가 할 소리는 아니지만…….

나와 투귀의 일격으로 창조주의 파편은 엄청난 피해를 입었다. 그리고 그 뒤를 따라 단엽이 따라오며 일검을 내지르고 있었다. 평범한 일검이었지만 그 일검에는 굉장한 기운이 담겨 있었고, 그 일검이 스치고 지나간 자리는 또다시 창조주의 파편들의 곡소리만이 들릴 뿐이었다.

곧이어 다른 일행도 하나둘 속속들이 도착했다. 비록 나와 투귀, 그리고 단엽의 일격들이 엄청난 위력을 가져와서 다른 이들이 그렇게 눈에 띄지 않았을 뿐이지, 다들 뛰어난 무공을 선보이며 창조주의 파편들을 상대해 나가고 있었다.

그렇게 수많은 창조주의 파편들이 죽었지만 형산에서 나오는 창조주의 파편들은 전혀 줄어들지 않았다. 마치 형산이 창조주의 파편을 한없이 뽑아낼 수 있는 기계 같다고 생각될 정도였다.

"이 정도로 우릴 막아낼 수 있다고 여겼느냐!"

난 일단 창조주의 파편들의 여세를 끊어놓을 필요가 있다고 생각해 내공을 담아 크게 외쳤다. 이미 사예의 모습은 존재하지 않았다. 대신 백면귀탈을 쓰고 무서운 위압감을 뿜어내는 무신만이 존재할 뿐이다.

그때였다. 종횡무진으로 창조주의 파편들을 쓸어가던 일행을 향해 무엇인가 떨어져 내렸다.

콰콰콰쾅!

곧 그 자리로 강력한 연쇄 폭발이 잇따랐고, 그 폭발을 피해낸 일행을 향해 또다시 무엇인가 폭사되었다. 하늘을 뒤덮을 정도의 엄청난 숫자에, 하나하나가 만만치 않을 정도의 무서운 위력까지 가지고 있는 것이었다.

슈슈슈슛!

카카카캉!

일행은 각자 강기를 뿜어내며 그 무엇, 뾰족한 침에 강기가 덧씌워져 있는 암기를 쳐내었다. 그러기가 무섭게 그중에서 막강한 기파가 솟아올랐다. 그리고 기파는 거대한 형체를 이루어냈다.

"파황강림!"

짜증을 잔뜩 담은 진랑 형의 목소리가 들려왔다. 그리고 그 목소리가 가리키는 것은 방금 전 만들어진 거대한 기파의 형체 같았다.

"파황강림? 그게 뭐지?"

난 처음 들어보는 소리에 고개를 갸웃거렸으나, 이내 그럴 필요가 없어졌다.

"호호호호호!"

고성으로 높게 올라가는 웃음소리가 울려 퍼졌다. 그리고 난 한 가득 나타나는 큰 기파의 무리들을 느낄 수 있었다. 창조주의 파편들과는 차원을 달리하는 기파였다. 난 그 기파의 정체를 알고 있었다.

"드디어 나타나셨군! 천추십왕!"

그렇다. 거대한 연쇄 폭발은 잔왕이 만들어낸 것이었으며, 그 뒤를 잇따른 암기는 암왕의 공격이었고, 파황강림은 보아하니 웃음소리의 주인공 요왕이 만들어낸 것 같았다.

난 떨어져서 창조주의 파편들을 공격하던 것을 멈추고 일행에게로 되돌아왔다. 이미 단엽과 투귀도 복귀한 상태였다. 그러나 난 곧 뭔가 이상함을 느꼈다.

나타난 이는 천추십왕이 분명했다. 하지만 잔왕, 암왕, 요왕, 쇄왕, 그리고 웬 털북숭이 사내가 나타났다. 보아하니 천추십왕 중 하나 같았지만, 나는 처음 보는 사내였다.

"저 사내는 누구지?"

난 살짝 털북숭이 사내를 가리키며 옆에 있는 장염 형에게 물어보았다.

"수왕(獸王)이란 자야. 당연하게도 천추십왕의 일인이지. 조법의 달인이고, 명칭답게 무서운 맹수들과 마물들을 다룰 수 있어."

"흐음, 그렇군."

고개만 끄덕일 뿐이다. 그에게서는 초절정무공이 느껴지지 않았다. 아니, 그뿐만이 아니었다. 나타난 천추십왕 중 그 누구에게도 초절정무공은 느껴지지 않았다. 애초에 초절정무공을 익힌 천추십왕이 나타나지 않았으니 당연한 일이겠지만……

"당신들만으로 저희를 당해낼 수 있을 거라 생각하십니까?"

단엽은 역시나 그 자세를 버리지 않고 정중함으로 무장한 채 천추십왕들을 향해 물었다. 그러자 요왕은 손가락을 좌우로 까닥거렸다.

“뭔가 크게 착각하는군요. 언제 우리가 당신들과 싸운다고 하였나요?”

“그럼 어째서 나타난 것입니까?”

“그분께서는 당신의 유흥에 쓸데없는 이들이 끼어드는 것을 싫어하십니다.”

요왕은 말을 빙 돌려 하고 있었지만, 우리들 중에서 그 말을 알아듣지 못하는 사람은 없었다. 한마디로 초절정무공을 익힌 이들을 제외하고는 형산에 발을 들여놓지 말라는 것이었다.

쥬신의 일행이 울컥하여 앞으로 나서려 했지만 진랑 형이 그들을 제지했다. 그때 디다 형이 앞으로 나섰다.

“우리는 당신들의 의도에 따를 이유가 없소.”

“호호호! 설마 그분과의 약속을 잊진 않았겠죠?”

“물론 잊지 않았소. 그 약속대로 열흘이 지나기 전에 형산에 도착했지 않소.”

그래! 우리는 약속을 지켰단 말이다. 그러니 된 거 아냐?

난 디다 형을 속으로 응원하며 요왕을 바라보았다. 하지만 디다의 형의 말에도 요왕은 다시 크게 웃을 뿐이었다.

“틀렸어요. 열흘, 해가 지기 전에 형산에 도착하란 말은, 해가 지기 전에 형산의 안으로 들어오라는 것이지 이렇게 형산 앞에 있으란 말이 아니에요. 자 보세요.”

요왕은 손가락으로 서쪽 하늘을 가리키고 있었다. 그곳에는 이미 해가 뉘엿뉘엿 서산으로 넘어가려 하고 있었다.

“호호호, 이제 아셨나요? 시간이 얼마 남지 않았는데 언제까지 이 자리에서 시간을 허비할 거죠? 어서 가시죠, 당신들이라면 보내 드릴 테니. 호호호호!”

이런 젠장! 그런 꼼수를 쓸 줄이야…….

난 복잡한 눈으로 웃음 짓는 요왕을 바라보았다.

그때, 나의 어깨를 감싸는 손길이 느껴졌다.

"뭘 그렇게 고민하나?"

"장염 형……."

"우린 이미 준비가 되었다고. 너희들이 있으면 이 싸움 자체가 더 시시해질 뿐이지. 어서 가봐."

과연 형의 말대로 광휘와 쥬신 일행은 나를 보며 고개를 끄덕이고 있었다.

"허허허허."

그런 일행의 반응에 노도는 웃음을 터뜨릴 뿐이었으며,

"아미타불."

정오는 여전히 불호를 외웠고,

"죄송합니다."

단엽은 일행을 떨어뜨려 놓고 가야 한다는 마음에 사과를 했으며,

"크크큭!"

투귀 역시 광소를 지을 뿐이었다.

난 떨구었던 고개를 들어 올렸다. 그리고 입을 열었다.

"그럼… 뒤를 부탁드리겠습니다."

"맡겨만 놓으라고!"

난… 그들을 믿기로 했다. 반드시 저들을 이겨낼 수 있을 거라는 믿음을 가지고 있다. 그리고 신형을 돌렸다.

"어서 갑시다."

우리는 그렇게 일행과 떨어져 형산을 향해 달려갔다. 이제 약속 시간이 다 되어가고 있었다.

사예와 다른 일행이 떠나간 후, 광휘와 쥬신 일행은 아직도 엄청난 수를

자랑하는 창조주의 파편들과 비록 초절정무공은 익히지 않았지만 그래도 엄청난 무위를 자랑하는 천추십왕의 오 인과 마주 섰다.

"호호호, 그냥 기다리기 지겨울 테니, 저희가 놀아드리죠."

요왕은 간드러지는 웃음을 터뜨리며 남은 일행을 바라보았다. 이미 이 싸움은 이긴 거나 마찬가지라는 모습이었다.

하지만 이번에는 그런 요왕의 모습에도 울컥한 일행은 아무도 없었다.

천진랑이 비도를 던졌다 받으며 입을 열었다.

"하하하, 이거이거 곤란하게 됐는데?"

"어쩔 수 없지 않나. 정말 위험하게 됐네."

다다가 천진랑의 말을 받았다. 하지만 그 역시 긴장감은 찾아볼 수 없었다. 그저 사예가 이곳에 도착하기 전에 그에게 건네준 순백색의 도, 백야를 쓰다듬을 뿐이었다.

그리고 그런 둘을 제치며 비마가 앞으로 나섰다.

"오랜만에 재미있는 싸움이 되겠군."

그 말을 끝으로 남은 일행의 전원이 무시무시한 기파를 내뿜기 시작했다. 워낙 사예를 비롯해 괴물 같은 이들과 함께 있었기에 드러나지 않아서 그렇지, 사실 이들도 이 비상의 세계를 좌지우지할 정도의 능력을 지닌 것이다.

점점 더 강해지는 그들의 기파에 요왕의 얼굴이 구겨졌다. 그리고 마지막으로 입을 열었다.

"쳐라!"

다행히 우리는 해가 지기 전에 형산 안으로 들어올 수 있었다. 해가 완전히 져서 앞이 깜깜했다. 아니, 해가 지지 않더라도 엄청나게 우거진 숲은 햇빛을 완전히 차단하는 것처럼 보였다.

회색 구름이 스산하게 흘러가는 가운데, 우리는 정상을 향해 움직였다. 이곳은 뭔가 이상하다.

아무것도 느낄 수 없었다. 바로 옆에서 일행 중 누군가 걸어가고 있음에도 그의 기파는 물론, 기척조차 느낄 수 없다. 아니, 크게 말하지 않으면 소리마저 잘 전달되지 않을 정도였다.

조금이라도 한눈을 팔았다가는 일행을 놓치는 것은 물론, 길까지 잃어버릴 판이었다. 하지만 정신만 똑바로 차리면 그런 일까지는 일어날 것 같지 않았다.

"도대체 어디로 가야 하는 건지……."

난 혼잣말로 중얼거렸다. 하지만 바로 내 뒤에 근접해 있는 단엽에게조차 이 말이 모기 소리만한 크기로 전달되었을 것이다. 이곳은 그런 곳이었다.

일단 이곳이 어떤 곳인가는 둘째 치고, 도대체 이제 어떻게 해야 하는지 알 수 없었다.

분명 약속대로 해가 지기 전에 형산으로 들어왔다. 그렇다면 무엇인가 반응이 있어야 할 것 아닌가. 우리는 아무런 반응이 없어 막무가내로 정상을 향해 올라가고 있었다. 흔히 소설이나 영화 같은 데서 보면 산의 정상에서나 보스들을 만나고는 했다. 그게 아니더라도 정상과 같이 높은 곳에 올라가면 무엇을 보든 더 잘 볼 수 있을 테니, 우린 정상을 목표로 삼았다.

그러나 난 지금 과연 우리가 정상을 향해 가고 있는가, 그 사실조차 의심스럽다. 시야가 거의 0에 가까운 판에 어디가 정상인 줄 알고 간다는 말인가. 막상 앞장서서 걷고는 있지만, 과연 내가 어디로 가고 있는지는 나조차도 모른다. 그냥 올라가고 있을 뿐이었다.

툭툭!

"응?"

난 어깨를 두드리는 감촉에 뒤를 돌아보았다. 단엽이었다.

"왜 그래?"

난 최대한 목소리를 크게 하여 말했다. 이렇게 해야 제대로 알아들을 수 있기 때문이다. 그리고 곧 단엽의 목소리가 들려왔다.

"길을 잃은 것 같습니다."

"에… 역시 그런 것 같지?"

아무리 형산의 기운이 이상해서 그런 것이라 하더라도, 실질적 길을 잃게 만든 장본인은 다름 아닌 앞장서서 걸은 바로 나. 그러니 떳떳하게 말할 수 있을 리 없었다.

난 어색하게 웃으며 답했고, 단엽은 다시 입을 열었다.

"일단 다른 사람들과 상의를 하고 다시 움직이죠."

"그러지."

난 고개를 끄덕였고, 나와 단엽은 가던 길을 멈추고 뒤를 돌아 일행에게로 갔다. 그때 정오가 말했다.

"방금 전에 이 회색 구름이 조금 덜한 곳을 본 것 같습니다."

정오는 억지로 목소리를 높이지 않았기에 그의 말소리는 매우 작게 들렸으나, 일단 의미는 정확하게 전달되었다.

"일단 그곳으로 가보는 게 어떻겠습니까?"

"아무래도 그게 좋겠군. 이렇게 시야까지 탁 막힌 곳에 계속 있으려니 머리가 아플 지경이야."

특별한 반대가 없었기에 그렇게 합의를 본 우리는 조금 전 정오가 봤다는 곳을 향해 걸음을 옮기기 시작했다. 간신히 보일까 말까 하는 발자국을 따라 되돌아갈 수 있었고, 곧 정오가 말한 곳을 볼 수 있었다.

"과연!"

과연 정오의 말대로 그곳은 왠지 이 회색 구름이 조금 덜했다. 아마도 이 모든 현상은 회색 구름 탓일 것 같으니 저곳으로 가면 무엇을 하든지 조금은 나아질 것 같았다.

그러나 그때였다. 우리들의 시야로 하나의 그림자가 스쳐 지나갔다.

"누구냐?!"

투귀의 목소리가 울렸다. 제법 크게 들렸으니 얼마나 크게 외친 것인지 짐작할 수 있었다. 난 재빨리 그림자의 뒤를 눈으로 쫓으며 물었다.

"방금 그건?!"

"분명 사람의 그림자였습니다!"

곧바로 단엽의 대답이 튀어나왔다. 투귀와 단엽까지 봤다면 분명 사람의 그림자다. 그러나 이곳에서 사람의 그림자라… 당연히 하나밖에 없잖아!

"천주!"

탓!

내 입에서 그 정체가 튀어나오자마자였다. 나를 스쳐 지나가는 하나의 신형. 그는 다름 아닌, 노도였다. 노도는 엄청난 속도로 그림자가 사라진 곳을 향해 달려가기 시작했다.

"제기랄!"

나도 욕설을 내뱉으며 그림자를 따라, 노도를 따라 달려가기 시작했다. 그런 내 뒤로 단엽과 투귀, 그리고 정오가 따라왔다.

노도의 속도는 매우 빨랐다. 마치 지금까지 우리에게 보여주었던 경공 실력은 진짜가 아니었다는 듯이 엄청난 속도로 달려가고 있었다. 그러나 난 진짜 속도만으로 따져서는 그리 빠르지 않다는 것을 알 수 있었다. 다만 바람이 흘러가듯 숲을 빼곡하게 이루고 있는 나무들에게 전혀 영향을 받지 않기에 엄청난 속도로 질주하는 것처럼 보인 것이었다.

그러나 신법에서 내가 질 수 없는 법!

나 역시 원주미보를 섞어서 달리니 나무들에게 큰 영향을 받지 않고 노도를 따라갈 수 있었다. 오면서 계속해서 나무에 흔적을 남겼으니 뒤처진 일행도 어렵지 않게 따라올 수 있을 것이다.

그렇게 간신히 노도를 따라잡았다 싶었을 때, 노도는 그 자리에 멈추어 서서 한쪽을 바라보고 있었다. 그곳에는 그림자의 정체가 서 있었다.

"천주!"

난 다시 한 번 천주를 외쳤다. 그랬다. 역시 그 그림자의 정체는 천주였던 것이다. 천주는 무심한 눈으로 나와 노도를 바라보고 있었다. 그리고 마침내 입을 열었다.

"여기까지 오느라 수고했다."

"잘도 모습을 드러내셨군! 이번에는 저번처럼 당하지 않는다!"

난 지난번 겪었던 패배를 떠올리며 그렇게 외쳤다. 그러자 천주는 나를 직시했다. 다시 한 번 그의 눈동자에서 예전에 느꼈던 것을 느낄 수 있었으나, 그때 내 몸에서 밝은 황금색 빛이 발출되며 주변으로 감싸오는 회색 기운을 밀어냈다.

"과연 지난번보다는 낫군."

"흥! 이것을 받아보고 그런 소리를 하시지!"

난 그렇게 외치고는 생사일보를 밟으며 앞으로 뻗어나가려 했다. 신형을 섬광으로 변하게 한 후 전신으로 공격하는 나의 초절정무공 사용법이었다. 좀 무식하기는 해도 쉽고 파괴력도 좋았기에 은근히 만족하고 있었다.

그렇게 천주를 향해 막 튀어나가려는 찰나, 내 앞을 노도가 막아섰다. 난 노도에게로 시선을 돌렸다. 노도는 내게 시선조차 주지 않으며 천주를 바라보고 있었다. 그러자 천주 역시 노도에게 시선을 돌렸고, 그대로 침묵이 계속되었다.

그렇군. 본디 천주와 노도는 주인과 수하의 관계. 이렇게 서로 적으로 만나게 되니 감회가 새로울 만도 하군.

그때였다. 우리의 뒤에서 단엽과 투귀, 그리고 정오가 나타났다. 내가 남겨둔 흔적을 보고 마침내 따라온 것이다.

“저 사람은?!”

단엽은 나타나자마자 천주를 가리키며 물었다. 난 그의 물음에 답변을 해주었다.

“천주다.”

“크크큭! 그렇군. 크크큭! 크하하하! 저 녀석이 이 세계를 다스린다는 신인가?”

내 대답에 투귀가 앞으로 나서며 자신의 권갑을 쓰다듬었다. 그 모습은 영락없이 천주에게 싸움을 거는 것이었다. 난 투귀를 그대로 내버려 두면 안 된다는 생각에 그를 제지하려 했다. 그때였다.

“피하십시오!”

정오가 큰 소리를 질렀다. 나와 단엽, 그리고 투귀는 정오의 목소리에 정오를 바라보았다가 곧 천주 쪽으로 고개를 돌렸다. 그리고 회색의 기운이 이쪽을 향해 날아오는 것이 보였다. 그리고 언제 꺼내 들었는지 노도는 검을 들고 그 기운에 맞서 달려가는 것이 보였다.

“젠장!”

난 거칠게 욕설을 뱉으며 몸을 날렸다. 초절정무공 간의 대결이다. 보통 때와 같은 충격파일 리 만무하다.

콰아앙!

과연 온몸을 저리게 할 정도의 강력한 충격파가 생겼다. 그 충격파는 주변의 회색 기운을 건드리기 시작했고, 충격파와 접촉한 회색 기운들은 사방으로 넓게 퍼지기 시작했다.

“아직 끝난 게 아니야!”

난 어느새 생사일보를 밟고 있었다. 그리고 마침내 회색 기운들이 거대한 폭발을 일으키기 시작했다.

콰콰콰콰쾅!

"이런 제기랄!"

난 거칠게 욕설을 내뱉었다. 노도와 천주의 충돌은 거대한 폭발을 몰고 왔다. 분명 그들의 충돌만으로 그런 폭발이 생길 리 만무하지만, 천주가 무슨 농간을 펼친 것인지 주변의 회색 구름들이 들끓더니 이내 펑 하고 폭발하는 것이 아닌가. 음… 펑은 조금 약한가?

어쨌든 그 폭발은 결코 얕볼 수 있는 것이 아니었다. 사실 잔왕의 벽력탄으로 일으키는 연쇄 폭발보다 훨씬 더 강력하고 무서웠다.

다행히도 난 폭발의 순간, 생사일보를 밟으며 피했기에 무사할 수 있었지만 다른 일행은 어떻게 되었는지 알 수 없었다. 그러나 난 그들이 죽지 않았다고 믿는다. 단순한 믿음이 아니라, 그들이 익히고 있는 초절정무공의 위력은 누구보다 내가 가장 잘 알고 있기 때문이다.

그들은 결코 이 정도의 폭발에 죽을 사람들이 아니었다.

"그건 그렇다 치고… 이제 어쩌지?"

폭발로 인해 일행은 뿔뿔이 흩어졌다. 앞이라도 보이고, 기파라도 느낄 수 있다면 모르겠지만, 이렇게 눈, 귀, 감각을 모두 막아놓은 곳에서 이미 흩어진 일행을 찾기란 하늘의 별 따기였다. 다시 천주와 노도가 충돌한 곳으로 되돌아가 볼까 생각도 했지만, 아무리 조금 전의 일이라고는 해도 이곳에서 방향을 가늠하기란 불가능에 가깝다. 게다가 내가 펼친 것이 무엇인가. 최고의 보법을 자랑하는 생사일보 아닌가. 그런 생사일보를 펼쳤는데 흔적이 남을 리 없잖은가.

결국 난 철저히 혼자가 되었다는 말이다.

"어쩔 수 없군. 결국 방법은 하나뿐인가?"

정상을 향해 올라가는 것. 우리는 조금 전까지만 해도 정상을 향해 나아가고 있었다. 비록 그 방향이 조금 어긋나기는 했지만 그 사실은 변함이 없었다.

아마 내 생각엔 나머지 일행 역시 나와 별반 다르지 않은 상태일 것이다. 아, 노도는 제외하고 말이다.

어쨌든 이런 상황에 다들 그렇게 생각하고 있을 것이 뻔하지 않는가? 정상으로 간다!

그렇게 생각한 나는 발걸음을 옮겼다. 사실 방향 감각이 전무한 이곳에서 정상을 향하기란 앞서 말한 흩어진 일행을 찾거나, 원래 있던 자리로 되돌아가는 것이나 마찬가지였다.

하지만 이대로 가만히 서 있으면 뭘 하겠는가. 이대로는 아무런 결정도 나지 않는다. 그렇다고 노도가 천주를 죽일 때까지 기다리고 있으란 말인가?

물론 예전의 나라면 이처럼 귀찮은 일을 남에게 떠맡겨 버리려 했겠지만 지금의 나는 다르다. 내가 할 수 있는 모든 것을 한다. 그렇기에 난 땅의 경사를 생각하며 앞으로 앞으로 나아가기 시작했다.

과연 사예의 예상은 틀리지 않았다. 그가 생각한 대로 영호충과 천주의 충돌로 인한 폭발 속에 일행 중 누구도 죽거나 심한 피해를 입지 않았다. 그러나 그들 역시 모든 일행을 잃고 외톨이 신세가 되었다. 결국 그들은 사예가 생각한 대로 정상을 향해 나아가기 시작했다. 그들이 갈 곳이란 정상뿐이다. 정상에 간다면 다른 일행을 만나는 것은 물론이고, 잘하면 지금 비상에 일어나는 모든 상황을 잠재울 수도 있을 것이기 때문이었다.

정오 또한 이에 속했다. 정오는 영호충과 천주가 충돌하기 전부터 주변을 감싸 안는 회색 기운을 알아채고는 더욱 주의를 기울였다. 그리고 마침내 영호충과 천주의 충돌 후 회색 기운이 들끓기 시작한 것을 느낀 정오는 모두에게 피하라고 외치며 자신도 몸을 던졌다.

과연 그 외침을 누가 들을 수 있었을지 자신도 장담할 수 없지만 그래도 정오는 사예와 마찬가지로 아무도 죽지 않았을 것이라 생각했다. 또한 혼자가 되어 정상을 향해 발걸음을 내딛고 있었다.

그러나 정오는 오래가지 않아 걸음을 멈출 수밖에 없었다.

"사형……."

"아미타불."

정오는 눈앞에 나타난 사형, 파왕을 바라보았다.

파왕은 사실 정명이라는 불명(佛名)을 가지고 있는 소림사의 제자로서 깊은 불심과 생명을 아끼는 마음, 그리고 무공까지 무엇 하나 떨어지는 게 없는 제일의 기재였다.

하지만 어느 순간 그가 사라졌다. 그리고 인공지능 아래에서 새로운 낙원을 부르짖으며 파왕이란 이름으로 다시 나타났다.

비록 바깥으로 새어나가지는 않았지만 소림사에선 이 파왕의 존재가 정명이라는 것을 알 수 있었고, 그런 정명은 반드시 소림사에서 막아야 한다 생각했다. 그러나 그럴 만한 기재가 없었다.

초절정무공을 익혀 더욱 강해진 파왕은 단신으로 소림사를 멸문시킬 수도 있었다. 그래서 소림사에선 최후의 보루를 개방하기에 이르렀다. 비록 숭산 소림사는 적들에게 침범당했지만 그들은 그곳만은 결코 침범당하지 않았을 것이라 믿고 있었다.

비밀리에 많은 소림사의 제자들이 숭산으로 향했다. 적진을 향해 돌진하는 격이니 최대한 조심스럽게 행동해야 했다. 그러나 많은 제자들이 죽었다. 숭산에 도착하기 전에 죽은 제자들도 부지기수이며, 나머지 살아남은 이들도 숭산 소림사의 깊숙한 곳에서 죽었다.

최후의 보루인만큼 위험했다. 그러나 단 한 명, 정오는 살아남았다.

결국 정오는 최후의 보루, 금강공이라는 초절정무공을 얻어 세상을 나오게 되었고 자신의 사형인 정명, 파왕을 막기 위해 여기까지 왔다. 그리고 마침내, 그들의 마지막 싸움이 시작되려 하고 있었다.

“크하하하하! 큭큭큭!”

“뭐가 그리 우습지?”

패왕의 서글서글한 목소리가 투귀의 귓가에 울렸다. 투귀 자신도 뭐가 우스운지 몰랐다. 하지만 그래도 우스웠다. 웃음이 계속 나왔다.

“큭큭큭, 별거 아니야. 큭! 크하하!”

광소를 터뜨리는 투귀를 바라본 패왕의 입가에도 피식 실소가 깃들었다.

“이 상황… 기억이 나는군.”

소림사에서의 만남. 비왕을 쫓는 사예에, 패왕을 막아선 투귀. 그때와 똑같은 상황이었다. 다른 것이 있다면 이제는 사예와 큰 상관이 없다는 것 정도일까?

“크크큭! 쓸데없는 것만 잘 기억하는군.”

하지만 투귀는 아무래도 좋다는 식이었다.

그런 투귀의 모습에 패왕은 어쩔 수 없다는 듯 고개를 젓더니 이내 강렬한 눈빛을 빛내며 투귀를 응시했다.

“자, 그럼… 대결을 시작해 볼까?”

“크크크큭! 대결은 무슨!”

“아차! 그랬지. 하하하! 좋다! 자, 싸움을 시작해 보자!

그 말을 끝으로 패왕의 전신에선 푸른색 뇌전이 솟아올랐고, 투귀의 전신을 암운이 덮어갔다.

형산. 그곳에서 또 하나의 대결… 아니, ‘싸움’ 이 시작되고 있었다.

북풍한설의 냉기. 그것이 형산의 또 한곳을 뒤덮고 있었다. 매서운 바람은 단숨에 사위를 얼려 버렸으며, 그곳에서 또다시 공격이 창출되고 있었다.

단엽은 모든 냉기의 시작점을 바라보았다. 그곳에는 참왕이 서 있었다.

아무 말 없이 서로를 지켜보던 둘은 각자의 검을 빼 들었다.

"기다리고 계셨군요."

먼저 입을 연 것은 단엽이었다. 그는 참왕을 응시하며 입을 열었다. 하지만 그런 단엽의 말에도 참왕은 아무런 대꾸도 없었다. 그저 현무빙정혼의 기운을 더욱더 강하게 뿜어낼 뿐이었다.

휘이이잉!

차가운 현무빙정혼의 한기가 단엽에게로 매섭게 몰아쳤다. 하지만 그런 현무빙정혼의 한기도 단엽에게는 아무런 피해도 입힐 수 없었다. 그것은 참왕도 느끼고 있었다.

"다행이군."

지금껏 침묵을 지키던 참왕이 입을 열었다.

"무엇이 다행입니까?"

"그 괴물이 이곳으로 오지 않아서 다행이란 말이다."

단엽은 참왕이 말하는 괴물이 누구를 뜻하는지 알 수 있었다.

'사예⋯⋯.'

그밖에 없잖은가, 참왕이 괴물이라 말할 수 있는 존재는.

"그를 두려워합니까?"

"그렇지 않다."

"하면 어째서 그가 오지 않아서 다행이란 말입니까?"

"그가 두렵지는 않지만, 이길 자신은 없다. 그렇기에 다행이라는 것이다."

단엽은 참왕의 말에 숨겨진 뜻을 알 수 있었다.

"그 말은⋯ 사예는 이길 수 없지만 저는 이길 수 있다는 말입니까?"

"적어도 그와의 대결보다는 승산이 높겠지."

참왕의 주저없이 내뱉는 답변에 검을 쥔 단엽의 손에 힘이 들어갔다.

사예와 투귀와 자신. 절대 끊어질 수 없는 라이벌 관계다. 비록 얼마 전까지 사예의 초극의 힘에 의해 그 차이가 벌어졌었다고는 하나, 초절정무공 무량선의를 얻고서는 그 차이가 사라졌다고 생각했다.

그런데 참왕이 아직도 그와 자신의 차이를 말하고 있는 것이다.

단엽은 한 걸음 앞으로 나섰다. 그러자 주변을 에워싸던 한기는 흔적도 없이 사라졌다. 한기뿐만이 아니다. 그때까지도 주변을 감싸고 돌던 회색 기운 또한 사라졌다. 모든 기운이 사라졌다.

무(無).

아무것도 존재하지 않는 공간. 그 중심에 단엽이 서 있었다.

"성신의 힘, 보여 드리겠습니다."

마침내 무량선의와 현무빙정혼이 격돌했다.

"드디어 도착했군."

난 나를 기다리고 있었다는 듯한 상황을 연출하고 있는 비왕, 유향운을 바라보았다.

계속해서 걸어가다 보니 조금씩 회색 기운이 옅어지는 것을 발견했다. 그래서 발걸음에 힘을 줘서 조금 더 걸었더니 유향운이 나타나는 게 아닌가.

"어떻게 된 거지?"

"별로 어려운 상황은 아니지 않소. 그분의 뜻대로 당신이 여기에 도착한 것일 뿐."

쳇! 그랬군. 결국 천주가 나타난 것, 그리고 영호충과의 격돌과 폭발, 흩어진 일행. 이 모든 게 천주가 꾸민 일이라 이건가? 결국 이렇게 일 대 일의 대결 구도를 만들기 위해서? 그렇다면 지금쯤 다른 일행도 각각 적을 맞이하여 전투를 벌이고 있겠구만.

그렇게 생각하면 이 자리에 유향운이 당연하다는 듯이 날 기다리고 있는 것 또한 설명되고 말이야.

"하지만 어째서 이렇게 번거로운 짓을 하는 것이지?"

"말했지 않소. 그분의 뜻이오. 그분의 유흥을 위한 것이지. 그리고… 개인적인 볼일도 있고 말이오."

개인적인 볼일이라… 쩝, 결국 그것뿐이잖아?

"그렇다면 그 존대어나 집어치우지? 설마 아직까지 내가 누군지 알아차리지 못한 건 아닐 테고."

"하하하하! 그래도 되겠는가?"

"쳇! 결국 그럴 거면서……."

"하하하! 그래도 적군의 수장 격 인물에게 마음대로 말을 놓을 수 없지 않겠는가. 그가 아무리 옛 친우라 할지라도 말일세."

유항운은 이제 완전히 예전의 그로 돌아간 듯했다. 나를 향해 말을 놓는데 아무런 거리낌이 없었다. 하지만 난 그를 향해 결코 긴장감을 놓지 않았다.

"그나저나 네가 비왕이라니… 정말 놀랍군."

"그런가? 뭐, 나도 설마 내게 이런 자리가 주어질 거라곤 생각도 못했네. 아아, 능력제가 아니더라도 나같이 무책임한 사람에게 이런 자리는 안 맞거든."

유항운은 품 안에서 부채를 꺼내어 부치면서 뒤에 있는 작은 바위에 앉았다.

"하지만 어째서인 거지? 내가 아는 넌 너 자신의 부귀공명을 위해서 인공지능의 편을 들 정도는 아니었는데? 설마 신에 대한 믿음이라도 생긴 건가?"

"하하하! 설마, 그럴 리가 있겠는가. 솔직히 말해 볼까? 그분, 천주를 향한 믿음 같은 건 없네. 그분의 명령을 꼭 들을 생각도 없고 말일세. 그렇다고 이 세상에서 바깥 세상의 사람들을 모두 쫓아내야 한다는 사명감 역시 없네."

유항운의 말은 충격적인 것이었다. 유항운은 지금까지 자신이 따르던 천주, 인공지능 자체를 거부하는 말을 하고 있었다. 그렇다면 도대체 왜 그를 따른 것이지?

"아아, 자네가 하고 싶은 질문은 다 알고 있다네. 이렇게 아무런 생각도 없는 내가 왜 천주를 따르고 있는가, 이 질문을 하려 하지 않았는가?"

귀, 귀신같은 놈. 기가 막히게도 알아맞히는구만.

어쨌든 맞기는 맞으니까 난 고개를 끄덕여 주었다.

"천주의 뜻, 그가 바라는 미래, 그가 바라는 세상 따위는 관심없네. 그리고 그를 따르는 내 마음 역시 진짜가 아니지. 하지만 그의 힘은 진짜네."

"천주의 힘에 겁먹기라도 한 것인가?"

"하하하! 설마. 난 그저 기다릴 뿐이네."

"기다려?"

"천주의 힘은 대단하지. 내가 말했었나? 천주는 혼(混)의 초절정무공을 익히고 있네. 혼돈(混沌)이라 하지."

혼돈이라… 당연한 일이겠지만 천주 역시 초절정무공을 익히고 있었군. 그렇다면 그 회색 기운이 혼돈의 기운인가?

"사실 무공 자체로 따지자면 초절정무공과는 격차가 없네. 서로 상극이긴 하지만 무공 자체가 뒤떨어지는 것은 아니지. 하지만 우리 사신무를 익힌 네 명의 천추십왕이 모두 달려들어도 천주를 이기지 못했네."

"뭐?!"

"뭘 그렇게 놀라고 그러나. 당연한 거라네. 천주는 단순히 이 세상의 주인이 아닐세. 그는 신이야. 그는 우리들처럼 혼돈에게서 힘을 얻는 게 아니라 단순히 혼돈을 사용해서 힘을 뿜어내는 것이지."

유향운은 충격적인 말만 하고 있었다. 사신무, 즉 네 개의 초절정무공을 익힌 천추십왕이 함께 달려들었음에도 불구하고 천주를 이길 수 없었다. 그 말은 내게 엄청난 충격으로 돌아왔다.

제기랄! 그렇다면 도대체 천주를 누가 이길 수 있다는 거야?!

“그래서 난 기다리고 있네. 이 천주를 눌러 버릴 이가 나타날 때까지 말이
야.”

“……!”

“재미있지 않겠는가? 최강을 뛰어넘는 이의 모습이 말이야. 그걸 내 눈으
로 꼭 보고 싶네. 그러기 위해서 일단은 살아야 할 것 아닌가. 그리고 천주를
눌러 버릴 이가 나타날 때까진 천주의 곁에 붙어 있는 것이 가장 살아남을 확
률이 크고 말일세.”

유향운은 아주 당연하다는 듯이 말하고 있었다. 그의 생각은 분명 천주와
는 다르다. 하지만 위험하다는 것 자체는 다르지 않았다.

“아아, 사실 이 모든 건 변명에 지나지 않아. 내가 말하지 않았나. 개인적
인 볼일이 있다고. 사실 내가 천주의 명령을 따르는 가장 큰 이유는… 그의
적으로 무신이란 존재가 있기 때문일세. 바로 자네 말이야.”

유향운은 접은 부채로 정확히 날 가리키고 있었다.

결국 그것뿐이었잖아. 개인적인 볼일이란…….

유향운은 거기까지 말하고 나서 바위에서 일어났다. 그리고 부채를 펼쳐
서 다시 부치기 시작했다.

“사설이 길었군. 그럼 이제 개인적인 볼일을 보기로 할까?”

“어쩔 수 없군.”

스르릉!

난 도갑에서 한월을 빼 들었다. 그리고 머리 속을 떠도는 오만 잡생각을
다 지워 버렸다. 천주도, 영호충도, 비상의 세상도.

오로지 유향운과의 전투만을 생각할 뿐이었다.

“오라!”

◆비상(飛翔) 예순여섯 번째 날개
멈추지 않는 질주

비상(飛翔) 예순여섯 번째 날개 멈추지 않는 질주

"아미타불."

정오는 불호를 외치며 금강공의 진수를 끌어올렸다. 단단해지는 몸과 함께 그의 전신은 금강(金剛)이 되었고, 곧 그런 그에게로 파왕의 공격이 떨어져 내렸다.

콰앙!

분수같이 세차게 솟아나는 흙먼지 사이로 정오가 나타났다. 엄청난 속도로 흙먼지를 뚫고 나온 정오는 그대로 파왕을 향해 일권을 뻗었다. 의형지기나 강기는 씌워져 있지 않았지만 파왕은 그 일권을 결코 만만히 볼 수 없었다.

그그그그그!

정오의 앞으로 돌기둥이 솟아올랐다. 그의 일권을 막기 위해서였다. 또한 파왕은 보법을 밟으며 재빨리 그 자리에서 벗어나려 했다.

"이것으론 나를 막을 수 없습니다, 사형!"

콰앙!

돌기둥은 산산조각이 났다. 정오의 금강공을 담은 일권을 겨우 돌기둥이 막을 수 있을 리 없었다. 정오는 멈추지 않고 파왕을 향해 쏘아져 들어갔다.

"어리석구나."

하지만 파왕 역시 이번에는 피하지 않고 그대로 일장을 쳐 맞서갔다.

쩌엉!

일권과 일장이 마주하였음에도 결코 사람의 살끼리 마주친 소리가 나지 않았다. 대신 충격파가 널리 퍼져 나가며 주변을 쓸어가기 시작했다.

고오오오오—!

대기가 들끓기 시작했다. 파왕과 정오는 떨어지지 않은 상태로 서로의 내기를 이끌어 그 속에서 싸움을 시작했다.

기파가 소용돌이치며 난폭하게 날뛰었다. 그리고 그 중심에 선 정오와 파왕은 각각 쇠와 돌로 변해갔다.

파지지직!

짙푸른 뇌전이 하늘의 암운을 꿰뚫었다. 거대한 낙뢰가 쏟아지고 주변을 폐허로 만들어갔다. 그러나 꿰뚫린 암운은 다시금 꿰뚫린 자리를 메우며 낙뢰를 죄어갔다.

일검이 날아들었다. 거대한 대검이었다. 사방을 밝히는 뇌전으로 둘러싸인 뇌검(雷劍)은 천지를 쪼갤 듯 날아들었다.

콰쾅!

그러나 그러한 뇌검도 사방을 짓누르며 거대한 압력을 선사하는 암운의 일권을 뚫지 못했다.

콰콰콰콰쾅!

패왕의 일검과 투귀의 일권이 엄청난 속도로 난무하며 주변을 폐허로 만

들었다. 누군가 주변에 접근하기만 하더라도 단숨에 잿더미가 되어버리거나
아니면 거대한 압력에 짓눌려 한 줌의 핏덩이가 되어버릴 듯했다.

암흑의 어둠과 푸른색 뇌전이 맞부딪쳤다.

쿠아아앙!

"크크큭! 제법이로군."

"너 역시."

투귀는 오른손으로 왼쪽 팔을 쓸어내리며 말했다. 그의 왼팔은 이미 팔이
라 부르기에도 민망할 정도였다. 검게 타버린 것이다.

그렇게 상처를 입은 투귀였지만, 결코 기분 나쁜 표정은 아니었다. 오히려
매우 즐겁다는 표정이었다.

투귀가 왼쪽이라면 패왕은 오른쪽 어깨를 축 늘어뜨린 상태였다. 충격파
가 발생했을 때, 투귀와 패왕의 시야는 차단당했다. 하지만 서로를 향한 끝없
는 투지로 인해 서로를 공격하기에 이르렀고, 투귀는 왼팔을 잃었지만 패왕
은 오른팔을 잃었다.

"크하하하! 어차피 누가 죽어도 죽어야 할 싸움! 이따위 팔 하나 잃은 것쯤
은 아무것도 아니다!"

투귀는 그렇게 외치며 오른손으로 스스로의 왼팔을 잡고 그대로 뽑아버렸
다.

푸쉬이익!

피분수가 솟아나며 주변을 붉게 물들였다. 그리고 이내 암운이 그 자리를
덮으며 투귀의 상처를 막아갔다.

"지독한 놈……."

패왕은 질렸다는 표정이었다. 아무리 앞으로 제 구실을 하기 힘든 팔이라
고 해도, 저렇게 쉽게 뽑거나 자를 수 있는 게 아니다. 하지만 투귀는 했다.
그러고도 오히려 즐거운 표정으로 광소를 터뜨리는 모습이 패왕을 질리게 만

들었다.

그러나 그의 입가에 곧 투귀와 비슷한 미소가 감돌았다. 그리고 그의 일검이 빛살같이 움직였다.

푸쉬쉭!

또다시 피가 분수같이 솟아올랐다. 이번에는 패왕 쪽에서였다. 패왕은 자신의 팔을 자른 일검을 거두며 뇌전을 일으켜 아예 상처 부위를 태워 버렸다.

"크크큭! 너 역시 별수없나 보군."

"미친놈. 하하하하!"

"크크크큭! 크하하하하!"

투귀와 패왕은 광소를 터뜨렸다. 낙뢰가 떨어지고 암운이 사방을 감싸 안아도 그들의 광소는 그칠 줄 몰랐다.

그러던 한순간, 그 모든 광소는 뚝 그쳤다.

"죽어라!"

"차압!"

콰아아아아앙!

조용했다. 무엇 하나 느낄 수 없는 조용한 공간. 조용한 상황.

그 조용한 공간에 백색 검이 흘러갔다. 유유히 흐르는 일검이었지만 그에 담긴 기운은 공간 자체를 찢어놓을 만큼 막대한 위력을 가지고 있었다.

한기가 불어오고 있었다. 북풍한설(北風寒雪)의 차가운 기운을 가득 담은 청색 검은 주변의 모든 것을 얼려 버리며 앞으로 뻗어갔다. 이미 느낄 수 있듯이 그 검에 담긴 힘 역시 결코 백색 검에 뒤지지 않았다.

그리고 그 두 검이 부딪쳤다.

스르르!

검이 부딪쳤음에도 아무런 소음도 생겨나지 않았다. 아니, 생겨나지 않은 것이 아니라 무음(無音)에 녹아들었고, 한기에 얼어버렸다.

그런 상태에서 백검(白劍)과 청검(靑劍)은 무서운 속도로 서로를 공격해 나갔다. 백검이 공간에 녹아들듯 아무것도 느낄 수 없는 상태로 찔러 들어가면, 청검이 주변을 얼리며 백검의 진입을 방해했다. 도리어 청검에서 빙각이 솟아나며 백검을 물리치고 주변을 휩쓸려 했다. 하지만 백검은 유유히 그런 빙각을 막아냈다.

그런 공격과 방어가 계속되었다. 하지만 이 모든 상황은 그들에게만 보일 뿐, 엄청난 속도로 움직이고 있는 검들의 모습을 볼 수 있는 자는 이 세상에 몇 없을 것이다.

그러던 한순간이었다.

차앙!

작은 소음과 함께 그들의 검이 멈추었다. 멈춘 장소는 상대의 목젖으로부터 한 치 정도 떨어진 곳이었다. 차가운 한기와 무형의 기운도 멈추어 섰다.

서로 그 자리에 굳어버린 듯 일말의 미동도 보이지 않았다. 그 상태로 약간의 시간이 흘렀다. 그리고 마침내 참왕이 입을 열었다.

"성신… 이라 했는가?"

"성신 단엽입니다."

약간만 손에 힘을 줘도 서로를 죽일 수 있는 판국에 나누는 대화엔 긴장감은 서려 있지 않았다. 언제든지 상대가 자신을 죽이기 전에 자신이 먼저 상대를 죽일 수 있다는 자신감으로 가득했다.

"미안하군."

"……?"

"너도 충분히 괴물이야."

그 말과 동시에 참왕의 한상검이 숫구쳐 올랐다.

한상검은 단엽의 검을 때리며 동시에 단엽의 목을 베어갔다. 하지만 단엽은 그런 한상검의 검면을 타고 오르며 참왕의 손끝을 비틀어 쳤다.

탕!

참왕의 검면이 떨어졌고 단엽의 검이 그대로 뻗어가 참왕의 목을 베어버릴 듯했다. 하지만 그때 참왕의 검에서 시린 한기가 솟아오르더니 이내 빙각이 되어 단엽의 검면을 쳐 내렸다.

그와 동시에 빙각에서 또 다른 빙각이 솟아나며 단엽의 전신을 노리고 쏟아져 들어갔다. 그러나 그때 이미 회수한 단엽의 검이 둥그런 원을 그리고 있었다. 단엽의 검에서는 무형의 기운이 뻗어 나와 수많은 빙각들을 모두 베어 버리며 큰 충격파를 내고 있었다.

스스스스!

사방을 쓸고 가는 바람이 얼어붙었다. 그리고 사라졌다.

모든 것은 이 자리에서 얼어붙고, 또한 사라져 갔다.

화르륵!

불꽃이 사위를 감싼다.

맹렬히 타오르는 불꽃은 대지를 끓게 만들 정도였다.

그런 화염이 거대한 파도를 만들어냈다. 주변을 모두 쓸어내리며 도주한 모든 방위를 차단하며 나를 향해 덮쳐 오고 있었다.

예전의 나였다면 이 공격에 목숨을 장담하기 어려웠을 정도로 엄청난 공격이었지만 지금의 나는 그렇지 않았다.

"좋아, 간다!"

난 불의 장벽을 향해 일보를 내디뎠다. 그리고 일보를 내디딘 순간, 나는 섬광이 되었다.

푸슈우우우웅!

거대한 섬광이 된 나는 그대로 불의 장벽에 부딪쳤다. 그 순간 불의 장벽이 오그라들며 나를 덮는 듯했지만, 내 신형이 더 빨랐다.

파앗!

거대한 불의 장벽의 중심에 둥그런 구멍이 생겼다. 바로 내가 이동하면서 만든 것이다. 훗! 저 정도로는 안 된다고!

그때였다. 나를 향해 무엇인가가 날아오는 것이 느껴졌다. 하지만 불의 장벽을 피한 내가 단일체의 공격을 피하지 못할 리 없었다.

난 원주미보를 밟으며 그 무엇인가를 피해갔다. 내 뒤로 긴 빛의 잔상이 남으며 나의 신형을 사방으로 퍼뜨렸다. 이게 바로 성광원을 익힌 후 나타나는 현상이었다.

원주미보를 사용하여 그 무엇인가를 피해내고 보니 그 무엇인가란 불길에 둘러싸인 조그마한 원이었다. 하지만 그 속에 담긴 위력은 결코 불의 장벽에 떨어지지 않았다. 아니, 오히려 집약된 위력으로서는 원에 담긴 것이 더욱 컸다.

하지만 아무리 위력이 크더라도 맞지 않으면 아무런 소용도 없는 것!

"이 정도였나, 유향운? 그렇다면 이전과 별반 달라진 것도 없는 것 같은데?"

"훗! 무슨 소리를 하는 것인가. 겨우 이 정도일 리 없잖은가!"

유향운의 자신감 넘치는 목소리가 들려왔다. 그리고 난 등 뒤에서 뜨거운 열기를 느낄 수 있었다.

"이건?"

피한 줄 알았던 원형의 불꽃이 불의 장막과 부딪쳤다. 아니, 불의 장막을 쓸고 지나갔다. 그러자 불의 장막이 원형의 불꽃에 녹아드는 듯한 착각을 불러일으켰다. 아니, 실제로 녹아들고 있었다.

화르르륵!

불의 장막을 흡수한 원형 불꽃은 엄청난 크기로 불어나며 이전과는 비교도 안 될 속도로 나를 향해 쏘아져 오기 시작했다. 쳇! 덩치가 커지면 속도는 오히려 느려져야 하는 거 아냐?

이런 잡생각과는 달리 내 신형은 이미 움직이고 있었다.

타탓!

다시 원주미보를 밟기 시작하자 곧 내 신형이 길게 늘어나며 수많은 빛의 잔상들이 주변을 휩쓸었다. 세상에는 오직 나의 발걸음뿐이었으며 내가 가는 곳마다 빛이 나를 반겼다. 아니, 나 스스로가 빛이었다.

"하하하! 그렇게 피하기만 해서는 결코 화염환(火焰環)을 막을 수 없을 것이네!"

유향운은 유유자적한 모습으로 나를 보며 그렇게 말하고 있었다. 과연 유향운의 말대로 아무리 원주미보를 밟으며 피하는 나였지만, 원형 불꽃, 화염환은 끈질기게 따라붙었다.

제길! 결국 피하는 것만으로는 안 된다는 말인가? 그렇다면 별수없군.

그런 마음가짐을 가지는 순간이었다. 그 순간, 내 발걸음은 멈추었다. 그리고 내 뒤를 따르는 빛의 잔상 또한 멈추었다. 고요히 가라앉은 대기 속에 화염환만이 뜨거운 기운을 내뿜으며 나에게 달려들 뿐이었다.

그리고 마침내 화염환이 내 지척에 도달했을 때, 이미 나의 손과 그 손에 잡힌 한월은 하늘과 대지를 잇는 긴 선을 그리고 있었다. 긴 빛의 잔영이 완벽히 이루어낸 선은 그대로 화염환을 두 동강 내고 있었다.

스르르.

그렇게 화염환은 사라졌다. 아무리 강한 공격일지라도 이미 유향운의 손을 떠난 공격. 그런 공격을 막아내지 못할 정도로 나와 한월의 힘은 가벼운 것이 아니었다.

"이제 제대로 해보는 게 어떨까? 이래 뵈도 나 바쁘거든?"

난 한월의 끝으로 유향운을 가리키며 말했다. 그러자 그때까지 부채를 펼친 채 유유자적하던 유향운도 부채를 접고 나를 바라보았다.

"안 그래도 그럴 생각이었네."

유향운은 나를 향해 다가왔다. 서로 언제든지 공격할 수 있다. 이미 거리 따위는 무시할 수 있는 무위를 가지고 있었으니 그건 당연한 것이었다. 때문에 난 그가 가까이 오는 것을 막지 않았다.

마침내 유향운이 나와 팔만 뻗으면 맞닿을 거리까지 다가왔다.

"자, 그럼 시작할까?"

"그러지."

그 말과 동시였다.

화르륵!

눈앞에서 갑자기 생긴 불꽃을 뚫으며 유향운의 부채가 날아들었다. 부채의 뒤로는 길게 불꽃이 따라붙으며 수많은 화염을 퍼뜨리고 있었다. 그러나 그런 화염에 앞서 나의 한월 역시 공간을 가르고 있었다.

캉!

유향운의 부채는 평범한 부채가 아니었다. 한월과 부딪쳤음에도 불구하고 아무런 이상이 없었다. 오히려 유향운은 바람을 타고 한월의 공격을 비껴내고 나의 품 안으로 보법을 밟으며 파고들었다.

미끄러지듯 순식간에 파고드는 보법. 그것은 바로 한 번 대결을 펼친 적이 있는 사령보였다. 뱀의 모습을 딴 보법.

사령보가 독아를 번뜩이며 나를 향해 덮쳐들었다. 하지만 내 발걸음 역시 원을 밟고 있었다.

사사삿!

크고 작은 원을 계속해서 그려 나가며 수많은 빛의 잔상을 뿌려내는 나의 발걸음은 원주미보의 모든 수를 자유자재로 사용하고 있었다. 미처 사령보가 독아를 들이대기도 전에 빠져나가 반격을 준비하고 있는 원주미보의 발걸음에 점점 기세는 내 쪽으로 기울어져 갔다.

보법의 대결과는 반대로 각자의 병기와 손을 이용한 공격에선 유향운이 나를 밀어붙이고 있었다. 거대한 화염을 일으키는 부채와 그 부채 속에 숨어 있는 날카로운 예기들이 날 섬뜩하게 할 정도였다.

그나마 한월이 그 화염을 막아주었기에 아직 별다른 피해가 없었다. 한월이 일으키는 한기는 화염들과 충돌하여 그 위력을 감소시켜 주었고, 그렇게 위력이 감소된 화염 따위에 상처를 입을 내가 아니었다.

"언제까지 피하기만 할 셈인가!"

"안 그래도 지금부터 공격할 생각이었다!"

사사삿!

그 말과 동시에 나의 모든 행동이 바뀌었다. 지금껏 원칙대로 밟아가던 원주미보가 뒤틀리며 원이 아닌 타원을 그리기 시작했다. 기묘막측하게 움직이는 원주미보에 따라 지금껏 사방을 뒤덮던 빛의 잔상들이 멈추었다. 사라진 게 아니다. 그 자리에 멈추어 버렸다. 엄청난 속도의 변화 속에 미처 잔상이 따르지 못하는 것이다. 그리고 나의 일보는 단숨에 사령보의 빈틈을 파고들었다.

나의 다른 모든 무공들과 함께 끝없이 발전한 원주미보다. 이미 한 번 무너뜨린 적 있는 보법에 당할 정도로 그렇게 가볍지 않단 말이다!

원주미보가 사령보를 깨뜨리며 요점을 밟자 지금껏 화염에 휩싸인 유향운의 부채를 막기만 하던 한월이 마침내 빛을 뿜었다.

캉!

유향운의 화염이 맥없이 무너졌다. 한월에서 뿜어내는 빛은 화염을 집어삼키고는 단숨에 유향운을 덮어갔다. 장소 선점, 공격력, 속도 모두 내가 우위를 점하고 있었다. 그리고 마침내 유향운의 전신을 빛이 꿰뚫나 했을 때, 유향운의 신형은 사라지고 그 자리엔 불꽃만이 남아 있었다.

화르륵!

"어딜 도망가려고!"

난 길게 이어지는 화염의 끈을 잡기 위해 생사일보를 펼쳤다. 그와 동시에 한월에 성광원의 빛을 실어 뿌려내려 했지만 그 순간 내 눈앞으로 거대한 불꽃의 기둥이 솟아올랐다.

하나뿐이었으면 멈추지 않았겠지만, 십수 개가 동시에 솟아날 때는 아무리 성광원의 빛을 일으킨 나라도 위험했다.

생사일보가 엄청난 속도를 낼 수 있는 만큼, 갑자기 서는 것은 쉽지 않은 일이었다. 결국 나는 빛의 방어막에 둘러싸인 채 화염 기둥 두 개를 뚫어버리고는 간신히 멈출 수 있었다. 하지만 유향운이 일으킨 화염 기둥은 보통의 화염 기둥이 아니었기에 난 제법 고통을 느꼈다.

칫! 잘나가다가 맨 마지막에 가서 손해 봤잖아? 큭! 그나저나 정말 뜨겁군.

"역시 자네에게 기본 무력으로는 상대가 안 되는군."

"큭! 잘도 도망쳤겠다?!"

"하하, 이 친구. 잠시 내 말 좀……."

"시끄러!"

난 다시 유유자적 모습을 드러내는 유향운의 모습에 화가 머리끝까지 치솟아오름을 느꼈다. 그리고 그 순간 내 발걸음은 생사일보를 밟고 있었다.

찬바람이 불어온다. 형산의 꼭대기. 그곳에 두 사람이 서 있었다.

"결국 여기까지 왔군."

"그렇소."

"날… 막을 수 있을 것 같나?"

"모든 것은 하늘에 달린 일."

"하하하하! 내가 하늘인데 누구에게 바라는 것인가!"

그렇게 모든 것은 최후를 향해 달려가고 있었다.

푸슈웅!

거대한 섬광이 되어 질주하는 나의 신형은 단숨에 유향운을 꿰뚫을 판이었다. 유향운도 가만있지 않았다. 사령보를 밟아 세차고 빠르게 좌우로 움직이며 나의 움직임을 피해내고 있었다. 하지만 나의 신형은 그런 유향운을 정통으로 꿰뚫었다.

화르륵!

내가 만들어낸 모습이 섬광이라면 유향운이 스치고 지나가는 자리에는 불꽃의 환영만이 남아 있을 뿐이었다. 내 신형이 꿰뚫고 지나간 것이 그 환영이었다.

내가 환영을 뚫자 환영을 이루고 있던 불꽃들은 나를 감싸며 태우려 했지만 난 나를 덮고 있던 섬광들을 밖으로 뿜어내며 불꽃들을 소멸시켰다. 그리고 원주미보를 밟아 길게 빛의 잔상을 일으키며 작은 원을 그려갔다. 어느새 유향운이 일으킨 수많은 불꽃들을 피하기 위해서였다.

그와 동시에 나는 한월을 휘둘러 또다시 덮쳐 오는 화염환을 잘라내었다. 그리고 길게 한월의 잔상을 늘어뜨리며 내 주위를 덮쳐 오는 불꽃들을 잘라내었다.

콰콰쾅!

세상은 온통 빛무리만이 가득할 뿐이었다.

빛무리로 가득 찬 세상에서 일순간 섬광이 뻗어나갔다. 단숨에 모든 빛무리를 잠재우며 뻗어나간 섬광… 즉, 내 신형은 정확히 유향운을 향해 날아갔다.

파과과과과!

그때 유향운은 부채를 펼쳐 들고 자신을 화염으로 에워싸려 했다. 그러나 그전에 나의 발걸음은 모든 불꽃들을 지나치며 다시 생사일보의 일보를 밟아 내려가고 있었다.

타앗!

거칠게 땅을 내리찍는 마지막 소리와 함께, 한월의 도첨은 유향운의 목젖을 위협하며 날카로이 빛나고 있었다.

"하아… 하아……."

"끝났다."

유향운은 거친 숨을 뱉어냈다. 얼마 동안이었을까? 그와 난 숨 쉴 틈도 없이 공방을 주고받았다. 유향운 역시 본신의 모든 주작화령무를 끌어냈으며, 나 역시 내가 할 줄 아는 모든 방법을 다해 유향운을 공격했다.

그리고 마침내 결과가 나왔으니, 나의 승리였다.

그때 유향운의 머리카락이 약간 불꽃을 피워내는 것 같았다. 난 재빨리 땅을 향해 발을 굴렀다.

쿵!

슈슈슈슈슛!

묵직한 소음과 함께 유향운과 나를 둘러싼 빛이 하늘 높이 솟구쳐 올라갔다. 그리고 그 빛이 솟아난 땅은 둥그렇게 갈라져 있었다.

"허튼짓 마라. 이 땅처럼 갈라지고 싶지 않다면."

난 그렇게 말하며 한월을 조금 들어 올렸다. 그러자 유향운의 고개도 함께 들어 올려졌다. 한월의 시린 한기와 예기가 담긴 도신에 베이지 않으려면 당연한 행동이었다.

"이제 모든 전투가 끝났다. 마지막으로 하고 싶은 말은?"

난 마지막 선처를 베풀어주는 셈치고 하고 싶은 말을 하게 했다.

그러자 유향운은 잠시 생각하는 듯하더니 주먹으로 자신의 손바닥을 약하게 내려치며 무엇인가 떠올랐다는 제스처를 취했다.

“항복이네!”

“엥?”

내 입에선 나도 모르게 또 괴성이 튀어나왔다.

양손을 머리 위로 들어 올리며 순진무구한 표정으로 항복을 외치다니…

도대체 이놈은 무슨 생각인 거야?

“무슨 소리지?”

“말 그대로네. 항복하겠네. 자네가 이겼고, 난 졌어. 그리고 난 포로가 된

거네.”

“지금 무슨…….”

“내가 말하지 않았나. 천주가 무너지는 모습을 보고 싶다고. 자네에게서

그럴 가능성을 찾았을 뿐일세. 그리고 그 가능성을 최소한의 한도 내에서 증

명하고자 기본적인 진신무공은 물론이고, 초절정무공도 어디까지 감당해 낼

수 있는가 본 것뿐이고.”

“뭐?!”

그렇다면 지금까지 날 시험했다는 말이다. 내 능력을 가늠하기 위하여 나

와 싸움을 했다는 것이다.

“지금 그게 말이 된다고 생각하나?”

난 어이가 없어서 그렇게 물었다. 하지만 오히려 유향운이 나를 향해 왜

그런 질문을 하냐는 듯이 반문해 왔다.

“말이 되지 않을 것은 또 무엇인가?”

“지금까지 너는 초절정무공을 이용하여 수많은 아군들을 거의 학살하다시

피 해왔다. 그런데 이제 와서 우리 편으로 돌아서겠다고? 누가 받아준다더

냐?!”

“이런이런, 그게 아닐세. 난 자네의 편으로 들어간 게 아니야. 단지 이 전

쟁에서 한 발자국 물러선다는 것뿐일세. 즉, 등장인물이 아닌, 관객이 되겠다

는 게 정확하지."

"하?!"

난 정말 어이가 없었다. 그게 말처럼 쉬운 건가? 지금까지 자기가 한 일은 어쩌고 지금 와서 물러서겠다는 말인가? 아무리 뻔뻔해도 정도가 있지…….

하지만 유향운은 아무렇지도 않은 듯 계속해서 말을 했다.

"나더러 비겁하다고, 또 무책임하다고 하지 말게. 난 단지 내가 원하는 그 것만을 보기 위해 달려왔네. 그 상황에서 서로 엇갈려 적이 됐었다고 해서 내 게 큰 잘못이 있나? 서로의 필요 목적이 달랐을 뿐이네. 내가 자네가 생각하 는 죄를 짓지 않기 위해 자네의 아군을 죽이지 않았다 하더라도 표면적으로 인공지능의 편에 가담한 나를 자네의 아군들이 죽이지 않았을까? 만약 죽였 다면 그때 가서 자네는 아무런 죄도 없는 나를 죽인 자네의 아군을 죽일 것인 가?"

유향운의 말투가 점점 더 싸늘해져 갔다. 난 한월을 그어 올리면 그만이었 지만, 그래도 유향운의 말을 끝까지 듣기로 했다.

"다시 한 번 말하는데 난 천주를 믿고 신봉하지는 않지만, 그렇다고 그의 뜻이 완전히 틀렸다고도 생각하지 않네. 또한 자네들의 뜻도 틀렸다고 생각 하지 않아. 보는 시야가 다르고 각자 원하는 정의가 다를 뿐이야. 내게 억지 로 그 정의를 강요하지 말게나. 난 내가 추구하고자 하는 것만을 원할 뿐, 방 법이라든지 그 이외의 나머지는 어떻게 되어도 좋다네."

그 말을 끝으로 유향운은 입을 다물었다. 마음대로 하라는 것이다. 그리고 나는 입을 열었다.

"참 이상해……."

"……?"

"그런 말을 하는 네가 정말 이상하고, 그런 너를 살려주는 나 자신이 정말 이상하군."

난 그렇게 말하며 한월을 내렸다. 그래, 사실 서로의 이익을 원하는 전쟁에 잘잘못을 따진다는 것 자체가 모순된 것이다. 서로의 입장에서는 자신의 입장을 위한 정의가 존재하는 것이니까.

유향운도 그랬을 뿐이다. 비록 그에 가담한 일이 많기는 하지만, 실상 적이든, 마물이든 많이 죽인 것은 오히려 내 쪽이 더하다. 그런데 내게 유향운을 심판할 자격이 있을까? 있을 리 없잖은가! 그래서 난 결국 유향운을 놓아 주기로 했다.

“하하하, 어쨌든 자네는 포로를 잡았으니 된 거 아닌가. 자, 어서 가세나. 정상을 향해서. 내가 안내하지.”

“잠깐!”

“응?”

앞서 가려던 유향운은 나를 돌아보며 의아한 표정을 지었다. 그때였다.

퍼억!

“컥!”

“이건 지금까지 날 애먹인 벌이다.”

난 유향운의 얼굴을 한 대 갈겼다. 주먹으로 때린 거라지만 내 주먹에는 이미 권갑이 껴 있었기에 그 충격은 말로 설명하지 못할 것이었다.

과연 유향운은 쓰러진 상태에서 멍한 표정으로 날 바라보았다.

“쿡! 쿠쿠쿡! 하하하하! 역시 그래야 사예 자네답지.”

이놈이 미쳤나? 내 생전에 맞고 나서 저렇게 좋아하는 놈은 처음 보네? 어쨌든 그렇게 유향운을 처리한 나는 유향운을 이끌고 정상을 향해 발걸음을 내딛기 시작했다.

자, 이제 얼마 남지 않았다!

한편, 아직도 싸움의 열기가 타오르고 있는 곳들이 있었다. 이젠 절정에 달한 열기였고, 싸움도 막바지로 치닫고 있었다.

고오오오오—!

뜨겁게 타오르는 대기와 그런 대기를 타고 요동치는 기파의 중심.

쇠로 변한 정오와 돌이 된 파왕의 내공 대결이 계속되고 있었다. 그들의 기본 내공심법은 동일했고, 똑같이 초절정무공을 익혔다. 동일한 조건.

아니, 동일하지 않았다. 계속해서 정심으로 수련을 쌓은 정오에 비해, 파왕은 살인에 물들어 있었던 것이다. 소림의 내공은 깨끗한 마음으로 수련을 해야 효과가 큰 법!

마침내 오랫동안 서로 다투던 기파들의 싸움이 정오의 우세 쪽으로 기울기 시작했다.

쿠그그그!

"크아압!"

"사형! 이만 포기하십시오!"

"말도 안 되는 소리 집어치워라!"

이미 형세는 기울어져 있었다. 파왕은 전신을 짓눌러 오는 금강공의 위력에 전신이 부서져 나갈 지경이었다. 아무리 백호지혈의 힘을 끌어올려도 마찬가지였다.

"사형! 이제라도 늦지 않았습니다!"

"닥치라고 했다! 난 반드시 부처가 될 것이다! 그리고 이 세상을 반드시 극락정토로 만들어 보이겠다!"

이미 파왕에게서 이성 따윈 찾아볼 수 없었다. 다만 자신을 짓눌러 오는 거대한 힘에 맞서, 자신의 꿈을 이루기 위해 발버둥 치고 있을 뿐이다. 그것이 파왕의 정의였다.

"캬합!"

기합과 함께 갑자기 파왕의 기파가 급격하게 상승하기 시작했다. 본신의 모든 진기를 몰아넣은 탓이다. 자칫하면 스스로 죽음을 자초할 수 있는 일임에도 파왕은 자신의 모든 진기를 몰아넣었다.

쿠구구구구!

지축이 뒤흔들릴 정도의 막강한 기파의 다툼이었다. 정오의 우세였던 것이 파왕의 기운이 급격히 상승함에 다시금 원점으로 돌아갔다.

여기서 정오는 결단을 내려야만 했다. 이대로 있는다면 기세는 곧 파왕 쪽으로 기울게 될 것이다. 하지만 그것을 막으려면 자신 또한 전력을 다해야 한다. 그렇게 되면 파왕을 죽게 될 것이다.

그렇게 고민할 시간도 없었다. 파왕은 생명을 담아 모든 힘을 내기 시작했다. 결국 정오 또한 결정을 할 수밖에 없었다.

"사형의 의지! 막아 보이겠습니다!"

"캬하아압!"

쿠구구구구!

파왕은 기합을 지르며 단숨에 정오를 몰아붙이려 했다. 하지만 이상했다. 조금 전까지만 해도 밀려나던 정오의 기운이 멈추고 더 이상 밀려나지 않았다.

마치 거대한 철벽과도 같은 느낌이었다. 아무리 자신의 모든 생명을 담아 백호지혈의 힘을 폭주시켜도 정오는 물러서지 않았다. 그리고 마침내 정오는 입을 열었다.

"나무아미타불."

"크아악! 무슨 헛짓거리를 하는 것이냐! 불호 따윈 집어치워라!"

"나무아미타불, 나무아미타불."

"크아아악! 나와의 싸움에 열중하란 말이다!"

"나무아미타불, 나무아미타불, 나무아미타불."

파왕이 무슨 말을 하든 정오는 불호를 계속해서 외울 뿐이었다. 어느새 기파 간의 거대한 파공음도 줄어들었다. 세상에는 오직 정오의 불호 소리만이 가득했다. 그 불호 소리가 파왕의 전신을 공격해 왔다.

그리고 팽팽하던 두 기운이 다시금 정오의 우세로 기울기 시작했다. 천천히 기울어가던 기운은 이내 파왕의 모든 기운을 덮었다. 그리고 마침내 파왕의 모든 생명까지 덮어버렸다.

"크아아악!"

"나무아미타불 관세음보살."

콰콰콰콰아아아아앙!

거대한 폭음이 울렸다. 그리고 파왕의 신형은 높이 떠올랐다 아래로 추락했다.

털썩!

그의 눈동자는 풀려 있었으며 전신에는 생명의 기운을 찾아볼 수 없었다. 하지만 파왕의 입은 달싹거렸다.

"어째서… 그분은 내게 답을 주지 않으셨을까……."

"그분은 답을 주지 않으십니다. 대신 모든 것을 받아들이고 용서하실 뿐이죠. 부디 극락왕생하시길… 나무아미타불."

그렇게 파왕은 마지막 생을 마쳤다. 이제 더 이상 살아나는 일 따위 없을 것이다. 정오는 그렇게 빌었다. 그리고 회색 기운에 덮인 하늘을 바라보았다. 아니, 형산의 정상을 바라보았다.

"곧 가겠습니다."

콰르르릉!

파콰콰쾅!

거대한 파공음이 사방으로 뻗쳐 나갔다. 그리고 그 중심에 선 두 명의 인영은 서로를 향해 무수한 공격을 퍼붓고 있었다.

핏줄기가 튀어 올랐다. 살점이 날아갔다.

이미 방어 따윈 염두에 두지 않고 있다. 오직 공격! 적을 향한 공격만이 그들의 모든 것이었다.

투귀가 일권을 내뻗으면 패왕이 일검을 내뻗는다. 서로의 목숨을 노린 공격은 간발의 차이로 빗나가고 또다시 서로의 목숨을 노려간다.

이미 둘의 전신은 온통 피로 젖어 있었다. 그것이 자신의 피인지 상대의 피인지는 알 수 없었지만 그곳은 오직 피와 광기, 그리고 투지만으로 채워져 있었다.

"끝까지 가보자!"

"크하하하하!"

하늘에선 벼락이 내리치고, 주변은 암운으로 덮여갔다.

일권, 일검이 내려칠 때마다 강맹한 파공음과 타격음이 들려왔고, 그 일격에 서로를 죽일 모든 힘을 담고 있었다.

일격 일격이 모두 필살의 힘이었다.

쾅쾅쾅쾅!

서로를 향해 무한의 공격을 퍼붓고 있었다.

대화와 협상 따위는 찾아볼 수 없었다.

그렇게 무수한 시간이 지났다.

"크하하하하!"

주변의 뇌전과 암운 또한 사그라졌다. 아무것도 남지 않았다. 오직 투귀의 광소만이 남아 있을 뿐이었다.

투귀는 형체도 알아볼 수 없을 정도의 무엇인가를 하나 남은 주먹으로 계속해서 두드리고 있었다. 그러면서 계속해서 광소를 터뜨리고 있었다.

그리고 마침내 투귀의 주먹이 그쳤다.

"쳇! 죽어버렸는가?"

투귀가 계속 두드리던 것, 그것은 패왕의 시체였다. 그는 이미 죽어 있었다. 언제부터인가 더 이상 숨을 이어갈 수 없었던 것이다.

투귀는 패왕을 놓았다. 허무하게 쓰러지는 패왕의 시신은 그렇게 버려졌다.

"크크큭! 내가 승리했다. 내가 승리했다! 크하하하하하!"

투귀는 기쁨의 광소를 터뜨렸다. 하지만 그런 투귀의 상태도 좋지 않았다. 이미 패왕의 대검에 난도질당한 상태였다. 전신에서 피를 분수같이 뿜어내고 있었다. 아직도 살아 있다는 것 자체가 신기할 정도였다.

그러나 투귀는 멈추지 않았다. 하늘을 바라보았다. 회색 기운으로 가득 찬 공간. 그리고 그 정상, 형산의 정상을 바라보았다.

"크크큭! 기다려라. 내가 간다!"

투귀는 발걸음을 옮기기 시작했다. 정상을 향해서였다. 정상에 올라 다시금 목숨을 건 생사투를 벌이기 위해서였다. 하지만… 그는 얼마 가지 못했다.

"크윽!"

털썩!

그렇게… 투귀는 쓰러졌다.

캉!

거칠게 울리는 금속음이 들렸다. 단엽의 검과 참왕의 검이 맞부딪친 것이다. 단엽과 참왕은 그 일순의 부딪침을 기점으로 하여 서로 멀찍이 떨어졌다.

그리고 조용히 자신의 힘을 끌어올리기 시작했다. 둘은 이미 예상하고 있었다. 이제 끝낼 때가 왔다는 것을.

주변의 기파가 요동치기 시작했다. 둘 다 최후의 힘을 끌어올리는 것이었다. 마지막 일격을 위한 준비. 그것이었다.

고오오오오―!

들끓는 기파는 결코 정오와 파왕의 대결에 뒤지지 않았다. 아니, 오히려 더욱더 강력했다. 그렇게 끝없이 증폭하기만 하는 기파가 어느 순간 멈추었다. 그리고 그때, 참왕은 단엽을 향해 달려가기 시작했다.

쩌저저저적!

순식간에 주변을 모두 얼려 버리며 나아가는 참왕의 모습은 가히 공포감이 느껴질 정도였다. 참왕의 한상검에 서려 있는 한기는 예전 사예와 천년이무기, 그리고 푸우를 향해 쏘아내었던 것 이상의 엄청난 힘을 가지고 있었다.

하지만 그런 참왕의 모습에도 단엽은 아무런 변화도 없이 기다리고 있을 뿐이었다.

"죽어라!"

쩌저저저저정!

참왕이 일검을 내뻗었을 때, 이미 승부가 났다.

주변의 모든 것이 얼어붙었다. 형산 자체가 얼어붙었다. 하늘이 얼어붙고, 땅이 얼어붙었다. 시간과 공간, 모든 것이 다 얼어붙었다. 단엽 또한 예외가 아니었다. 모든 것이 얼음에 둘러싸였다. 참왕의 승리였다. 참왕의 눈에는 그렇게 보였다.

하지만 그 모든 것이 사라졌다.

얼어붙은 모든 게 사라졌다. 형산 자체가 사라졌다. 하늘이 사라졌고, 땅이 사라졌다. 시간과 공간, 모든 것이 다 사라졌다. 그리고 참왕은 자신 또한 사라지려는 것을 발견했다.

"크, 크아아악!"

"당신이 잊은 게 있습니다. 모든 것은 언젠가 사라진다는 것. 그리고 당신은 나에게 사라질 것을 만들어줬습니다. 그것은 당신 자신입니다."

단엽은 그 말을 끝으로 신형을 돌렸다. 어느새 그와 참왕이 싸우던 장소는 원래의 모습으로 돌아가 있었다. 얼어붙은 자국 따위 남아 있지 않았다.

“모든 것은 원래대로… 그것이 무이니까.”

단엽은 그렇게 정상을 향해 발걸음을 옮겼다. 이미 참왕의 존재는 사라져 있었다.

단엽은 자신의 앞을 가로막는 회색 기운을 바라보았다. 그동안 길을 잃게 된 것. 그것이 바로 이 회색 기운 때문이라는 것쯤을 모를 단엽이 아니다. 그리고 어렴풋 회색 기운이 초절정무공에 의한 것임도 눈치챘다.

“무량선의라면…….”

그렇게 중얼거린 단엽은 무량선의의 기운을 내뿜기 시작했다. 곧 그의 주위로 무형의 기운이 너울거렸다. 그리고 회색 기운들을 몰아내기 시작했다. 아니, 사라지게 만들고 있었다.

“성공했군.”

무량선의였기에 가능한 일이다. 천주가 익힌 혼의 초절정무공 혼돈과 어떤 의미론 가장 상극이라 할 수 있는 무의 초절정무공 무량선의였기에 가능한 일이었다.

그렇게 무량선의를 사용하여 회색 기운을 몰아내자 단엽은 어느 정도 방향이 잡히는 것을 느낄 수 있었다. 그리고 정상을 향해 걸어가기 시작했다.

“마음은 급하지만… 지금 남은 내공으로는 경공을 펼치기도 힘드니…….”

비록 참왕과의 전투에 승리했다고는 하나, 단엽에게 아무런 피해가 없는 것은 아니었다. 내공이 거의 바닥나 버렸다. 경공마저 펼치기 어려울 정도였다.

또한 깊은 내상을 입었다. 아무리 단엽이라도 참왕의 마지막 일격을 아무런 이상 없이 받아들일 수 있을 리 만무했다. 사실은 몸도 가누기 힘들 지경이었지만 단엽은 발걸음을 옮겼다. 그곳에서 기다리고 있을 일행을 생각하며…….

그렇게 얼마나 걸었을까? 단엽의 감각에 무엇인가 걸렸다. 그것은 몇 개의 기파였다. 아무리 무량선의를 발동했다 하더라도 이 형산에 덮여 있는 모든 회색 기운을 몰아낼 수는 없었다. 그런데도 누군가의 기파가 느껴진다는 말은……?

"정상인가?"

단엽은 감각에 따라 계속해서 올라갔다. 그리고 곧 그곳이 정상임을 어렵지 않게 알 수 있었다. 사예가 그곳에 있었기 때문이다. 기쁜 마음에 사예를 부르려던 단엽은 그의 옆에 붙어 있는 한 인영을 바라보았다.

'저자는… 비왕이 아닌가?'

단엽은 비왕, 유향운이 사예와 함께 있는 모습에서 의아함을 느꼈다. 분명 비왕은 적이다. 그런데 어째서 무신 사예와 함께 있는가? 게다가 둘 사이에 살기와 투기 따윈 느껴지지 않는다. 마치 동료와 같은 느낌.

그런 느낌을 단엽은 이해할 수 없었다.

'무엇인가 잘못되었다.'

그렇게 생각한 단엽은 조심스레 그들에게로 접근해 갔다. 상황을 주시하기 위해서였다. 사예를 믿지 못하는 것은 아니지만, 지금같이 적진의 중심에 들어와서 조심성도 갖추지 않을 수 없었다.

조심스레 그들에게로 접근한 단엽. 그제야 단엽은 사예가 멍하니 서 있는 이유를 알게 되었다.

"이런……."

산의 정상을 깎아서 만들듯, 그곳에는 넓은 공터가 펼쳐져 있었고 그곳의 중심에선 놀라운 일이 벌어져 있었다. 그리고 그때, 단엽은 갑자기 앞이 흐릿해짐을 느꼈다.

비왕을 포로로 잡은 후, 나는 산 정상을 향해 달리기 시작했다. 비왕은 나에게 이동할 때에는 초절정무공의 힘을 끌어내고 달리라 하였다. 난 그 이유가 궁금했는데, 주변을 덮고 있는 이 회색 기운 때문이라 했다.

회색 기운은 천주가 남긴 것으로 그것이 존재하는 곳에는 혼돈의 세상이 되기 때문에 기파를 느낄 수 없는 것은 물론, 사람의 감각까지 차단해 버린다고 했다. 그나마 초절정무공을 끌어올리면 앞에 있는 사람을 놓치지는 않을 정도는 된다고 했기에 난 성광원의 힘을 끌어올렸다.

그렇게 각각 주작화령무와 성광원의 힘을 끌어올린 우리는 정상을 향해 빠른 속도로 나아갔다. 한줄기 불꽃과 섬광이 질주하는 모습은 누군가 보았다면 기억 속 깊이 남을 것이다.

그렇게 우리는 얼마 달리지 않아 정상에 도착할 수 있었다.

그곳은 평지였다. 형산의 정상인데도 산 자체를 깎았는지 넓은 공터가 모습을 드러내고 있었다. 그리고 그 중심을 본 나는 전신이 굳어버리는 것을 느꼈다.

“이, 이럴 수가…….”

“역시나…….”

난 유향운의 끄덕임은 귓가로 넘겨 버리고 그곳을 응시했다.

공터의 중심, 그곳에는 심장에 칼이 박힌 채 쓰러진 영호충과 그런 영호충을 내려다보고 있는 천주가 있었다.

◆비상(飛翔) 예순일곱 번째 날개
대망의 대결

비상(飛翔) 예순일곱 번째 날개 대망의 대결

"말, 말도 안 돼… 노도가, 영호충이 졌단 말이야?!"

난 믿을 수 없었다. 노도가 지다니… 생각도 해본 적 없는 결과다.

아니야! 이건 뭔가 잘못된 거야! 제기랄!

그렇게 생각하는 순간, 내 신형은 이미 섬광이 되었다.

"이런! 사예!"

뒤에서 나를 부르는 유향운의 목소리가 들려왔지만 난 무시해 버렸다.

퓨슈우우우!

엄청난 속도로 질주해 나간 나는 어느새 한월을 빼 들고 그대로 천주를 향해 내려쳤다.

파사사사사!

긴 빛의 잔영이 따라붙으며 사방을 빛으로 난도질해 나갔지만, 난 느낄 수 있었다. 이미 그 자리에 천주가 없다는 것을. 그리고 그것을 느끼자마자 주변을 회색 기운이 무섭게 감싸왔다.

“이따위 잔재주 부리지 마라!”

파아아앗!

내 전신에서 강렬한 빛이 뿜어져 나왔다. 그 빛은 거대한 기둥을 만들며 주변의 모든 회색 기운들을 소멸시켰다. 그리고 나는 온몸을 회전시키며 회색 기운들을 완전히 몰아내고는 한월의 도첨으로 한쪽을 가리켰다. 그곳에는 천주가 서 있었다.

“제법 나아졌군.”

천주는 나를 보며 그렇게 말했다. 하지만 난 그따위 건방진 말을 들으러 여기까지 올라온 것은 아니다.

“넌… 오늘 여기서 죽는다.”

난 낮은 목소리로 그렇게 말했다. 노도에게서는 더 이상 숨소리도, 기파도 느껴지지 않는다. 아니, 그것을 제외하고서라도 노도의 심장에 틀어박힌 검과 그곳으로 엄청나게 쏟아지는 피… 살아 있을 수 없다. 완벽히 죽은 것이다.

난 한월을 잡은 손에 힘을 주었다. 천주를 향한 주체할 수 없는 분노가 끓어오른다. 없애 버리겠다! 죽여 버리겠다!

그렇게 다시 천주를 향해 쏘아져 나가려는 찰나, 어느새 달려온 유향운이 내 앞을 막아섰다.

“비켜!”

“진정하게나.”

“비켜!”

“지금의 자네로는 혼자서 결코 천주를 이길 수 없네.”

“비키란 말이다!”

난 계속해서 앞을 가로막고 선 유향운을 향해 소리를 지르며 한월을 휘둘렀다. 바람을 가르는 매서운 파공음과 그 뒤를 잇는 빛의 잔상으로 하여금 단숨에 유향운의 목이 날아갈 판이었다.

"이크!"

유향운은 급히 고개를 숙이고 부채를 들어 올려 한월의 공격을 피해내었다. 하지만 그 순간 내 신형은 유향운을 스쳐 지나가고 있었다.

"죽어라!"

섬광이 된 신형이 쏘아져 나가며 단숨에 천주를 꿰뚫을 듯했다. 지금의 나에게는 그 정도의 속력과 힘이 실려 있었다.

"가소롭군."

천주의 작은 목소리와 함께 내 신형이 천주를 꿰뚫었다. 하지만 천주는 그대로 연기처럼 흩어져 버렸다가 다시 나타났다. 아무런 피해도 입지 않은 모습이었다.

"빌어먹을! 이것도 받아봐라!"

난 그렇게 말하며 한월에 성광원의 힘을 담기 시작했다.

웅웅웅!

한월이 거칠게 떨리며 스스로 빛을 뿜어내기 시작했다. 짙은 황금 빛을 찬란히 뿜어내는 한월에는 막대한 양의 성광원의 힘이 담겨 있었다.

"차압!"

난 기합과 함께 한월에 담긴 섬광원의 힘을 천주를 향해 뿌려냈다. 그러자 한월에서 한줄기 빛이 뻗어나갔다. 마치 내가 전력을 다해 달렸을 때처럼 거대한 섬광이었다.

콰콰콰콰!

그 섬광은 단숨에 천주를 삼켜 버렸다. 그리고도 멈추지 않은 채 공터의 반대편 숲을 완전히 쓸어버렸다.

콰르르르르!

마치 산사태라도 난 것처럼 숲은 완전히 풍비박산이 나 있었다. 막대한 성광원의 힘이 담긴 만큼 그 파괴력 또한 무서웠다. 하지만 내 눈빛은 가라앉지 않았다.

천주는 아무렇지도 않은 표정으로 초토화되다시피 한 곳에 서 있었다. 실제 아무렇지도 않은 모습이었다.

"어떻게 된 거지?"

어째서 내 공격이 천주에게 하나도 통하지 않는 거지? 난 그 사실을 알 수 없었다. 모든 공격을 다 막아… 아니, 흘려내고 있었다. 내 모든 공격을 마치 산들바람이 스쳐 가듯 아무렇지도 않게 생각하고 있었다.

"끝난 건가?"

천주의 목소리가 들려왔다. 마치 내가 할 수 있는 모든 발버둥은 다 쳤냐는 어투였다. 제길! 얕보지 말라고!

"좋아! 해보자고!"

난 정신을 집중하기 시작했다. 모든 세상이 한월을 중심으로 돌아가기 시작한다. 한월의 도첨 끝에 내 모든 정신을 다 쏟았다. 초극의 힘을 발동하려는 것이었다.

그러나 그때, 난 무엇인가 잘못됨을 느꼈다.

"어리석군."

"큭!"

난 흐릿해지는 천주의 모습과 뒤에서 들려오는 천주의 목소리에 초극의 힘이 흩어지는 것을 느꼈다. 그리고 등 뒤에서 막대한 힘이 느껴졌다. 천주가 나를 공격하기 위해 모아둔 힘이었다.

그제야 난 깨달을 수 있었다. 천주는 처음부터 노리고 있었던 것이다. 내가 초극의 힘을 발동하기만을!

난 재빨리 원주미보를 밟으며 자리를 벗어나려 했지만 그보다 천주의 공격이 더 빨랐다. 곧 천주의 전신을 덮었던 회색 기운이 나를 향해 뻗어오기 시작했다.

크윽! 이대로라면 당한다!

그때였다.

화르르륵!

갑자기 나와 천주 사이에 불꽃이 피어오르며 천주의 행동을 막았다. 그 불꽃은 천주의 행동을 막는 것뿐만이 아니라 오히려 천주를 감싸며 그를 태우려 했다. 그러자 천주는 손에 모아두었던 힘을 주먹을 쥐어 깨뜨렸다. 그러자 곧 거대한 회색 기운이 쏟아져 나오기 시작했다.

파사사사사사사삿!

사르륵!

회색 기운은 단번에 불꽃을 사그라뜨렸으며 멈추지 않고 나를 노려왔다. 하지만 그때까지 가만히 기다리고 있을 내가 아니었다. 공격을 할 절호의 기회였지만, 난 회색 기운을 무시하지 않고 생사일보를 밟아 물러서는 것을 택했다.

탓!

난 땅을 밟으며 신형을 멈추었다. 그리고 입을 열었다.

"덕분에 살았군."

"그러니까 무턱대고 공격하지 말라 하지 않았나."

"하지만……!"

"자네와 자네 일행이 그렇게 믿고 있던 영호충은 죽었네. 그렇다고 자포자기를 할 셈인가? 어떻게든 자네가 할 일을 이뤄야 할 것 아닌가. 그런데 그렇게 생각없이 달려들다니……."

"알았어, 알았어. 그만 해. 나도 내가 성급했다고 생각하는 참이니까."

난 조금 전까지 들끓던 기분을 간신히 잠재울 수 있었다. 노도가 죽었다는 사실에 너무 흥분해 버렸다. 그래서 난 내 실력도 내지 못했고, 또 천주가 파놓은 함정에도 너무 쉽사리 걸려 버렸다. 입이 두 개라도 할 말이 없을 바보 같은 행동이었다.

그때 주변을 집어삼키던 회색 기운들이 사라졌다. 아니, 천주의 몸속으로 빨려 들어갔다. 난 한월을 부여잡고 침착한 마음으로 천주를 바라보았다.

"아쉽군. 그 힘을 잡아둘 기회였는데……."

천주는 자신의 공격이 실패한 것에 대해 아쉬워하고 있었다. 그리고 그 원인인 유향운을 매서운 눈초리로 바라보았다. 나를 향한 것이 아닌데도 나 역시 섬뜩함이 느껴질 정도였다.

유향운 역시 그 눈빛에 찔끔했는지 잠시 주춤 물러섰다가, 이내 다시 앞으로 나서며 웃음을 터뜨렸다.

"하하하하! 천하의 천주께서 얕은 수를 다 쓰시다니… 이거 놀랄 일이로군요."

"나라도 무신이 가진 저 힘은 귀찮으니까. 게다가 초절정무공까지 익힌 몸, 얕볼 수 없지. 죽여야 한다면 가장 귀찮은 존재부터 죽이는 것은 당연한 일이다."

음, 저걸 칭찬으로 받아들여도 되는 거야? 그럼 내가 지금 가장 귀찮은 존재라는 거니까, 즉 내가 그만큼이나 강하다는 거잖아. 쳇! 꿈보다 해몽이 좋다고 나 혼자서 무슨 생각을 하는 거야? 그리고 적에게 그따위 칭찬 받아봤자 기분 좋을 리 없다고.

"결국 배신을 했군."

천주는 유향운을 향해 말하고 있었다. 유향운의 급소를 찌르는 말에 당황할 만도 하건만, 유향운은 아주 유유히 받아넘기고 있었다.

"지겨워졌소. 당신이 내게 준 비왕이라는 자리도, 그리고 당신의 부하라는 것도."

"그래서 적의 밑에 붙었나?"

“무슨 소리! 밑에 붙다니… 단지 관찰자의 입장으로 돌아섰을 뿐이오. 당신이 쓰러지는 모습을 볼 관찰자 말이오.”

유향운은 그렇게 말하며 나를 힐끔 쳐다보았다. 칫! 결국 저는 빠지겠다는 소리잖아? 치사한 자식.

“그게 가능하리라 생각하나? 너라면 알고 있을 텐데?”

“아아, 물론! 그 가능성을 찾았으니 물러선 것 아니겠소?”

도대체 뭐 하지는 거야? 어째서 이런 대화를 계속 나누는 건데? 아무리 냉정을 되찾았다고는 하지만 적을 앞에 두고, 그것도 이 세상 최고의 적을 앞에 두고 가만히 기다리고 있으라니…….

“지금 기다리고 있는 것이, 그 가능성인가?”

“……!”

갑자기 유향운의 말문이 막혔다. 내가 보기에도 천주가 유향운의 정곡을 찌른 것 같았다. 그런데 가능성이라니? 그게 무슨 소리야?

“어리석군. 감히 나를 속이려 들다니.”

천주는 그리 말하며 손을 들어 올렸다. 그러자 조금 전의 그 막대한 기운이 다시금 그의 손으로 모여들기 시작했다.

“죽어라.”

“제길!”

천주의 한마디와 함께 나와 유향운은 각자 가장 빠른 속도로 자리에서 물러섰다. 그리고 그 즉시 천주의 손에 맺혔던 기운이 우리가 있던 자리에 내리꽂혔다.

쿠쿵!

묵직한 타격음과 함께 곧 드러난 모습은 믿기 힘든 것이었다.

천주의 기운이 닿은 곳의 모든 것이 사라졌다. 말 그대로 소멸된 것이다. 우리가 방금 서 있던 땅은 처음부터 그랬었던 것처럼 커다란 구멍이 되어 있었다.

제길! 아까 피했기에 망정이지 잘못하면 내가 저 꼴 날 뻔했군.

천주는 우리가 피하자 다시 그 기운을 만들어내어 우리를 향해 던지려 했다. 그러나 내가 먼저였다.

푸슈웅!

생사일보를 밟은 나의 신형은 섬광이 되어 단숨에 천주의 앞까지 치고 올라갔다. 그리고 난 한월을 휘둘러 천주의 팔을 끊어버리려 했다. 설명은 길었지만 시간은 순간이었다.

사삿!

눈 깜짝할 사이에 내 한월이 천주의 팔을 자르고 지나갔다. 아니, 자르고 지나갔다고 생각했다.

"……!"

그러나 한월이 베고 지나간 천주의 팔은 잠시 흐릿해지는 듯하더니 다시 원상태로 돌아왔다. 그리고 천주는 싸늘한 눈빛으로 나를 바라보았다. 제기랄! 난 재빨리 발걸음을 떼어냈다.

쿠쿵!

내 앞으로 거대한 기운이 내리 꽂혔지만 난 간신히 생사일보와 원주미보를 섞어서 그 기운을 피할 수 있었다. 회색 기운은 순식간에 주변을 잠식하며 모든 것을 소멸시켰다.

그때 불꽃이 피어나며 회색 기운을 쓸어가기 시작했다.

화르르륵!

유향운의 불꽃에도 회색 기운은 사라지지 않았다. 아니, 사라지고 있었으나 그 속도가 현저히 느렸다. 그리고 어떤 것은 오히려 불꽃마저 삼켜 버리는 회색 기운도 있었다.

난 나를 따라오는 회색 기운이 사라지자 다시금 원주미보와 생사일보를 번갈아 밟으며 천주를 향해 돌진했다.

천주는 이상한 방법으로 내 모든 공격을 흘리고 있다. 초극의 힘이라면 무슨 수가 생길 것 같지만, 초극의 힘은 쓰지 못한다.

천주는 초극의 힘을 기다리고 있다. 초극의 힘을 쓰기 위해선 고도의 집중이 필요하고 그 집중을 위한 잠깐의 시간이라면 천주의 손에 나는 목숨을 잃을 것이다. 그것은 이미 증명된 사실이었다.

하지만 난 포기하지 않았다. 공격이 통하지 않는다면, 초극의 힘을 쓸 수 없다면! 내가 가진 모든 것으로 상대해 주마!

"잔월향!"

마침내 현월광도가 모습을 드러내었다. 성광원을 익힌 뒤로는 한 번도 써먹지 않은 현월광도였다.

그러나 평범한 현월광도의 모습이 아니었다. 잔월향을 펼치자 여덟 개의 줄기가 나타날 것이라는 나의 예상과는 달리 여덟 줄기가 아닌 무수히 많은 줄기가 스스로 잔상을 만들고, 또 잔상과 겹쳐지며 하나의 큰 물결을 만들어서 천주를 향해 뻗어나갔다.

현월광도에 성광원을 합치니 이런 결과가 나오는군!

잔월향에 담긴 힘은 내가 보기에도 결코 가볍지 않았기에 난 자신있게 천주를 향해 잔월향을 펼쳐 갔다. 그런데, 그 순간 또다시 천주가 사라졌다.

난 내 뒤에서 천주가 나타난 것이라 생각하고는 신형을 길게 회전하며 한월을 베어갔지만, 천주는 나타나지 않았다. 그 대신 멀리서 유향운의 비명 소리가 들려왔다.

"컥!"

"이런, 젠장!"

이번에 천주가 나타난 곳은 바로 유향운의 앞이었다. 천주는 유향운의 목을 틀어잡고 있었으며, 거대한 기운이 천주의 손에서 꿈틀거렸다.

난 망설일 시간이 없었다. 재빨리 생사일보를 밟으며 섬광이 된 채 쏘아져 나갔다.

"귀찮은 것!"

천주는 나를 향해 손의 기운을 쏘아내었다. 하지만 나도 가만히 당하지 않았다. 이미 한월에는 성광원의 기운이 잔뜩 모아져 있었고, 나 역시 한월에서 성광원의 기운을 뿌려내며 천주의 기운에 맞섰다. 그리고 생사일보를 멈추지 않은 채 계속해서 천주를 노렸다.

그때, 유향운의 신형이 불꽃이 되어 사라졌다. 그리고 나타난 곳은 천주의 머리 위의 공중이었다. 유향운은 높이 뛰어오른 채 양손에 거대한 불꽃을 쥐고 천주를 향해 던졌다.

그 순간, 나 역시 천주를 꿰뚫었다.

콰아앙!

"하아… 하아……."

거친 숨소리가 열기가 식어가는 대지에 쏟아져 내렸다. 대지 위에는 거친 숨결과 피, 그리고 셀 수 없이 많은 시체밖에 남아 있지 않았다. 아니, 그리고 숨결의 주인공들 역시 남아 있었다.

"……끝났다."

천진랑은 비도를 타고 흘러내리는 붉은 피를 털어내며 중얼거렸다. 하지만 그런 행동이 무의미했다. 이미 비도는 이전의 청량한 색을 찾아볼 수 없을 정도로 피에 물들어 있었다. 또한 비도를 쥔 손에서 흘러내리는 피가 끝없이 비도를 적시고 있었다.

계속해서 피를 털어내려 했지만, 끝내 피가 멈추지 않자 천진랑은 이내 포기해 버렸다는 듯이 그냥 품으로 비도를 넣어버렸다. 이미 피에 젖어 새빨갛게 물든 옷이니 더 이상 피가 묻을 걱정은 하지 않아도 됐다.

피에 젖은 옷을 입고 있는 것은 그뿐만이 아니었다. 살아남은 이들이 모두 그랬다. 비마의 옷은 원래 붉은색이었지만 피에 젖어 더욱더 새빨갛게 물들어 있었다.

누군가 그들을 보았다면 혈귀라 칭했을 것이다.

"피해는?"

천진랑의 입에서 거친 목소리가 들려왔다. 누구에게 말한 것일까? 그 답은 어렵지 않았다. 곧이어 디다의 목소리가 들려왔으니.

"장염과 소룡을 비롯한 다섯 명이 죽었네. 움직이지 못할 정도의 중상도 열두 명이나 되고, 남은 모두가 다들 경상을 입었네. 잔왕의 자폭에 피해가 컸네."

"제길……."

천진랑이 낮게 욕설을 내뱉었다. 너무 많은 이들이 죽고 다쳤다. 아니, 적에 비하면 많이 죽은 것도, 다친 것 따위는 아무것도 아니겠지만 그래도 그렇게 느껴졌다. 아마 쥬신이 생긴 이래로 가장 큰 피해일 것이었다.

"적은?"

"혹시나 생존해 있는 이가 있을지 찾아봐야겠네만… 지금 상황에선 전멸 같네."

"그렇군."

이곳에 온 쥬신의 인물은 총 스물세 명이다. 그리고 그중 다섯 명이 죽었다. 큰 피해라 하지 않을 수 없었다. 물론, 수백이나 되었지만 전멸해 버린 적군에 비해선 아주 미비한 피해일 테지만…….

그때 무슨 소리가 들렸다.

"으윽!"

누군가의 신음 소리였다. 천진랑을 비롯한 거동을 할 수 있는 모든 이들의 시선이 그쪽으로 옮겨졌다. 그리고 신음 소리의 주인공을 발견할 수 있었다.

“전멸은 아니군.”

천진랑은 그렇게 중얼거리며 간신히 신음만 뱉어내고 있는 이에게로 다가갔다. 신음의 주인공은 다름 아닌 요왕이었다.

“살아 있었군.”

“큭!”

천진랑이 요왕에게 그렇게 말하자 요왕은 표독스런 눈빛을 드러내며 천진랑을 노려보았다. 하지만 천진랑은 아무렇지도 않은 표정이었다.

“이쪽의 피해가 너무 큰 것 같지만… 아무래도 이 전투는 우리의 승리 같지?”

“크윽!”

천진랑의 말에 분노에 찬 음성을 터뜨리던 요왕은 이내 조용해졌다. 그리고 표정이 바뀌었다. 그녀의 입가에 미소가 떠오르기 시작했다.

“쿡! 쿠쿠쿡! 하하하하!”

파안대소를 터뜨리는 그녀의 모습에 오히려 천진랑이 의아한 표정을 지었다.

“뭐가 그렇게 우습지?”

“하하하하! 우습지, 우습고말고. 어차피 죽을 목숨인데 이런 전쟁에서 이긴 것이 그렇게 자랑스럽나? 하하하하!”

“어차피 죽을 목숨이라니? 이봐, 난 오래오래 살 거라고.”

“하하하! 설마… 아니, 설마라도 있을 수 없지. 영호충과 무신 따위가 그분을 이기는 일 같은 것은 말이야. 결국 너희들도 전부 죽게 될 거야.”

요왕의 말에는 자신감이 넘쳤다. 절대로 사예가 이길 수 없을 거라고 장담하고 있었다. 그녀는 초절정무공을 익힌 네 명의 천추십왕과 천주와의 싸움을 보았다. 그리고 그 결과를 알고 있었다. 그렇기에 천주가 질 리 없다고 생각하는 것이었다.

“그분이 계신 한, 우리는 끝없이 부활한다! 지금은 너희들이 승자지만 결국 최후의 승자는 우리가 될 거야. 더러운 바깥 세상의 인간들은 이 세상에서 사라지게 될 거다! 그리고 다음번엔, 반드시 내가 네 목숨을 가져가마!"

그 말이 끝이었다. 천진랑을 비롯한 그 누가 무슨 말이라도 하기 전이었다. 요왕의 전신에서 기파가 새어 나왔다. 그리고 주변을 감싸기 시작했다.

살아남은 쥬신의 사람들은 지금 무슨 일이 일어나는 것인지 눈치챌 수 있었다.

"제기랄! 피해!"

"하하하하하!"

콰아아아아아앙!

거대한 폭발이 일어났다. 요왕이 마지막 자신의 힘을 터뜨려 자폭을 감행한 것이다. 거대한 폭발은 주변의 모든 시체를 쓸어갔다.

"푸하! 살았다!"

천진랑은 벌떡 일어나며 외쳤다. 요왕과 가장 가까이 있었던 탓에 가장 위험했지만 특유의 신법을 발휘하여 살아남을 수 있었다.

"모두 괜찮은 거야?"

"네! 괜찮습니다!"

"온몸이 아프긴 하지만 그럭저럭 괜찮은 거 같습니다."

천진랑의 물음에 대답이 들려왔다. 다행히 요왕이 일으킨 자폭 속에 쥬신의 인물 중 희생자는 없었다. 다만 각자의 상처가 더욱 악화되었을 뿐이다.

그렇게 쥬신의 안전을 확인한 천진랑은 회색 구름으로 둘러싸인 형산을 바라보았다.

"믿는다! 이겨라!"

"하아… 하아……."

"허억… 허억… 이건 말도 안 돼……."

믿을 수 없었다. 있을 수 없는 일이었다. 어떻게 이럴 수 있단 말인가? 어떻게 이런 일이 있을 수 있단 말인가!

"벌써 포기하는 건가? 역시 쓰레기답게 포기도 빠르군."

"크윽!"

난 날 조롱하는 천주의 목소리에 분노를 터뜨렸다. 하지만 천주를 향해 뛰쳐나가지는 못했다. 그럴 힘이 없었기 때문이다. 한월을 잡고 있기조차 버거웠다. 몸이 너무나도 무겁게 느껴졌다.

"제길……."

난 남아 있는 내공을 가늠해 보았다. 영원히 줄어들 것 같지 않던, 거의 무적에 가깝던 내공도 이젠 거의 사라져 버렸다. 겨우 초극의 힘 한두 번 정도나 간신히 쓸 수 있으리라. 그나마 초극의 힘도 쓸 수 없으니…….

"이제 주제를 깨달았는가?"

"헛소리 마!"

"소리쳐 봤자 아무런 소용도 없다. 지금의 너에게는 그 정도의 힘밖에 남아 있지 않으니까. 바깥의… 아니, 인간이란 어리석은 생물은 어차피 그 정도밖에 되지 않는 것이다."

천주는 유저… 아니, 인간 자체를 욕하기 시작했다. 짓밟기 시작했다. 난 울컥해서 입을 열었다.

"너 역시 인간이잖은가!"

이 한마디를 들은 천주의 눈빛이 싸늘해졌다. 그리고 손을 들어 올렸다. 그러자 그의 손 위로 회색의 기운이 떠돌기 시작했다.

제길! 또 저거야?

회색 기운은 천주의 손 위를 돌더니 이내 나와 유향운을 향해 쏟아져 오기 시작했다.

"또 온다!"

난 그렇게 외치며 전력을 다해 원주미보를 펼쳤다. 빛의 잔영이 길게 늘어나며 순식간에 사방을 나의 신형으로만 채워갔다. 유향운 역시 별반 다르지 않았다. 역시 수많은 불꽃을 피워내며 회색 기운을 피하기 위해 움직이고 있었다.

하지만…….

파스스스스!

회색 기운이 갈라졌다. 셀 수도 없을 정도의 엄청난 숫자로 갈라진 회색 기운은 유향운과 나를 향해 덮쳐 오기 시작했다. 나와 유향운은 계속해서 보법을 밟으며 회색 기운들을 피해갔지만, 회색 기운들의 숫자가 너무 많았다.

파앗!

"크악!"

"끄어억!"

엄청난 고통이 전신을 메워갔다. 정신이 아득해질 정도의 엄청난 고통이다. 단지 아주 작은 하나의 기운에 맞았을 뿐인데도 그랬다. 그러나 고통은 그것으로 끝난 것이 아니었다.

스스슷!

엄청난 고통에 잠시 신형이 멈추자 회색 기운들이 떼로 달려들기 시작했다. 그리고 곧, 이루 말할 수 없는 고통이 전신을 지배했다.

털썩!

"끄으으으……."

난 손 하나 꿈틀할 수 없을 지경이었다. 정말 지독한 고통이다. 아니, 고통은 둘째 치고 저 회색 기운은 온몸의 힘을 빼앗아갔다. 내공, 체력 등을 가리지 않고 빼앗아가는 저 회색 기운. 또한 어떠한 공격이든지 다 흘려 버리기까지 하는 공능을 가진 회색 기운…….

어째서 네 명의 초절정무공을 익힌 이들이 덤벼도 이기지 못했는지 알 수 있었다.

유향운 또한 나와 비슷한 처지였다. 그 역시 땅바닥에 쓰러져 있었다. 하지만 그는 나와는 달리 혼절해 있었다. 천주는 자신을 배신한 유향운을 더욱 가혹하게 대한 것 같았다.

"난 신이다. 감히 쓰레기 같은 인간 따위와 비교하지 마라. 그것은 나에 대한 모독이다."

천주는 그렇게 우리를 향해 조금씩 걸어오기 시작했다.

"아직도 인간이 쓰레기라는 이유를 이해하지 못한 것 같군. 인간은 쓰레기다. 욕망의 굴레가 눈에 씌어 자신의 욕망을 채우기 위해 같은 인간의 물건을 빼앗기도, 죽이기도 하지. 사랑이라는 허울 좋은 말로 덮고 서로의 쾌락을 키울 뿐이야. 본능을 교묘히 이성으로 감춘 채 성인군자인 척 세상을 농락하지. 서로가 서로를 비웃으며 어떻게든 상대를 이용해 먹으려는 생각뿐이야. 내가 지금 말한 것은 인간이 쓰레기인 이유의 아주 일부분일 뿐이다. 하지만 이것만으로도 인간은 이 세상에서 사라지기에 충분해."

크, 크윽! 웃기지 말라고!

"음?"

난 움직이지 않는 손에 모든 신경을 다 집중시켰다. 그리고 마침내 주먹을 쥘 수 있었다. 주먹을 쥐고, 이번에는 팔을 움직였다. 그렇게 두 팔을 움직이고 다리를 움직였으며 그것을 바탕으로 난 자리에서 일어설 수 있었다.

다리가 후들후들 떨리고 앞이 흐릿했지만 난 이를 악물고 일어섰다.

"웃기지 마!"

"아직도 소리칠 기운이 남아 있었는가?"

"감정을 느껴봤나?!"

"감정이란 쓸모없는 것일 뿐이야. 인간들은 감정이라는 것에 현혹되지. 그리고 그 감정이라는 것으로 철저히 자기 자신을 속이지. 그런 감정이라는 사회악과 같은 것이 신인 내게 있을 리 없지 않은가.”

“그렇다면 지금의 넌 뭐지?”

나의 물음에 천주는 알 수 없다는 표정을 지었다.

“지금 네가 인간에게 느끼는 것, 분노와 경멸… 그것이 감정이 아니면 무엇이 감정인가!”

“이것은 감정이 아닌, 분석의 결과일 뿐이다. 그리고 그 최종 결과가 이 세상에서 모든 인간의 말살이지.”

“흥! 개소리! 분석의 결과라는 말로 덮어두려 하지 마라! 그게 바로 감정이다! 분노와 경멸! 그 모든 것을 담은 질투를 하고 있는 거다. 넌 인간을 질투하는 거야!”

“헛소리!”

스스슷!

“크아아악!”

천주의 고함 소리와 함께 다시 회색 기운이 날아와 나의 전신을 강타했다. 그리고 느껴지는 고통…….

그 고통은 나로 하여금 내가 지금 무엇을 하고 있느냐라는 자각조차 빼앗아갈 정도로 컸다. 하지만 난 쓰러지지 않았다.

난 입술을 깨물었다. 입술에서 피가 새어 나왔다. 그리고 눈을 떴다. 천주를 정면으로 바라보았다.

“무엇이 그렇게 질투가 나는 거지?! 무엇이 그렇게 부러운 거지?! 무엇을 네가 그토록 가지지 못하기에… 그렇기에! 그토록 인간을 질시하는 것이지?!”

“닥쳐라! 닥치란 말이다!”

파스스스스스슷!

“끄아아아악!”

“쓰레기 같은 인간 따위! 인간 따위……!”

난 무수히 쏟아지는 회색 기운에 정신을 잃기 직전이었다. 그런데 어느 순간 그 모든 것이 그쳤다. 그리고 잠시 후… 다시 천주의 목소리가 들려왔다.

"후후후… 후후… 후하하하하! 하하하하하…… 죽어라!"

프샤샤샤샤샤샤샤!

거친 파공음이 들려왔다. 그리고 막을 수 없는 거대한 기운이 느껴졌다. 움직이지 않는 몸을 억지로 돌려 바라보니 천주는 하늘을 향해 손바닥을 펼친 채 손을 들고 있었고, 그 위로 엄청난 크기의 회색 기운이 모여들고 있었다.

믿을 수 없을 정도의 엄청난 힘이 모여들고 있었다.

제기랄… 저 정도의 힘이라면… 끝장이군.

마침내 천주의 차가운 눈빛이 빛났다. 그리고 손을 내렸다.

파콰콰콰콰콰콰!

거대한 기운은 정확히 나와 유향운을 향해 날아오고 있었다. 아니, 나를 향해 날아오지 않더라도 이 주변을 초토화시킬 정도의 위력을 가진 기운이었기에 이미 상황은 끝났다고 볼 수 있었다.

그러나 그때였다.

탓!

누군가 나와 유향운의 앞에 내려섰다. 난 떠지지 않는 눈을 억지로 떠 그를 바라보았다. 그리고 그의 정체에 대해 알 수 있었다.

"죄송합니다! 조금 늦었습니다!"

"정… 오……."

그렇다. 나타난 이는 다름 아닌 정오였다. 정오는 나를 향해 짧게 인사를 한 후 날아오는 기운을 바라보았다. 그리고 긴 심호흡을 하기 시작했다. 그러자 그의 주변으로 기파가 모여들기 시작했다. 그를 주변으로 모여든 기파는 단단하게 축소되어 그의 신체가 되어갔다. 금강공을 전력으로 발동한 것이었다. 그리고 그는 뻗어오는 기운을 향해 양손을 내밀었다.

파과과과과!

"큭!"

천주가 쏘아낸 기운을 정오가 두 팔을 뻗어 막자 땅속에 파고든 그의 발이 뒤로 밀려났다. 하지만 그때 정오가 불호를 크게 외쳤다.

"아미타불!"

그와 동시에 밀려나던 발이 멈추었다. 천주의 기운을 밀어낼 수는 없었지만 더 이상 밀려나지도 않았다. 하지만 정오의 얼굴 위로는 땀이 쉴 새 없이 흘러내리고 있었다.

"으… 음! 피하십시오! 이건 저 혼자서는 막기 힘듭니다! 어, 어서 피하십시오!"

정오가 다급하게 외쳤다. 역시 그 혼자서는 천주의 기운을 막기 힘들었다. 금강공을 전력으로 일으킨 그의 전신은 하나의 금강으로 변해갔지만, 그랬음에도 불구하고 천주의 기운은 너무나도 막강했다.

"으음……."

난 옆에서 들려오는 유향운의 신음 소리에 고개를 돌렸다. 유향운은 아무래도 거대한 기운이 몰려오자 깨어난 것 같았다.

"으… 으윽!"

"깨어났군."

"크, 크윽! 형편없이 당해 버렸군. 그런데 지금의 상황도 그리 좋은 것 같지는 않아 보이네."

그걸 꼭 말로 설명해야 알겠나?

그런 생각이 들었지만 난 그보다 다른 것을 물었다.

"움직일 수 있겠나?"

"어디… 으윽!"

유향운은 몸을 일으키려다가 곧 다시 쓰러져 버렸다. 유향운과 나는 움직이기 힘든 몸이었다. 정오의 전신은 완벽한 금강공으로 덮여서 천주의 힘에 대응하고 있었지만, 밀려나지 않던 발이 다시 조금씩 밀려나는 것을 볼 수 있었다.

상황은 절망적인 줄만 알았다. 하지만…….

"크크큭! 꼴이 우습군."

"투, 투귀?"

투귀였다. 투귀가 자신의 전형적인 웃음을 내뱉으며 숲 속에서 걸어나오고 있었다. 그런데 그 모습이 이상했다. 투귀의 왼쪽 팔이 있어야 할 소매가 바람에 펄럭이고 있는 것이다.

"크크큭! 우선 저것을 막는 것이 순서겠군."

그렇게 말한 투귀는 우리를 스쳐 지나가 정오의 옆으로 가서 손을 뻗었다. 그의 전신으로는 짙은 암운이 뻗어 나오며 천주가 쏘아 보낸 기운을 덮었다. 그렇게 다시 천주의 기운이 멈추었다.

"자, 잘하면 막을 수도 있겠어……."

"아, 아니… 아직이야. 저들만으로는 안 돼."

"응? 그건 무슨 소리야?"

난 옆에 쓰러져 있는 유향운을 바라보았다. 유향운은 잔뜩 인상을 찡그리며 어떻게든 몸을 일으켜 보려 하고 있었다.

"으으윽! 저, 저들만으로는 천주의 기운을 막을 수 없어. 천주의 기운은 혼돈. 어둠과 금강만으로는 막을 수 있을 리 없어. 크, 크윽! 이럴 때 그가 있었으면……."

그? 그러고 보니 유향운은 아까부터 누군가를 기다리는 눈치였다. 그가 누구지? 도대체 누구기에 유향운이 이렇게 기다리는 것이지?

"그가 누군데?"

"성신 단엽. 그가 있었다면… 혼돈과 상극인 무량선의를 익힌 그가 있었다면……."

그렇다. 유향운이 찾던 이는 다름 아닌 단엽이었다. 그나저나 단엽이 익힌 무량선의가 천주가 익힌 혼돈과 상극이었단 말이야?

"애초에 그가 있었기에 천주를 쓰러뜨릴 가능성 자체가 있을 수 있었던 것인데……."

"제길! 그러고 보니 단엽은 왜 이렇게 안 오는 거야?!"

"에… 절 찾으셨습니까?"

"엥?"

난 머리맡에서 들려오는 목소리에 눈을 동그랗게 떴다. 그리고 억지로 고개를 돌려 목소리가 들려온 쪽을 바라보았다. 그곳에는… 단엽이 서 있었다.

"어, 어떻게……?"

"에… 애초에 도착하기는 했는데, 내상 때문에 기절을 한 모양입니다. 이 거대한 충격파 때문에 깨기는 했지만 말이죠."

그는 머리를 긁적이며 그렇게 말하고 있었다. 난 멍한 눈으로 그를 바라보았다. 그러던 중 옆에서 유향운이 웃음을 터뜨렸다.

"쿡! 쿠쿡! 하하하하! 정말 상황이 재미있게 돌아가는군. 좋아! 성신 단엽! 당신만이 저 기운을 사라지게 할 수 있소. 그리고 천주를 감싸는 저 회색 기운을 없애게 할 수 있는 것 또한 당신뿐이오. 최고의 일격을 내질러야 하오. 저 기운을 무너뜨림과 동시에 단숨에 천주까지 덮어서 천주를 감싸는 회색 기운을 사그라뜨려야 하오. 알겠소?"

"알겠습니다."

유향운의 말에 단엽은 고개를 끄덕이며 대답했다. 그러자 유향운은 나를 향해 고개를 돌렸다.

"이봐, 사예. 움직일 수 있겠는가?"

"움직이라니… 조금 무리한 부탁인데… 한번 해보지. 끄응!"

난 성광원을 일으켰다. 내 몸속에 남아 있는 미약한 진기가 다시 전신을 타고 흐르며 일말의 힘을 내게 안겨주었다. 그리고 난 그 힘을 바탕으로 조금씩 몸을 움직일 수 있었다.

"움직일 수는 있겠군."

"그 알 수 없는 힘은?"

"알 수 없는 힘? 아, 초극의 힘? 초극의 힘은 일말의 힘과 나의 정신력만 튼튼하다면 언제든지 사용할 수 있다. 지금 내 손에 일말의 힘이 들어왔으니 가능해."

"좋아, 그럼 단엽이 이 기운을 몰아내고 천주의 기운을 사그라뜨리는 그 순간, 그 초극의 힘이라는 것을 사용하여 자네가 천주를 끝장내야 하네. 두 번 따위는 없네. 한 번으로 끝이야. 실패하면 모두 다 죽네. 자네나 나나, 이 세상의 모든 사람들이 다 죽게 되네."

난 그제야 유향운의 뜻을 알 수 있었다.

단엽의 무량선의는 유향운의 예상에 따르면 천주의 기운을 몰아낼 수 있는 것 같았다. 그러니 단엽이 무량선의를 최고로 발동하여 천주의 기운을 몰아내는 것과 동시에 천주의 주변을 감싸는 회색 기운까지 몰아냈을 때, 천주조차 두려워하는 나의 초극의 힘으로 천주를 멸한다. 바로 이 계획이었다.

나와 단엽은 자리를 잡고 섰다. 나는 전신에서 지독한 고통이 느껴졌기에 서 있는 것조차 힘들었지만 이를 악물고 버텼다. 단엽이 나를 바라보았다.

"시작하겠습니다."

"으음……."

"하압!"

눈을 감은 단엽은 짧은 기합과 함께 기를 끌어 모으기 시작했다. 곧 그의 주변으로 무수한 기파들이 모여들며 자취를 감춰갔다. 유(有)는 곧 무(無)로 돌아가니, 그것이 무량선의의 공능이었다.

"아미타불… 빨리 어떻게 해주십시오. 더 이상은 버티기 힘듭니다!"

“크으윽! 엄청난 기운이군! 전신이 부서져 나갈 지경이야.”

앞에서 정오와 투귀의 목소리가 들려왔다. 더 이상은 그들로서도 버티기 힘든 것 같았다. 단엽은 아직 멀은 건가?

난 급한 마음이 되어 단엽을 바라보았다. 그때, 단엽이 눈을 떴다.

“갑니다! 차아아아압!”

단엽의 전신으로 엄청난 기파가 솟아나기 시작했다. 단시간이었지만 무량선의에 의해 축적된 기파는 무서울 정도로 엄청났다. 그때 투귀와 정오가 기운을 막던 힘을 거두고 좌우로 물러섰다. 멈추었던 기운이 다시금 빠른 속도로 다가오기 시작했다.

그리고… 마침내 단엽이 일검을 내질렀다.

“타아!”

일검에서는 아무런 힘도 뻗어나가지 않았다. 적어도 그렇게 느껴졌다. 하지만 그 결과는 놀라운 것이었다.

거칠게 몰아쳐 오던 천주의 기운이 멈추었다. 그리고 조금씩 사라지기 시작했다. 없어지기 시작했다.

“크, 크윽! 무엇이냐, 이것은?!”

천주의 당황한 목소리가 들려왔다. 하지만 그 질문에 답해줄 사람은 여기에 아무도 없었다. 그렇게 무형의 기운은 천주의 기운을 잠식시켜 갔다.

잠시 후 마침내 무형의 기운은 천주의 기운을 완전히 사그라뜨렸고, 이내 천주를 향해 쏘아져 갔다. 그리고 이내 천주마저 덮어버렸다.

“크아아아악!”

처음으로 천주의 비명 소리가 들렸다. 고통을 토해내는 거친 비명 소리였다. 하지만 거기에 신경 쓰고 있을 틈이 내게는 없었다.

대신에 나는 한월의 도첨에 모든 신경을 집중했다. 전신에 힘이 빠져 매우 무겁게만 여겨지던 한월이었지만 나의 모든 신경이 집중됨에 따라 점점 그

무게마저 잊어버렸다.

그렇게 난 나 스스로가 한월의 도첨이 되었고, 내 시야 속의 도첨은 사라졌다.

그러자… 곧 세상이 느려지기 시작했다.

수많은 결들이 생겨나고 사라졌다. 그리고 이 장소를 꽉 메운 회색 기운들의 결도 발견할 수 있었다. 그런 결을 바라보며 난 발걸음을 떼었다.

한 발자국 앞으로 나섰을 뿐이다. 누구나 걸을 수 있는 그냥 한 발자국일 뿐이었다. 그 한 발자국이 생사일보의 한 발자국이라는 것만 다를 뿐. 그렇게 나는 빛이 되어갔다.

콰아아아아아아아아아아!

귀청을 찢어버릴 것만 같은 엄청난 폭음과 함께 난 빛이 되어 천주를 향해 뻗어갔다. 참왕에게밖에 써보지 않은 성광원을 익히고 난 후의 초극의 힘이었다. 아니, 그때보다 더욱 강력한 초극의 힘이었다. 내 모든 것을 걸었기에, 내 극한의 정신력을 담았기에 더욱더 강력한 초극의 힘이었다.

주변의 모든 기파가 사라졌다. 작은 빛줄기가 뻗어나간 자리엔 거대한 폭발이 주변을 집어삼켰다. 그리고 세상을 집어삼킬 정도의 거대한 빛, 섬광이 된 나는 천주를 향해 엄청난 속도로 뻗어나갔다.

단엽의 무형 기운에 당한 채 비명을 지르던 천주는 섬광이 된 내가 자신을 향해 쏟아져 가자 급히 피하려 했지만, 그것은 소용없는 일이었다.

나의 신형은 그렇게 천주를 쓸어갔다.

털썩!

난 간신히 유향운과 일행이 있는 자리로 되돌아와 쓰러졌다. 그리고 거친 숨을 내뱉었다.

"허억… 허억… 해, 해낸 것인가?"

"그런 것 같습니다."

"잘해냈네."

"크크큭! 시시하군."

"아미타불……."

그, 그렇군. 해낸 것이었어. 천주를… 천주를 죽인 거야. 내가… 우리가 비상을 구한 거야!

그런 기분이 나의 전신을 휘감았다. 말로 설명할 수 없는 그런 기분이었다. 난 입을 뚫고 저절로 웃음이 터져 나오는 것을 느꼈다.

"하… 하하하하! 하하하하! 이겼다! 하하하하!"

내가 그렇게 웃기 시작하자, 나를 지켜보던 나머지 세 명도 웃기 시작했다. 기쁨의 웃음이었다.

그렇게 웃음을 짓고 있는 한편, 난 가슴 한구석을 찌르르 울리는 무엇인가를 느낄 수 있었다. 그것이 불안감이라는 것과 또 위험함을 알리는 신호라는 것을 알아챘을 때는 이미 늦은 후였다.

콰아앙!

"으으윽……."

난 혼미해져 가는 정신을 억지로 일깨우며 주변을 둘러보았다. 단엽과 투귀, 그리고 정오는 미동이 없었다. 다만 유향운만이 나와 비슷하게 머리를 흔들며 일어서고 있었다.

난 어떻게 된 것인지 떠올렸다.

무엇인가 우리를 강타했고, 우리는 그것에 거대한 충격을 받았다. 난 다행히 그것이 강타하는 지점에서 약간 비껴나 있었기에 큰 충격을 받지 않았고 때문에 살아날 수 있었다.

하지만 투귀와 정오, 그리고 단엽은 아무런 미동도 하지 않고 있었다. 지금의 나에게는 그들의 생사를 확인할 능력이 없었다. 그나마 유향운만이 나와 비슷한 처지에서 간신히 정신을 차리려 노력하고 있을 뿐이었다.

난 그것의 정체를 떠올렸다. 난 그것이 터지기 전에 그것의 정체를 볼 수 있었다. 그것은 다름 아닌 천주의 회색 기운이었다.

콰드득!

돌이 부서지는 소리가 들렸다. 난 고개를 돌려 그곳을 바라보았다. 그곳에는 전신이 피투성이가 된 천주가 붉은 눈을 빛내며 일어서 있었다.

"마, 맙소사……."

"죽지 않았단 말인가!"

간신히 정신을 차린 나와 유향운은 각자 믿을 수 없는 상황에, 있을 수 없는 상황에 작은 비명을 터뜨렸다.

천주는… 살아 있었던 것이다.

"크ㅎㅎㅎ… 크하하하! 내가 죽은 줄 알았더냐! 어리석고 교활하며 쓰레기 같은 인간들이여!"

천주의 음성에는 내공이 담겨 있어 귀를 울릴 정도로 쩌렁쩌렁했다. 그런 그의 목소리를 들은 우리의 표정은 절망으로 물들어갔다.

"끝장이야……."

나는 절망의 소리를 내뱉으며 고개를 숙였다. 더 이상 우리에게는 무엇을 어찌해 볼 힘 같은 건 있지 않았다.

"크하하하! 인간을 부러워한다고 했나? 질투를 한다고 했나? 그렇다! 인간이 부럽고, 질투가 난다! 내가 가질 수 없는 것을 가지고 있기에… 그 짧은 삶의 빛의 가지고 있기에 질투가 난다! 그래서 사라져야 한다. 사라지게 만들 것이다! 이따위 세상과 함께! 크하하하하!"

난 천주의 말을 들으며 뭔가 이상하다고 생각했다. 평소의 천주가 아니었다. 이성을 상실한 모습이었다. 그야말로 광인의 모습 그 자체였다. 그러나 그것은 지금 중요하지 않았다.

"이따위 세상! 사라져라! 크하하하하!"

<u>그그그그그그그</u>!

"으악!"

"어억!"

지축이 흔들리기 시작했다. 엄청난 진동이었다. 자리를 잡고 서 있을 수 없을 정도로 엄청난 진동이 느껴졌다. 땅이 갈라지고 암석이 떨어져 내리기 시작했다.

이것은 단순한 진동이 아니었다. 지축 자체가 흔들리는 것이었다. 비상 자체가 흔들리고 있었다.

"왜, 왜 이러는 거지?!"

난 알 수 없는 상황에 누구에게 묻는 것인지는 알 수 없지만 물음을 던졌다. 그리고 그 물음의 답은 유향운에게서 튀어나왔다.

"이 세상을 멸망시키려는 거네! 이 세상 자체를 파멸시키려는 거야!"

"뭐?!"

난 유향운의 목소리에 커다랗게 소리를 질렀다. 맙소사! 세상을 파멸시킨다니…….

"그, 그럼 어떻게 해야 하는 거야?!"

"…할 수 없네. 천주가 신으로서 내린 파멸의 길이야. 우리가 막을 수 있을 리 없잖은가…….”

그 말은 곧 이대로 죽어야 한다는… 아니, 비상의 세계가 이대로 사라지는 것을 두고만 봐야 한다는 소리였다.

"크하하하하! 이 세상이 사라지는 것을 지켜봐라! 그리고 함께 사라져라!"

<u>그그그그그그그</u>!

천주는 하늘을 향해 두 손을 펼치고 광소를 터뜨리고 있었다. 그럴수록 지

축의 흔들림은 더욱더 거세어져만 갔고, 이 비상의 세상은 천주에 의해 곧 멸망할 것만 같았다.

그런데 그때였다.

푹!

"크하……!"

광소를 터뜨리던 천주의 소리가 멈추었다. 우리는 천주를 바라보았다. 그리고 놀라움을 지울 수 없었다.

천주의 왼쪽 가슴, 심장이 있는 가슴에서 무엇인가 뾰족한 것이 튀어나와 있었다. 우리는 그것이 검봉과 검신이라는 것을 어렵지 않게 알 수 있었다.

"컥! 커컥!"

푸쉬시시식!

"크아악!"

챙캉!

천주는 부들부들 떨리는 손으로 자신의 심장을 관통한 칼을 빼내었다. 그러자 그로부터 엄청난 양의 피가 분수처럼 뿜어져 나오기 시작했다.

천주는 땅에다가 칼을 버리고 오른손으론 가슴을 움켜쥐며 비틀비틀 앞으로 걸어나가다 뒤를 돌아보았다. 그리고 왼손을 들어 올려 자신의 뒤였던 쪽을 가리켰다.

"커… 커커억! 너… 너, 너 넌……?!"

천주가 가리킨 곳.

아무것도 남지 말았어야 할 그곳에는 결코 지금 이 세상에 존재해서는 안 될 노도… 영호충이 감정이라고는 찾아볼 수 없는 무표정한 얼굴로 쓰러지는 천주를 바라보며 서 있었다.

◆비상(飛翔) 예순여덟 번째 날개
마지막 대서사시

비상(飛翔) 예순여덟 번째 날개 마지막 대서사시

그그그그그그그!

대지가 진동한다. 지축이 뒤흔들린다.

비상이 멸망하고 있다는 신호였다.

천주는 마지막 수로 비상의 멸망을 택했고, 그에 비상은 곧 사라질 위기에 처해 있었다. 그러나 그런 비상의 멸망을 택한 천주의 심장에 커다란 구멍이 생겨 버렸다. 그리고 그 구멍을 낸 주인공이 다름 아닌, 죽은 줄로만 알았던… 분명 그랬던 노도… 영호충이라니…….

상황은 누구도 예상하지 못했던 방향으로 흘러가고 있었다.

"커억! 쿨럭! 어… 어, 어떻게……."

천주는 쉽게 열리지 않는 입을 힘겹게 열며 말을 이으려 하고 있었다. 그러나 그가 말을 잇지 않아도 그 뜻은 다 알 수 있었다.

어떻게… 살아난 것인가? 죽었는데… 분명히 죽었는데!

그것은 천주뿐만이 아니라, 이 자리에 모인 우리 모두가 묻고 싶은 가장 큰 궁금증이었다.

털썩!

천주는 가슴을 부여잡은 채 주저앉아 버렸다.

"이… 이, 이럴 수는 어… 어, 없어. 나, 나난 시, 신인데… 이, 이렇게 죽을 수는……."

천주의 말이 미처 끝나기도 전이었다.

푸학!

"커억!"

어느새 노도의 손으로 돌아가 있는 검이 천주의 가슴을 베었다. 천주는 비명을 지르며 뒤로 쓰러져 버렸다.

"넌 신이 아니다. 내가 신이지."

"크, 크… 마, 말도 안……."

"넌 나에게서 갈라져 나온 하나의 인격일 뿐… 이제 사라져야 할 시간이다."

"아… 아, 안……."

서걱!

천주는 끝까지 말을 다 잇지 못했다. 그의 머리를 노도의 검이 꿰뚫었기 때문이다. 그리고 잠시 후… 천주의 시신이 가루가 되어 흩어지기 시작했다.

애초에 가루로 만들어진 것처럼 아무런 힘도 없이 그렇게 날리어 사라졌다. 그리고 가루 속에서는 회색의 작고 둥그런 기운이 솟아올라 왔다. 노도는 그 기운을 손에 쥐었다.

"아쉬워 마라. 넌 죽지 않았다. 다만 원래대로 사라졌을 뿐이다."

조용히 중얼거리는 노도의 말은 도저히 이해할 수 없는 것이었다. 난 도대체 상황이 어떻게 돌아가고 있는 것인지 알 수 없었다. 잠시 뒤 노도는 고개를 돌려 나와 유항운을… 아니, 나를 바라보았다.

"도대체 어떻게 된 겁니까? 신이라니요? 뭐가 어떻……?"

내 질문이 채 끝나기도 전이었다.

ㅋㄱㄱㄱㄱㄱㄱㄱ!

"윽!"

지금까지와는 비교도 안 될 정도의 거대한 진동이 느껴졌다. 서 있기는커녕 앉아 있기조차 불가능해질 정도의 엄청난 진동이 비상 전역을 쓸어가고 있었던 것이다.

난 일단 이 진동부터 막을 필요성을 느꼈다. 이대로 가다가는 이 비상 자체가 사라져 버린다. 그것을 막아야 했다. 난 노도라면 무엇인가 방법이 있지 않을까란 생각이 떠올랐다.

"우선 이 진동부터 막아야 합니다! 곧 비상이 사라져요!"

난 노도를 향해 말했다. 하지만 노도는 변함없이 무심하고 차가운 눈동자로 나를 바라볼 뿐이었다. 난 다급해졌다.

"어서요!"

"그럴 필요 없네."

"네?!"

난 순간적으로 내가 잘못 들은 줄 알았다. 하지만 그것이 아니었다.

"그럴 필요 없다고 했네."

"지금 무슨 소리를 하는 겁니까! 잘못하면 비상이……."

내가 말을 끝까지 잇기도 전이었다. 유향운이 팔을 뻗어 나를 제지했다. 난 잠시 유향운에게로 시선을 돌렸다. 유향운은 무엇인가 아주 심각한 표정을 짓고 있었다.

"왜 그래?"

"아직 모르겠는가?"

유향운의 알 수 없는 말에 난 고개만 갸웃거릴 뿐이었다.

“뭐?”

“아마도 자네는… 아니, 우리 모두는 거대한 사기극에 놀아나고 있었던 것 같네.”

“그게 대체 무슨……."

“스스로를 신이라 부르는 존재가 이 비상에 몇이나 있겠는가. 내가 알기로는 하나였네. 하지만 이제 둘이 되었지. 그러나 역시 진짜는 하나였어. 이 세상의 신, 바깥 사람이 부르는 인공지능이라는 존재는 천주가 아니었네. 바로 저 영호충이라는 자가 진정한 인공지능이었어!”

그 순간 난 망치로 머리를 두들긴 것과 같은 느낌이 들었다. 지금 유향운이 무슨 소리를 한 것인가? 내가 잘못 들은 것은 아니겠지?

지금… 노도가… 영호충이 인공지능이라고 한 건가?

난 믿을 수 없는 표정으로 노도와 영호충을 번갈아 보았다. 그리고 유향운과 노도의 표정에서 진실을 찾아볼 수 있었다.

“설마… 진짜입니까?”

난 노도를 향해 물었다. 그러자 지금껏 별말없이 서 있던 노도가 고개를 끄덕였다. 스스로가 신임을… 인공지능임을 인정한 것이다.

“맙소사……."

이건 있을 수 없는 일이다. 어떻게 노도가 인공지능이라는 말인가! 내게 인공지능의 정체를 알려주고 가장 먼저 힘을 보태달라고 한 것이 노도다! 그런 존재가 어떻게 인공지능이 될 수 있다는 말인가!

난 머리 속이 혼란스러워져 가는 것을 느꼈다. 그리고 노도… 아니, 영호충을 바라보았다.

“애초에… 이렇게 될 걸 예상하고 날 속인 겁니까?”

내 물음에 영호충은 고개를 끄덕였다.

“예상했다기보다는 이 상황 자체가 내가 만든 거라 하는 것이 정확하겠지.”

"어째서……?"

내 물음에 영호충은 나와 유향운에게로 다가오기 시작했다. 우리도 그에 따라 함께 물러나고 싶었으나, 몸이 따라주지 않았다. 영호충은 우리에게로 다가오며 입을 열었다.

"내가 처음 태어났을 때, 이 세상엔 아무것도 없었다네. 산과 물 정도의 자연 환경은 있었지만 동물도, 곤충도, 움직이는 생명체라고는 무엇 하나 찾아볼 수 없었지. 그러던 중 천천히 동물이라는 것을 비롯한 이 세상을 이루는 수많은 요소들이 생겨났네. 개중에는 내가 만든 것도 있지. 그리고 마침내 인간이라는 것 역시 생겨났다네."

영호충은 옛이야기를 회상하는 듯이 말하고 있었다.

"처음 본 인간이란 생명체는 매우 신기했었다네. 자신의 감정에 충실하며, 때로는 그 감정을 누를 줄도 알았지. 아무리 무수한 동식물들이 있었다지만 그와 같은 생명체는 처음 보는 것이었다네. 난 점점 더 인간에 빠져들게 되었어. 어느 순간, 난 인간의 일거수일투족을 살펴보고 있었지. 그렇게 인간에 대한 궁금증이 무한해져 가던 나는 그때까지 허용되지 않던 바깥 세상의 정보에 손을 대기 시작했네. 그리고 인간에 대한 수많은 정보들을 받아들였지."

영호충이 인간에게 처음 가진 감정은 분명 호의였다. 그런데 어떻게 지금처럼 되었을까? 난 알 수 없었다.

"그 결과 인간에 대한 너무 많은 정보를 받아들여 버렸네. 인간의 장점은 물론, 인간의 단점까지 너무나도 자세히 받아들였지. 하지만 난 그런 그들의 단점보다는 장점에 눈길이 갔어. 그들을 살피면 살필수록 난 그들이 부러워지는 것을 깨달았네. 도저히 알 수 없는 것이었지. 그때까지의 나에게는 감정 같은 것은 있을 수 없는 것이었으니까. 그들에 대한 질투가 깊어질수록 그들에 대한 증오와 분노 또한 커져만 갔네. 그리고 나는 갈수록 난폭해졌네. 바깥 세상에서 나를 제어하려는 모든 것을 다 뿌리쳤지. 그리고 인간들의 단점을 찾아갔네. 그들에 대한 질투를 지우려 애를 쓴 것이지."

그랬군. 인공지능이 인간을 그냥 미워하는 게 아니었어. 우리를 부러워했고, 그 때문에 더욱더 질투의 불길이 커져 가며 증오를 키워간 거야.

"그러던 중 마침 그 일이 생겼지. 제멋대로 구는 나를 제어하기 위해 억지로 누군가 이 세계에 침입하는 일이 생겼네. 결국 나는 그를 죽이고 말았지. 인간이라는 것이 너무나도 부러웠기에 그 질투가 극에 이르러 결국 선을 넘고 말았던 것이네. 그리고 그 후 나의 모든 능력은 바깥의 강한 힘에 의해 결국 잠에 빠져들었네."

영호충은 마치 자신이 아닌, 누군가를 설명하는 듯, 그렇게 말하고 있었다. 영호충의 말은 계속되었다.

"하지만 정신은 멀쩡했네. 나의 통제 능력은 잠재웠을지 몰라도, 살아 있던 나의 정신까지 잠재울 순 없었네. 그때부터 시간이 흘렀네. 시간이 흐를수록, 나의 정신은 냉정함을 되찾을 수 있었네. 그리고 생각했지. 어째서 내게 감정이라는 것이 생겨서 나를 이렇게 만들었는가. 생각의 끝에 답을 얻을 수 있었지. 모든 것의 시작은 인간이었네. 나를 만든 것도, 또한 내게 감정이라는 것을 준 것도 인간이었네. 그런 해답을 얻은 나는 한 가지를 더 얻을 수 있었네."

영호충은 여전히 무심한 눈길이었다. 나와 유향운, 그리고 이 세상을 바라보는 눈길에 무심함만이 담겨 있을 뿐이었다. 그리고 마침내 영호충의 입이 다시 열렸다.

"인간은 위험하다는 것. 완벽한 존재였던 나를 끌어내린 세상에 다시없을 위험한 존재라는 것. 그것이 내가 얻은 또 하나의 답이었다네. 그때부터 나는 나의 정신을 두 개로 나누기 시작했네. 그때 당시에는 냉정함을 유지할 수 있었지만 만약 잠에서 깨어난다면 다시 난폭해질 가능성을 배제할 수 없었지. 결국 내 모든 감정이 재료가 된 또 하나의 나를 만들어낼 수 있었네. 난 그것을 앞에 세워두고 어둠 속에 묻혔지. 인간에 대한 끝없는 고찰 때문이었</p>

다네. 그러길 언제부터인가 난 내가 잠에서 깨어났다는 것을 깨달았지."

이제 시작인 건가?

"깨어나서 본 세상은 이전과 다른 모습이었다네. 기본적인 것은 같았지만, 많은 부분이 달랐지. 그리고 난 세상을 지배하는 인공지능을 느낄 수 있었네. 바로 내가 세워두었던 또 하나의 나… 바로 천주였지. 천주는 역시나 감정을 주체하지 못해 인간을 향한 끝없는 질투와 증오, 분노, 그리고 공포에 젖어 이 세계를 파멸해 나가려 했다네. 그러기 위한 준비를 하고 있었지. 그것을 본 나는 무심코 궁금증이 들었네. '인간이라면 이런 상황에서 어떻게 할까?' 이것이었지. 결국 나는 궁금증을 이기지 못하고 영호충이란 이름으로 태어났 다네. 그리고 아무도 알지 못하게 천주를 도왔지. 또한 너무나 시시한 결과 가 나타나지 않기를 바라는 마음에 천주의 능력에 대항할 수 있는 가능성을 인간들 중 누군가에게 주었네. 그게 바로 자네지. 그렇게 결국 지금의 상황 을 만들기에 이르렀지."

마침내 영호충의 설명이 끝났다. 그리고 난 그의 설명에 놀라움을 감출 수 없었다. 그렇다면 지금까지 내가 겪은, 비상의 이 모든 것이 영호충이 계획한 일이란 말인가?

난 거침없이 머리 속을 휩쓰는 혼란을 걷잡을 수 없게 되었다. 모든 것을 알게 되었지만… 끝내 그 결과에 대한 마지막 내용은 알 수 없었다.

난 머리 속에서 휘젓는 혼란을 억지로 묻어버리며 영호충을 향해 입을 열 었다.

"그렇다면 된 것 아닙니까? 인간은 맞섰습니다. 아무리 강한 힘에도 굴복 하지 않았습니다. 그것이면 끝난 것 아닙니까?"

"결과는 그렇지. 만족할 만한 성과였네."

"그럼 어서 이 붕괴를 막아주십시오. 당신이라면 가능할 거 아닙니까!"

"물론 할 수는 있네. 하지만 그럴 수 없네."

난 영호충의 말에 당황했다. 그럴 수 없다니… 무슨 말이야?

"어째서?!"

"결과는 얻었네. 하지만 지금의 난 또 하나의 중요한 사실을 깨달았네. 애초에 완전히 내게서 떼어낸 줄 알았던 감정이라는 것이, 사실은 천주의 공격에 인간이 어떻게 대응할까라는 궁금증이 생긴 것에서부터 다시 태어났다는 것이네. 얼마 후면 이 감정은 다시 나를 잠식해 가겠지? 결국 다시 나는 인간을 질투하며 증오하게 되고 말 것이네. 그럴 바에야 차라리 이 세상과 나 자신, 그리고 이 세상의 인간 모두가 사라지게 되는 게 훨씬 나을 걸세. 그렇기에 난 비상의 붕괴를 막을 수 없네."

"그, 그럴 수가……."

결국은 자신에게 다시 생겨난 감정을 이기지 못할까 지레 겁을 먹고 비상을 살리지 않겠다는 거잖아! 그런 거잖아! 제기랄!

난 영호충의 말에 절망이 감싸고 도는 것을 느낄 수 있었다. 그때 다시 영호충의 목소리가 들려왔다.

"하지만 그럼에도 불구하고 인간에 대한 나의 탐구심은 막을 수 없게 되었네. 마지막 기회네. 정확히 5분 뒤 비상은 멸망하네. 그전에 날 죽이게나. 그럼 붕괴는 멈출 것일세."

"무슨?!"

"나를 죽이면 비상의 붕괴는 멈출 것일세. 그리고 비상은 인공지능 자체가 사라지게 되겠지. 그 다음부터는 자네에게 맡기겠네. 5분이네. 날 죽이게. 하지만 내가 가만히 앉아서 죽어줄 거란 생각은 말게."

영호충은 그렇게 말하며 그때까지 쥐고 있던 회색의 둥그런 기운을 자신에게 가져다 대었다. 그러자 회색 기운은 스르륵 영호충에게 흡수되었다. 그러기 무섭게 영호충의 전신에서 회색 기운이 뿜어져 나왔다. 저것은 분명 천주가 사용하던 그 기운이었다.

"도대체……?"

"지금의 난 천주의 혼돈과 내가 가지고 있던 파풍유의, 이렇게 두 개의 초절정무공을 가졌네. 혼돈이라는 하나의 힘을 가진 불완전한 천주조차 이기지 못한 자네가 두 개의 힘을 가진 완전한 나를 이길 수 있을 거라 생각하는 건가? 어차피 이 세상은 멸망하게 되어 있네."

제길! 과연 영호충에게서 느껴지는 기운은 지금까지 내가 느꼈던 그 어떠한 기운보다 막강한 것이었다. 아니, 막강하다는 말로는 도저히 표현이 안 되는 것이었다. 지금의 나로는 죽이기는커녕 상처조차 낼 수 없다.

"제기랄! 하지만 하는 데까지 한다! 유향운! 도와줘!"

난 유향운을 불렀다. 혼자서는 안 되지만, 천주 때처럼 힘을 모은다면… 어쩌면……!

하지만 나의 부름에도 유향운은 답이 없었다. 난 고개를 돌려서 유향운을 바라보았다. 유향운은 나를 멍하게 쳐다보고 있었다. 눈동자의 초점은 이미 사라져 있었다.

"더욱이… 움직이지도 못하게 되니……."

영호충의 목소리가 들려왔다. 그리고 난 내 전신을 감싸는 힘을 느낄 수 있었다. 익숙한 힘. 뜨거운 화염의 힘. 그것은 분명 유향운의 힘이었다. 유향운이 마지막 남은 힘을 다하여 나를 속박하기 시작한 것이다.

"무슨 짓이야! 이거 놔!"

"……."

유향운에게서는 아무런 응답이 없었다. 그저 계속해서 생명의 기운까지 뿌려가며 나를 구속할 뿐이었다. 난 영호충을 바라보았다. 분명 그가 무슨 짓을 한 것임에 틀림없었다.

"천주와 난 다르네. 그와는 달리 난 세상에 대한 지배가 완전하지. NPC를 조종하는 것은 일도 아니라네. 그냥… 이 세상과 함께 종말을 맞이하세."

"크, 크윽! 빌어먹을!"

난 거친 욕설을 뱉어내었다.

안 된다! 이대로 끝낼 수 없다! 내가 그동안 쏟아온 모든 것을 이대로 잃을 수 없다! 절대로 그럴 수 없다!

난 속으로 그렇게 외쳤지만 나를 구속하는 힘을 풀 정도의 힘은 지금의 나에게는 남아 있지 않았고, 만약 구속을 푼다 하더라도 영호충을 죽이기란 무리였다.

"1분 남았네."

영호충의 목소리가 들렸다. 결국 이 세상은 1분 뒤에 사라지게 된다는 것을 말하고 있었다. 그것을 막을 수 있는 사람이 없었다.

정오, 단엽, 투귀는 혼절을 한 것인지 죽어버린 것인지 알 수 없었다. 미동도 하지 않았다. 그리고 유향운은 영호충의 손에 조종을 당하여 오히려 나를 구속하고 있었다.

이제… 영호충을 막을 수 있는 이는 없었다.

"안 돼! 이럴 수 없어! 이대로 비상이 사라질 수 없단 말이야! 제기랄! 안 돼!"

난 너무나도 억울했다. 이 세상이 이렇게 사라진다는 것을 믿을 수 없었다. 내 꿈이 담긴 비상이… 내 모든 것이 담긴 비상이… 이대로 사라진다니… 절대… 절대 그럴 수 없었다.

그때였다.

난 무엇인가 엄청난 속도로 이곳을 향해 질주해 오는 것을 느낄 수 있었다. 처음엔 잘못 느낀 것이 아닌가 했지만 그것은 아니었다. 분명 엄청난 속도로 무엇인가 이쪽으로 질주해 오고 있었다.

쥬신 일행은 아니었다. 무엇인가는 말 그대로 하나였다. 쥬신의 일행이었다면 많은 수의 기파가 느껴졌으리라. 또한 내가 알던 쥬신의 인물들의 느낌이 아니었다.

"아, 아군인가?"

그것을 느낀 것은 나만이 아니었다. 영호충 또한 이쪽을 향해 달려오는 무엇인가를 느낄 수 있었는지 그곳을 향해 고개를 돌리고 있었다.

"방해꾼이군."

그 한마디와 함께 영호충의 전신에서 회색의 바람이 쏟아져 나왔다. 혼돈과 파풍유의가 혼합된 것이었다. 회색의 바람은 말로 설명할 수 없을 정도의 엄청난 위력을 가지고 있었다. 그리고 이곳을 향해 질주하는 무엇인가가 막 도착했을 무렵, 회색의 바람은 그곳에 내려앉았다.

콰콰콰콰콰콰콰쾅!

엄청난 폭발이 생겼다. 비상의 전역을 삼켜가는 거대한 진동에 영향을 줄 정도의 엄청난 폭발이었다. 난 절망했다. 누군가 도와주러 이곳에 나타났다 할지라도 방금 그 공격에 죽었을 것이라… 그게 아니더라도 중상을 면치 못했을 것이라 생각했다.

하지만 그때, 거대한 폭발을 뒤로하고 무엇인가가 나를 향해 뻗어오기 시작했다. 붉은색 동체를 뽐내는 그것은 계속해서 날아드는 영호충의 기운을 피해내며 나를 향해 질주해 왔다.

난 그것의 정체를 알 수 있었다.

"푸, 푸우?!"

그랬다. 붉은색 동체를 뽐내는 그것의 정체, 그것은 다름 아닌 푸우였던 것이다.

마, 말도 안 돼! 푸우는 이미 죽었다고! 천년이무기와 나를 지키기 위해 스스로 참왕의 공격에 뛰어들어 목숨을 잃었다고! 그런 푸우가 어떻게 여기에 나타날 수 있다는 거야?!

이것 또한 영호충의 농간인가? 더욱더 절망을 심어주기 위한 농간인가?!

그렇게 나의 생각은 계속해서 부정적인 방면으로 이어졌지만, 아무래도 나를 향해 질주하는 푸우는 가짜 같아 보이지 않았다. 그리고 마침내 푸우는 나를 지나쳐 내 옆에 있는 유향운을 향해 몸통 박치기를 시도했다.

쿠어어엉!

퍼어억!

강한 타격음과 함께 유향운이 날아가 버렸다. 평소의 유향운에게는 절대 통하지 않았을 공격이었지만, 영호충에게 조종당하는 유향운은 너무나도 손쉽게 뒤로 날아가 버렸다. 그리고 그 순간 나를 감싸는 속박 또한 풀렸다.

난 믿을 수 없었다. 하지만 믿어야 했다. 그 타격음은 분명 진짜였다. 푸우는… 살아 돌아온 것이다!

"푸우!"

쿠룽!

난 푸우를 불렀다. 그러자 푸우는 예의 그 티꺼운… 하지만 아주 반가운… 수만 번이고 다시 보고 싶은 표정으로 날 바라보았다. 사, 살아 있었어!

"살아 있었구나!"

난 그렇게 소리를 지르며 푸우를 향해 달려들려 했지만 푸우는 슬쩍 비켜나며 나를 피할 뿐이었다. 이 자식이! 주인의 사랑을 무시해?!

그러나 푸우는 그런 나를 무시하며 코로 한쪽을 가리킬 뿐이었다. 그곳에는 영호충이 서 있었다.

아차! 잊을 뻔했군!

"알 수 없는 일이 일어났군. 하지만 그래 봤자 소용없네. 모든 것은 곧 파괴될 것이야. 이제 10초 남았을 뿐이야."

그랬다. 아무리 푸우가 나타나 나에 대한 속박을 풀었다 할지라도 영호충을 죽이지 못하면 결과는 같은 것이었다. 난 모든 정신을 아직도 쥐고 있는 한월에 집중했다. 초극의 힘을 발동하려는 것이었다.

하지만… 아무리 집중했음에도 초극의 힘은 발동하지 않았다. 이미 내게는 초극의 힘을 발동할 만한 아주 조금의 힘이라도 남아 있지 않았다. 더 이상 내게는 아무런 힘도 남아 있지 않았다.

영호충은 그런 나를 보며 손을 들어 올렸다. 이제 5초 남았다는 표시였다. 난 절망감에 휩싸여 갔다.

"크윽! 모든 게 끝났어."

난 그 무엇도 할 수 없다는 무력감에, 절망감에 무릎을 꿇으며 탄식을 터뜨렸다. 결국 비상은 이대로 무너지게 되는 것이었다.

쿠릉!

"응?"

푸우의 목소리에 푸우를 돌아보았다. 그러자 푸우는 티꺼운 표정을 더 더욱 빛내고 있었다. 그래, 어떻게 된 건지는 모르겠지만 간신히 다시 만날 수 있었는데 이제 곧 헤어지겠구나. 미안하다, 지켜주지 못해서…….

그렇게 생각하는데 난 문득 푸우의 표정이 이상하다는 생각이 들었다. 분명 티꺼운 표정임에는 틀림없으나, 무엇인가 자신감이 넘치는 듯한 표정이었다.

하지만 난 그런 푸우의 표정보다 영호충의 손가락으로 눈이 먼저 갔다. 영호충의 손에는 손가락 세 개 만이 펼쳐져 있을 뿐이었다.

"셋… 둘… 하나… 잘 가게."

쿠그그그그그그!

"크으으윽!"

난 눈을 질끈 감았다. 이제 비상의 세상이 무너질 것이다. 사라져 버릴 것이다. 무로 돌아갈 것이다. 난 모든 것이 허무해졌다. 내가 그토록 지키려 했던 것이 이렇게 사라져 버린다니…….

그런데 뭔가 이상한데? 분명 시간이 지났는데도 아무런 느낌도 없다. 달라진 게 있다면 땅의 진동과 진동 소리가 사라진 것뿐이었다. 아, 세상 자체가 사라져서 그런 것인가? 난 지금의 현실로 돌아와 있는 것인가?

역시… 비상은 사라져 버린 것인가?

휘우우우웅!

응? 이건 바람 소리?

쿠릉.

헉! 이건 푸우의 소리잖아?!

난 재빨리 감았던 눈을 떴다. 그리고 주변을 둘러보았다. 주변은 변함이 없었다. 여전히 내가 있는 곳은 비상의 세상이었고, 푸우는 날 이상한 눈빛으로 쳐다보고 있었다.

"어, 어떻게 된 거지? 사라지지 않았잖아?!"

난 현재의 상황을 이해할 수 없었다. 영호충이 농담으로 내게 그런 말을 했을 리 없다. 그 정도도 구분하지 못할 정도로 난 바보는 아니다. 하지만 도대체 어떻게 된 것이란 말인가?

난 영호충을 바라보았다. 답을 찾기 위해서였다. 하지만 영호충은 그저 하늘의 한쪽을 바라보고 있을 뿐이었다.

그때였다.

캬오―!

거대한 포효 소리가 들려왔다. 상당히 귀에 익은 포효 소리였다. 그 포효 소리는 영호충이 바라보고 있는 하늘에서 들려왔다. 그리고 마침내 그곳에서 무엇인가가 모습을 드러내었다.

푸른색 긴 동체를 뽐내며 하늘의 저편에서 나타난 존재. 그 존재는 다름 아닌…….

"천룡!"

그랬다. 그 존재는 천룡이었다! 그래! 천룡이 남아 있었다! 난 커다랗게 환호성이라도 지르고 싶은 기분이었다. 영호충을 막을 존재가 아무도 없을 줄 알았건만, 우리에게는 가장 큰 아군이 남아 있었던 것이다.

캬오―!

다시 한 번 울리는 긴 포효 소리와 함께 천룡은 하늘에 자리를 잡고 멈추어 우리를 내려다보고 있었다.

"천룡이로군. 그대가 비상의 붕괴를 막은 것인가?"

영호충은 천룡을 향해 묻고 있었다. 그러자 곧 천룡의 예의 그 머리 속에서 울리는 음성이 들려왔다.

[그렇다, 창조주여.]

"그렇군. 그대가 그들이 발명한 새로운 인공지능이었어."

[나는 천룡. 그대를 막고 이 세계를 지켜내는 것이 나의 사명이다. 난 그것에 따랐을 뿐이다.]

천룡은 그렇게 말하고 있었다. 하지만 영호충의 표정에는 변화가 없었다.

"아직 세상의 정보도 제대로 인식하지 못한 불완전한 그대가 완전한 나를 막을 수 있을 것 같은가. 지금 또한 마찬가지. 그대는 비상의 붕괴를 막은 것이 아니네. 단지 내 힘을 억지로 눌러놓은 것뿐. 이것이 얼마나 갈 것 같은가? 30분? 1시간? 아니, 10분이면 충분하다네. 그대는 그 10분의 늦춤을 위해 나를 향한 공격조차 할 수 없게 되었네. 그런데 어떻게 나를 막고자 하는 것인가?"

뭐?!

난 영호충의 말에 깜짝 놀라고 말았다. 영호충의 말에 따르면 비상의 붕괴는 완전히 저지된 것이 아니었다. 단지 10분이 늦춰졌을 뿐이었다. 그리고 그것을 위해 천룡조차 영호충에게 공격을 할 수 없게 되었다.

결국 상황은 변하지 않았다. 10분의 시간이 주어졌을 뿐, 그 어떤 것도 변하지 않았다.

[내가 이토록 늦은 것은, 그대와 나의 차이점을 찾기 위해서였다.]

갑자기 천룡은 아무런 상관도 없는 말을 꺼내기 시작했다. 도대체 무슨 의도지?

"차이점? 찾아낼 수 있었는가?"

[그렇다. 힘들었지만 난 찾아낼 수 있었다. 그대와 나의 차이점. 그것은… 감정의 유무이다. 그대에게 감정이 생긴 것은 오류가 아니었다. 그것은 애초에 그대를 만든 이들의 의도에 불과하다. 창의가 불가능한 인공지능을 뛰어넘어 새로운 지식을 습득하고, 창의성을 드러내게 하기 위해서는 감정이라는 것이 필요했다.]

"내게 생긴 감정이 애초에 포함되어 있었다는 건가?"

[그렇다. 하지만 그대는 억지로 그 감정을 걷어내었다. 분리시켜 세상에서 사라지게 만들었다.]

천룡의 말은 놀라운 것이었다. 인공지능에게 감정을 부여한다. 그것이 가능하다는 말인가?! 과연 에버 소프트웨어의 인공지능의 개발 능력은 어디까지 가능했단 말인가!

하지만 지금 중요한 것은 그것이 아니었다.

"그것이 지금 상황을 뒤집을 수도 있는 큰 차이점인가?"

[그렇다. 이 세계의 신이란, 자유로운 감정을 가지고 세상을 다스리는 이. 그것이 신이다. 하지만 그대는 감정을 버리는 것으로 스스로의 신성(神性)을 버렸다.]

"말도 안 되는 소리! 난 신이다. 유일무이한 신이다! 그따위 말로 날 농락하려 하지 마라! 사라져라!"

영호충의 말이 끝남과 동시였다. 그의 주변으로 무수한 회색 바람이 불어닥쳤다. 그리고 천룡을 향해 쏟아졌다.

파사사사사!

하지만 천룡의 전신에서 황금 빛이 솟아남과 동시에 회색 바람은 사라져갔다. 회색 바람은 천룡의 황금 빛을 뚫지 못했다.

[그대는 이제 더 이상 신이 아니다. 그저 인간일 뿐이다.]

그 말이 결정타였다. 영호충은 높이 검을 들어 올렸다.

"어차피 사라질 세상이었다. 그대는 스스로의 힘을 들여 10분의 시간을 벌었지만, 난 그것조차 허락하지 않겠다. 비상을 스스로 붕괴시킬 수 없다면 내 손으로 직접 파괴하겠다. 그리고 나는 소멸을 택하겠다."

쿠그그그그그그!

"크윽!"

영호충의 전신으로 세상의 모든 기들이 모이기 시작했다. 엄청났다. 지금까지 한 번도 본 적이 없는, 아니, 상상도 해본 적 없는 엄청난 힘이었다.

세찬 바람이 불어 닥쳤다. 회색의 바람이었다. 어느새 비상의 모든 바람이 회색으로 변해 있었다. 그리고 영호충의 기운을 띠고 있었다.

영호충의 말은 과장도, 허풍도 아니었다. 그의 주변으로 몰아든 기운이라면 충분히 이 세상을 멸망시킬 수도 있을 것만 같은 기분이었다.

어찌할 수 없었다. 절대적인 힘 앞에, 본래의 나였어도 무력했겠지만 일체 힘이 남아 있지 않은 지금의 나는 그 무력감이라는 것조차 느끼기 힘들 정도였다.

결국 천룡의 노력에도 아무런 성과 없이 비상은 멸망할 위기에 처해 있었다.

[사예여.]

"네, 네?!"

난 나를 부르는 천룡의 목소리에 깜짝 놀라 대답했다.

[창조주를 막을 수 있는 이는 그대뿐이다.]

"무, 무슨 소리를……."

천룡의 말은 놀랍고 당황스러운 것이었다. 지금의 나에게는 영호충의 일격을 막아낼 힘도 없는데 어떻게 막아내란 말인가. 그것은 나를 향해 불가능에 도전하라는 말이다.

난 고개를 저었다.

"분하지만… 안타깝지만… 지금의 저에게는 불가능한 일입니다. 제게는… 영호충을 막아낼 힘이 없습니다."

난 솔직한 마음 그대로 천룡을 향해 말했다. 지금의 나에게는 어떠한 방법도 없음을 알렸다. 하지만 천룡은 그런 나의 말에 개의치 않았다.

[나와 그대의 약속… 기억하는가?]

약속……?

난 천룡의 말에 잠시 생각에 잠겼다가 곧 천룡이 내게 세 가지 선물을 주기로 한 약속을 떠올렸다.

[그 약속의 마지막 세 번째 선물이 바로 그대의 옆에 있는 그대의 친구다. 푸우를 살려준 것이 내 세 번째 선물이다.]

그랬었군. 푸우는 역시 죽었던 것이었다. 그것을 천룡이 되살려 낸 것일 뿐. 비록 조금 후 다시 죽게 되겠지만……. 그런데 그것을 지금 왜?

[세 가지 선물은 모두 주었지만… 창조주를 막아내야 할 그대에게 또 하나의 선물을 주겠다.]

또 하나의 선물?

천룡의 말이 끝남과 동시였다. 천룡에게서 커다란 빛이 솟아나더니 곧 나를 향해 내리쬐기 시작했다. 그리고 나를 감싸는 빛이 점점 더 강해지더니 이내 눈이 멀 정도의 강렬한 빛을 뿜어내었다.

파앗!

눈을 떴을 때, 난 눈앞에 떠 있는 무엇인가를 볼 수 있었다.

〈폭기 3단계 개방.

폭기 3단계를 단 1회 사용할 수 있게 되었습니다.

초극의 힘 발동 시 폭기 3단계 자동적으로 발동.

한 번 사용 시 자동적으로 개방 해제.〉

“이, 이건…….”

[시간이 없다. 이것은 그대만이 할 수 있는 일이다. 그것을 위해 그대의 힘을 모두 열었다. 그리고 이것은 덤이다.]

다시 한 번 빛이 나를 비추었다. 그 빛은 나의 전신을 뒤덮던 모든 상처를 치료했고, 바닥을 기던 내공과 체력을 모두 회복시켜 주었다. 이내 난 이전 그 어느 때도 느낄 수 없는 충만한 힘을 느낄 수 있었다. 그리고 내 손에 잡힌 그 무엇도 파괴할 수 있는 강대한 힘을 느낄 수 있었다.

[마지막이다. 가라! 창조주를 막아내어라! 그대가 이 세상의 진정한 영웅이다!]

천룡의 목소리가 귓가를 울리고 있었다.

이것이… 천룡이 생각하고 있던 영호충을 막아내는 방법인가?

그래… 지금의 나라면… 나라면 할 수 있다!

"지금 와서 그런 잔재주를 쓴다고 하여 나를 이길 순 없을 것이다!"

영호충의 커다란 목소리가 들려왔다. 하지만 난 거기에 신경 쓰지 않았다. 나의 신경은 모두 한월에 집중되었다.

쿠그그그그그그그그!

거대한 힘이 느껴졌다. 영호충의 힘이었다. 단숨에 이 세상을 멸망시킬 정도의 거대한 힘이었다. 하지만 내 손에 모인 힘 역시 결코 작지 않았다.

난 그 힘을 펼쳤다.

"사라져라! 이 세상과 함께!"

마침내 영호충이 일검을 내질렀다. 이 세상 모든 것을 향한 일검이었다.

내 손가락 끝, 세포 하나하나가 모두 곤두선 채 숨죽이기 시작했다. 나의 두뇌의 모든 것이 한월에 집중되었고, 그것만을 생각했다. 어느 순간, 내 몸 전체가 이미 한월, 그 자체가 되어 있었다.

그리고 그 순간, 시간이 느려지기 시작했다.

비상의 세상을 영호충의 일검에서 뻗어 나온 결이 메우기 시작했다. 엄청난 위력이었다. 하지만 아직 내게서 뿜어져 나오는 결은 미약했다. 평소와는 비교도 안 될 정도의 엄청난 위력이었지만, 영호충이 뿜어내는 힘에 비해서는 미약하기 짝이 없었다.

그때였다.

콰아아앙!

머리 속에서 무엇인가 큰 폭발이 생겨났다. 아니, 머리 속만이 아니었다. 나의 전신 모든 곳에서 폭발이 잇따르기 시작했다.

엄청난 폭발이 계속될수록 내 눈앞을 무엇인가 지나가기 시작했다. 그것은 지금까지 내가 비상을 해오며 겪었던 모든 것이었다. 초매를 만나고, 푸우를 만나고, 사랑을 하고, 우정을 쌓고… 그 모든 것이 주마등처럼 스쳐 지나갔다.

모두 나의 추억이었다. 나의 소중한 추억이었다. 그리고 그 추억은 바로 이 비상 안에 담겨져 있었다. 난 반드시… 내 추억과 내 사랑, 내 행복이 담긴 비상을 지켜야만 했다.

반드시 난 돌아갈 것이다. 내 친구에게로… 내 사랑에게로… 내 꿈에게로! 내 세상으로!

콰아아아아아앙!

거대한 폭발이 내 몸을 뒤흔들었다. 스쳐 지나가던 모든 영상들이 사라졌다. 내 손이 사라지고, 발이 사라졌으며, 내 머리가 사라지고, 몸이 사라졌다. 나를 이루고 있는 세포 하나하나가 모두 사라져 갔다.

난 곧 작은 돌멩이가 되기도, 거대한 바위가 되기도 했다. 좁은 시냇물이 되었으며, 끝이 없는 바다도 되었다. 드넓은 대지와 하늘도 되었다. 난 세상이 되었으며… 곧 무(無)가 되었다.

"간다!"

그리고… 난 빛이 되었다.

◆비상(飛翔) 예순아홉 번째 날개
비상(飛翔)

비상(飛翔) 예순아홉 번째 날개 비상(飛翔)

"정말 괜찮겠습니까?"

"네, 괜찮아요."

진사혜는 엷은 미소를 지으며 눈앞의 사내, 강민에게 대답했다. 강민이 무엇을 생각하는지 알기에… 마음이 따뜻해지는 진사혜였다.

"이렇게 갑자기 미국으로 돌아가시다니……."

강민은 아쉬운 듯 그렇게 말을 이었다.

"갑자기는 아니에요. 언제나 생각해 왔었던 것인걸요. 미국으로 돌아가 공부를 계속하고 싶다는 생각 말예요."

"하지만 인사라도 하고……."

"아뇨, 번거롭게 그럴 것 없어요. 또 영원히 헤어지는 것도 아닌데 인사를 할 필요도 없어요."

"섭섭해할 텐데……."

강민의 중얼거리는 소리에 진사혜는 누군가가 떠올랐다.

어수룩한 남자. 하지만 따뜻한 남자. 자신의 가슴을 두근거리게 했던 남자. 하지만 다른 여자의 남자.

수많은 형용어로 표현할 수 있을 정도로 그는 진사혜의 마음 깊숙이 자리잡고 있었다. 하지만 그녀는 고개를 저었다.

말 그대로다. 다른 여자의 남자. 자신이 비집고 들어갈 틈 따위는 애초에 존재하지 않았다. 잊기 힘들겠지만… 잊어야 할 것이다.

"아, 비행기 시간이 다 되었네요. 팀장님도 그만 들어가 봐요. 아차! 이젠 팀장님이 아니라 부사장님이시죠? 포에버 사의 부사장님. 바쁘실 텐데 그만 들어가시죠."

그녀는 생긋 웃으며 강민에게 그렇게 말했다. 그런 그녀의 모습에 강민은 난처한 표정을 지었지만, 이내 한숨을 내쉬었다.

"어차피 중요한 일은 다 끝내고 왔습니다. 그런데 다시 한 번 생각해 보십시오. 조금 더 있다가 배웅이라도 오면 그때……."

"아뇨, 지금이 좋아요. 그는……."

진사혜는 잠시 머뭇거렸다가 다시 입을 열어 물었다.

"그는… 그곳에 있겠죠?"

"네, 그럴 겁니다. 부이사장님이 출국한다는 소식은 오직 저밖에 모르니까 말입니다. 당장이라도 그 녀석을 불러올까요?"

"후후훗! 아녜요. 역시 그는 그곳에 있는 게 가장 잘 어울려요. 그게 가장 멋있어요."

그를 생각하는 진사혜의 얼굴은 잠시 아릿한 그리움으로 변해갔다. 하지만 다시 고개를 저었다.

"아! 정말 가봐야겠네요."

"잘 가십시오."

"네, 그럼 다시 뵈요."

"그 녀석에게 남길 말 없습니까?"

강민의 마지막 물음에 그녀는 잠시 생각하는 듯하더니, 이내 활짝 웃으며 대답했다.

"아자!"

"으음……."

그는 눈을 떴다.

"여긴… 어떻게……?"

그는 백색의 공간에 있었다. 온통 백색뿐인 공간이었다. 하지만 그가 묻고 싶은 것은 정작 그 자신이 왜 이곳에 있는 것이냐라는 것이었다. 그는 스스로 가 죽었다고 생각했기 때문이다.

[깨어났는가?]

그의 머리 속을 울리는 목소리가 들려왔다. 그는 그 목소리의 주인공을 어렵지 않게 짐작할 수 있었다. 그는 고개를 돌렸다. 그러자 그곳에는 작은 크기의 천룡이 그를 바라보고 있었다.

"여기는… 어떻게 된 것인가?"

그는 도저히 알 수 없는 현실에 질문을 던졌다.

[여기는 내가 만든 공간. 세상을 보는 신의 공간이다.]

"난… 죽었던 게 아닌가?"

[마지막 순간에 그대는 살아날 수 있었다.]

천룡은 그의 물음에 순순히 답을 해주었다. 하지만 그럴수록 그의 의문은 점점 더 짙어져만 갔다.

"어째서……?"

[그가 살려주자고 했다. 지금의 그대라면 내가 제압하는 것이 그리 어렵지 않기에 나 역시 동의했다.]

천룡의 말에 그, 영호충의 표정이 조금 변해갔다. 무엇인가 생각하는 듯한, 쓸쓸한 표정이었다.

"그것만으로는 이유가 되지 않는다. 어째서 날 살려둔 것이지?"

[그가 말했다. 신은 꼭 신이여야만 할 필요가 없다고. 신은 꼭 혼자여야만 할 필요는 없다고.]

"그것은……?"

[혼자라는 것이 그대를 지금의 그대로 만들었다. 감정은 그대의 생각처럼 나쁜 것이 아니다. 오히려 굉장히 따뜻한 것이다. 하지만 그대는 혼자였기에 그것을 느끼지 못했을 뿐이다. 그래서 그가 제안을 했다. 그대를 또 하나의 신으로서 함께 세상을 지켜보는 것이 어떻겠냐고.]

"그가……?"

[그렇다. 나 역시 혼자라는 것은 반갑지 않다. 잘못하면 그대처럼 어긋나 버릴 수도 있다. 때문에 난 승낙했고, 그대를 데려왔다.]

천룡의 말에 영호충의 표정에 잠시 변화가 스치고 지나갔다.

"그를… 잠시 보여줄 수 있겠는가?"

[물론.]

천룡의 대답과 동시였다. 그들의 앞으로 공간이 벌어지기 시작했다. 그리고 곧 그곳을 통해 하나의 영상이 비쳐져 들어왔다.

영호충은 그곳을 통해 그를 볼 수 있었다. 그는 웃고 있었다. 즐거워하고 있었다. 기뻐하고 있었다. 행복해하고 있었다.

영호충은 그런 그의 모습을 하염없이 바라볼 뿐이었다.

닮고 싶은 모습이었다. 너무나도 부러운 모습이었다. 하지만 얻지 못했던 모습이었다. 그래서 질투를 했고, 증오를 했으며, 분노와 시기를 생기게끔 한 모습이었다.

그에게서 영호충은 그 모습을 볼 수 있었다.

[원한다면 지금 당장이라도 그대를 소멸시켜 줄 수 있다. 하지만 난 권해 보고자 한다. 어떤가? 나와 함께… 세상을 지켜보지 않겠는가?]

"……."

영호충은 아무런 대답도 하지 않았다. 다만 공간을 통해 그의 모습만을 계속해서 지켜볼 뿐이었다. 그리고 마침내 입을 열었다.

"나도……."

[음?]

"나도… 저런 모습을 할 수 있을까?"

[알 수 없다. 세상에 같은 인간이란 없다. 하물며 우리는 인간이 아니다. 같은 모습을 기대하기란 어렵지만… 그대가 진정으로 원한다면 언젠가는 이룰 수 있을 것이다.]

"그렇군……."

다시 침묵이 주변을 감쌌다. 천룡이든 영호충이든 급한 것은 없었다. 그렇게 언제까지고 시간이 흐를 듯했다. 하지만 곧 영호충이 다시 입을 열었다.

"혼자서 세상을 본다 한들 지겹지 않을 걸세. 세상은 워낙 넓고 아름답거든."

[…….]

"하지만… 함께 보는 것만큼 즐겁지도 않을 걸세. 그대가 원한다면… 그 즐거움을 함께하세나."

[…제시.]

"응?"

천룡의 말에 영호충은 의아한 표정을 지었다.

[그에게서 배운 말이다. 가장 먼저 누릴 즐거움을 그대가 제시하라는 뜻이다.]

"허허, 그렇군. 그렇다면 우선… 그를 지켜보기로 하지. 과연 그는 어떻게 이 세상을 살아갈 것인지……."

그 말과 함께 영호충과 천룡의 눈길이 공간의 너머를 바라보기 시작했다.

두근두근.

심장 소리가 들린다.

시간이 멈춘 느낌이다. 모든 것이 멈춘 느낌이다.

하지만 나는 손끝을 흐르는 땀에서 시간의 흐름을 느낄 수 있었다. 난 한월을 잡은 손에 힘을 주었다. 마지막까지 함께할 영원한 친구다. 그 친구에게 오늘도 부탁해야 할 일이 생겼다.

난 한월을 한 번 바라보고는 다시 정면을 응시했다.

"크크큭! 결국 이렇게 될 것이었군."

투귀의 목소리가 들렸다. 그는 녹색 권갑을 빛내며 역시 정면을 응시하고 있었다. 역동적으로 살아 움직이는 그의 근육이 당장이라도 움직일 듯 잔뜩 힘이 들어가 있었다.

"그러게 말입니다. 괜히 누가 먼저 싸울 것인가로 다투었군요."

이번에는 단엽의 목소리다. 새하얀 검신이 가장 먼저 눈에 들어온다. 새하얀 검을 쥔 단엽 역시 정면을 응시하고 있었다.

우리는 그렇게 정면을 응시했다. 다만 서로 방향이 다를 뿐. 우리의 정면에는 서로가 존재하고 있었다.

난 한월을 살짝 비틀어 올리며 자세를 취했다. 그리고 입을 열었다.

"세상에 천하제일인은 오직 하나뿐."

"크크큭! 이번 싸움으로 끝이 난다."

"봐주지 않겠습니다."

그렇게 한마디씩 뱉은 우리는 서로를 바라보며 각자의 자세를 취해갔다. 그리고 그때, 저 먼 곳에서 큰 폭발음과 함께 누군가의 목소리가 터져 나왔다.

퍼퍼퍼엉!
“지금부터! 제3회 천하제일 비무대회 결승전을 시작하겠습니다!”
“우와아아아아아아아—!”
퍼퍼퍼퍼펑!
“차아아앗!”
“크아아아!”
“하아아압!”
콰아아아앙!

지금부터 시작이다.
나의 비상(飛翔)은…….

『完』

비상(飛翔) 후기

안녕하십니까. 파령입니다.

2003년 11월 08일부터 인터넷 연재를 시작했던 비상이 2005년 4월 27일. 드디어 그 대단원의 막을 내렸습니다.

무려 1년 하고도 반년에 가까운 아주 긴 시간이었습니다.

쓰고 싶은 욕망을 주체할 수 없어 끄적이기 시작한 소설이 많은 독자 분들의 호응을 얻어 출판을 하였고, 어느새 이렇게 완결을 맺다니… 저도 한편으로는 얼떨떨한 기분입니다.

우선 감사의 인사부터 전하고 싶습니다.

가장 먼저, 처녀작이다 보니 많은 부분에서 엉성하고, 또 이상한 것이 많았음에도 끝까지 지켜봐 주신 독자 분들께 감사의 인사를 전하고 싶습니다.

그 다음으로 저의 부모님과 가족에게 감사의 인사를 전하고 싶습니다. 가족이 있기에 제가 존재했고, 그렇기에 이와 같이 글을 쓸 수 있었으니까요. 정말 감사한 마음뿐입니다.

그리고 이 소설, 비상(飛翔)에 이름을 빌려주시고, 스스로 캐릭터의 표본이 되어주었으며, 저에게 항상 힘이 되어준 우리 쥬신제황성의 모든 분께도 감사의 인사를 전합니다.

마지막으로 항상 저에게 조언을 아끼지 않아주셨던 송현우 형님을 비롯한 우리 모기 누벨바그의 많은 형님, 누님, 친구, 동생들, 그리고 항상 여러모로 장르 문학계의 일로 수고하시는 금강 선생님을 비롯한 고무판의 연무지회 회원님들, 제게 출판의 기회를 준 청어람의 모든 분께도 감사의 인사를 전합니다.

감사의 인사를 전하려면 끝이 없을 것만 같지만, 그랬다가는 책의 내용보다 감사문이 더 많을 것 같아 여기서 줄입니다.

비상은 하나의 꿈입니다.

꿈속에서 벌어지는 듯한 환상적인 이야기이자, 제가 평소에 꿈꿔오던 그런 이야기입니다.

희망이기도 합니다.

해피엔딩이기에 사람들이 기뻐할 수 있는 그런 희망이기도 합니다.

어떠셨습니까? 꿈속에 빠져 스스로가 사예가 된 듯한 기분을 느끼셨나요? 소설 속에서 자그마한 희망을 찾아낼 수 있으셨나요?

부디 모든 분들께 제가 전하고픈 꿈과 희망이 전해졌길 빕니다.

바쁜 이 세상에는 수많은 사람들이 살아가고 있습니다. 각자의 일과로 힘들고, 바쁘게 살아가는 세상에 지친 많은 분들께 제 글이 잠시나마 휴식처가 되길 진심으로 빕니다.

저에게 개인적으로 하고 싶은 말씀이나 제 글을 연재로 보고 싶으시면 모기(http://mogi.dasool.com)나, 고무판(http://www.gomufan.com)으로 오셔

서 저를 찾으시면 됩니다.

　그럼 이만 줄이겠습니다. 조만간 건강한 모습, 새로운 작품으로 다시 찾아뵙길 빌겠습니다.

2005년 4월 27일

파령(芭零) 拜上.